見知らぬ人

エリー・グリフィス

これは怪奇短編小説の見立て殺人なのか？——イギリスの中等学校（セカンダリー・スクール）タルガース校の旧館は、かつてヴィクトリア朝時代の作家ホランドの邸宅だった。クレアは同校の英語教師をしながら、ホランドを研究している。10月のある日、クレアの親友である同僚が殺害されてしまう。遺体のそばには〝地獄はからだ〟という謎のメモが。それはホランドの怪奇短編に繰り返し出てくる文章だった。事件を解決する鍵は作中作に？　英国推理作家協会（CWA）賞受賞のベテラン作家が満を持して発表し、アメリカ探偵作家クラブ（MWA）賞最優秀長編賞受賞へと至った傑作ミステリ！

登場人物

クレア・キャシディ……………中等学校（セカンダリー・スクール）タルガース校英語教師
ジョージア（ジョージー）・ニュートン……クレアの娘。十五歳
エラ・エルフィック………………タルガース校英語教師
リチャード（リック）・ルイス……同、英語科主任
デブラ・グリーン…………………同、歴史教師
ゲイリー・カーター………………同、地理教師
トニー・スイートマン……………同、校長
アヌーシュカ・パーマー…………同、英語教師
ハービンダー・カー………………サセックス警察犯罪捜査課部長刑事
ニール・ウィンストン……………同、部長刑事
ドナ・マローン……………………同、警部補
サイモン・ニュートン……………クレアの元夫。弁護士
フルール……………………………サイモンの再婚相手。弁護士
ヘンリー・H・ハミルトン………ケンブリッジ大学英語科上級講師

タイ・グリーナル……………………ジョージアの恋人。パブ店員
ナターシャ（タッシュ）・ホワイト……｝ジョージアの友人。タルガース校生
パトリック・オリアリー……………｝
ヴェネシア（ヴィー）・シャーボーン……ジョージアの友人。
　　　　　　　　　　　　　　　　　　セント・フェイス校生
ブライオニー・ヒューズ……………シックス・フォーム・カレッジの英語教師
デイジー・ルイス……………………リックの妻
ローランド・モンゴメリー・ホランド……「見知らぬ人」の著者。故人
アリス・ホランド……………………ホランドの妻。故人

見知らぬ人

エリー・グリフィス
上條ひろみ訳

創元推理文庫

THE STRANGER DIARIES

by

Elly Griffiths

Japanese translation rights arranged with
Janklow & Nesbit (UK) Ltd
through Japan UNI Agency, Inc., Tokyo

見知らぬ人

アレックスとジュリエットに。そして、わたしのコンパニオンアニマルのガスに。

第Ⅰ部　クレア

1章

もしよかったら、と見知らぬ人は言った。ひとつ話を披露させてください。なんといっても長旅ですし、この空模様ではしばらくこの客車から出られないでしょう。話でも聞いて暇をつぶしてはいかがです？　十月の終わりの夜にぴったりですよ。

その席は快適ですか？　ハーバートのことは気にしないでください。害はありません。この天気のせいで神経質になっているだけです。さて、どこまで話しましたかね？　寒さよけにブランデーでもどうですか？　ヒップフラスクからでもかまいませんよね？

そう、この話は実話です。それがいちばんだと思いませんか？　さらにいいのは、私が若いころに起こったことなのですよ。そう、あなたくらいのころに。

私はケンブリッジの学生でした。もちろん、専攻は神学です。私にとってそれ以外の学問はありませんでした。英文学ならあったかもしれませんが。われわれ人間は夢と同じもので織り上げられている（シェイクスピア『テンペスト』第四幕第一場）。入学してほぼ一学期がすぎたころでした。私は田舎から出てきた内気な少年で、孤独だったと思います。あの洒落（しゃれ）者たち、神からの特許状を持っているかのように中庭をぶらつく、白い蝶ネクタイをした若者たちのひとりではありませんでした。いつもひとりぼっちで、講義に出席しては論文を書くだけの日々でしたが、いつしか同じ学年の別の奨学生とのあいだに友情が生まれました。こともあろうに、ガジョン（淡水魚の名前で、かも、お人よしなどの意味がある）という名の臆病な男でした。私は郷里の母に毎週手紙を書きました。礼拝堂にも行きました。そう、当時は神を信じていたのです。敬虔（パイアス）といってもいいほどでした――私たちは〝パイ〟と言ったものです。ですから、ヘルクラブに勧誘されたときは驚きました。驚くと同時にうれしかった。もちろん、聞いてはいました。真夜中の乱痴気（らんちき）騒ぎや、部屋を掃除に来た寝室係がそこで発見したもののせいで失神した話や、古代エジプトの『死者の書』から引用した秘密の詠唱や、埋められた骨やぽっかり開いた墓穴の話は。でも、逸話はほかにもありました。ヘルクラブは多くの成功者を輩出していたのです‥政治家――閣僚もひとりふたりいます――作家、法律家、科学者、産業界の大物。見分けはすぐにつきました。左のラペルにつけた、控えめな髑髏（どくろ）の記章のせいで。そう、ここにあるこれのような。

　そんなわけで、入会儀式に招待された私はよろこびました。儀式がおこなわれたのは十月三十一日のことでした。そう、ハロウィンです。万聖節（ばんせいせつ）の前夜。ええ、そうですね。今日はハロウィンです。偶然を信じる人なら、少しばかり不吉だと思うかもしれませんね。

　話に戻りましょう。儀式は簡単なもので、真夜中におこなわれました、当然ながら。三人の入会希望者が、大学の敷地の外にある廃屋（はいおく）に行くことを求められました。ひとりずつ、目隠しをされ、蝋燭（ろうそく）を持たされて。歩いて廃屋に行き、階段をのぼり、二階の窓のところで目隠しをはずし、持ってきた蝋燭を灯（とも）さなければなりませんでした。そして、できるだけ大きな声で「地獄はからだ！」（『テンペスト』第一幕第二場）と叫ぶのです。三人ともがその作業を終えたら、仲間と合流することができます。そのあとは祝宴とどんちゃん騒ぎが待っています。ガジョン……あのかわいそうなガジョンもその三人のうちのひとりだということはもう話したでしょうか？　ガジョンは不安がっていました。眼鏡がないとほとんど何も見えないからです。でも、どのみちみんな目隠しをするんだぜ、と私は彼に言いました。この世の成り行きを見るのに目などいらない（『リア王』第四幕第六場）。

「さて」わたしは言う。「ここでは何が起ころうとしていますか？」

「悪いこと」ピーターが言う。

「そのとおりです」心のなかで十数えてから、わたしは言う。「どうしてそう思うんですか？」

「ええと」ウーナが言う。「ひとつには設定かな。ハロウィンの真夜中」

「ありきたりだな」とテッド。

「だからいいんじゃない」とウーナ。「すごく不気味だわ、天気も何もかも。雪で列車に閉じ込められてるんでしょ？」

「『オリエント急行の殺人』のパクリだ」ピーターが言う。

「『見知らぬ人』が書かれたのはアガサ・クリスティよりもまえです」わたしは言う。「それ以外で、どんな話だということがわかりますか？」

「語り手がすごく不気味」シャロンが言う。「〝ヒップフラスクから飲め〟とか〝ハーバートのことは気にするな〟とか。そもそもハーバートってだれ？」

「いい質問です」わたしは言う。「みなさんはどう思いますか？」

「ろう者」

「彼の召使」

「彼の息子。危険な異常者だから抑えつけておく必要がある」

「彼の犬」

笑い。

「実は、テッドが正解です。ハーバートは犬です。怪談においてコンパニオンアニマルは重要な意味があります。動物は人間の理解を超えたものを知覚できるからです。そこにないものを見つめている犬ほど怖いものはないでしょう？　もちろん、猫が不気味というのもよく知られています。エドガー・アラン・ポオを思い出してください。それに、動物はたびたび魔法使いの使い魔として、黒魔術をおこなう手助けをしていると考えられていました。ですが、動物を登場させると、別の理由でも役に立ちます。それがなんだかわかる人はいますか？」

だれもわからない。午後の半ば、そろそろ休憩時間で、みんなフィクションにおける典型のことより、コーヒーとビスケットのことを考えている。窓の外を見る。まだ四時なのに、墓地のそばの木立は暗い。本来ならこの短編はたそがれどきまでとっておくべきだったが、短時間のクラスですべてを網羅するのはひどくむずかしい。そろそろまとめにはいらなければ。

「動物はいろいろな使い方ができます」わたしは言う。「作家は緊張感を高めるためにたびたび動物を殺します。人間を殺すほどの効果はありませんが、読者は驚くほど心を揺さぶられます」

創作クラスの受講者たちは、カフェインを求めてにぎやかに階段を降りていくが、わたしは少しのあいだ教室に残る。学校のこの部分にいるとひどく奇妙な気がする。ここで教えるのは成人向け講座だけだ。授業をするには部屋がせますぎるし、凝りすぎている。この部屋には暖炉があり、死んだフェレットのように見えるものを抱えた子どもを描いた、ひどく不穏な油絵もある。二十一世紀の煙突掃除屋のように、暖炉のなかをのぼって姿を消そうとする七年生をつい想像してしまう。タルガース校の学校生活のほとんどは、一九七〇年代に板ガラスと色レンガで建てられた醜く巨大な新館でおこなわれる。かつてホランド・ハウスと呼ばれたこの建物は旧館ということになるが、実際は別館にすぎない。食堂と厨房と礼拝堂があり、校長室もある。二階にはときどき音楽の練習や演劇に使われる部屋がいくつかある。古い図書室もあるが、今ではよく出入りするのは教師くらいのものだ。生徒はコンピューターや肘掛け椅子やペーパーバックの回転式書架がある新館の現代版図書室を使うからだ。生徒立ち入り禁止の最上階は、R・M・ホランドの書斎で、当時のまま保存されている。創作クラスの受講者たちは、「見知らぬ人」の著者が実際にこの館に住んでいたと知るといつも興奮する。住んでいたどころか、ほとんどここから出なかった。ホランドは世捨て人で、家政婦や使用人にかしずかれる昔ながらの暮らしをしていた。わたし自身、料理や掃除をしてくれて、アイロンをかけた《タイムズ》をトレーにのせて朝のお茶とともに運んでくれる人がいたら、家を出ることはないかもしれない。が、わたしには娘がいるので、なんとか自力で起きなければならない。階下から時間を怒鳴らないと、おそらくジョージーはベッドから出ないだろうから。R・M・ホランドなら無縁なはずの問題だが、実は彼にも娘がいたかもしれないのだ。この点に関しては研究者のあいだで意見が分かれている。

十月の中間休みで（イギリスでは学期の中間に一週間の休みがある）生徒たちがいないので、旧館でずっとすごしていると、大昔の神聖な大学で教えているような気分になる。体育館のにおいと新館を無視すれば、ホランド・ハウスにはほとんどオックスフォード大学のように見える部分がある。わたしはひとりですごすこの時間が好きだ。ジョージーはサイモンのところにいるし、ハーバートは犬の託児所にいる。心配することは何もないし、うちに帰れば、何にもじゃまされずに夜じゅう執筆することができる。わたしはR・M・ホランドの伝記を書いている。十代のころ怪談のアンソロジーで「見知らぬ人」を読んで以来、ずっと彼に興味を持っているのだ。ここの仕事に応募したときは、彼とこの学校の関わりを知らなかった。宣伝文句のなかにはなかったし、面接は新館でおこなわれた。それを知ったとき、お告げのような気がした。昼間は英語を教え、夜にはこの環境に霊感をもらって、ホランドについて書こう。彼の奇妙な隠遁生活、妻の謎めいた死、消えた娘について。すべりだしは好調だった。地元の話題としてテレビ局からインタビューを受け、ぎこちなく旧館のなかを歩きながら、以前のここの住人について話した。が、最近は——理由はわからないが——ことばが干上がっている。毎日書きなさい、とはわたしが生徒たちに言っていることだ。ひらめきを待ってはいけない、最後まで訪れないかもしれないのだから。詩神（ミューズ）はいつもがんばっている人を見つける。自分の心のなかを見つめて書きなさい。だがたいていの教師同様、わたしも自分のアドバイスに従うのが苦手だ。日記はほぼ毎日書いているが、自分以外はだれも読まないので書いているうちにはいらない。

　できるうちに階下に行って、コーヒーを飲んだほうがよさそうだ。立ち上がって窓の外を見る。暗くなりつつあり、木々が突風に吹かれている。落ち葉が駐車場を飛ばされていき、それを目で追ううちに、もっと早く気づいてしかるべきものに気づく。ふたりの人間が乗っている見慣れない車。とくにおかしなところはない。なんといってもここは学校なのだ。中間休みではあるが、訪問者がまったくないというわけではない。もしかしたら教室の準備を整え、翌週の授業計画を仕上げるために来ている教職員かもしれない。だが、その車と、乗っている人たちには、わたしを落ち着かない気分にさせるものがある。特徴のないグレーの車で――わたしは車にはまるでうといが、サイモンなら車種がわかるだろう――どっしりとして職人っぽい、小型タクシーの運転手が使うようなやつだ。でも、どうしてあの人たちは車に乗ったままなのだろう？　顔は見えないが、ふたりとも黒っぽい服を着て、車そのものと同じくどこか単調で威嚇（いかく）的に見える。

　携帯電話が鳴るが、何か呼び出しが来るような気がしていたのでそれほど驚かない。電話は英語科主任のリック・ルイスからだ。

「クレア」彼は言う。「恐ろしい知らせだ」

クレアの日記

二〇一七年　十月二十三日　月曜日

エラが死んだ。リックに聞いたとき、信じられなかった。ようやくことばが頭にはいってくると、とっさに考えた。車の衝突、事故、何かの過剰摂取まで。だが、リックが〝殺された〟と言ったときは、まるで外国語を話しているように聞こえた。

「殺された？」わたしはばかみたいにそのことばを繰り返した。

「警察の話によると、昨夜何者かが彼女の家に押し入ったらしい」とリックは言った。「今朝警察がうちに来た。デイジーは私が逮捕されると思ったようだ」

まだピースをはめることができない。エラが。わたしの友だちが。わたしの同僚が。英語科の教員仲間が。殺された。校長のトニーはもう知っているとリックは言った。今夜保護者全員にメールで知らせるという。

「新聞に載るだろう」とリックは言った。「中間休み中でよかったよ」

わたしも同じことを考えた。中間休み中でよかった、ジョージーがサイモンのところにいてよかった。でもすぐに罪悪感を覚えた。リックも失言だったと気づいたのだろう、「すまない、クレア」と言った。本心のようだった。

すまないですって。まったく(ジーザス)。

そのあとわたしは創作クラスに戻って怪談について講義しなければならなかった。最高の講義とはいかなかった。が、「見知らぬ人」はいつもそれなりに効果をあげる。とくに終わるころには暗くなるから。ウーナは最後にほんとうに悲鳴をあげた。最後の一時間は創作の演習にあてた。「悪い知らせを受け取ることについて書きなさい」うつむいて傑作の冒頭（〝電報が届いたのは二時半だった……〟とかなんとか）を書いている受講生たちの頭を見て思った：あなたたちにはわからないでしょうね。

うちに帰ってすぐ、デブラに電話した。彼女は家族と出かけていて、まだ知らせを受けていなかった。デブラは泣いて言った、信じられない、エトセトラ、エトセトラ。金曜日の夜にわたしたち三人はいっしょにすごしたばかりだった。エラは日曜日に殺されたとリックは言った。わたしは『ストリクトリー・カム・ダンシング』（有名人とプロダンサーが組んでダンスを披露し、ジャッジと視聴者投票により勝ち抜いていくイギリスの人気社交ダンス番組）のことで彼女にメールして、返信がなかったのを覚えている。そのときにはもう死んでいたのだろうか？

講義をしたり、デブラと話したりしているときはそんなにつらくなかったが、ひとりになると、なんだかすごく……そう、ひどい気分……怖くて体が硬直しそうだ。ベッドの上で日記を書いている今も、明かりを消したくない。エラはどこにいるのだろう？　彼女の遺体は運び去られたのだろうか？　両親が彼女だと確認したのだろうか？　リックはそういうくわしいことは何も教えてくれなかった。今思えばすごく重要なことのような気がする。彼女にもう二度と会えないなんて信じられない。

2章

早めに学校に来ている。よく眠れなかった。恐ろしい夢を見た。エラの夢というわけではなく、戦争で荒廃した街でジョージーを捜しまわり、ハーバートがいなくなり、死んだ祖父が見えない部屋から呼んでいる夢。ハーバートはひと晩〈ドギー・デイケア〉に預けていたが――おそらくそのせいでそんな不穏な夢を見たのだろう――食べ物や散歩やおもちゃをねだる犬に起こしてもらう必要はなかった。六時に起きて八時にはタルガース校にいた。食堂でコーヒーを飲んだり、おしゃべりをしようと、すでに何人か受講生が来ていた。ここではいつも中間休みにいくつか成人向け講座が開かれており、だれがどの講座を受けているのか当てるのは楽しい……奇抜なジュエリーをつけた女性たちはタペストリーか陶芸教室、サンダルを履いて爪を伸ばした男性たちはたいてい弦楽器を作っている。わたしの生徒たちはいつもいちばん見分けるのがむずかしい。多様性は創作を教えるうえでの利点のひとつだ――集まるのは引退した教師や弁護士たち、子どもたちを育てあげ、自分のために何かやりたいと思っている女性たち、つぎのJ・K・ローリングになると心に決めている二十代の若者たち。お気に入りは、ときどき目にする、ほかの講座をすべて受講してしまい、リストのキャンドル作りのつぎに載っているからという理由でわたしの講座を受ける生徒だ。そういう生徒たちはいつも驚かせてくれる――そして、本人たちも驚くことになる。

自動販売機でブラックコーヒーを買い、それを持ってテーブルのひとつのいちばん端の席に行く。食べて飲んで、いつもの日課をこなし、今日の講義のことを考えるのは妙な気分だ。エラのいない世界に生きているということにまだ慣れない。親友といえば大学時代の友人のジェンとキャシーということになるだろうが、そのふたりのどちらよりもエラによく会っていたのはまちがいない――学期中は毎日会っていたのだから。わたしたちはリックやトニーに対するいらだちや、生徒たちについて、たまにある胸のすくような出来事、学校のカウンセラーと実験助手のひとりについての興味深いうわさ話を共有した。ばかみたいだが、今も彼女にメールしたいと思っている。〝信じられないようなことがあったのよ〟と。

「ここに座ってもいいかな?」

創作クラスのテッドだ。

「どうぞ」歓迎の表情をつくる。

テッドは創作クラスの受講生らしく見えない人物の好例だ。スキンヘッドでタトゥーを入れているので、〈木彫り：入門編〉ぽく見えるし、〈日本陶芸探究〉のようにも見える。だが、昨日の彼の着眼点はよかったし、ありがたいことに自分の作品の進み具合について話したいわけでもないらしい。

「昨日はおもしろかった」ホテルの部屋にサービスで置いてあるようなビスケットの包みを開けながら彼が言う。

「それはよかった」わたしは言う。

「あの怪談のこと。夜じゅうずっと考えてた」

「すごく効果的でしょう？　R・M・ホランドは大作家ではなかったけど、どうすれば人が怖がるかを知っていた」

「あの作家が実際にここに住んでたってほんと？　この館に？」

「ええ。一九〇二年まで住んでいた。寝室は昨日わたしたちがいた階にあったの。書斎は屋根裏にあるのよ」

「今は学校なんだよね？」

「ええ、中等学校（セカンダリー・スクール）（十一歳から十六歳までの生徒が通う公立の学校）のタルガース校よ。ホランドの死後、建物は寄宿学校になり、そのあとはグラマースクール（成績などにより入学者が選出される公立の中学）になった。そして、一九七〇年代にコンプリヘンシブ（入学条件のない公立の総合中学）になったの」

「あなたはここの先生なんだよね？」

「ええ」

「ここの生徒たちにもあの話を読ませるの？『見知らぬ人』を？」

「いいえ。ホランドはカリキュラムにはいっていないわ。いまだに『ハツカネズミと人間』とか『日の名残り』ばっかり。一般中等教育修了試験（GCSE）（自分で選択した教科を二年間かけて学び、最後に試験を受けて義務教育が修了する）のための創作クラスを担当していたときは、ときどき「見知らぬ人」を読ませたけど」

「きっと悪夢を見ただろうな」

「いいえ、みんなあの話が好きだった。十代の子たちは怪談が好きなのよ」

「おれも好きだよ」彼はわたしににやりと笑いかけ、二本の金歯を見せる。「ここにいるとなんだか妙な気分になる。きっと霊がいるんだよ」

「いくつか逸話があるのよ。最上階から女性が墜落したと言われているの。ホランドの妻だったと言う人もいる。あるいは娘だと。浮かびながら階段を降りてくる、白いネグリジェ姿の女性を見たと言っている生徒たちもいるわ。視界の隅に落下する人影が見えるとか。血痕がまだはっきり残っているのよ、校長室の外に。だからでしょうね」

「いかにもな場所だね」

「あら、校長は若くて流行に敏感なタイプよ。全然ディケンズっぽくない」

「そりゃ残念」

テッドは紅茶にビスケットを浸すが、それ用のものではないので半分ほどが紅茶のなかに落ちてしまう。「今日の課題は?」彼は言う。「昨日教室に予定表を置いて帰っちゃって」

「印象的なキャラクターを創造する」わたしは言う。「午後は時間と場所について。それでおしまい。失礼、そろそろ準備に行かないと」

今日の講義に向けてすべてが所定の位置にあるか確認するために教室に向かうが、そこに着くと、デスクのまえに座って頭を抱える。いったいどうやって今日という日を乗り切ればいいのだろう?

エラに初めて会ったのは五年まえ、タルガース校の採用面接のときだった。採用担当のリックは、英語科の教師の三分の一がイースターの学期の終わりには辞職してしまい、数カ月以内に経験のある英語教師をふたり見つけなければならないのを隠そうとしていた。少しまえにリックの第一印象を知りたくて日記を見てみたが、がっかりするほど平凡なものだった。長身、やせ型、だらしない感じ。リックはその魅力——のようなもの——がじわじわとわかってくるタイプの人だ。

「とても活気のある科ですよ」彼は校内を案内しながらわたしたちに話した。「それに、とても多様で、エネルギーにあふれたすばらしい学校です」

そのころには、空いているポストはふたつあり、競わなくていいことがわかっていた。わたしたちは目を合わせた。ふたりとも〝活気のある〟が何を意味するか知っていた。学校は無政府状態の一歩手前だった。直近の視察で〝改善が必要〟という判定をくだされたところだった。当時はまだ前校長のメーガン・ウィリアムズがその座にしがみついていたが、二年後には、別の学校から送りこまれた教師経験が十年しかないトニー・スイートマンに追い出された。いま学校は〝良〟の評価を得ている。

そのあとエラとわたしはスタッフルームで意見交換をした。そこは新館にある陰気な部屋で、備品には受動攻撃性のあるポストイットが貼ってあった——〝どうか食器洗浄機を空にするのを手伝って。いつもわたしの番だなんてありえない‼〟理事会の決定が出るまで、わたしたちはコーヒーとビスケットひと皿とともにそこで待たされた。ふたりとも採用されるのはわかっていた。向かいに座っている女性によって、それも悪くないと思えるようになった：ブロンドの長い髪、通った鼻筋、美人とはいえないまでもすばらしく魅力的だ。あとで知ったことだが、エラはジェーン・オースティンの大ファンで、自分を『高慢と偏見』のエリザベス・ベネットに重ね合わせていた。でも、わたしにとって、彼女はいつも『エマ』だった。

「どうしてここに来たいの?」エラはペンで紅茶をかき混ぜながらわたしに訊いた。

「離婚したばかりなの」わたしは言った。「ロンドンから離れたいのよ。十歳の娘がいるの。田舎に住むのは娘にとっていいことかもしれないと思って。それに、海も近いし」

学校はウェスト・サセックスにあった。ショアハム・バイ・シーまでは十五分しかかからず、渋滞していなければチチェスターまで三十分で行けた。リックもトニーもよく車で訪れていた。わたしはドライブ中、緑豊かな田舎道に意識を集中するようにしていた。窓の割れた画廊や、潮風で植物がすっかり枯れてしまった陰気な中庭ではなく。

「わたしも逃げたいの」エラは言った。「ウェールズで教えてたんだけど、学科主任とできちゃって。失敗だったわ」

感動したのを覚えている。知り合ってこんなにすぐに打明け話をしてくれたことが、ちょっと衝撃でもあった。

「さっきのリックとは不倫なんて考えられない」わたしは言った。「案山子(かかし)みたいだったわね」

エラが『オズの魔法使』の「ぼくに脳みそさえあれば」というタイトルの案山子の歌を驚くほど上手にものまねで歌った。

でも、彼女には脳みそがあったし、それは上等な脳みそだった。なのにどうしてリックのことでは判断を誤ったのだろう。わたしの意見を聞くべきだったのに。

今となっては遅すぎる。


午前中、受講者たちに「見知らぬ人」について話す。

「怪談には典型的なキャラクターがよく出てきます。無邪気な若者、助力者、妨害者、醜女（しこめ）」

「それなら何人か知ってる」いささか粗野な笑い声をあげてテッドが言う。

「意味がわかんない」ウーナが言う。「醜女って何？」彼女はこの手のことで手間取らせるタイプのようだ。

「ゴシックの怪談によく出てくるキャラクターです。『黒衣の女』（一九八三年、スーザン・ヒル作。映画や舞台にもなっている）や、『ジェーン・エア』のミセス・ロチェスターを思い浮かべてください。美しい女性が醜い老婆になり、その逆にもなる「バースの女房の物語」（チョーサー作『カンタベリー物語』の一話）の流れをくんだキャラクターです」

「そういう女、知ってる」テッドが言う。

話をそらされるつもりはない。テッドの恋愛話についてはこの二日で充分聞いている。「もちろん。蛇がほんとうに女性になってしまうという、キーツの詩「レイミア」に出てくるような伝説もあります」

「でも、『見知らぬ人』に蛇女は出てこないわよ」ウーナが言う。

「ええ」わたしは言う。「R・M・ホランドはフィクションに女性をほとんど登場させない傾向があります」

「でも、彼の奥さんはこの館に取り憑いてるんだろ」とテッドが言い、わたしはビスケットを食べながら愉しいおしゃべりに興じた自分を呪う。

「その話、聞きたい」と数人が言う。もっと繊細なタイプの人たちは愉しげに身震いするものの、窓から秋の日ざしが射し込むなかで、幽霊を信じるのはむずかしい。

「R・M・ホランドはアリス・エイヴリーという女性と結婚しました」わたしは言う。「夫婦はここに、この建物に住んでいました。やがて、アリスは亡くなりました、おそらく階段から落ちて。そのため、彼女の亡霊がここを歩きまわっていると言われています。二階の廊下をすべるように移動したり、浮かびながら階段を降りてくることもあるとか。彼女を見たら、死が迫っているしるしだと言う人もいます」

「見たことありますか？」とだれかが訊く。

「いいえ」と言って、わたしはホワイトボードに向かう。「では、キャラクターを創造する練習をしましょう。鉄道の駅にいると想像してみてください……」

こっそりと腕時計を見る。あとほんの六時間だ。

昼間が永遠に、何世紀も、何千年もつづくような気がする。が、ようやく受講者たちにさよならを言い、《サンデー・タイムズ》の文化面でみんなの本を探すと約束する。プリント類を集めて教室に施錠する。そのあとは、砂利道をダッシュするように車に向かう。五時だが真夜中のように感じる。学校にはぽつぽつと明かりが灯るのみで、風が木立を吹き抜ける。うちに帰るのが、グラス一杯のワインが、エラのことを考えるのが、なかでもハーバートに会うのが待ちきれない。

これほど犬に依存するようになると五年まえに言われていたら笑っていただろう。わたしは動物をかわいがる子どもではなかった。北ロンドンで育ち、両親はともに研究者で、飼っていた動物は、母以外の人間に興味を示さないメデューサという名の無礼な猫だけだった。が、離婚してサセックスに越してくると、ジョージーには犬が必要だと思った。犬を飼えば田園地帯を散歩する気になるだろうから、携帯電話を見ている時間を短縮できると思ったのだ。文句を言わない犬の耳に向かって、十代の悩みを話すこともできる。わたしのためにもなるだろうというおぼろな考えもあった。犬のおかげで健康を保てるし、ほかの飼い主とも出会えるだろうと。つねにだれかが『ガール・オン・ザ・トレイン』（ポーラ・ホーキンズ作のサイコミステリ）をとりあげる危険があるブッククラブよりずっといい。

そこで、保護施設に行ってハーバートを選んだ。彼がわたしたちを選んだとも言える。だって、そういうものでしょう？　緊急の場合に抱き上げられる程度に小さい犬がよかったが、犬とは思えないほど小さい犬はいやだった。ハーバートの先祖ははっきりしないが、保護施設ではケアンテリアとプードルの雑種ではないかと考えていた。実際彼は、子どもの絵本のイラストにそっくりだった。リンレー・ドッドの絵本に出てくる毛むくじゃらの黒い犬ヘアリー・マクラリーの白バージョンで、白い絵の具をにじませて脚を付け加えたような生き物だ。

もちろん、わたしはハーバートと恋に落ちた。ジョージーも彼のことが大好きだ。散歩に連れていくし、人間と同じさまざまな感情があると考えている。「ハーバートはほかの犬がいると恥ずかしがるの。ひとりっ子だから」だが、溺愛しているのはわたしだ。彼に悩みを話し、ベッドの上で――たびたびはなかで――眠るのを許している。あまりにも愛しているので、ふと目をやったとき彼が毛に覆われているのを見てひどくびっくりすることもある。

〈ドギー・デイケア〉（あんまりな名前だけど、わたしのせいじゃない）のオーナー、アンディはわたしを見てよろこぶ。彼はおしゃべり好きな愛想のいい人だ。が、ハーバートを、その快活で何もかもわかっているもふもふの顔を見たとたん、わたしは泣きたくなる。ハーバートを抱っこしてアンディに支払いをし、ほとんど走るように車に向かう。とにかく慣れ親しんだ動物といっしょにうちに帰りたい。店に寄ってワインとチョコレートビスケットを買う。ハーバートが耳元ではあはああえぐ。

わたしはタウンハウスに住んでいる。テラスつきで一階に二部屋、二階に二部屋あり、玄関扉は黒、錬鉄製の柵のある家だ。田園のまんなかに建ち並ぶタウンハウスのひとつで、背後を白亜の崖に守られている。今は廃墟となっているセメント工場（ガラスのない窓、錆びついた機械、夜になると吹きつける風に悲鳴をあげる鉄の屋根）の従業員たちの住宅として建てられたものだ。廃工場となっても住宅は残り、こぎれいに高級化された。目のまえの牧草地では牛たちがのどかに草を食み、背後にあるおどろおどろしい建物はあくまでも無視されている。今ではわたしたちもこの家に慣れている。通学にとても便利だし、気のきいたカフェやすばらしい書店があるスティングも遠くない。が、ときどき工場が目にはいり、あのぽっかりと開いた窓を見て考える。だれがここに住もうと思うだろう？

家のまえの道路はこの住宅群の住民しか利用しないので、わが家の外に車が停まっているのを見て驚く。いや、驚くことだろうか？　不吉な感覚は一日じゅうつきまとっている。むしろこれは避けられないことなのだろう、とその車を見てぼんやり思う。車を停めて興奮するハーバートをおろすと、その車からひとりの女性が降りる。

「こんにちは」女性は言う。「クレア・キャシディさんですね？　カー部長刑事です。少しおじゃましてもよろしいですか？」

3章

カー部長刑事は小柄で、黒髪をうしろでまとめてポニーテールにしている。おそらくわたしより十歳ほど若い、三十代半ば。きゃしゃで少女のような容姿ながら、教師のような威厳がにじみ出ている。カー部長刑事の背後には男性がいる。彼女より年上で、白髪交じりの髪をゆるく束ねている。男性はニール・ウィンストン部長刑事だと自己紹介する。テレビで見るのと同じ、ふたり組だ。

ハーバートがカーに飛びかかろうとし、わたしは引き離す。何度も訓練したのに、この子はまだわたしに恥をかかせるつもりなのだ。

「大丈夫ですよ」彼女は言う。「犬は好きですから」

それでもカーは服から毛を払う。プードルの血がはいっているせいで、ハーバートはあまり毛が抜けないが、彼女はそれを知らない。黒いスラックスに白いシャツ、暗い色のジャケットを着ている。私服だが地味なので制服として通用する。昨日見た停車中の車に乗っていたのは彼女とウィンストンだろう。

「どうぞ」わたしは言う。私道を歩いて、ぴかぴかの都会風玄関扉からなかにはいる。片手で郵便物を拾いあげ、客人たちに居間の方向を示す。リードを離すと、ハーバートはキッチンに駆け込んで、やたらと吠えはじめる。

「紅茶を淹れましょうか?」わたしはカーとウィンストンに訊く。

「いえ、けっこうです」とカーが言うと同時に、ウィンストンは「ミルク入り、砂糖はふたつで」と言う。

キッチンに買い物袋を置くと、ボトルが有罪を宣告するように音をたてる。カーに聞こえないといいのだが。彼女が侮れないことはすでにわかっている。紅茶を淹れて皿にビスケットを並べる。そして、ハーバートを従えて居間に戻る。

「エラ・エルフィックさんの殺害事件を捜査しています」わたしが座るとカーが口を開く。「事件については聞いていますよね？」

「はい。学科主任のリック・ルイスから昨日電話で」

「お気の毒です」カーは言う。「かなりショックだと思いますが、できるだけ早くエラさんの友人と同僚全員から話を聞きたいと思っています。彼女の生活について知りたいんです、こんなひどいことをした人間を特定するために」

「思ったんですけど……」そこでやめる。

「何を思ったんですか？」カーが訊く。

「思ったというか、推測ですけど、彼女は知らない人に殺されたんじゃないかと。無差別殺人です。強盗が見つかってやむをえず殺したとか」

「ほとんどの殺人の被害者は知り合いに殺されています」カーが言う。「この事件でもそうだと思われる理由があります」

「リックの話ではエラは刺されたって……」

「そうです」カーが言う。「複数回」

「なんてこと」

沈黙がおりる。ウィンストンが紅茶を飲み、ハーバートが小さくクーンと鳴く。

「それで」カーが手帳を取り出す。「あなたはタルガース校でエラさんの同僚だった。そうですよね？」

「はい。ふたりとも英語を教えています。教えていました。ああ、もう」

カーはわたしが気をとりなおすあいだ待つ。

「わたしはキー・ステージ3の責任者で、エラはキー・ステージ4の責任者です」

「キー・ステージ3というのは……?」

「七年生から九年生。十一歳から十四歳までです。キー・ステージ4は十年生と十一年生。GCSEを受ける学年です。だいたい十四歳から十六歳ですね」

「では、おふたりは仕事の上でもかなり近しかったんですね?」

「ええ、六人しかいない少人数の科ですから。週に一度会議があって、エラとわたしはいっしょに授業計画を立てたり、進捗状況や目標を確認したりといったことをしていました」

「仲はよかったですか?」カーが訊く。過去形でも平気なようだが、彼女はエラが現在形だったときのことを知らない。

「とても」

「職場以外でも交流がありましたか?」

交流（ソーシャライズ）。妙なことばだし、わたしたちのような関係には堅すぎる気がする。ハーバートとの散歩、食事をしてちょっと飲みすぎること、フェイスブックのメッセンジャーでテレビ番組の『ストリクトリー・カム・ダンシング』について長いおしゃべりをすること。

「はい」わたしは言う。

「最後にエラさんに会ったのはいつですか?」

「金曜日の夜です。映画に行ったあと食事をしました」

「ふたりだけで？」

「デブラ・グリーンもいました。タルガース校の歴史教師です」

「なんの映画を見ましたか？」

「『ブレードランナー』の新作（二〇一七年公開の『ブレードランナー２０４９』のこと）です」

「私も見たいと思ってるんですよ」ウィンストンがほとんど初めて口を開く。「おもしろかったですか？」

「ちょっと長かったわ」わたしは言う。「一作目のほうがよかった」後半はほとんど眠っていて、ライアン・ゴズリングが雪のなかをやけにゆっくり歩いていたことと、彼が目に涙を浮かべていたことしか覚えていない。エラが死んでどこかに横たわっているときに、ここに座って映画について話していることが信じられない。

「日曜日にエラから連絡はありましたか？」カーが訊く。

「いいえ。『ストリクトリー』の結果が出るまえにメールしたけど、返信はなかった」

「それは何時でしたか？」

「七時ごろです」

「夜じゅう見ていたんですか？　テレビを？」

「テレビは少しのあいだだけです。あとは月曜日の準備をしました。創作クラスの」

「夜じゅうひとりでしたか？」

「いいえ、娘のジョージアがいっしょでした」

「ひと晩じゅう？」

「ええ。娘はほとんどの時間自分の部屋にこもっていましたが、家にはいました」

「そして、月曜日は創作クラスで教えていた？　それもタルガース校でやってるんですよね？」

「はい。中間休みに成人向けの講座をやってるんです」

「娘さんは今どこですか？」

「父親のところに行っています。月曜日の朝、娘を駅まで送りました。明日帰ってきます」サイモンが車で送ってくることになっている。そうしておいてよかった。彼に会わなければならないことを別にすれば。それは気が進まない。

カーとウィンストンは視線を交わす。このあと話題を変えるつもりなのだろう、その証拠にカーが張りのない肘掛け椅子に背中を預けて言う。「エラさんはどんな女性でしたか？」

この質問に正しく答えることがとても重要に思える。ここではエラは被害者だ。女性たちがたびたび被るように、殺されたのは自業自得だと思われてしまうようなことは避けたい。カー部長刑事は、〝これぞフェミニスト〟と書かれたTシャツを着る人のように見えるが、わたしは信用していない。この質問は、エラには性生活があり、従って死ぬことになった事実にいくらか自己責任があると言わせるためのものだ。刺されて。複数回。わたしはエラの記憶をスクロールする。コピーし、再生し、削除する。

「かわいらしい人でした。とても知的で、すごくおもしろい人。みんな彼女のことが好きでした」

明らかにそうでなかっただれかを除いて。わたしはつづける。「立派な教師でしたし、生徒たちに愛されていました。生徒たちはきっとすごくショックを受けるでしょう、このことを知ったら……」

それはカーにとって重要ではないらしい。「エラにボーイフレンドはいましたか?」と訊く。

そうくると思った。「わたしの知るかぎりではいませんでした」

「以前は?」

「いたようです」わたしは慎重に言う。「でも今はいません」

「とくに話題にしていた人はいましたか?」

「以前いたウェールズの学校の人のことを話していました。ブラッドリーなんとかっていう」カーはメモをとる。「だれかに悩まされていると言っていませんでしたか? フェイスブックをストーキングされているとか? そういったようなことは?」

あとでいやでもエラのフェイスブックを見なければならないだろう。でも、ワインを少なくともグラス二杯飲んでからだ。

「いいえ」

もっと質問してくるだろうと思っていたので、秘密の合図を交わし合ったかのようにふたりが同時に腰を上げると、わたしは驚く。

「ありがとうございました」カーが言う。「とても助かりました」

「お悔やみ申し上げます」帰り際にウィンストンが言う。アメリカの刑事ドラマのセリフのように聞こえる。カーは立ち止まって、無言のままスラックスに近づけないようにぎこちなくハーバートをなでる。

警察が帰ると、キッチンに行ってグラスにワインを注ぐ。そうしているうちに、さっき拾い集めた郵便物に気づく。茶色い封筒にはいった役所関係のものらしい手紙が何通かあり、それは無視するが、明らかにちがう見た目のものが一通ある。厚みのあるクリーム色の封筒で、ケンブリッジ大学セント・ジュード・カレッジの浮き出し刻印がついている。

ありえないのはわかっているが、最初に頭に浮かんだのはジョージーのことだった。まだ十五歳で、どんな試験も受けていないのに、どうしてケンブリッジ大学があの子のことでわたしに手紙を送ってくるというのか？　たしかにジョージーは賢いが、できるだけ勉強をせずに学校生活を送るつもりでいることは明らかだ。わたしの期待はすでにオックスブリッジ（オックスフォードとケンブリッジ）から、ラッセル・グループ（イギリスの研究型名門公立大学二十四校）を経て、学寮（カレッジ）つきの優良大学ならどこでも、というところまで下方修正されている。それでも、封筒を開けるまえからつい想像してしまう。〝わたくしどもの目に留まった……すばらしく才能のある学生……公開奨学金〟が、手紙はジョージーを破格の扱いでガートン・カレッジに迎え入れるという申し出ではない。とはいえ興味深いものだ。

親愛なるミズ・キャシディ
あなたがR・M・ホランドの生涯と作品についての本を執筆なさっていることは存じております。当方では最近、あなたが興味を示されるかもしれない手紙を入手いたしました。もしおいでいただけるなら、よろこんでお目にかけたいと思っております。こちらは十月二十三日にはじまる週でしたら時間があります。

敬具

ヘンリー・H・ハミルトン
英語科上級講師

わたしは長いことこの書状を見つめる。十九世紀からの手紙を、まるでホランド自身からの手紙を受け取ったかのように。とりすましたまんなかのイニシャルはヴィクトリア朝風だ。このヘンリー・ハミルトンはどこでわたしの住所を知ったのだろう？　Eメールのアドレスなら簡単だ。学校のホームページに載っているから、いずれにせよ難なく見つかる。この威厳のある響きの名を持つ名士は、そうやってわたしを見つけたのだろうか？　どうか彼があのテレビ番組を見ていませんように。それとも、HHHはYouTubeでわたしを見たのだろうか？　そして、その手紙というのはあまりにも貴重で、郵送することもスキャンすることもできないのだろうか？

携帯電話が振動する。ジョージーであることを願うが、デブラだ。

「いま家？」彼女は言う。

「ええ、一時間ぐらいまえに帰ってきた」

「エラのご両親に電話したわ」

わたしもそうするべきなのだが、怖くてできずにいる。ナイジェルとサラ・エルフィックには一度会ったことがある。やさしくおだやかな夫婦のようだった。エラはひとりっ子だった。

「つらかった」デブラは言う。「なんてことばをかければいいの？　言えることなんて何もない。子どもを失うのは人に起こりうる最悪のことよ」

「ええ、そうね」

「わたし、泣きだしちゃって、結局彼女のお母さんに慰(なぐさ)められたの。もう最悪」

「それでも電話したのはいいことよ」

「そうかしら」とデブラは言い、煙草を吸い込む音がする。庭に立って電話しているのだろう。レオは家のなかで煙草を吸わせないから。「でも、ほかに何ができる？　エラのフェイスブックのページは見た？」

「いいえ」

「〝楽園で安らかに〟とか〝またひとり天使が天国へ〟みたいなコメントだらけ。ほとんどはエラを知りもしなかった人たちよ。まったく(ジーザス)」

元彼がエラのフェイスブックをストーキングしていたかどうか、カー部長刑事が訊いてきたことを思い出す。

「ついさっきまで警察が来てたの」わたしは言う。

「警察が？　なんで？」

「エラの友だち全員と話すつもりみたい。きっとつぎはあなたよ」

「まあ。息子たちは大よろこびだわ。玄関に警官のふたり組が現れたら」

「ひとりは女性だった。彼女が怖いほうの警官よ」

「犯人の目星はついてるの？」

「つきあってた人のことを訊かれた」

「なんて言った？」

「今はいないって」

「リックのことは言わなかったの？」

「ええ」

　また深く吸い込む音。わたしはつぎの質問に身がまえるが、デブラはこう言うだけだ。「まだ信じられない。エラが死んだ。殺された。悪夢のなかにいるみたい」

「あるいは本の」わたしは言う。「ずっと本のなかにいるような気がしてる」

「あなたらしいわね。そっちに行こうか？」

「いいえ。大丈夫よ。ワインのボトルが一本あるから。ハーバートもいるし」

「それなら申し分なしね。わたしはこれからすぐカブスカウト（ボーイスカウトの幼年部門）に息子たちを迎えにいって、夕食を作らなきゃ。レオはフットサルに行ってるの」

「なかなか家庭的じゃない」

「まあ、見かけはね。明日会う?」

「ジョージーが明日帰ってくるの」

「電話して。会ってコーヒー飲むくらいならできるかも」

「わかった」わたしは言う。「じゃあね。気をつけて。安全運転でね」

わたしは立ったままグラスのワインを飲み、もう一杯注ぐ。そして、エラのフェイスブックのページを開く。

4章

つぎの日、約束の時間に三時間遅れて四時にサイモンが現れる。途中ジョージーからメールをもらっていたので、窓のそばで待っていたわけではないが、それでもいらいらする。午前中はデブラに会って買い物をしたが、サイモンがロンドンからウェスト・サセックスまでは車で二十分しかかからないという変な信念を持っていなかったら、午後はできることがたくさんあったのに。

「一時に着くって言ったじゃない」元夫に言った最初のことばがそれだ。

「ジョージーがメールしただろう」が彼の返事。

「ハイ、ダーリン」わたしは娘をハグする。「楽しかった?」

ジョージーはハグに応えるが、すぐにハーバートのところに行き、もっとずっと熱を込めて出迎えを受ける。

「あたしのわんちゃんは元気だった? どうなの? うーん、このちっちゃな顔、たまんない」

ジョージーはハーバートを抱き上げ、キス攻めにする。サイモンとわたしはそれを見守る。こういうときは同じこと(どうしてこの子はわたしたちにあの愛情を示さないのだろう?)を考えているとわかっているが、わたしはそれを認めたくない。

「ハーバートは幸せだな」ジョージーのバッグを車から出しながら、とうとうサイモンが言う。

「はいってお茶でも飲んでいく?」わたしは言う。

彼はためらう。ほんとうはわたしと同じ家のなかにいたくないが、おそらくトイレに行く必要があるのだろう(そろそろ前立腺に問題が出てくる年齢だ)。

「じゃあちょっとだけ。ありがとう」

お茶を飲むのにどれぐらいかかると思っているのだろう? 日本の茶の湯の儀式をおこなうわけでもないのに。彼のあとから家にはいりながら、気づけば歯ぎしりしている。

サイモンはすぐにトイレに行くが、わたしがお湯にティーバッグを入れるという手間と時間のかかる作業をするあいだ、話をするために戻ってくる。ジョージーはハーバートと二階に消えている。

「いいキッチンだよな」サイモンは言う。ここに引っ越してからキッチンを新しくした。たしかにいいキッチンだ——ぴかぴかの扉、御影石の調理台、天窓、庭を望む眺め。が、サイモンはいつも少ししか褒めない。わたしがずっと望んでいたキッチンを手に入れたことが気に入らないのだろう。わたしたちは離婚したときロンドンの家を売ったが、サイモンは比較的裕福な女性と再婚したので、市内に別の家を買うことができた。わたしは田舎に追放されたのだから、御影石の調理台ぐらいあってもいいはずだ。

「フルールは元気？」わたしは言い返す。サイモンの妻に含むところは何もない。それどころか、ソックスを色分けする男と結婚した彼女に同情している。フルールはサイモンと同じく弁護士だが、今は二歳と生後二カ月の子どもたちとともに家にいる。おもしろくないことも多いだろう。とくにサイモンは——新時代の男と自称しているくせに——育児休暇をとることなど思いつきもしないだろうから。

「元気だよ」彼は言う。「ちょっと疲れてるけど。オーシャンはまだ夜泣きするから」無理もない。おそらくばかげた名前がトラウマになっているのだろう。

「たいへんね」サイモンが別室に避難して寝ているのはまちがいない。充分休めているように見えるから。

サイモンは車のキーをもてあそんでいる。神経質になっている証拠だ。「きみの友だちのことは気の毒だった」ようやく彼は言う。「ジョージーがネットの記事を見せてくれたよ」

エラの死はあらゆるところにある。新聞、テレビ、ネット、空中にただよっている。フェイスブックのページは〝追悼アカウント〟に移行すれば（エラの両親にも勧めるべきだとデブラは言う）、死者は永遠にサイバースペースに存在できるらしい。

「ショックだった」わたしは言う。

「ジョージーは英語を習っていたらしいな、そのエリーに」

「エラよ。ええ、十年生のとき習っていた」

「あの子にとってもショックだろう。ずっとそのことを話していた」

「死に触れたのは初めてだからだと思う」サイモンは傷ついた顔をする。「あなたのお父さんのときは別よ」わたしは急いでつづける。「それを忘れてるわけじゃないわ。でも、デレクが亡くなったとき、ジョージーはまだ三歳だった。今はホルモンの不安定なティーンエイジャーだもの」

「ホルモンといえば」サイモンが言う。「あのタイとかいうやつとまだつきあってるんだな」

「ええ」

また偶然にも同じ気持ちになるひとときが訪れ、サイモンが言う。「会うのをやめさせられないのか」

「そうしたところで、いいことより悪いことのほうが多いと思う」

「もう長いことつきあっているんだろう？」

「夏からよ。十代にとっては永遠の時間ね」

「そいつに会ったんだよな？」

このことはまえに話しているが、ぐっとこらえて言う。「ええ。すごく感じがよかった。とても礼儀正しいし。ただ、二十一歳だというだけ」

「なんで学校の子とつきあわないんだ。同じ年頃の子と。普通はそうだろう」

「かっこいいからでしょ。自分の稼ぎで暮らしてるし、車を持ってる。十五歳の子にとってそういうことは重要なのよ」それに彼は、引き締まった筋肉がシャツからのぞいているような、筋骨隆々のイケメンだ。だが、サイモンには言わない。

「もしできるなら、あの子たちを会わせないようにしてくれ」

こんなことを言うサイモンに腹が立つ。まるで、つねに電子的に連絡を取り合える者同士を離れさせるのが簡単であるかのように。が、完璧な返答を思いつく。

「金曜日にあの子をケンブリッジに連れていくつもりなの。書いている本のことで人と会うから。愉しいお出かけになるんじゃないかな」


サイモンとは大学で出会った。自分たちがブリストル大のオックスブリッジ不適格者として知られる大勢の学生たちのひとりだという事実をおずおずと認め合ったのは、つきあいはじめて数カ月たってからだった。わたしはオックスブリッジに必要とされる成績は収めていたにもかかわらず、面接で落ちた。サイモンは合格通知をもらえたが、条件つき合格で、成績が条件に満たなかった。どちらがひどいか判断するのはむずかしい。最初はそれほど気にならなかった。ブリストルが気に入っていたし、大学の一部、とくにウィルズ記念館はよく見るととてもオックスブリッジっぽくて好きだった。つい最近になって、例の本を書いているうちに、いかに多くの人たち——作家、役者、学者——が、オックスフォードやケンブリッジにいたことをそれとなく明かしているかに気づいた。R・M・ホランドは「見知らぬ人」の最初のページで明かしている。オックスブリッジ出身者は、そう言わなければならない、そうでない人は〝大学にいたころ〟と言わなければならない。それがルールなのだ。

サイモンは法律専攻だったので、初年度はほぼわたしの目に留まらなかった。法学部生たちは、医学部生たちと同様、かたまって行動した。わたしは英文学を読み、演劇同好会や、ディベートクラブや、セバスチャンという名の哲学科の学生とのわくわくするほど機能不全な関係に忙殺されていた。サイモンと出会ったのは二年目のクリスマスの学期だ。わたしはジェンとキャシーとフラットをシェアしていた。ふたりは愛すべき人たちで、いい友だちだが、当時はスローン族（ロンドンの上流子女の社交グループ）と呼ばれていたような、服の襟（えり）を立て、飼っているラブラドールの写真をベッドサイドに置いているお嬢さまたちだった。フラットメイトたちの考える愉しいことといえば、ディナーパーティをすることだった。ディーリア・スミス（イギリスの家庭料理研究家）のレシピで作るスペイン風ポークとオリーブの煮込み、キアンティのボトルに挿したキャンドル、左から右にまわされるマリファナ。人数はかならず偶数でなければいけなかったので、わたしは関係が冷めたあともセバスチャンを招いた。サイモンは現代語科の女の子の連れとしてやって来た。フォーマイカのテーブルの上の手の込んだセッティングをひと目見て、彼は笑いだした。そのとき、わたしと目が合った。それだけのことだ。ポートワイン／マリファナ／〝真実か挑戦か〟（パーティゲームの一種で、真実を選ぶとどんな質問にも正直に答えなければならず、挑戦を選ぶと言われたとおりのことをしなければならない）と進んだあと、ふたりでパーティを抜け出し、早朝のブリストルを走り抜けて、港でボートがぶつかり合うボルドー埠頭で立ち止まってキスをした。クリフトンにあるサイモンのフラットに行き、ヘッドボードの上にチェ・ゲバラのポスターが貼られたベッドの黒いシーツの上でセックスをした。その後の大学時代、わたしたちはつねにいっしょだった。サイモンが事務弁護士の試験を終え、わたしが教育実習を終えたあと、わたしたちは二十三歳で結婚した。友だちのなかで結婚したのはわたしたちが最初で、あのときのわたしに、いずれいらだちで硬直せずにはお茶を飲む彼を見られなくなると教えたとしても、笑って取り合わなかっただろう。

ケンブリッジと聞いて、思ったとおりサイモンは興味を惹かれたようだ。

「ああ、まだあの本を書いてるんだ?」言えるのはせいぜいそれぐらいだが。

「ええ」わたしは言う。「すごく順調よ」

「怪談作家の本だよな」

「R・M・ホランド。そうよ」

「女房を殺した男だろ?」サイモンは言う。それはなかなか名案だ、とでもいうように。

「彼が殺したかどうかはわかっていないのよ。それが本のなかで解く謎のひとつになりそう。彼の娘に関する疑問もあるし」

「娘がいたなんて知らなかった」

「だれもはっきりとは知らないの。彼の日記にMという人物のことが書かれていて、わたしは彼の非嫡出子じゃないかと思ってる。でも彼女も死んでしまうの。『Mよ、安らかに眠れ』という詩があるから」

サイモンは大げさに身震いし、わたしはいらっとする。「やれやれ。たしかに彼は魅力があったんだろう。遺品が全部まだあの学校にあるなんて信じられない。屋根裏だったか。あそこがあんなに不気味なのも無理はないよ」

わたしがサセックスに越してきてタルガース校で職を得たとき、サイモンはジョージーを近くにある私立校に入れたがった。イデオロギー的に言いたいことはあったが（サイモンもかつては同じ意見だったのに）、わたしは同意した。タルガース校からの仕事のオファーは受けたが、そこが危機に瀕した学校だということは知っていた。両親が離婚し、ロンドンから引っ越すなど、その年はジョージーにとって激動の年だったので、わたしたちはこぢんまりした上流向きの女子校、セント・フェイス校がいいと思ったのだ。ところがジョージーはその学校を毛嫌いした。そこの女生徒たち——多くは付属のプレップスクールに進む——も、制服も、細かい校則も、何もかもが大嫌いだった。一学期通っただけでうつ状態になり、引きこもり、心配になるほどやせてしまった（ダイエット競争こそセント・フェイスが得意とするスポーツだった）。八年生でタルガース校に転校させると、ジョージーはのびのびと学校生活を愉しむようになった。友だちもたくさんいるし、成績もとても優秀だ。サイモンはまだひそかに、娘がブレザーを着てフルートケースを持つことを願っている。どうせタイガーとオーシャン（彼は風変わりな名前に対しても耐性を身につけていた。おそらくフルールの影響だろう）はその道に進ませるのだろう。が、ジョージーが学校を愉しんでいることはサイモンも否定できないので、タルガース校を〝落ちこぼれの総合中学〟と呼び、明らかに不健全な校風について意見を述べるにとどめている。

「生徒たちは最上階に行くことを禁じられているのよ」わたしは言う。「それに、今年のGCSEの結果はよかった。郡で最高のレベルよ」

「ジョージアはGCSEに向けてもっと勉強しなくちゃだめだ」サイモンは言う。「それに、二十一歳の与太者と出歩くのはやめないと」

その意見には賛成だが、彼の言い方がさもいやそうなことに気づく。それに、与太者ですって？　七〇年代のシチュエーションコメディの登場人物でもあるまいし。わたしは彼のカップをひったくって洗いはじめる。

「そろそろ帰る時間じゃないの？」わたしは言う。

そのあと、ジョージーと『グレイズ・アナトミー』(アメリカの医療ドラマ)のDVDを見ているとき(最近、わたしたちの親密な時間には、頭蓋手術と心臓のバイパス手術が欠かせない)、わたしは言う。「金曜日にケンブリッジに行くけど、興味ある？」

ジョージーは、メレディスとデレクが十代の白血病患者をめぐって感情的になっている画面から目を離さない。

「なんで？」

「今書いている本のことで人に会わなきゃならないんだけど、ランチを食べて街を見てまわってもいいかなと思って。美しいところよ」

「だれに会わなきゃならないの？」

「R・M・ホランドの手紙を持っている人」ジョージーはホランドのことを知っている。タルガース校の生徒はみんなそうだ。が、わずかな興味も見せたことはない。

さらに一分画面を見つめてから彼女は言う。「オックスブリッジを志望しろってうるさく言わない？」

「言ったことある？」

「におわせたことなら」見もせずに携帯電話に文字を打ち込みながらジョージーは言う。「だれだれの娘はそこに行ったとか、すごく充実した時間をすごしてるとか」

自分がそんなことをしているなんて気づかなかった。たしかにロンドンの友人たちは、みんなオックスフォードかケンブリッジに子どもがいるようだが。ときどき、サセックスに引っ越したことは、わたしたちの未来にとっていいことだったのだろうかと考えてしまう。

「もう二度と言わない」わたしは言う。

「ならいいよ。タイも行っていい？」

「だめよ。母と娘の時間なんだから」

「げえっ」とジョージーは言うが、いやだとは言わない。

クレアの日記

二〇一七年　十月二十五日　水曜日

今朝、勇気をふりしぼってエラのご両親に電話した。やりとげられるとは思っていなかった。頭のなかで言い訳を練習していた。「ええ、電話はしたのよ。たぶん電話はとらないようにしてるのね。わずらわしいもの、すごく。だからカードを送るだけにしようと思うの」と。だが、二度の呼び出し音のあと、電話はつながった。エラの母親のサラが出た。「学校の同僚のクレアです」と自己紹介したとたん、彼女は泣きだした。「ああ、クレア。どうしてこんなことになったの？」気まずかった。正しいことを言おうとしたが、この状況では何が正しいのだろう？　正しいことなどない。エラは死に、彼女の両親は子どもを失った。孫の誕生や、家族として齢を重ねていくことへの希望は打ち砕かれた。ほんとうに残念ですとだけ伝え、お葬式のことを尋ねた。タルガース校の礼拝堂でおこないたいとサラが言ったので、ちょっとびっくりした。もちろん、参列すると告げ、何かできることはないか、などと尋ねた。だが、できることは何もない。それが問題なのだ。

早い時間に村でデブラとコーヒーを飲んだ。彼女はエラのことでとても動揺していたが、妙に興味をそそられてもいるようで、こういったことがすべてテレビ番組であるかのように、検死や事件捜査について質問してきた。うちに来たふたりの刑事、カーとウィンストンのことをずっと考えている。敵意を持っているようではなかったが、友好的でもなかった。「ほとんどの殺人の被害者は知り合いに殺されています」とカーは言った。「この事件でもそうだと思われる理由があります」

警察はだれを疑っているのだろう?

〝この世には永遠に隠しておけるものなどひとつもない〟

——ウィルキー・コリンズ『ノー・ネーム』

5章

ハーバートを〈ドギー・デイケア〉に預け、早い時間にケンブリッジへのドライブに出発する。さわやかに晴れた美しい日で、野原は真っ赤な紅葉に縁取(ふちど)られている。M二五号線ですらそれほど悪くなかった。ジョージーは携帯電話にヘッドホンをつなぎ、わたしはラジオ4を聴く。セクシャル・ハラスメントについての特集だ。高校、大学、職場で、何度不適切なことばをかけられたか思い出そうとする。二桁になったのでやめる。ジョージーが携帯電話から目を上げ、まだ着かないのかと訊く。

「すぐよ」ナビの希望的到着予定時刻に目を凝らしながら、わたしは言う。「あと一時間くらい」

ジョージーは座席に沈み込む。サービスステーションに立ち寄って、飲み物とお菓子を買い、トイレを済ませて、また出発する。M一一号線、そして美しい名前のフェン・コーズウェイへ。地面が過ぎ去っていく。空と目のまえの道しかない。まえにアメリカ人の作家から聞いたことを思い出す。「カンザスでは何日ぶんも先を走っている人を見ることができる」ここでは何日とまではいかないにしても、走っている人が地平線の向こうに消えるまで数時間はかかるだろう。祖母はスコットランドのハイランド地方に住んでいるが、彼女の家は漁村にあって、そこには商店とそれなりの地域社会がある。父はできるかぎり早くそこを離れて、エジンバラの大学に逃れ、その後はロンドンに職を得た。それでもわたしはスコットランドが好きだ。もっとも幸福な記憶のいくつかは、アラプールの祖母の家にいるときのものだ。ここはあそことはちがう。今日のような日ですら、奇妙で陰気な風景。海底にあるのがふさわしいような場所。

問題はケンブリッジにはいってから起こりはじめる。セント・ジュード・カレッジが見つからず、ナビはあきらめて「可能なところで曲がってください」とつぶやいている。結局、車を停めて道を訊かなければならず、ジョージーはますます座席に沈み込む。一方通行の環状交差点(ラウンドアバウト)をもう一周して、古色蒼然とした門や出入り口を通りすぎながら、別世界を垣間見る。

やがて、セント・ジュードは神業のように突然姿を現す。わたしはブレーキを踏み、後続車にクラクションを鳴らされ、自転車乗りを撥(は)ねそうになりながら、道路をそれて低いアーチつきの入り口を通り抜ける。門衛詰所から驚くほど大柄な人が現れるが、わたしは車の乗り入れを許されている者のリストに載っているらしく、エメラルドグリーンの中庭を通りすぎて小さな駐車場にはいる。

「ハミルトン教授が図書館の階段脇でお待ちです」と言われて、そこに近いリサイクル用のゴミ缶の横に車を停め、わたしたちは車から降りる。

ジョージーはあたりを見まわす。三方に低層のチューダー様式の建物があり、鉛枠の窓が十月の日ざしにきらめいている。

「気味が悪い」ジョージーが言う。

「いい意味でね」わたしは言う。心の準備ができているかぎりは。

図書館は中庭の反対側にあった。芝生を迂回して、これもまた低い扉のまえに到着する。少しかがまなければならないほど低い。ここに通わなくてかえってよかったのかもしれない。しょっちゅう脳震盪(のうしんとう)を起こしていただろうから。目のまえの石の階段は、暗くて奇妙なほど近づきがたいが、左側にほっとする二十一世紀風の書体で〝図書館〟という表示がある。その扉を押し開けようとすると、「ミズ・キャシディ?」と呼びかけられる。

わたしは振り返る。わたしがかがまなければならなかったのだから、この人はほとんど体をふたつに折らなければドアを通り抜けられなかったはずだ。百七十八センチあるわたしでも、目を細めて見上げなければならず、その頭はほとんど廊下の暗がりのなかに消えている。

「ヘンリー・ハミルトンです」手が差し出される。

「クレア・キャシディです」視線を調節してヘンリー・ハミルトンを見る。黒い髪は少し長めで、それが彼を作曲家か詩人のように見せている。おそらく四十代で、薄暗いなかで見たかぎりでは、その顔はほっそりとして繊細そうだ。やはり百九十三センチぐらいあるだろう。

「娘のジョージアです」

ジョージーはしぶしぶ握手をして、もごもごと何か言う。

「初めまして」ヘンリーが言う。「ケンブリッジに来るのは初めてかな？」

「はい」ジョージーが言う。

「ほかのカレッジも見たほうがいいよ。セント・ジュードはキングズやトリニティに比べると雑魚だからね」

「とても美しい雑魚だわ」わたしは言う。

「私は気に入っているけどね」ハミルトンは言う。「階上にある私のオフィスに行きませんか？　コーヒーを淹れますよ。ジョージア、きみに校内を案内する学部生を紹介させてもらっていいかな？」

ジョージーはわたしをにらむが、何も言わない。ハミルトンはその沈黙を同意と解釈する。

全員で階段をのぼって、〝H・H・ハミルトン教授〟と記された扉のなかにはいる。友人たちはHHと呼ぶのだろうか？　小さな部屋だが、金色の建物に囲まれた中庭が見わたせる。それ以外はがっかりするほど平凡なオフィスだ。金属製の本棚、コンピューター、イケアで買ったようなデスク。が、フレンチプレスとビスケットの皿が置かれたトレーがある。

ハミルトンはフレンチプレスの金属フィルターを押し下げ、失礼と言って席をはずす。そして、にきびがほのかに光る、ひょろっとした生姜色の髪の若者を連れて戻ってくる。「エドモンドです。わたしが手紙をお見せしているあいだ、彼がジョージアのためによろこんでカレッジを案内します」ジョージーが部屋を出るとき、わたしは思わず気をつけるのよと言いそうになる。この不気味なゴシックの世界で、娘は安全だろうか？　エドモンドがジョージーにケンブリッジでの学生生活を熱望させるような見た目ではないことにもがっかりしている。

「かまわなかったでしょうか」ヘンリー・ハミルトンは言う。「お嬢さんは退屈かもしれないと思ったものですから」

「かまいません」わたしは言う。「大学がどういうものか見せてやりたいし。まだ十一年生ですけど、早すぎるということはないでしょう」

「ケンブリッジを志望しているんですか？」

「考えたこともないでしょうね」

ハミルトンは微笑む。「私は学校を辞めてフィッシュ・アンド・チップスの店で働くまで、大学のことは考えもしませんでしたよ。家族で大学に行った人間はひとりもいませんでした。タラとチップスを包もうとしていた新聞で、ケンブリッジのことを読んだんです。労働者階級の子どもを受け入れるという記事でした。〝これより悪くなることはないだろう〟と思いました」先ほどまで気づかなかった北部訛りをわずかに感じる。サイモンの訛りに似ているが、ニューカッスルではないだろう。それよりもっとやわらかい。

「うちは両親とも学者なんです」わたしは言う。「ずっと大学の話を聞かされて育ちました。ほんとうに、うまくいかないものですね」

　わずかな間があってから、ハミルトンが言う。「それで、どうしてR・M・ホランドに興味を持ったんですか？」

「ホランドはわたしが教えている学校に住んでいたんです」わたしは言う。「もちろん「見知らぬ人」は以前に読んでいましたが、実際の彼の家にいると何か感じるものがあるんですよね。すっかり取り憑かれてしまいました。興味深い人物で、伝記もないんです」

「「見知らぬ人」はすばらしい小説です」

「ええ、生徒にも人気があります」

「でしょうね。実は、ホランドについてはそれほど知らなかったのですが、この手紙が出てきてから、少し調べてみたんです。それで、あなたが彼について話している最近の映像を見つけました」

　わたしは顔をしかめる。「画面で自分を見るのは嫌いなんです。まえにもテレビに出たことがあるわけじゃありませんけど」

「私は『ユニバーシティ・チャレンジ』（大学対抗のクイズ番組）に出ましたよ」ハミルトンは言う。「チームは負けて、ネクタイをしていなかったことを母にひどく叱られました」

「どうしてここで手紙が出てきたんですか？」わたしは言う。「ホランドはピーターハウス・カレッジの出身だと思っていました」

「手紙はウィリアム・ペセリック宛てでした。彼が「見知らぬ人」のガジョンのモデルだということはご存じですね？」

「かわいそうなガジョン」

「ええ。でも、ガジョンとちがって、ペセリックは不慮の死を遂げはしませんでした。神学を教えるためにセント・ジュードに来たんです。大学はいつも聖職につこうとする人たちに人気があります。ペセリックは作曲もしていて、何人かの合唱奨学生（聖歌隊で歌って奨学金をもらう学生）が最近彼の楽譜を調べたところ、これを見つけました」彼はテーブルの上で透明な封筒を押してよこす。びっしりと書かれた文字は、すぐにホランドの筆跡だとわかる。手紙を取り出すわたし自身の手は震えている。

「最初はローランドがだれのことなのかわかりませんでした。でも、R・M・ホランドと結びついた」

「ローランド・モンゴメリー・ホランド」わたしはつぶやく。手紙を読みたくてたまらない。ハミルトンはそれを理解しているにちがいない。なぜならこう言うからだ。「ゆっくり読んでください。私は返信しなければならないメールが二通ほどあるので」そして、コンピューターのほうを向く。

一八四八年十一月

親愛なるペセリック

三通目の手紙をありがとう。友情はゆっくりと熟す果実で、私たちの友情は今まさに完熟だ。アリスの死後、私はひどく落ち込んでいたが、きみが言うように、マリアナはつねに慰めだ。だが、心配もしている。辺鄙（へんぴ）な場所にある大きながらんとした家に取り残され、連れは気むずかしい老紳士だけ、なんという人生だろう。かわいそうなマリアナ。彼女の名が凶兆にならないことを祈る。Mは天使そのもので、気立てがよく、やさしい。心配なのは、母親の欠点を受け継いでいるのではないかということだ。だが、身勝手な老暴君よろしく、彼女をいつまでも手元に置いておくわけにはいかない。シュロプシャーの妹とその家族のところに送るつもりだ。もちろん、今すぐにというわけではない。もう少しそばにいてほしいから。

親身になってくれてありがとう、友よ。どんなにケンブリッジの石造りの建物が懐かしいことか。

敬具

ローランド

つぎの手紙はもっと長い手紙のなかの一枚のようだった。

……出版界の馬鹿どもめ。『貪欲（どんよく）な獣』はたしかに硬い肉だが、文学的および芸術的価値がないわけではない。彼らは「見知らぬ人」のようなもっと短いものを求めているだけだ。あの機知に富んだ作品（ジュ・デスプリ）を書いて、わたしがどんなに後悔しているか知っているだろう。マリアナは文芸評論家というわけではないが、わたしがこれまで書いたもののなかで、『獣』がいちばんの傑作だと思っている。なんという慰めだろう。

きみが編曲した『キリエ』を聴きたかったよ。どんなにケンブリッジに行ってそれが歌われるのを聴きたかったことか。だが、きみも知っているとおり、最近はほとんど遠出をしない。せめてわたしが……

ここまでだ。もう一度両方の手紙に目をとおし、顔を上げると、ハミルトンの目――深くくぼんだ黒い目――がわたしを見ている。

「これは……興味深いです」わたしは言う。

「そう思っていただけるのではないかと思いました」

「マリアナが出てきますし、アリスの娘だとにおわせている箇所も……」

「マリアナのことを教えてください」ハミルトンは言う。大学の教師っぽく、両手の指を尖塔の形に合わせるのではないか、とわたしは半ば期待する。

「ホランドはアリス・エイヴリーという女性と結婚しています。彼女は女優でした。ホランドはめったにサセックスから出なかったので、ふたりがどうやって出会ったのかはわかっていませんし、アリスの死後はほとんど家から離れませんでした。彼はアリスのことを日記に書いています。最初は彼女の魅力に眩惑（げんわく）されていましたが、すぐに悪い方に向かいはじめます。アリスは精神的に不安定なところがあったようです。ホランドは〝ヒステリー〟と呼んでいました。ヴィクトリア朝期によく見られた診断で、ご存じだと思いますが、たいてい女性に使用されていました。アリスが亡くなったのは、結婚してまだ四年というころでした。彼は〝墜落死〟だったと書いていて、わたしはよく、学校の旧館であるホランド・ハウスの階段から彼女が墜落する姿を想像したものです。ホランドの結婚とアリスの死は家庭用聖書に記されていますが、マリアナについては記載がないんです。でも、別の手紙に、彼は〝わたしの愛しい子マリアナ〟と書いています。さらに、マリアナの死を嘆く「Mよ、安らかに眠れ」という詩があります。彼女は亡くなったとき、まだ十三歳だったと思われます。でも、ほかに彼女についての言及はないし、タルガースの墓地にも埋葬されていないんです」

「学校に墓地があるんですか？」

「ええ。立ち入り禁止ですが、お察しのとおり、ある目的には人気の場所です」

「隠れ煙草にぴったりの場所だ」

「それ以外でも。でも、この手紙で、ホランドはマリアナが〝母親の欠点を受け継いでいる〟と書いています。彼女がアリスの娘だとほのめかしているように思えます」

「ホランドは彼女をシュロプシャーの妹のところに送ったのでしょうか？」

「その可能性はあります。ホランドの妹トマシーナは牧師と結婚していて、手紙も日記も残していません。でも、家庭用聖書はあって、トマシーナの子どもたちは、赤ん坊のころに亡くなったふたりを含め全員記載されていますが、マリアナのことは書かれていないんです」

「ちょっと気味が悪いですね」ハミルトンは言う。「マリアナにそばにいてほしがっていることや何かが」

彼が〝気味が悪い〟ということばを使ったことに驚く。あまり学問的でないだけでなく、さっきジョージーがカレッジを描写するのに使ったことばだからだ。

「とても奇妙です」わたしは言う。「でも、ホランドは奇妙な人でした。それに、晩年は大量に阿片を摂取していました」

「みんなそうでした」ハミルトンは言う。「ウィルキー・コリンズはかなりの量の阿片を摂取していて、彼の従者は遺言でコリンズから遺産贈与を受けて、少量のつもりで阿片チンキで祝ったところ、主人の一日の摂取量の八分の一だったのに亡くなりました」

「『アーマデイル』でグウィルト嬢が言いますよね、〝阿片チンキを発明したのはだれなのかしら？　その人に心から感謝するわ〟と」

「『アーマデイル』は読んだことがないんです」

ほかの本はすべて読んでいるかのような言い方で、わたしはこれにちょっと自己満足を覚える。「お勧めですよ」わたしは言う。「すてきな悪女が出てきますから。その従者の話は聞いたことがあります。実話なんでしょうか。いかにもウィルキー・コリンズっぽいですけど」

ハミルトンは笑う。「たしかにそうですね。ところで、『貪欲な獣』というのはなんでしょう？　未発表作品ですか？」

「そうです。日記に覚え書きが残されています。森に住む獣の話で、ときどき寒村におりてきては、殺して食べるために若い娘を連れ去るんです。獣が動物なのか狂人なのか、はたまた語り手自身なのかははっきりしていません。ホランドは『バスカヴィル家の犬』と『ジキル博士とハイド氏』の中間のようものと言っています」

「原稿は残っているんですか?」

「ホランド・ハウスにある原稿のなかにはありませんが、ホランドは日記にその作品からの引用を載せています。彼はよく引用をするんです。出版社からの断りの手紙も何通かファイルされています」

「二通目の手紙で話題にしていることですね?」

「ええ。その本が〝硬い肉〟のようだったことがわかります」引用にはひじょうに赤裸々な箇所もある。それを読むと、阿片がもたらした長い悪夢のようにも思える。「でも、出版社が求めているのは「見知らぬ人」のようなもっと短い物語だけだ、とホランドは書いています」

「そして、それを書いたのを後悔していると」

「ええ。彼はそれをまだ若いころに書きました。ケンブリッジを出たばかりで、ロンドンの貸し間に住んでいました。ホランド・ハウスは当時まだ相続していなかったんです。「見知らぬ人」は週刊誌に掲載され、のちに怪談を集めたアンソロジーに収められました。ホランドはその成功を不快に思うようになりました。ガジョンを殺してしまったことも後悔していたのかもしれません。ペセリックとはずっと友人だったようですから」

「〝友情はゆっくりと熟す果実〟」ハミルトンは言う。「これはアリストテレスのことばですね。調べたんです」

「あんまり気持ちのいいイメージではありませんよね。果実は最後には枯れるか傷むかですから」

ハミルトンは少し驚いたようだ。ブリストル大出身者から文芸批評を聞くとは思っていなかったように。が、そのときドアが開き、エドモンドがジョージーを連れてはいってくる。彼はもごもごと別れの挨拶をして出ていく。ジョージーは考え込むように彼を見送る。

「お時間を割いてくださってありがとうございました」わたしは立ち上がって言う。「手紙のコピーをとらせてもらえますか？」

「もちろん」ハミルトンは言う。「お話しできてとても愉しかったですよ。マリアナの真実がわかったら知らせてくれますか？」

「本が出たら一冊送ります」わたしは冗談めかして言う。

「それはうれしいですね」

しゃれたヴィーガン・カフェでランチをとり、いくつかのカレッジの一般公開している箇所を少し散策する。ケンブリッジでは中庭はコートと呼ばれるのだとジョージーが教えてくれる。エドモンドから得た情報はそれだけらしい。「あれってほんとにカレッジの礼拝堂？」キングズ・カレッジのゴシック建築の窓を見てジョージーが言う。「大聖堂みたい」

「タルガース校の礼拝堂よりちょっと大きいわね」わたしは言う。言いながら、エラの両親がそこで葬儀をおこないたがっていることを思い出す。タルガース校は特定宗派に属していないが、礼拝堂はおもに結婚式の場としてまだ使われている。新館のぞっとする景観にもかかわらず、結婚するのにわざわざ学校を選ぶ人たちもいて、学校にとってはありがたい財源になっている。あそこで葬儀がおこなわれるなんて想像できない。中央の壇上に運びあげられる棺、GCSEのための美術作品が壁際に並ぶ通路を歩く参列者たち。そんなこと考えられない。この先も。

うちに帰る途中、手紙には何が書いてあったのかと訊いて、ジョージーがわたしを驚かせる。これまでホランドにまったく興味を示さなかったのに。

「興味深かった」わたしは言う。「謎に包まれた娘のマリアナについて書かれていたの。母親の欠点を受け継いでいるのではと心配していた」

「それってなんのことだと思う?」

「狂気でしょうね」

「じゃあ彼の奥さんは狂ってたの?」

「そうじゃないと思う。当時女の人は、産後うつになったり夫に逆らったりすると精神病院に入れられたの。〝小説を読みすぎる〟からと監禁された女性たちもいたのよ」

「じゃあママは監禁されてたね」

わたしは笑った。「女性はよく〝ヒステリー〟と診断されたの。子宮を意味するギリシャ語で……」

が、ジョージーは携帯を見ており、わたしは聴衆を失ったことに気づく。M二五号線に合流して、さりげなく言う。「セント・ジュードをどう思った?」

「よかった」ジョージーは言った。「エドマンドはちょっと変人だったけど。古典を勉強して、漕いでるんだって。ほら、テレビのボートレースみたいなやつ」

「へえ」

ジョージーは不意にくすくす笑う。「でも、ヘンリー教授は気に入った。それに、あの人ママのことが好きみたい」

わたしは三車線を移動しながら運転をつづけるが、ひと段落すると言う。「どういう意味?」

「だって『それはうれしいですね』だよ」ジョージーは上流階級っぽい低い声で言う。「ヘンリー・ハミルトンには似ても似つかない。「もう一度ママに会いたいと思ってるよ」

「まさか」と言いつつ、ちょっといい気分にならずにいられない。いつかわたしの本が出版されるとヘンリーは思っているのだ。それが彼の住む世界なのだろう。本を書けば出版される。現実の世界ではそうはいかない。わたしは複数のエージェントに手紙を書いて、R・M・ホランドについて書きたいことがあると知らせ、一社はひどく興味を示した。が、契約はひとつも取れていないし、本は完成しないだろうと思うときもある。六万語ほど書いたが、調子の悪い日は、そのうちの五万語がまったくのクズだと思う。

しばらくしてからジョージーが言う。「今夜タイに来てもらってもいい?」

わたしはなるべく明るい声で言う。「今夜はふたりで静かにすごすんだと思ってたのに。ピザをとってもいいし」

「タイもピザは好きだよ」

わたしは黙っている。

「明日は彼、仕事だから会えないんだもん」タイは村のパブで働いている。彼が何かしていることを（つまり怠け者ではないことを）よろこぶべきなのだろうが、大手を振って飲酒できる年齢ではないのに（イギリスでは二十五歳以下はアルコール購入時に身分証の呈示を求められることがある）、実際にはパブで働けることがどうにも気になってしまう。

「いいでしょ、ママ」

「しょうがないわね」わたしは言う。

まあ、一日が台無しになることはないだろう。

タイは七時にさっそくやってくる。レザージャケット姿で玄関口にぬっと現れた彼を見ると、どうしてジョージーが彼を気に入っているかよくわかる。とても大人っぽい美男子なのだ。黒い髪、かすかな無精ひげ、見るからに発達した筋肉。タイのコートを預かり、ピザの好みを尋ねるジョージーを、わたしはひそかに観察する。のぼせあがってはいないようだが、のぼせあがっているのにそれを表に出すのは格好悪いと思っているわけではないことを願う。パイナップルのピザを選んでジョージーにばかにされても（当然だ！）、タイは気だるくにやりとするだけで、相手にしようとしない。わたしは好感をもつ。彼がワインを断って水を飲んでいることにも。ピザが来るのを待ちながら、わたしは彼に家族のことを尋ねる。タイはケント出身で、両親が自動車事故で亡くなったあと、祖父母に育てられた(この悲しい事実についてはたしかジョージーから聞いた気がする)。

「でも、ばあちゃんはすごくかっこいいんです」タイは言う。「インターネットとかもやってて、老人なのにネットサーファーなんです。図書館でやってる講習にも行くし」

「おばあちゃんて何歳?」ジョージーが訊く。

「それほど年じゃないよ。七十五歳」タイに得点一。

「すごい年寄りじゃん」ジョージーに減点一。

「いい意味で言ってるんだよ」わたしが注意すると彼女は言う。「年をとってる人は、ええと、みんな賢いし」

「ばあちゃんはいつも言ってる、ばあちゃんは賢いんだからよく話を聞けって」タイは言う。「それなのにスナップチャット(写真共有アプリ)でキム・カーダシアン(アメリカのリアリティ番組パーソナリティ、モデル、女優)をフォローしてるんだ」

わたしは心から感心する。スナップチャットがなんなのか、ぼんやりとしかわかっていないから。

ピザが来て、テレビを見ながらみんなで食べる。見るのはいつもの金曜夜の時事問題のクイズ番組で、タイはマイケル・ゴーヴ(イギリスの政治家)の名前を聞いたことがなく(幸運だこと)、イアン・ヒスロップ（イギリスのジャーナリスト、作家）と彼の雑誌『プライベート・アイ』をとてもおもしろいと思っている。明らかにばかではない。タイとジョージーはソファに座り、わたしはハーバートといっしょに自分の椅子に座る。いつも男性客を警戒するハーバートは、前髪の下からタイの様子をうかがっている。タイのほうはハーバートをかなり怖がっている。

「アレルギーのせいで子どものころ犬を飼えなかったんだ」タイはそれを証明するかのようにくしゃみをして言う。

「プードルはアレルギーの人向きよ」ジョージーが言う。「毛が羊毛みたいだから」

「ハーバートは部分的にしかプードルじゃないわ」わたしは言う。でも、『ハブ・アイ・ガット・ニュース・フォー・ユー』が終わるころには、ハーバートはタイがなでるのを許している。

ジョージーはある頭の悪いセレブが出演するので『グレアム・ノートン・ショー』（世界的スターが共演する人気トークショー）を見たがる。わたしは運転で疲れているし、日記を書いて、今日のことや、R・M・ホランドの手紙のことや、ヘンリーと会ったことについて考えたい。が、タイとジョージーを目付け役なしで階下に残していっていいものだろうか？　サイモンなら絶対にだめだと言うだろう。ここにいてふたりをにらんでいろと言うに決まっている。目付け役らしくレースの帽子を被って。それで心が決まる。サイモンの片棒を担ぐつもりはない。おやすみと言って階上に行く。おかしなことに、今回ハーバートはついてこない。居間に残っている。おそらく暖炉の火がまだついているからだろう。とにかく、タイがジョージーに襲いかかれば吠えるだろうからちょうどいい。襲いかかるにしろなんにしろ、十代の子がいちゃつくことについてなど考えたくない。年をとった気がするし、悲しくてちょっとみじめな気分になる。抑圧的な、あるいは——もっとひどい——嫉妬深い親にはなりたくない。が、サイモンと別れて以来男性とキスしていない。自分で選んだことなのはわかっているが、今このときのことはあまり慰めにならない。カー部長刑事にエラにはボーイフレンドがいたかと訊かれたのを思い出す。別の答え方をするべきだったのだろうか？　リックに関する真実を話すべきだった？

いずれにしても、ハーバートの存在が功を奏する。タイは『グレアム・ノートン・ショー』が終わるまえに帰る。玄関で短くさよならと言うのが聞こえ、ジョージーはハーバートに最後のおしっこをさせるために外に出る。そして、わたしのベイビーたちは二階に来て寝る。

すぐに眠れるだろうと思っていたのに、一日の出来事が入れ替わり立ち替わり頭に浮かぶ。ドライブ、中庭（あるいはコート）を取り囲む古い建物群、〝H・H・ハミルトン教授〟とドアに書かれたオフィス、手紙、マリアナ、『貪欲な獣』。しばらくしてあきらめ、明かりをつける。心安らぐ読みものを探して本棚を見る——P・G・ウッドハウスかジョージェット・ヘイヤー——すると、ぼろぼろのテニスンが目にはいる。マリアナの名が凶兆とならないことを祈るとホランドは書いていた。その詩を捜して薄い本をめくる。

夜の真っ只中に、
乙女は目覚めて夜鳥の鳴く声を聞き、

雄鶏（おんどり）は夜明けの一刻（ひととき）前に鳴き、
暗い沼地からは牡牛たちの声が
乙女のところに聞こえてきた。好転の望みも失せて、
夢の中でさえ乙女は侘しく歩むように思えた。
やがて冷たい風が灰色の眼の暁を目覚まし、
濠をめぐらした寂しい屋敷にも朝がやってきた。
乙女はただ「今日は侘しいわ。
あの人が来ないから」と言った。
乙女は言った、「寂しくて、寂しくてしようがない。
もういっそ死んでしまいたい！」（アルフレッド・テニスン「マリアナ」西前美巳訳）

〝暗い沼地〟がケンブリッジを、コーズウェイのドライブを、道の両側にどこまでも広がる平坦な野原を思い出させる。不気味な一節だ。夜鳥、冷たい風、灰色の眼をした暁。ホランドのマリアナはこんな気持ちだったのだろうか？　彼女も死にたいと思っていたのだろうか？　彼女のことをもっと知りたい。これはわたしの突破口に、本を出版する理由になるかもしれない。が、それ以上に、彼女に、ことばのなかにしか存在しないように思える少女に、奇妙な仲間意識を感じる。ホランドはたしかに彼女を愛していたが、〝マリアナは文芸評論家というわけではない〟とあるように、あくまでも子どもあつかいしていた。が、きっとマリアナは〝気立て

がよく、やさしい〟と同時に賢かったのだろう。

カーテンがわずかに開いていて、古い工場のずっと上のほうに月が見え、割れた窓や幽霊じみた塔を照らしている。カーテンを閉めようと起き上がると、ほんの一瞬、塁壁(るいへき)の高いところで蠟燭が揺らめいているかのように、光が芝生の上に反射する。やがてまた真っ暗になる。テニスンの別の詩がよみがえる。〝灰色の城壁に囲まれて、聳(そび)える四本の灰色の塔(「シャロット姫」より)〟。だれかに見られているというばかげた考えが浮かぶ。カーテンをしっかり閉じ、本棚に向き直る。ベッドの上に座っているハーバートが小さくうなる。「吠えないでよ」と彼に言い聞かせる。

「ジーヴスの春」を選んで、ベッドに戻る。ハーバートは窓をじっと見つめ、あのむかつく超能力アニマル的なことをしている。月曜日に受講者たちに言ったことを思い出す。「動物はいろいろな使い方ができます」どうしてあんなことを言ってしまうのだろう?

「大丈夫よ、ハーバート」わたしは言う。「あそこにはだれもいないから」愛するコンパニオンアニマルをなで、ホンブルグ帽と、リッツでのランチと、ウェイトレスとの結婚を望むビンゴ・リトルが手当てを減らされないようにする作戦で、バーティ・ウースターと執事のジーヴスがわたしを眠りに誘うのを待つ。

クレアの日記

二〇一七年　十月二十九日　日曜日

明日学校に行くのが怖い。生徒たちはみんなエラのことで大騒ぎをするだろう――半分は心から悲しみ、半分はそのドラマ性を愉しんで。この数日は――ケンブリッジ、Gとすごす土曜日――なんとかエラを心の奥に追いやってきたが、今また彼女はここにいる。彼女の夢は見ないが、また悪夢を見る。昨夜は森のなかでジョージーを見失い、自分の髪の毛を抜いて彼女のために道を示さなければならなかった。母としての根深い不安があることはフロイトに言われなくてもわかる。自分の胸の肉をちぎって子に与えるのはペリカンだっけ？　わたしもジョージーのためならそうするだろうが、人肉のかたまりをトーストにのせて出されても、あの子はよろこばないだろう。いつもベジタリアンになってやると脅(おど)してくるのだから。

母さんと父さんに日曜日恒例の電話をかけた。エラのことは話したくなかったが、新聞で読んでいるかもしれないと思ったのだ（《ガーディアン》の芸術欄しか読まないのだが）。母さんは〝殺人〟ということばを理解するのに苦労しているようだった。「彼女は死んだの？」と訊きつづけた。「そうよ、母さん。彼女は死んだの」「でも、あんなにきれいな人だったのに」と母さんは言った。きれいな人こそよく殺されるのだと気づいていないらしい。親友のひとりで親しい同僚でもある人が殺されて、わたしがどんな気持ちでいるかということには、両親とも考えがおよばないようだった。父さんは「ぞっとするな」と言ったが、会話を締めようとするような言い方だった。母さんは「悲しいわね」と言うと、すぐにクリスマスはどうするかについて話しはじめた。わたしは一泊だけすると伝えた。わたしにはそれが精一杯で、Gはボクシングデーには友だちに会いたがるだろう。兄のマーティンの滞在はもっと短いはずだ。彼は病院から〝呼び出し〟がはいると思っている。はいらなければ捏造するのだろう。数えてみたところ、彼にはこのところ五年つづけてクリスマスに呼び出しがはいっている。

いつものように、なんとなく怒りを覚えながら電話を置いた。が、いろいろあったにもかかわらず、このところはいい日がつづいていた。ゆうべはGの友だちのタッシュが遊びにきて、みんなでハロウィン版の『ストリクトリー・カム・ダンシング』を見た。そしてエラのことを思った。いつもその番組を見ながら彼女にメールしていたからだ。でも、三人とハーバートでソファに座って、クレイグに野次を飛ばし、ジョニーやスーザンを応援するのはとても愉しかった。女の子たちは容赦なかった——チャチャチャはもっとくねくねしなきゃ——が、けばけばしさもギラギラも、ビッグバンドが演奏するポピュラー音楽も、すべてが気に入っている。ヘンリー・ハミルトンならどう思うだろう、とちょっと気になった。おそらく彼には低俗すぎるだろうが、少なくとも彼はわたしが想像していたようなグレーのあごひげを生やした研究者ではなかった。ジョージーは彼がわたしを〝好きみたい〟と言った。わたしは彼を気に入ったのだろうか？　少しは気に入ったと思う。エイブ・リンカーン的な魅力があったし、ほんとうにホランドを知っていて、興味があるらしい人に会えたのもうれしかった。

今夜ジョージーはタイと出かけている。〝ブライトンの友だち何人かに会いにいく〟という漠然とした計画で。行くなと言っても無駄だが、わたしは宿題のことを思い出させ、明日は学校だから十時までに帰ると約束させた。今は十時で、ジョージーが帰ってくるのを待っている。少なくともタイは車を持っているので、彼女はバス停で震えることはない。が、その一方で、車はあらゆる新たな心配をもたらす。もしかしたらタイは酔っ払うかもしれず、薬をやるかもしれない。阿片の現代版で、ウィルキー・コリンズのようにハイになるかもしれない。どうしてまだタイを疑っているのだろう？　たしかに、彼はジョージーには年上すぎるけれど、分別はあるようだ――金曜日の夜にお酒を飲まなかった――し、最初に思ったより賢い。ただ、彼には不可解なところがある。整った顔立ちの感じのいい仮面の下の、本来の姿を見せていない気がした。が、ドラッグの影響下で車を運転するような若者ではない。彼の両親は車の衝突事故で亡くなったのだから、きっと恐ろしく慎重なドライバーだろう。それなのに、彼が音楽をかけながら海沿いの道を危なっかしく進み、ジョージーは笑い、ふたりとも進行方向を見ていないという光景をつい想像してしまう。ラジオのローカル放送をつけるか、グーグルで〝車の衝突事故、ウェスト・サセックス〟を検索するべきだろうか？　やめておこう。ああ、よかった。ドアに鍵が差し込まれる音がする。

6章

車で校門をはいった瞬間、空気が変わるのがわかる。錬鉄製の門の両側に石造りのライオンが鎮座するエントランスはホランド・ハウス時代からあり、今もひじょうに印象的だが、今日のドライブウェイは、ブルーのスウェットシャツを着た十代の生徒たちでいっぱいだ。女子はスカートのウェストを折って、奇妙なくらい見栄えの悪いミニ丈にし、男子は校則違反のブラックジーンズを穿いている。生徒たちはわたしの車を通すために道をあけるが、いつもよりじろじろこちらを見て、互いに小突き合い、指をさす。おそらくこう言っているのだろう。「キャシディ先生だ。エルフィック先生の親友だったよね」

ジョージーは助手席でほとんど水平になっている。

「ここで降りる」彼女は言う。

車を停めると、彼女は車から飛び出す。数秒後、青い人混みのなかに消える。旧館のまえの駐車場まで車を進める。リックは始業まえに学科のミーティングをするという。彼がそうしなければならないのはわかるが、気が重い。採点した半期ぶんの課題が詰まったバッグを持って、脇目もふらずにすばやく歩いて正面扉からなかにはいる。

英語科の教員室は旧館二階の、図書室の隣にある。夏は暑く、冬は凍えそうに寒いが、少なくとも天井は高いし上げ下げ式の窓もある。地下にあって自然光を見ることがない理科系の教員室とちがって。が、今日ドアを開けると、部屋は悲しみとショックで覆い尽くされている。ヴェラとアランは黙ってソファに座っている。アヌーシュカは涙を浮かべ、リックは話を終えたばかりのように、途方に暮れて部屋の中央に立っている。青い肘掛け椅子には見たこともない人が座っている。顔は見えないが、エラのクラスを担当するために来ている代用教員だろう。

わたしを見たヴェラが近づいてきてハグする。彼女はとても背が低く、頭がわたしのあごまでしかないので、お団子からほつれた髪が鼻をくすぐって変な感じだ。それに、わたしたちはふだんあまり身体的接触をしない。仲はいいし、学期の終わりには食事に出かけるが、ハグしたり、チームで結束したり、内面的なことについて話したりしない。だから、学科の掲示板のそばに立って小柄なヴェラにハグされ、その背後でまだ二十五歳のアヌーシュカがすすり泣いているのは奇妙な感じがする。ようやくヴェラが放してくれて、わたしたちはソファのアランの隣に座る。彼は泣いていないが、〝老教師は死なず〟と書かれたマグカップをにぎりしめている両手は、はっきりと震えている。

「トニーはどうするつもりなんだ？」彼はリックに訊く。「グループセラピーでもするのか？」アランは保守派で、トニーと意見が合わない。トニーが何をしようと、それはまちがっているという口調だ。

「今日全校集会で生徒たちに話すらしい」リックは言う。「カウンセリングを勧めるそうだ」

「カウンセリングだって！」アランは鼻を鳴らす。彼がエラのことを気に入っていたのをわたしは知っている。しょっちゅう内輪のジョークを言い合っていたし、トニーと彼の提唱するニューエイジ的な成長型マインドセット文化（能力は努力や方法によって変えられるという考え方）への軽蔑をおおっぴらに共有していた。

「わたしはいい考えだと思う」アヌーシュカが言う。「生徒たちは悲しくてたまらないはずよ。エラを愛してたから」

「私たち全員が悲しくてたまらないよ」リックが言う。「でも、なんとか乗り越えないと。みんな、ドンを紹介しよう。今週エラのクラスを受け持つことになっている。ドンは経験豊富だから、来てもらえて幸運だよ」

ドンはたしかに経験豊富に見えるが、その経験は愉しいものばかりではなかったのだろう。おそらく五十代で、妙に真っ黒な薄くなりつつある髪と、たるんだ肌をしている。

「こんな悲しい状況でここに来ることになって残念です」彼は言う。生徒たちにすぐさま〝気取り屋〟と、そしておそらくは〝同性愛者（ゲイ）〟と分類されることになる声をしている（ゲイというのは性的特質であって、侮辱のことばではないと教えてはいるのだが）。

「クレア」リックがわたしに目を向ける。「きみをたった今からキー・ステージ4の責任者とする。今週中に会合を持って、ＧＣＳＥの予想について話し合おう」

このことはすでにリックから聞いているので、うなずくだけでいい。たしかに昇進ではあるが、よろこびは感じられない。

「ヴェラにはキー・ステージ3を引き継いでもらう」リックは言う。「このたいへんなときを、みんなで力を合わせて乗り越えよう」

「何か……わたしたちに……できることはないでしょうか、エラのために？」アヌーシュカが訊く。「木を植えるとか、エラの名を冠した賞を設立するとか。彼女を思い出すために」

「トニーは追悼会を開くつもりでいる」リックは言う。「エラのご両親はここの礼拝堂で葬儀をしたいそうだから、そのときに彼女の人生を讃えることはできる。だが、うちの科で何かするのもいいかもしれない。考えてみよう」

「芝居はどうなるんですか？」ヴェラが訊く。

エラはいつもクリスマスの芝居を担当していた。今年は『リトル・ショップ・オブ・ホラーズ』（花屋で働く青年が謎の食人植物に翻弄されるホラー・コメディ・ロックミュージカル）だ。リックはかつてないほど哀れに見える。

「私は中止にするつもりだったが、トニーは士気を上げるものが必要だと考えている。クレア、きみとアヌーシュカで引き継ぐことはできそうかな？」

アヌーシュカは少し元気になる。「エラの思い出のためにすばらしい舞台にします。そうよね、クレア？」

突然、エラが目のまえに立って、両手を腰に当て、顔に髪をたらしているのがはっきりと見える。「あなたはわたしの仕事を手に入れた」彼女は言う。「わたしの芝居も手に入れた。わたしの人生を乗っ取るつもり？」その幻はあまりにもはっきりしていたので、わたしは目をこすって追い払わなければならない。

「クレア？」リックがわたしを見ている。

「ごめんなさい」わたしは言う。「ええ、エラの思い出のために芝居を引き継ぎます」

「わたしたちは決して彼女を忘れない」とヴェラ。「彼女はこれからもずっとわたしたちといっしょよ」

ほんとうにそうなのかもしれない、とわたしは信じはじめている。


教員室を出ようとするとリックがわたしを呼び止める。ひどい顔だ。真っ青で、目が赤く、首元から赤みがのぼってきている。

「どんな調子かな？」彼が尋ねる。

「ああ……ええと……」わたしはいつも七年生の生徒に、句読点のように〝ええと〟を使わないようにと教えるが、ときには役に立つ。

「警察とはもう話した？」

「ええ、火曜日に。家に来たわ」

「彼らは……」リックは、〝人目を忍ぶ〟ということばをジェスチャーで表現するかのように、部屋のなかを見まわす。「ハイズのことを言っていたか？」

わたしはまじまじと彼を見る。それを訊くなんて信じられない。「いいえ」とわたしは言う。

リックは今やトサカのように立っている髪を掻き上げる。「もし訊かれても、エラと私のことは言わないでほしい。彼女がきみに打ち明けたのは知っている。きみたちのあいだに秘密はなかった。そうだね？」

いいえ、秘密ならたくさんあるわ、と彼に教えたい。が、もちろん、エラとの不倫は知っていた。そう表現していいのなら。

「エラとのあいだにあったことはあなたの問題よ」わたしは言う。「だれにも話してないわ」

「ありがとう」ほっとした顔を見て、わたしは気まずくなる。「いやその……デイジーが今とても情緒不安定で」

これは地味に効く、リックのことであっても。

「でも、もう終わったことだ。エラとは夏に別れている」

夏はまだそれほど昔というわけではないし、それ以前のリックは、わたしと寝られないなら生きていけないと言っていた。不意に体内を駆け巡る怒りに驚く。

「あなたがそう言うなら」わたしは言う。「もう集会に行かなきゃ」

「クレア……」リックは手を伸ばすが、わたしはよける。部屋を出るとき、彼が荒々しく息を吸い込むのが聞こえる。泣いているかのように。

学校には全校生徒が集まれる広い場所がどこにもないので、トニーは集会を二回に分けて生徒たちに話をする。わたしは上級生のほうの集会に出る。五百人のティーンが体育館に詰め込まれ、トニーの頭上には後光のようにバスケットボールのゴールが浮かんでいる。

彼は巧みにやりとげる。われわれがエラを忘れることはないだろう、彼女に出会えてわれわれの人生はよりよいものになった、と話す。彼女の死に方は悲劇だったが、それよりその生き方や、いかに学校に光と笑いをもたらしてくれたかを覚えておかなければならないと。「人生という旅に出るにあたり、エルフィック先生と、彼女が教えてくれた価値あることを忘れてはなりません」わたしの隣で、アランが〝価値〟ということばにあきれて目をまわすが、多くの生徒は泣いており、わたしも涙ぐむ。九年生から十一年生までがぞろぞろと出ていくと、アランが口をひらく。「また旅に出る話か。もううんざりだよ。出発するばかりでだれも到着しやしない」

「わたしはよかったと思う」わたしは言う。「こういう話をするのはたいへんなことよ」

トニーは急ごしらえの演壇からおり、わたしたちのほうに近づく。彼は四十代で、つねにエクササイズとダイエットで体型に気をつけている。学校周辺の落書きによると、彼を〝イケてる〟と思っている生徒もいるらしい。彼の名字〝スイートマン〟を揶揄したものも多い。が、わたしから見れば、目が寄りすぎているし、にこにこしすぎる。しかし、今はにこにこしていない。

「立派でした」わたしは言う。「つらかったでしょう」

トニーは目をこする。「悪夢だよ。ずっと眠れない。警察は今日来ることになっている。エラの担任クラスの生徒たちの話を聞きたいらしい。保護者の許可をもらう必要があるんだが、いやがる親が多くてね」

「どうしてですか？」わたしは訊く。

「このあたりの保護者がどんなだか知っているだろう。多くが警察と関わった体験がある」

そのとおりだ。ここはミドルクラスが住む地域だが、裕福な家庭のほとんどは子どもたちをセント・フェイスのような私立校に通わせている。わが校の生徒の多くはわたしたちが〝複雑な問題〟と呼ぶものを抱えている。

「きっと警察にひどい目にあわされた人も多いでしょう」アランが餌に食いつく。「子どもたちに事情聴取させたくないとしても、だれが責められます?」

「殺人事件の捜査だ」トニーは言う。「子どもたちも協力したいだろう」

「なぜですか?」とアラン。「どうして子どもたちは警察の力になるべきなんです?」

「あの子たちの教師が殺されたからだ」トニーの声が高くなり、すまなそうにあたりを見まわす。「生徒にマルクス主義を適用するのはかんべんしてくれよ、アラン」

「事情聴取には精神的苦痛がともないます」わたしは言う。「わたしもすごく動揺していることに気づいて驚きました」

「カウンセラーを待機させることになった」トニーが言う。

「教職員にもですか?」

トニーは〝今はやめてくれ〟という顔でわたしを見る。「きみは大丈夫かい、クレア?」

「大丈夫です」わたしは言う。これからも大丈夫だろう。そうでなくてはならない。「そろそろ授業がはじまりますので」

最初の授業はGCSE準備の初年度にあたる十年生のクラスだ。『ハツカネズミと人間』について討論しなければならないのだが、結局はエラの話になる。授業プランからははずれるし、目的格も学べないが、それこそ生徒が求め、必要としていることなのだ。

「タルガースにはいったばかりのころ、エルフィック先生はすごくやさしくしてくれた」

「教職員対生徒のネットボール（バスケットボールに似た球技）の試合のとき、先生がワンダーウーマンの格好してたの覚えてる？」

「演芸大会で『虹の彼方に』を歌ったときのことは？」

「すごくきれいだった」

「すごくやさしかった」

「先生の髪は……」

「先生の声は……」

「この学校でいちばんいい先生だった」

この子たちは生きている彼女にそう言ったのだろうか、と考える。でもわかっている、これはティーンらしい正直な気もちで、彼らに偽りはないのだ。今このとき、彼らはエラのことが大好きで、彼女がいないのを寂しく思い、彼女を思って悲しくなる。が、トニーが言うように、彼らの人生はまだはじまったばかりだ。当然ながら、このこともまた過ぎ去っていく。この少年少女たちにとって重要なのは今、目を赤くして感情的になっている今なのだ。数年もたてば、もしかしたら数カ月かもしれないが、エラの名前もなかなか思い出せなくなるだろう。

ようやくカーリーの女房の話に戻る。彼女も殺されたのだと思うが、スタインベックは彼女の名前さえ教えてくれない。

「彼女の赤いドレスにはどんな意味がありますか？」わたしは生徒たちに問う。

「危険の赤」だれかが言う。

「情熱の色」別のだれかが言う。

「彼女はめかしこんでいます」眼鏡をかけたまじめな少年、ジョシュ・ブラウンが言う。「牧場に住むある人物のために。男たちをその気にさせる女だと読者に思わせたいのかも」

「〝その気にさせる〟とはどういう意味かしら、ジョシュ？」わたしは言う。カー部長刑事がエラのボーイフレンドについて訊いたことを思う。そういうことなのだ。ひとりの女が殺され、性生活があったり巨乳の持ち主だったりすると、殺される原因のいくらかは本人にあったのだと人びとはほのめかす。エラはきっと赤いドレスをたくさん持っていただろうが、だからといって死んで当然なわけがない。責任と同意についてのディスカッションになるのを覚悟するが、ドアが開いて七年生の少女が現れ、ほっとしそうになる。彼女は今日の〝連絡係(ランナー)〟で、これは新入生を校内の配置に慣れさせるために考えられたシステムだ。

顔をこわばらせた連絡係は小柄で、髪を三つ編みにしている。「かわいいと思わない？」三つ年上なだけの十年生のひとりが言う。

三つ編みがわたしにメモをわたす。

〝警察が話したいとのこと〟と書いてある。〝校長室に来てほしい。T〟

わたしはメモを返す。「スイートマン先生にすぐ行きますと伝えて」

カーとウィンストンは校長室で待っており、まるで自分たちの部屋にいるようにくつろいでいる。コーヒーのはいった発泡スチロールのカップをまえに置き、デスクにはまるで映画のようにドーナツの箱がある。トニーは秘書のオフィスに追いやられたらしい。ふたつの部屋を隔てるドアはしっかり閉じられている。

「こんにちは、クレア」カーが言う。「来てくださってありがとう」

「ファーストネームで呼び合う仲なら」わたしはやり返す。「あなたのファーストネームは?」

彼女はわたしをにらむ。「ハービンダーです」

「ねえ、ハービンダー、時間があまりないの。あと十五分で授業なのよ」

生徒たちが騒々しく廊下を行き来しているので、休み時間だとわかる。本来雨の日以外は外に出ることになっているが、最近は明らかに規律がゆるんでいる。

「すぐに終わります」ハービンダーが言う。「エラのソーシャルメディアのプロフィールに目を通しているんですが、あなたにお訊きしたいことがいくつかありまして」

何を予想していたにしろ、これではない。〝ソーシャルメディアのプロフィール〟とは何を意味しているのか? わたしはフェイスブックをやっているが、それもソーシャルメディアだ。使用するのはおもにグループチャットで――英語科の教員グループのものもある。ジョージーはスナップチャットとインスタグラムもやっているが、自分の顔(や夕食)の写真を公開するのは愚かなことに思える。有名人でも変人でもないので、ツイッターもやっていない。

「七月にあなたとエラは教員研修のためにハイズに行っていますね」ハービンダーは言う。

「そこで何かが起こった。フェイスブックのメッセージからそれがわかります。何があったんですか？」

これがリックの気にしていたことだ。警察はハイズで何かあったことを知っている。エラがだれかと寝たことも知っているかもしれないが、名前はつかめていない。わたしはカーリーの女房と赤いドレスのことを思う。警察の力になるつもりはない。リックのためではない。エラのためだ。「どういう意味ですか？」

「ハイズでエラの心を乱すことがあったのはわかっています」ハービンダーは言う。「あなたはそこにいたし、彼女の友だちでした。それがなんなのか、あなたは知っているんじゃないかと思いまして」

「知りません。ただのよくある教員研修ですよ。わかるでしょう」

「いいえ、わかりません」ハービンダーはまじめくさった顔で言う。「サセックス警察には泊まりがけの研修がないので。ハイズで何があったんです？」

まばたきをしたり目をそらしてはならないとわかっている。「何も」わたしは言う。「いつもどおりでした。たくさんの講義、グループ活動、夜の飲み会」

「飲み会？」

「ええ」声を冷静に保つ。「社交のためです。みんなで飲みに行ったり食事に行ったり」

「あなたはだれと飲みに行きましたか？」

「いろいろな人たちと」

「エラとも？」

「ええ」

「リックはどうです？　あなたの科の主任の？」

「ええ、一度か二度」

「ほかにタルガース校の人はいましたか？」

「アヌーシュカが。そのときはまだＮＱＴではありませんでしたが」

「ＮＱＴ？」

「教員免許を取ったばかりの教師のことです」

「ここに」ハービンダーは書類をたたく。「エラは〝ハイズを忘れたい〟と書いています。どういう意味だと思いますか？」

無表情なままでいるよう努める。

「わかりません」わたしは言う。

「〝ジキル博士とハイズ氏〟とも書いています」相変わらずわたしをにらんだままハービンダーは言う。「どういう意味だと思いますか？」

「スペルミスでは？」わたしは言ってみる。ハービンダーもウィンストン部長刑事もその本を読んだことはないに決まっている。

ハービンダーはこれを無視する。「彼女は〝Ｃは知っている〟と書いています。Ｃというのはあなたですか？」

「わかりません」今度は目をそらさなければならない。汗をかいており、彼らに気づかれなければいいがと思う。いずれにせよ更年期だとハービンダーは思うだろう。

ニール・ウィンストンが口を開き、その声を聞いて驚愕しかける。ことばからドラマ性を吸い取ってしまう、平板な河口域訛り（上流階級とも労働者階級とも異なる新しい英語）だったのだ。

「エラの遺体のそばでメモが見つかりました」彼は言う。

これは予想外だ。「なんと書いてあったんですか？」

ニールは携帯電話の画面からそれを読む。「〝地獄はからだ〟。なんのことかわかりますか？」

「引用です」わたしは言う。「『テンペスト』からの」

「このあとはどうつづくんですか？」ハービンダーは言うが、きっと調べたはずだ。

「〝地獄はからだ〟」わたしは言う。「〝悪魔どもが総出で押し寄せてきた〟」

7章

慌ただしい日で、帰宅するまでフェイスブックをチェックできない。どっちにしろ、したくもない。同僚たちがそばにいて、生徒たちが教員室のドアをノックし、ヴェラが授業内容についてのまじめな質問をしてくる状態では集中できないだろう。帰るとすぐに朝食用カウンターのまえに座ってノートパソコンを開く。ジョージーはタッシュのところで宿題をやっていることになっているし、ハーバートはまだ〈ドギー・デイケア〉にいて（託児所と同じくらいお金がかかる）、六時まで迎えに行かなくていい。デザイナーズ・キッチンで家電が静かにうなりをあげるなか、フェイスブックの小さな青いアプリを見つける。

　エラのページを見るのは警察が来た日以来だ。たぶんもう開くことはないだろう。そのうちに黒い縁取りがされ、安らかに眠れ、と書かれて、そのあとは無になるのだろう。エラの両親がデブラの提案を取り入れて、たとえ身体は死んでいてもサイバースペースに生きつづけることができるように、〝追悼アカウント〟へ移行するのだろう。が、エラの名前を入力すると、彼女はまだそこにいる。彼女のプロフィール写真は、去年の英語科のクリスマス食事会のときに撮ったものだ。乱れた髪に紙の帽子を被っており、〈マリーニズ・イタリアン〉の明かりの下ではそれが宝石をちりばめたチューダー朝時代のヘッドドレスのように見える。笑顔でいくぶん挑戦的に目を見開き、まっすぐカメラを見ている。だれが撮った写真だろう？　思い出せない。彼女の〝写真〟ファイルには、そのときのわたしの写真もある。わたしは笑っておらず、冷静なときはいつもそうなのだが、むしろ怒っているように見える。頭が小さくて紙の帽子がすぐにずり落ちてくるので、まるで宴会の幽霊のようだ。あなたの罪を私の狂気のせいにして、ご自分の心を甘やかすのはおやめなさい（『ハムレット』第三幕第四場）。

　ハイズの写真はなく、タイムラインを七月まで戻す方法がわからない。ハービンダーは話していたコメントをどこで見つけたのだろう？　安全なはずのメッセンジャーのアプリ？　ほかの人に当てた個人的メッセージ？　自分のページを開く。二〇一五年（〝ジョージアの十三歳の誕生日はすてきな日。今日からわたしはティーンのママ！〟〉以来投稿していないが、個人的メッセージは定期的に送り、チャットもしている。エラとデブラと三人のチャットグループ〈いつ三人で……？〉にわたしが最後にメッセージを送ったのは、エラが死んだ日曜日だった。〝あのパソがたったの四点なんて。目が見えてないの⁉〟というものだ。どのペアがパソドブレを踊っていたのかは忘れたが、低俗なテレビ番組についての辛口コメントに、ハービンダー部長刑事が感心するとは思えない。三つのクエスチョンマークも。わたしならソーシャルメディアにハイズのことは書かないだろうが、日記には書くだろう。日記は毎日のように書いているし、ベッドルームにある小さな鍵のかかる戸棚はこれまでの日記帳でいっぱいだ。最新の日記帳は仕事に持っていくこともあるが古いものは――わたしのなかではアーカイブと呼んでいる――鍵をかけてしまってある。

まだ五時。まだハーバートを迎えにいかなくていいし、ジョージーが戻るのは何時間も先だ。自分の部屋の戸棚のところに行く。日記帳はすべてそこにあり、大きさも色もまちまちだが、きちんと日付順に並んでいる。今使っているものは八月から書きはじめたので、ハイズはそのまえだ。ペールブルーのモレスキンのものが、〝二〇一七年一月〜八月〟とある。

ページをめくる。二〇一七年七月二十日。学期は前日の水曜日に終わっていた。学期終わりの気分がただよっていたのを覚えている。美しい日で、海は青と緑の縞模様にヨットの水玉模様。エラといっしょに車でハイズに行った。窓を開け、ラジオに合わせて歌いながら。ジョージーはサイモンのところに行っていた――彼が固執する〝家族の休暇〟と呼ばれるもののために、一家で翌日コーンウォールに行くことになっていた。それでもわたしの気分は損なわれなかった。学期は終わり、親友や大好きな同僚たちと週末をすごすのだ。研修の内容にも興味を惹かれていた。極力意味を排した、いかにも教育者が使いそうな〝ライティングのためのジャーナリング〟という名前がついていたが。わたしは意欲まんまんだった。新年度、タルガース校の英語科は最高の実践モデルになるだろう。

少なくともわたしはそう感じていたのだと思う。

二〇一七年　七月二十一日　金曜日

今年はいい部屋をゲットした。キングサイズのベッド、オーシャンビュー、ソファまであってちょっとスイートルームっぽい。エラがメールしてきて、彼女はよくある普通のダブルルームらしい。「だから乱交パーティはあなたの部屋でやるほうがいいわね」「あはは！」と返信する。乱交パーティの機会はまずないだろうが、最初の夕刻の講習のまえ、六時にドリンク・レセプションがある。今年もストックポートのポールは来るだろうか。エラはわたしが彼を気に入っていると言うだろう（車のなかの彼女はそんな感じだった——天真爛漫なティーンと世知に長けた女性が混ざった感じ）が、既婚者でもゲイでもない男性教師がひとりいるというのはいいものだ。とにかく、まだ何時間か部屋にいられる。ひとりでホテルに泊まるのは好きだ。『鑑定します、あなたの骨董』（鑑定人が国内各地を旅して、その地の人々が持ち寄ったアンティークの価値を見積もるイギリスのテレビ番組）を見られるし、高級紅茶を飲んでビスケットを食べられる。愉しい週末になりそう。

その後

今夜のエラにはほんとうにいらいらさせられた。シックス・フォーム（十六歳から十八歳までの生徒のために大学進学コースを設置している中等教育学校）生のどんちゃん騒ぎのようだった雰囲気は、わたしにとげのあることばを向けながらの躁病的ないちゃつきに変わった。「ほら、クレアはわたしたちがうるさすぎると思ってる」「クレアは人が愉しんでるのが好きじゃないの」エラは早々にストックポートのポールをわたしから奪い、夕食では隣に座った。わたしのいる退屈なテーブルまでふたりの笑い声が聞こえてきた。わたしの隣はリックで、彼は暗く沈み込んでいた。

夕刻の講習はまあまあだった。〈ディア・ダイアリー〉という講習で、どんなくだらないことであっても、毎日書くことで読み書きの能力は向上するという内容だ。「クレアは日記をつけてるのよ」とエラが声を張り上げた。「そうなの？」とポールが言った。「そんなことをするのはヴィクトリア朝時代の小説のなかだけかと思ったよ」この裏切り者。わたしはとっさに微笑んで言った。「ええ、わたしって意外性のかたまりなの」でも内心はらわたが煮えくり返っていた。

そのあとみんなで遊歩道を歩いた。エラがリックと歩き、彼の腕を取るのをわたしは見た。立ち止まって海を見たあと振り返ると、ふたりはホテルに戻ろうとしていた。わたしがいないことには気づいてもいなかった。

二〇一七年　七月二十二日　土曜日

もうすぐ真夜中。今、彼女がわたしの部屋を出ていったところ。こんなことになるなんて信じられない。今日も彼女は手がつけられなかったが、今回わたしにはまだ感じがよかった。むしろ感じがよすぎた。わたしの腕をつかみ、わたしを〝親友〟と呼び、わたしたちを英語科の反逆児に見立てて話した。午後に少人数のグループに分かれたとき、彼女と同じグループではなくてほっとした。ポールは同じグループだった。アヌーシュカも、北アイルランドから来た感じのいいふたりの教師、ルイーズとベスも。実際、すごくおもしろかったので、また研修が愉しくなってきた。夕食時、わたしたちのグループはいっしょに座り、エラとリックはいくつか離れたテーブルで、ひどく熱心に話し込んでいた。やがてふたりは消えた。わたしはバーで何杯か飲んでから寝た。数分まえ、エラがわたしの部屋のドアをたたいた。髪は乱れ、目はいつもの二倍の大きさだった。何か薬でも飲んでいるのかと思った。

エラはわたしのキングサイズのベッドに倒れ込んだ。「リックと寝ることになると思う」と彼女は言った。わたしは彼女をまじまじと見た。エラは、〝ティーンエイジャーのように〟彼とビーチで抱き合ってキスしたこと、〝旅先でのセックス〟が現実世界ではカウントされないことについて話しはじめた。「でも、彼は既婚者よ」わたしは言った。リックは彼女に夢中で、

〝完全に取り憑かれている〟のだとエラは言った。「わたしに病んでいるんですって」

彼はわたしに言い寄ったときもまったく同じことばを使った。ほんの数カ月まえ、わたしにそう言ったのだ。「きみに夢中なんだ、クレア。四六時中きみのことを考えている。きみに病んでいる」そのとき、なんて不吉なフレーズだろうと思ったのを覚えている。わたしに病んでいる。「病んでいるなら、病院に行って」それがわたしの言ったことだ。「あなたは結婚している。既婚者と寝るつもりはないの」だが、そそられたのはたしかだ。理由はわからないが、ひどくそそられた。だからエラに腹を立てたのかもしれない。彼女をどなりつけた。あなたがしているのは子どもじみた愚かな振る舞いだと思うと告げた。あなたは愉しむということができないのよ、と彼女は言い返した。「ポールとやればいいじゃない。でなければ、ずっとあなたに色目を使ってたあのバーテンダーと。いつだってほかの人の上に立ちたいんだから。でも、あなたは人よりすぐれているわけじゃない。退屈なだけよ」

彼女が出ていったとき、わたしは震えていた。彼女のことは永遠に許さないと思う。リックのことも。

またも震えながら読むのをやめる。もちろん、エラとリックの情事のことは覚えている。関係はその週末しかつづかなかった。週末が終わるころにはエラは彼に飽きていた。帰りの雨のなかの長いドライブを覚えている。エラはリックの真剣さを、ユーモアの欠如を、正常位好きを笑っていた。八月じゅう雨が降っていたような気がしたが、ジョージーのフェイスブックのページにあるコーンウォールの写真には、きらきらした夏の日々が写っていた。メリーゴーラウンド、カヤック、ビーチでのバーベキュー、持ってきたボーデンのビーチローブを着て、腹ちがいの弟のタイガーとビキニ姿でポーズをとるジョージー。

リックはエラへの思いに取り憑かれたようになった。しつこく電話をかけ、会ってくれと懇願し、離婚して仕事もやめると言っていたらしい。わたしはそんなリックを軽蔑した。ほんの数カ月まえ、わたしの家のまえに居座り、自分と寝てくれと懇願した彼を思い出して。が、ハイズで自分がひどく腹を立て、ひどくいらいらし、ひどく嫉妬していたことは忘れていた。エラが学科主任と寝たのは愚かなことだと思っていた。そもそもまえの学校では、そのせいで失敗したのでは？　それに、永遠の愛についてのリックの宣言にそれほど価値があるとは思えなかった。でもこれは彼女の問題だ。どうしてわたしが彼女を決して許さないなどと思わなければならないのか？

　別の内容になっていてくれと願うように、日記のページに目を戻すと、そのページのいちばん下に何かが書き込まれているのに気づく。すべて大文字の小さな文字で。

ハロー、クレア。あなたはわたしを知らない。

8章

ハロー、クレア。あなたはわたしを知らない。夜じゅう頭のなかでそのことばを響かせながら、タッシュの新しいヘアスタイルのことでジョージーとおしゃべりし、歴史の宿題の提出期限が明日だということを思い出させる。夕食はと訊くと、タッシュと食べたという。ジョージーが食べ物を受けつけないときは、いつも頭のなかで警報が鳴るのだが――〝拒食症警報！〟――娘は（わたしに似て）とても細いが、不健康には見えない。ともあれ、わたしも食べ物は目にしたくない。ハーバートに最後の散歩をさせるために通り沿いを歩く。タウンハウスが建ち並ぶ居住者専用の通りにいくつか街灯はあるものの、あとはあたり一面田舎の暗闇だ。夜のこの時間はめったに車が通らないので、ハーバートとわたしは道路を歩き、彼は草むらで脚を上げるふりをしてはやめてわたしをからかう。

ハロー、クレア。あなたはわたしを知らない。

だれかがわたしの日記に書き込んでいた。筆跡に見覚えはなかった。細く角ばった文字は、かつてイタリックペンと呼ばれていたもので書かれている。『この私、クラウディウス』（ローマ皇帝クラウディウスの自伝という体裁で書かれたロバート・グレーヴズの小説。一九三四年刊）にそれが出てきたことをつい考えてしまう。ほかでもない、小さな文字で壁に名前を書くことで、カリグラが父親のゲルマニクスを狂気と死へ追い込むのだ。名前の文字は毎日ひとつずつ減っていき、ゲルマニクスのGまで来るころには、父親は死んでいた。わたしのカリグラはだれなのだろう？

こんなことをしていてもどうにもならない。日記に近づくことができたかもしれない人物を洗い出さねば。この日記はハイズに持っていったし、職場にも何度か持っていった気がする。

が、だれかの目があるときは書かないようにとても気をつけている。ジョージーにさえこれを書いているところは見せたことがない。日記を書くことには、ちょっと奇妙で強迫的なところがある。秘密というわけではないが、話し合うようなことでもない。でも、エラは知っていた。

すべては日記に記録されている。「クレアは日記をつけてるのよ」「そんなことをするのはヴィクトリア朝時代の小説のなかだけかと思ったよ」エラなら日記に書き込みができただろうか？　彼女ならおもしろがっただろうが（過去形を使うのがだんだん楽になってくる）、大きくてゆったりと流れるような彼女の筆跡には見えない。

〝地獄はからだ〟についても考えずにはいられない。『テンペスト』はGCSEの指定教材だ。ハービンダー・カーはかならずそのことを調べ、英語科のだれもがその文章になじみがあることと、いわゆる〝キー・クォーテーション〟だということを知るだろう。が、R・M・ホランドの短編小説にもそれが出てくることを、カーは知っているだろうか？　もしそうなら、メモはわたしを指していると考えるはずだ。わたしがエラの殺害に関係していると本気で考えるだろうか？　日曜日の夜何をしていたか、だれかといっしょにいたかと訊かれたのを覚えている。あのときも、カーはわたしを疑っていたのだろうか？　それに、わたしの筆跡のサンプルをほしがった。あれはだれにでもやることなのか？　不安がつのってきて、メモの文字はわたしの筆跡だったのだろうかとすら思えてくる。

ハーバートがようやくおしっこをして、わたしたちは家にはいる。ジョージーは自分の部屋にいて、ノートパソコンから流れてくる『フレンズ』（アメリカのテレビドラマ）のテーマ曲が聞こえる。サイモンとわたしはつねに娘の部屋にテレビを置かせないことにしていたが、ジョージーのMacBookにはどこにでも持っていけるポータブルテレビ／映画／CDプレーヤー／カメラ／ビデオレコーダーがはいっている。階下の明かりを消し、玄関に二重錠をかける。ハーバートが首をかしげてわたしを見る。どうしてそんなに戸締りを気にするのだろうと思っているように。念のためだ。

ベッドでペールブルーの日記帳のページを注意深く見ていくが、謎の手書き文字はもう現れない。ほかの日記帳を調べる気にはなれない。一九九五年（〝聞いて、彼と結婚したわ〟）や、二〇〇二年（〝今日ジョージア・メイ・ニュートンが誕生した〟）、二〇一二年（〝今日離婚が正式に決まった。暗い、暗い、暗い〟）のものは。代わりに、最新の日記帳を取り出して書きはじめる。

翌日はハロウィンで、放課後『リトル・ショップ・オブ・ホラーズ』の初めての稽古がある。ジョージーをだれもいない家に帰したくはないが、そんなことを言って娘を怖がらせたくもない。

「今夜は遅くなるわ」環状交差点の車の列に合流しながらわたしは言う。「芝居の稽古があるから」

「あの芝居ほんとにやるの？」ジョージーは携帯電話から顔を上げる。

「ええ。パーマー先生とね。どうなることやら」

「当然ペッパ・ピッグは出るんだよね」

ジョージーと友人たちがペッパ・ピッグと呼ぶピッパ・パーソンズは、メインキャストのオードリーを演じる少女だ。十一年生のピッパはブロンドで背が高く、印象的な歌声の持ち主で、たしかに鼻は豚に似ているかもしれない。彼女はいつも授賞式や賛美歌を歌う機会などに引っ張り出されては歌っている。それでジョージーは彼女を嫌っているのだろう。

「だれのことかわからないわ」わたしは言う。

「わかってるくせに」

「そういうわけだから、行きたければタッシュのところに行ってもいいわよ」

「タッシュも出るもん。コーラスで」

「それなら残って稽古を見ていけば」

「ううん、ママはひとりでも大丈夫でしょ。あたしはハーバートのお迎えにいって、うちに帰る」

「暗いなかアンディのところから歩いて帰ってほしくないわ」

「〈ドギー・デイケア〉だよ」ジョージーはいつもこれを歌うようなアメリカのアクセントで言う。「歩いてたったの十分だよ。幹線道路沿いだし」

「わかった。幹線道路から離れないでね。ヘッドホンはつけないでよ、車が来たら聞こえるように」

「はい、はい。落ち着いてよ、ママ」

「そうしたければだれかに来てもらってもいいのよ」

「ママ、どうかしちゃったんじゃないの？ 〝学校がある日の夜〟にだれかを呼ぶといやがるくせに」彼女はそのフレーズに引用符が聞き取れるほど皮肉をこめる。

「だれかいっしょにいるほうがいいかなと思っただけよ。子どもたちが〝いたずらかお菓子か〟をやりに来るかもしれないし」

「〝トリック〟のほうだって言ってやる。そうすれば追い返せるでしょ」

「ロンドンバスの絵がついた缶のなかにお菓子がいくらかあるから」

「わかったよ、ママ。魔女の扮装をしたちびっ子たちの相手もするから。ハーバートにいっしょにいてもらう。そんなに遅くはならないでしょ？」

「ええ、遅くならないようにする」

残りの車中は無言だ。

あなたはわたしを知らない。そのことばについて一日じゅう繰り返し考えている。幸いなことに、頭を悩ませている問題はもうひとつある。エラのクラスの生徒たちが気の毒なドンをからかい、わたしが二度〝介入〟してにらみをきかせ、秩序を取り戻させなければならない。大量のGCSEのデータにも取り組んでいる。わたしがキー・ステージ3にとどまっているのに、エラはキー・ステージ4を担当しているのがいつもおもしろくなかったが、チェックしなければならないデータの量に、正直頭がおかしくなりそうだ。しかも政府は数分ごとにGCSEの意義を変えているかのようなのだ。最新の思いつきは、英語と数学の評価をA*からEではなく、1から9にするというものだ。「あたしは絶対に英語でAはとれないってことだね、ママ」ジョージーはそれを知って、悲しむふりをしながら言った。わたしがその事実を知ってほんとうに涙を流したことは明かさなかった。

そうしたければ生徒たちがいったん家に帰れるように、稽古は五時にはじまる。この機会に、ケンブリッジに行って以来やりたかったことをやろうと思い立つ。

R・M・ホランドの屋根裏の書斎は事実上、彼が死んでから手を加えられていない。鍵はかかったままだが、上級教師であり在職のホランド研究家であるわたしは鍵を持っている。放課後そこに行って、見てまわろう。もちろん、これまでにも行ったことはある。ときどきは学校主催のツアーさえある。が、今回は写真をきちんと見たい。額装して壁に掛けられたり、銀の写真立てに入れてデスクに置かれている写真は大量にある。マリアナが写っているものもあるのでは？　携帯で写真を撮って、帰ってから調べてみよう。ヘンリー・ハミルトンに電話するところを想像する。「とても興味深い発見をしました」と。

最後の授業を終え、旧館一階の廊下を早足で歩く。ここは放課後になるといつも静かだ。ほとんどの生徒はホームルームの教室がある新館のほうにいる。しかし、今日は十代の魔女や吸血鬼たちが何人か、気の毒な教師たちをぎょっとさせてやろうとぶらついている。エラの死に配慮して、トニーは公式のハロウィン活動を禁止したが（前年までは私服での登校が許され、一度などダンスパーティまであった）、生徒たちはやはり興奮するのか、ふだんよりさらにばかげたことをしがちだ。

「あなたたち、ここで何をしているの？」わたしは魔女たちと吸血鬼たちに言う。「放課後のクラブ活動はないの？」

「ないでーす、先生」ハリー・ポッターのローブをつけた魔女がくすくす笑いながら言う。アシュリーなんとかだ。たしか七年生のときに教えていた。

「それならうちに帰りなさい。それからトリック・オア・トリートをやりにいけばいいでしょ」

「トリック・オア・トリートは子どもがやることですよ」低い声の吸血鬼が言う。パトリック・オリアリー。十一年生でラグビー選手、問題児。

「それなら帰って宿題をやりなさい。指定教材を読んでみたら、パトリック。校内模擬試験の役に立つかもしれないわよ」

　彼は笑ってゆっくりと歩き去り、ほかの者たちもあとにつづく。わたしは彼らが正面扉から出ていくのを見送ってから、二階につづく階段に向かう。

　この階は放課後立ち入り禁止だが、生徒がこっそりここまで来ることもないではない。が、今日は静かだ。それどころか、ドアをバタンと開閉する音や、床をドスドス踏み鳴らす音や、サッカー場での掛け声といった、学校特有のすべての騒音が消えてしまったかのようだ。超自然的な静寂のなかを歩いていく。一階の寄木細工の床や、新館のぞっとするようなリノリウムの床とちがい、ここにはカーペットが敷かれている。苔（こけ）のような緑色で、一歩一歩の衝撃をやわらげる。ドアはすべて閉じられ、遠近法の演習のように、廊下の突き当たりにある螺旋階段にすべての直線が集まっている。その螺旋階段をのぼった先にあるのがR・M・ホランドの書斎だ。そしてそこにこの屋敷の奇妙さがある。ホランドの妻アリスはしばしば夫の書斎まで裸足でのぼっていったらしく（裸でという説もある）、彼女の死後、ホランドは妻の足型のついた特別な絨毯を作らせた。その不気味な足型を踏まずに階段をのぼるのはほとんど不可能だ。わたしは以前、その足型がちょうど自分と同じサイズだということに気づいた。

階段の下で足を止める。静寂がなぜかより重くのしかかってわたしのまわりでうねる。心安らぐ二十一世紀的な電子音を求めて携帯電話に手を伸ばすが、デスクに置いてきていた。ばかなことはやめて、と自分に言い聞かせる。ここは学校で、あなたは教師なのよ、何が起こるというの？　かつてアリス・エイヴリーが歩いた跡を、ブーツの足で踏みながら階段をのぼりはじめる。

扉は簡単に開く。目のまえにホランドのデスクがあり、本棚には彼の本があり、壁には彼の写真がある。そして、デスクの向こうには、ローランド・モンゴメリー・ホランド自身が歓迎するように両腕を広げている。

寒いですか？　風が強くなってきましたね？　一斉射撃よろしく窓に吹きつける雪を見てごらんなさい。ああ、列車がまた止まったようです。今夜はこれより先へは行けないでしょうね。ブランデーはいかがですか？　私の旅行用毛布におはいりなさい。こういう旅では最悪の事態に備えるようにしているんです。人生に役立つ格言ですよ、お若い方。つねに最悪に備えよ、というのはね。

さて、どこまで話しましたかね？　ああ、そうでした。そこでガジョンと私は、三人目の仲間――ウィルバーフォースと呼ぶことにしましょう――とともに、廃屋の近くまで行きました。ヘルクラブの正式メンバー三人が、私たちに目隠しをしました。もちろん彼らは仮面をつけていましたが、何人かは声でわかりました。バスティアン卿とその子分のコリンズです。三人目は外国訛りがありました。おそらくアラビア語でしょう。

最初に目隠しをされたのはウィルバーフォースでした。彼は蠟燭とひと箱のマッチを持って、目の見えない人のようによろよろと廃墟に向かいました。私たちは待って、待ちました。冬の風が私たちのまわりで吹き荒れていました。そう、ちょうど今のように。一生ぶんに思えるほど待ったあと、朝顔形の窓で蠟燭が揺らめくのを見ました。そして、夜の空気にのって、ごくかすかに声が聞こえました。「地獄はから、からだ！」

私たちは歓声をあげ、石に跳ね返ったその声は静寂のなかに響きわたりました。バスティアンはガジョンに蠟燭とマッチの箱をわたしました。ガジョンはゆっくりと眼鏡をはずし、目隠しで目を覆いました。

「幸運を祈るよ」私は言いました。

彼は微笑みました。いま思えばおかしなものです。彼は微笑んで、商品を宣伝する商店主のように両手を広げるという妙な動作をしました。彼が目のまえに立っているかのように、今もはっきりとその姿が見えます。バスティアン卿に押され、ガジョンはよろめいて霜の降りた草の上に倒れそうになりました。

私たちは待って、待って、待ちました。夜鳥が鳴きました。だれかが咳をして、別のだれかが笑いを押し殺すのが聞こえました。私はほとんど理由がわからないながら、荒い息をしていました。

待っていると、ようやく窓に蠟燭が灯りました。「地獄はから、からだ！」それに応えて、私たちは歓声を響かせました。

さて、いよいよ私の番です。蠟燭とマッチをわたされました。そして目隠しで目を覆いました。たちまち夜がさらに暗くなったばかりか、さらに寒く、敵意に満ちたものになりました。旅をはじめるのに、バスティアンに背中を押してもらう必要はありませんでした。早く終わらせてしまいたかったのです。しかし、目が見えないのでどれくらい歩けばいいのかわかりません。方角をまちがえて、廃屋を見失ったにちがいないと思ったとき、背後からバスティアンの声が聞こえました。「まっすぐまえだ、この馬鹿！」私は両手をまえに伸ばし、よろよろと進みました。

手が石に触れました。廃屋に着いたのです。建物の正面に触れながら進み、ようやくぽっかりと空いた箇所を見つけました。戸口です。私は敷居につまずいて、石の床にどさりと倒れましたが、少なくとも屋内にはいれました。屋内は風こそありませんでしたが、どういうわけか寒さは増していました。そしてあの静寂！　静寂が反響を繰り返し、私にのしかかって、地面に押しつけようとしているかのようでした。私は荷物を背負った物乞いのように、ほとんど体をふたつに折っていました。荒く、ぜいぜいという自分の呼吸が聞こえました。それだけを相棒に、じりじりと階段に向かいました。

階段は何段だ？　二十段だと教えられていましたが、十五まで数えたあとわからなくなりました。あると思った段を空踏み（からぶ）して、ようやく二階に着いたのがわかりました。ガジョンかウィルバーフォースが小声で挨拶してくれるものと思っていたのに、ふたりは無言でした。待っているのでしょう。私はそろそろとまえに進みました。窓を見つけてこのパントマイムを終わらせなければなりません。まえにあるしっくいの壁を両手でたどっていくと……ありました！　木の窓枠が。私は目隠しを引き下ろし、凍える指でマッチを擦（す）って蠟燭に火をつけました。そして、窓枠に少量の蠟をたらし、蠟燭を立てました。

「地獄はからだ！」自分の声が弱々しく耳に響きました。ようやく私は振り返りました。足元の死体が目にはいったのはそのときでした。

第Ⅱ部　ハービンダー

9章

最初からクレア・キャシディが嫌いだった。まず、あまりにも背が高い。ダークカラーのショートヘア、大きな目、長い首、どこまでもつづく脚。わたしが着るとテントになってしまうようなドレスを着て、軽やかに歩くたぐいの女性だ。ニールでさえ心を奪われた。「モデルみたいだな」と言ったあと、「すごくくだらない雑誌のさ」と付け加えてわたしを見た。悪いやつではないのだ、ニールは。

あの最初の日、学校の敷地に車を乗り入れたとき、タルガース校で何かが起こるような気がした。あの場所を知っているので、少しも意外ではなかった。

わたしたちは旧館のまえに停めた車のなかにいた。「ちょっと見ておきたい」と言って、ニールをつきあわせたのだ。中間休みの時期なので無人だと思っていたが、今は成人向け講座が開かれているのを忘れていた。フォルダーやアートの道具を抱えて正面入り口をはいっていく人たちを目にした。休みの日に学校で勉強をするなんて考えられないが、好みは人それぞれだ。

「きみがここに通っていたなんてまだ信じられない」ニールが言った。

「ところが、通ってたの」わたしは言った。「ハービンダー・カー棟だってあるんだから」

「ほんとに？」

ニールは単純すぎる。ほんとうに。

「うそに決まってるでしょ。卒業のときやっと握手してもらった程度。はい、これがあなたの一般中等教育修了試験（GCSE）の証明書。はいさようなら、ってね」

「でも、大学に行っただろ」わたしが落ちこぼれだったわけではないと、ニールは哀れなほど必死に証明したがっているようだった。

「チチェスター大にね。ほとんどどうでもいいようなところ。実家に住んでたし」それが両親の出した条件だった。実家に住んで、学生がやるとされている酒、ドラッグ、セックスをいっさいやらずにいるなら、大学に行ってもいい。だからといって、それらのことをやらなかったわけではないが、たいてい愉（たの）しむまではいかなかった。

　階段を、両開きの扉を、並んでいる窓を眺めた。記憶よりも蔦（つた）が多く、赤と緑がクリスマスカードのようだ。学校のこの部分がいかに美しいか、母さんはよく話していたが（「私立校のローディーンみたい」）、じっくり見るにはわたしにとってまだ思い出が多すぎた。

「おれたちはここで何をしているんだ？」数分後にニールが言った。「署に戻ってエラの両親と話さないといけないのに」

「ここでのエラを想像したかったの」わたしは言った。「ちょっとだけ。わがまま言ってごめん」もう一度窓を見上げると、だれかがわたしを見下ろしていた。白い顔、黒い目。

　クレア・キャシディだ。

日曜日の夜、十時に連絡がはいった。ショアハムのエラ・エルフィック宅で言い争う声を近隣住民が聞いたという。制服警官が出向き、四十歳くらいの女性がキッチンで死んでいるのを発見した。複数箇所を刺されているようだった。

わたしが到着したとき、鑑識班はすでに来ていた。暗い通りで青色灯が点滅し、玄関を覆う天幕が設置されていた。近隣住民がこれをどう解釈するか想像できた。わたしは紙の鑑識スーツを着てキャップに髪を押し込んだ。現場が白い鑑識スーツでいっぱいになり、写真を撮ったり、床にひざまずいてほこりのサンプルを採取したり、血痕の放物線を計算するまえに、遺体を見たかった。ありのままの現場を見る機会がほしかった。

小さなキッチンにはすでにかなり人がいた。制服のひとりが吐きそうな様子で裏口に寄りかかり、鑑識班がしゃがんで遺体のうえに覆いかぶさっていた。エラはまっすぐに横たわっていた。キッチンはギャレー風（ぴかぴかの白いキッチン・ユニットにダークブルーのタイルで、とてもすてきだ）で、彼女の体が床のスペースのほとんどを占めていた。両手はそうポーズをとらされたように体の脇に置かれ、切り傷があった。両の手のひらに深い切り傷が。あらゆるところに血がついていた——彼女の胸にも、髪にも、ぴかぴかのキッチン・ユニットにも。遺体の上にかがみこんでいる鑑識員のせいで首は見えなかったが、血液の色からすると喉（のど）を刺されているようだ。遺体の足を見た。役作りをするときは足からはじめると、ある女優が言うのを聞いたことがある。わたしはそんなばかげたことを言うつもりはないが、靴はいつもチェックする。エラはピンクのコンバースを履いていた。

「カー部長刑事です」わたしはかがみこんでいる鑑識班の面々にIDを振りかざした。

「パテル巡査です」ドアのところにいる制服警官が言った。

「あなたひとり？」

「パートナーが外にいます」彼はやや力なく身振りで示した。

気分が悪くなったのだろう。巡査はこういう事態に慣れていない。

「被害者の身元はわかってる？」

「エラ・エルフィック。タルガース校の教師です。ハンドバッグにストラップつきのIDがありました」

このときすでに、かなりまずいことになりそうだと思った。タルガース出身だということはあまり人に言っていないのだ。通った学校のある地域にとどまっているのはちょっと恥ずかしいものがある。三十五歳でまだ実家に住んでいるとなるとさらに気まずいが、それを知っているのはドナとニールだけだった。同窓会をするたぐいの学校のような呼び方をすれば、タルガーシアンは署に三人しかいない。が、犯罪捜査課はわたしだけだ。

「近親者に連絡は？」

「まだです」

つまりわたしの仕事というわけか。

「居間に来て」わたしは言った。「裏口から出れば遺体をまたがずにすむわよ」

遺体。それがピンクのトレーニングシューズを履いたブロンドの彼女の今の姿だ。わたしは彼女に覆いかぶさる鑑識班の面々を残し、隣の部屋に行った。そこは思ったとおり居間だった。本棚、たくさんのクッションが置かれたソファ、あらゆる場所にあるキャンドルとポプリ。

パテル巡査が部屋にはいってきたとき、ちょうどニールが到着した。ニールは白い鑑識スーツを着るといつも以上に大きく見えた。ホッキョクグマのように——よく知られていることだが、ホッキョクグマは見かけほどかわいくはない。

「殺しか？」彼は尋ねた。

「自分で喉を刺したんじゃないかぎり」わたしは言った。

わたしと同じく、人事課の人たちが〝非白人〟と呼ぶ存在にもかかわらず、パテルは青ざめて見えた。

「喉と胸をキッチンナイフで刺されたようです」パテルは言った。「玄関のそばで凶器を見つけました」

「凶器を残していったのか？」ニールが訊いた。「馬鹿だな」

「そうとはかぎらないわよ。指紋はついていないってことでしょ」

「被害者は抵抗したようです」パテルが言った。「両手に傷があります」

「それは慎重に調べたほうがいい」わたしは言う。「象徴的に見えた。両手に同じ傷。死後につけられた傷だと思う」

「聖痕か」ニールがつぶやく。「イエスのような」と、わたしのために付け加えた。

「説明をありがとう、ニール。わたしはシーク教徒かもしれないけど、イエスなら聞いたことがあるわ。ユダヤ人の大工だったわよね？」

「はいはい」ニールはパテルを見た。「ほかにこっちが知っておくべきことは？」

「メモがありました」パテルが言った。「正確にはポストイットです。遺体の横の床の上に」

すごく親切な殺人者だこと、とわたしは思った。DNAを採取できそうな場所だらけなうえに――鑑定する筆跡まで残してくれるなんて。

「なんて書いてあった？」わたしは訊いた。

「〝地獄はからだ（ヘル・イズ・エンプティ）〟」パテルは言った。

「いったい（ホワット・ザ・ヘル）どういう意味だ？」単語の繰り返しに気づいていない様子でニールが訊いた。

「引用みたいね。調べてみましょう。そのポストイットは証拠品袋に入れた？」

パテルはうなずいた。

「血はついてた？」

「なかったはずです」

「つまり犯人は事前に書いて用意しておいたってことね。そうでなかったら血がついているはず。キッチンは血だらけだもの」

運悪くちょうどこのときに、パテルの気分が悪くなったパートナーである、若い女性警官が現れた。ひどく顔色が悪かったが、なんとか耐えているようだった。わたしは彼女に、エラのバッグの中身を調べて近親者を見つけるよう命じた。

「携帯電話がロックされていなければいちばん簡単なんだけど」わたしは言った。「〝連絡先〟から〝ママ〟を探せばいいから」

「なんてことだ」わたしより情にもろいニールが言った。「子どもがいるせいだ。「ご両親も気の毒に」

わたしは部屋のなかを見まわした。ほとんどの本は古典のようだ——背表紙でわかった——が、テレビは今どきのフラットスクリーンだし、コーヒーテーブルの上には高級雑誌が積んであった。つまり、エラはつねに高尚な世界で生きていたわけではないのだ。タルガース校では何を教えていたのだろう？　英語か美術のような気がした。壁には、見た目が気に入って買う人などだれもいなそうな、幾何学模様の絵のプリントが二枚飾られていた。キッチンにもテート・モダン（ロンドンの国立近現代美術館）のカレンダーがあったはずだ。テーブルの上のカップにはハーブティーがはいっていたように見えた。

「思い出して」わたしはパテルに言った。何があったのだろう。エラがここに座って、お茶をすすりながらテレビを見ていると、犯人が玄関ベルを鳴らしたの？「あなたがここに来たとき、テレビはついてた？」わたしは訊いた。

「いいえ」

携帯電話はバッグのなかだった。女性警官が今調べているところだ。つまり、エラはフェイスブックをスクロールしてもいなければ、ゲームの〈パンダポップ〉をしていたわけでもない（わたしの夜の二大お愉しみだ）。開かれた本もなければ雑誌もない。

「死亡時刻はわかる？」

「ぼくたちが来たのが九時で」パテルが言った。「彼女はすでに死んでいましたが、その……まだ……温かかったです」

「近所の人とは話した？」

「まだです」

「今すぐやって。近親者の番号はわかった？」わたしはもうひとりの警官を見た。彼女はうなずき、わたしに携帯電話を差し出した。「ありがとう。あなた、名前は？」

「オリヴィアです。オリヴィア・グラント」

「オーケー、オリヴィア。あなたはパテルとご近所の聞き込みに行って。最初にこの家から物音が聞こえてきたのは何時か正確に聞き出して。ニール、わたしたちは、エラの友人と家族の話を聞くわよ」

ニールはソファから動かなかった。「だれがきみを指揮官にしたんだよ？」

「わたしってことにしておいて」わたしは言った。「そのほうがいろいろと楽だから」

10章

クレア・キャシディの名前はごく早いうちにあがった。エラの母親と話したあと――〝事故〟だったと伝え、地元警察が行って直接事実を知らせることができるように住所を訊いた——ニールとわたしは署に向かった。上級捜査官のマローン警部補がわたしをこの事件の副官にしたのは想定内だった。ドナ・マローンはちょっと風変わりに見えるかもしれないが、ここぞというときには決断力があり、捜査の仕切り方を知っている。彼女は本件を最優先と決め、かなり気前よく人員と情報が割り当てられた。捜査計画も立てた。朝になったら、タルガース校の校長であるトニー・スイートマンに伝える。何も知らない状態の彼に会って反応を見たかった。エラと親しい友人や同僚とも話すことになる。エラの携帯電話があるので、すべての暗号化されたメッセージを検索できるように、プロバイダーに履歴の提出を求めた。帰宅は深夜になった。母さんは起きて待ってはいなかったが、それに近い状態だった。玄関の鍵を開けたとき、階段をのぼっていくドレッシングガウンがさっと翻(ひるがえ)ったのを見たから。

午前八時、わたしたちはトニー・スイートマン宅にいた。ニールはもっと早く行きたがったが、わたしは八時が最大限に混乱を引き起こす時刻だと考えた。学期の中間休みだし、彼には小さな子どもたちがいる。スイートマンはステイング郊外のとてもいい家に住んでいた。彼の年収を算出してみた。タルガース校には千二百人の生徒がいるので、『タイムズ・ハイアー・エデュケーション・サプリメント』(イギリスの高等教育情報誌)の求人広告でざっと計算したところ、十万ポンド以上はもらっているにちがいない。二台分のガレージと広い庭のある、蜂蜜(はちみつ)色の石でできた元牧師館を買うのに充分な額だろうか？　わたしにはわからないが、探り出すつもりだった。スイートマン自身が玄関口に現れた。ネットで写真を見ていたが、それでも彼があまりにも若いので驚いた。わたしの在学中はウィリアムズ先生が校長だった。当時でも百歳くらいに見えた先生は、三年まえようやく引退したが、そのころには死にかけていたにちがいない。トニー・スイートマンは黒髪で引き締まった体つきをしており、ジーンズにラグビーシャツを着ていた。わたしのタイプでは――まだ男性と寝ていたときでさえ――ないが、教師にしてはまちがいなくルックスがよかった（〝政治家にしてはルックスがいい〟ほど呪われてはいないが、それに近い）。十月のイングランドにいるにしては、よく日に焼けてもいた。スキーをやるにしても、今年はまだ早いのでは？　それなら日焼けサロンか。いずれにしても、彼に偏見を覚えた。

「スイートマンさんですね？　わたしはサセックス警察のカー部長刑事、彼はウィンストン部長刑事です。ちょっとよろしいですか？」

「どういったご用件ですか？」スイートマンは気もそぞろに背後を見た。複数の犬と子どもたちの声が混ざり、それに負けじと『スポンジ・ボブ』のテーマソングが聞こえた。

「残念ながら緊急なんです」わたしは言った。「われわれだけで話せる場所はありますか？」

「それはちょっとむずかしいですね……」彼が両手で掻き上げた髪は、わたしに言わせると白人男性にしてはほんの少し長すぎた。が、明らかにそれが自慢のようで、まるでフットボールを頭にのせてバランスをとっているかのように、堂々と顔を上げた。

「重要なことです」わたしは言った。「殺人事件の捜査で」

彼はぎょっとした顔を見せたあと、あわててわたしたちを小さな部屋に招き入れた。そこは書斎だった。棚には教育関係の教科書が並び、さまざまなラグビーチームにいるトニーの写真もある。妻は何をしていたのだろう？　子どもたちのものははっきりわかるものの（譜面台、コントローラーつきのプレイステーションがつながれたテレビ）、もうひとりの大人が興味を示すようなものはなかった。ニールとわたしはソファベッドのようなものに並んで座った。デスクチェアに座りたい気もしたが、早くも挑発しているように見えるかもしれないと思ったのだ。

トニーは見えないところでだれかとひそひそ声で話をしていた。妻だろうか？　ベビーシッター？　オペア（住み込みで家事を手伝いながら語学を習得する外国人）？　ドア口に戻ってきた彼は、これまで以上に取り乱しているように見えた。

「すみません」彼は言った。「妻は仕事に出ていて、今は学期の中間休みなもので」

「大丈夫です」わたしは言った。「事情がおありなのはわかります。実は、悪いお知らせがありまして」

彼はデスクのまえに座り、椅子を回転させてわたしたちのほうを向いた。

「エラ・エルフィックはあなたの学校の教師ですね」

トニーの口がわずかに開いた。「ええ」彼は言った。

「残念ながら昨夜エラが遺体で発見されました。疑わしい状況で亡くなったとわたしたちは見ています」

わたしはトニーをじっと見た。純粋に驚いているようだった。日焼けが色あせたように見え、髪はまたくしゃくしゃになっていた。

「エラが？　そんな……信じられません……」

「できるだけ早くエラの友人と同僚から話を聞きたいと思っています」わたしは言った。「殺人の捜査では初動が重要ですから」

「殺人？　ほんとうですか？」

「まだ捜査をはじめたばかりなのでなんとも」ニールができるかぎり無表情で言った。「ですが、先ほどカー部長刑事が言ったとおり、われわれはミズ・エルフィックの死を疑わしいものとして扱っています」

わたしは手帳を取り出した。署で事情聴取をするときに録音するが、メモをとっているとトニーに知らせたかった。

「それで」わたしは言った。「エラはタルガース校で英語を教えていたんですね」

「はい」トニーは必死に落ち着こうとしているようだった。「タルガースに来て五年ほどになります。すばらしい教師です」

「あなたが校長になってどれくらいですか？」

「三年です。私は学校を特別措置から救いました」

「それはおめでとうございます」いささか不適切だと思っていることを知らせるために、わたしは言った。

「そういうつもりでは……」

「エラは同僚たちのあいだで人気がありましたか?」ニールが訊いた。

トニーはびっくりしたようだ。「みんなに愛されていました。まさか警察は……」

考えてることを口に出さないでよ、と心のなかで彼に言った。そして、声に出してはこう言った。「英語科のみなさんと、とくにエラと親しかった人のリストをいただけますか?」

「わかりました」トニーは言った。「すぐに作成します。職員のなかに彼女の友人は多かったと思います」

「いちばん親しかったのはだれですか?」

トニーは左のほうを見た。何かを思い出すときいつもそうしているかのように。あるいは、天井にへばりついている8と書かれたヘリウムの風船を見ているのかもしれない。

「クレア・キャシディです」彼はようやく口をひらいた。「やはり英語を教えています。ふたりは同時期にわが校に来たんです。あとは歴史科のデブラ・グリーン。私は彼女たちのことを三銃士と呼んでいました」気のきいた呼び名を思い出して、彼は悲しげに微笑んだ。

「彼女たちの連絡先を教えていただけますか?」わたしは手帳に走り書きをしながら言った。

「ご用意します。すべてファイルにありますから」

「エラにはボーイフレンドがいましたか?」ニールが尋ねた。

「私の知るかぎりではいません。リック・ルイスは英語科主任です。きっと打ちのめされるでしょう」

「ルイス先生の住所はわかりますか?」

「調べます」トニーは自分のまえにあるノートパソコンを開き、スクロールして捜しはじめた。ティーンエイジャーのように親指を使っていた。ウィリアムズ校長はノートパソコンなど見たこともなかったに決まっている。

「最後に会ったときのエラはどんな様子でしたか？」わたしは訊いた。「悩みや心配ごとがあるようでしたか？」

トニーは顔をスクリーンに向けたままだ。「元気そうでしたよ。中間休みを愉しみにしていました。教師がどんなに疲れるかご存じでしょう」

疲れるかもしれないけど、三時にあがるし長い休暇をとれるじゃない、とわたしは思った。警察官は勤務時間が長いうえに給料は安く、十月に日焼けしている同僚なんてそうはいない。が、同情的な声をつくろった。「たいへんなお仕事なんでしょうね」

「どんどんたいへんになってきています」トニーはあっさり餌に食いついた。「達成しなければならない目標が多すぎるんです。しかも、最高の安全保護対策、児童特別補助、試験の予想が求められる」

「エラはそれにストレスを感じていましたか？」

トニーはすぐに意見を翻しはじめた。「いや、エラはいつもなんでも完璧でした。去年、英語のGCSEの基準が変わって、やることがかなり増えたんです。でもエラは何もかもうまくこなして、夏にはこれまでで最高の結果を出すことができました。彼女はキー・ステージ4の責任者でした。GCSEのための学年です」彼は説明した。わたしは彼がいかにやすやすと過去形を使うようになったかのほうに興味を持った。ＧＣＳＥの英語はＢだったかもしれないが、時制には気づく。

　家から見えない小路にはいって車を停め、ニールと短い意見交換をした。

「彼をどう思った？」わたしは訊いた。

「お調子者だな。それに、なんであんな家が買えるんだ？」

「奥さんが弁護士なのよ」トニーは帰り際にこの情報を授けてくれた。「夫婦そろって高収入」

「子どもたちの世話をさせるために外国人のオペアもおける」家に一歳半の赤ん坊と妻がいる男のありったけの不満をこめて、ニールが言った。

「わたしは子どもを持ったらオペアを雇うわ」わたしは言った。「子守と乳母もね」ニールは笑ったが、わたしが子どもを持つという考えに笑ったのか、子守に金を払うという考えに笑ったのかはわからなかった。

「つぎは？」ニールが言った。「両親に会うならＦＬＯに訊いてみないと」

　家族連絡担当官（ＦＬＯ）は昨夜、遺体安置所までエルフィック夫妻に同行し、そこでエラの遺体の確認をした。今、夫妻は最寄りの警察の宿泊施設にいた。ニールの言うとおり、彼らに正式な事情聴取をしなければならない。

「先にリック・ルイスに会いましょう」わたしは言った。「ほんの一、二キロのところだし」

「どうして？」納得がいかない顔でニールが言った。

「ボーイフレンドのことを訊いたとき、トニーが言ったでしょ」

「エラにはボーイフレンドはいないと言ってたよ」

「そうよ」わたしは言った。「そして、そのあとすぐリック・ルイスの名前を出した」

リック・ルイスの家はショアハムの、テラスハウスが並ぶ小道の突き当たりにあった。明らかにスイートマンの邸宅より一段下だが、それでも快適そうな家族向けの家だ。タートルネックのセーターを着た背の高い男性がドアを開けた。彼がリックだった。

わたしは警察の身分証を見せ、少し話はできるかと訊いた。玄関口に女性が加わった。四十がらみ、ぽっちゃりしているものの美人で、服装はプラスサイズの女性が好むワンピースとスラックスの組み合わせだ。

「どうしたの、リック？」

うろたえた口調だ。興味深い。

「あなたの科の一員のことで悪い知らせがあります」わたしは言った。「どこかお話のできる場所はありますか？」

「なんてことだ」リック・ルイスは言った。「クレアですか？」

とても興味深い。

知らせはふたりに伝えた。この段階で内密に話したいと言い張っても仕方ないし、妻のデイジーに興味があった。どうしてあんなに動揺していたのだろう？　エラのことをリックに伝えると、彼女は小さな叫び声をあげ、両手で顔を覆った。

「信じられない」リックは言った。「金曜日に会ったばかりです。ああ、ご両親にはたいへんなショックでしょう」

わたしはエラの精神状態についてリックに尋ねたが、返事は同じだった。元気だった、少し疲れていた、学期の中間休みを愉しみにしていた。彼が日曜日の夜に何をしていたかも尋ねた。ちらりとデイジーを見てから、彼は言った。「家にいて、テレビを見ていました。テイクアウトの夕食、ワイン一本、『ストリクトリー・カム・ダンシング』。それがいつもの私たちの日曜日の習慣なんです」

「たいへんけっこうです」わたしは言った。トニーのアリバイも同じだった。テイクアウトではなく、家族そろってのきちんとした食事だったが。一家庭の平均であるとされる二・四人の子どもがいてもおかしくない家にもかかわらず、ルイス夫妻には子どもがいなかった。あえてそうしたのだろうか？　それでこのカップルはこれほど親密なのかもしれない。夫婦は実際に同じひとつの椅子に座っていた。

帰りがけに、ニールがデイジーとサザン鉄道のことを話しているあいだ、わたしはリックにエラとはうまくやっていたのかと訊いた。

「ええ、とても」彼は言った。「彼女は美しい人でした」

性格のことを言っているのはわかっているが、写真を見ているので、エラがかなり美しかったのは知っていた。残念ながら多くの人たちがそうであるように、背が高くてほっそりしたブロンドのロングヘアの女性が好みなら。いずれにしても、興味深い形容詞を選んだものだ。ほらね、とわたしは頭のなかで、かつての英語教師だったキャスカート先生に言った。わたしでも文法はわかるんですよ。

　帰りの車中で、タルガース校に通っていたことをニールに話した。彼はこっちがうれしくなるほど驚いた。

「思いもしなかった」

「どうして？　地元の総合学校よ」

「でも、ろくでもない学校なんだろう？　リリーはもっといい学校に入れたいな」

うそでしょ、子どもが二歳にもならないうちから、学校の心配をしてるわけ？

「うちの親はあんまりよくわかってなかったのよ」わたしは言った。「兄弟みんなタルガースに行って、みんな無事卒業したわよ」

　クッシュは店員で、アビッドは電気技師。兄たちには合わせて五人の子どもがいて、どちらもまだターバンを巻いている。両親に言わせると、文句なしの経歴だった。三十五歳で未婚、母さんいわく〝男の仕事〟をしているわたしのことは、話題にならなければならないほどよかった。これでわたしが同性愛者（ゲイ）だと知られたら、完全に終わりだ。

「これからタルガースに行きましょうよ」わたしは言った。「帰り道だし。ちょっとあの場所を見ておきたいの」

11章

クレア・キャシディには二日目まで会いにいかなかった。授業を終えたばかりの教室に乗り込んでやろうかとも思ったが、彼女にとってホームの環境で会うことにした。が、家の外に車を停めて驚いた。だれがこんな古いセメント工場のすぐ近くに建ち並ぶ家々に住むのだろうと、常日頃思っていたのだ。今その答えがわかった。

「驚いたな」ニールが言った。「おれなら百万ポンド積まれたってここには住まないね。この場所がなんて言われてるか知ってるだろ」

「いくつかのバージョンを聞いたことがある」わたしは言った。

「出るんだよ。セメントのなかに落ちた子どもの話は聞いてるか？　夜になると泣き声が聞こえるらしい。それから――」

「ええ、そうね」わたしは言った。「うちの学校も同じだった。代々伝わる怪談があったの、旧館の階段から落ちた女の人のね。廊下に白い服を着たその女の人が浮かんでるのよ。だれかが死ぬときに現れるって言われてた」

「じゃあ、日曜日の夜にも現れたかな」

「クレアに訊いてみれば」わたしは言った。「ほら、来たわよ」

近づいてくる彼女をじっと見た。黒のルノー・クリオ、いかにもクレアが乗りそうな車だ。彼女は縁石のわたしたちのうしろに駐車して、車から降りた。その姿を見ただけでいらっとした。ブラックジーンズにグレーのニットのトップ。ベーシックな装いだが、ぴったりとしたジーンズはロングブーツにインしてあり、マフラーつきのカシミアのニットは、わたしが着たら滑稽（こっけい）に見えるゆったりしたシルエットのもので、言いたくはないがクレアにはとてもよく似合っていた。片手に買い物袋を持っており、車のトランクから布製の大型バッグ（カタログで見たキャス キッドソンのものだ）を取り出した。そして、助手席のドアを開けた。小さな白い犬がキャンキャン吠えながら飛び出してきた。

犬に含むところは何もないが、わたしは犬らしく見える犬が好きだ。両親はスルタンという名のジャーマン・シェパードを飼っている。店の番犬という名目だが、実際は夜になると両親と同じベッドで眠り、息子のように（そして娘よりはむしろ好待遇で）扱われている。ときどきいらっとするが、少なくともスルタンは美しい生き物だし、動物界の王子だ。この吠えまくる白い毛玉とはまるでちがう。

わたしが近づいていくと、犬はまっすぐわたしの黒いスラックスを目指した。クレアは犬を引き離そうとしたが、あまり効果はなかった。わたしは自己紹介をし、話を聞かせてほしいとたのんだ。クレアは鋭くわたしを見てから、ハーバートと呼ばれているらしい、まだよだれをたらしている動物のことを謝った。

「大丈夫ですよ」わたしはスラックスの汚れを払って言った。「犬は好きですから」

家のなかはとてもすてきで、居間はグレーとブルーのあいだのおしゃれな色に塗られ、本棚は白、床は板張りだった。ニールが感心しているのがわかった。クレアが紅茶を淹れましょうかと訊いてきた。彼女の声は低く、上流気取りというわけではないが、経済危機について報じるラジオ4のアナウンサーのようだった。ニールは彼女にも心を奪われたようだ。砂糖とミルク入りの紅茶をたのみ、見下すような笑みを返されていた。クレアがキッチンに姿を消したあと、買い物袋からカチャカチャという音が聞こえた。だれかさんはその夜飲むつもりだったようだ。

キッチンで犬が吠えているのが聞こえた。小型犬で最悪なのは、つねに鳴き声がしていることだ。スルタンが吠えると、よっぽどのことだとわかる。マントルピースの上の写真を見た。クレアと十代の少女。少女はクレアに似て背が高くほっそりしているが、同じ色合いの髪はロングだ。十代の少女とハーバート。ハーバートだけ。バロック音楽のコンサートのチラシ。Rとサインのあるだれかからのカード。

「戻ってくるぞ」ニールが言った。

クレアは紅茶とビスケットを木のローテーブルに置いた。それはエラの家を、ひとつだけのハーブティーのカップを思い出させた。

「エラ・エルフィックさんの殺害事件を捜査しています」わたしは言った。「事件については聞いていますよね？」

彼女は軽くまばたきをしながらうなずいた。とても目が大きいのでその効果は絶大だった。

ひょっとするとうがった見方をしているかもしれない。おそらくほんとうに動揺しているのだろう。「はい」彼女は言った。「学科主任のリック・ルイスから昨日電話で」

「お気の毒です。かなりショックだと思いますが、できるだけ早くエラさんの友人と同僚全員から話を聞きたいと思っています。彼女の生活について知りたいんです、こんなひどいことをした人間を特定するために」

クレアのまつ毛がはためいた。ニールを見たあとわたしを見た。「思ったんですけど……」

「何を思ったんですか？」わたしは意地悪く言った。

「思ったというか――推測ですけど……彼女は知らない人に殺されたんじゃないかと。無差別殺人です。強盗が見つかってやむをえず殺したとか」

「ほとんどの殺人事件の被害者は知り合いに殺されています」あえてできるだけ事務的な声のまま、わたしは言った。「この事件でもそうだと思われる理由があります」

理解させるためにそこで止めた。〝地獄はからだ〟についてはまだ話さないつもりだったが、調べたところ『テンペスト』からの引用だとわかり、これは今年のGCSEの指定教材にはいっていた。エラ、クレア、リックは三人ともGCSEの英語を教えている。

手帳を取り出して、エラは同僚だったのかと訊いた。

「はい。ふたりとも英語を教えています。教えていました。ああ、もう」

少なくともクレアは時制の変化に気づいた。彼女は深呼吸をして落ち着こうとした。ハーバートが彼女の足に前足を置いた。たしかにとてもかわいかった。

自分はキー・ステージ3の責任者で、エラはキー・ステージ4の責任者だった、と彼女は説明した。英語科の教師は六人で、少人数の職場だと。エラと仲はよかったのか、とわたしは訊いた。とても仲がよかったし、職場以外でも交流があったと彼女は言った。最後にエラに会ったのは金曜日の夜で、タルガース校で歴史を教えているデブラ・グリーンと三人で映画に行ったあと、食事をした。わたしはトニーが三銃士と言っていたのを思い出した。クレアはこうしたお決まりの質問に答えながらも落ち着かない様子だったので、信頼関係を築こうと、ニールに映画の話題で口をはさませた。なんといっても彼は紅茶を所望しているのだ。これは心理学者によれば、すでにある種の関係を築いていることを意味する。

わたしは日曜日にエラから連絡はあったかと訊き、クレアは『ストリクトリー・カム・ダンシング』のことでメールしたが返信はなかった、と言った。わたしはあの番組が大嫌いだ。成功した知的な女性たちがスパンコールに身を包み、自分の〝女子的な部分〟を追い求めるなんて、胸が悪くなる。クレア・キャシディはまちがいなく幼少期にバレエを習っていたはずだ。まさにそういうタイプに見えた。おそらく背が高くなりすぎてあきらめたのだろう。

クレアは夜じゅうずっと家にいて、テレビを見たあと、創作クラスの準備をしていたと言った。娘のジョージアは家にいたが、いかにもティーンらしく、ほとんどの時間自室に閉じこもっていた。ジョージアは中間休みのあいだ父親の家に行っていて、明日戻ってくるという。つまりクレアは離婚しているのだ。部屋の様子からわかってもよさそうなものだった。これだけの数の香りつきキャンドルにがまんできる男性はいないだろう。

クレアはかなりリラックスしてきたらしく、椅子に体を預けて脚を組んだ。わたしはニールを見て、砕けた口調を保ちながら尋ねた。「エラさんはどんな女性でしたか？」

クレアは長いあいだ黙っていた。上を見たあと、左を見た。組んでいた脚をほどき、また組んで、わたしたちからわずかに離れた。ハーバートが小さくクーンと鳴いた。携帯電話がどこかでブーンと音を立てた。

「かわいらしい人でした」ようやくクレアは答えた。「とても知的で、すごくおもしろい人。みんな彼女のことが好きでした。立派な教師でしたし、生徒たちに愛されていました。生徒たちはきっとすごくショックを受けるでしょう、このことを知ったら……」

「エラさんにボーイフレンドはいましたか？」クレアが先をつづけるまえに、わたしは言った。

「わたしの知るかぎりではいませんでした」

妙な答えだった。さらに言えば、トニー・スイートマンとまったく同じ答えだ。「以前は？」もう一度親しげな調子を心がけてわたしは訊いた。

「いたようです。でも今はいません」

「とくに話題にしていた人はいましたか？」

「以前いたウェールズの学校の人のことを話していました。ブラッドリーなんとかっていう」

わたしはメモをとった。「だれかに悩まされていると言っていませんでしたか？　フェイスブックをストーキングされているとか？　そういったようなことは？」

「いいえ」クレアはやや挑戦的にわたしたちを見て言った。

訊きたいことはまだあったが、先にエラのSNSの記録を確認したかった。エラ、クレア、リック。この三人にはきっと何かある。わたしの母校で何かが起こっていた。地獄はからだ、悪魔どもが総出で押し寄せてきた。

「ありがとうございました」わたしは言った。「とても助かりました」

署に戻る途中、ニールはクレアがモデルのようだと指摘した。すぐにごまかしたが、チチェスターに向かう途中のいつ終わるとも知れない一連の環状交差点（ラウンドアバウト）を通り抜けながら、たしかにそうだと思った。中等学校（セカンダリー・スクール）の教員にこれほどの美人がふたりもいるというのは、めったにないことなのでは？　わたしが在学していたころのタルガース校を思い返すと、教師たちはみんな年寄りで、これ以上ないほどやぼったかった。キャスカート先生は口ひげが生えかけていて、汗とタルカムパウダーの混ざったにおいがした。クレア・キャシディはジョー マローンのイングリッシュペアー&フリージアをつけていた——わたしは香水を嗅ぎ分けるのが得意なのだ。

クレア・キャシディとエラ・エルフィックは男性教員の情熱を掻き立て、それが殺人へと発展したのだろうか。ニールにこの考えを話した。

「トニー・スイートマンもリック・ルイスも既婚者だ」彼は言った。わたしが内側の車線から追い越しをしたので、顔をしかめながら。わたしたちは交代で運転するが、彼はわたしよりずっと慎重なのだ。

「それで何か変わるっていうの？」

「ほんとに同僚のひとりが殺したかもしれないと思ってるのか？　あれは残忍な殺しだぞ」

「刺殺は情熱的な殺害方法よ」わたしは言った。「犯人は彼女を殺すほど逆上した。口論は強い感情の表れよ。それに、あの気のきいたシェイクスピアの引用を用意していた」

「シェイクスピアは理解できたためしがないよ」

「だからあなたは警官なのよ」とわたしは言ったが、実を言うと、キャスカート先生に教わったにもかかわらず、戯曲のいくつかはかなりおもしろいと思っていた。たとえば『マクベス』とか。いま思えばすぐれた殺人の物語だ。

「それに忘れないで」わたしは言った。「エラは以前にも同僚と関係を持っていた。さっきクレアが言ってたでしょ」ブラッドリー・ジョーンズのことは昨日エラの両親から聞いていた。ウェールズで教師をしていたとき、彼は学科主任だった。エラとブラッドリーは関係を持ち、エラの母によると〝ひどい別れ方〟をしたらしい。ジョーンズには明日会うつもりだった。

「エラがトニーかリックと関係を持ち、クレアが嫉妬して彼女を刺したってこと？　おれはそうは思わないけどなあ」

「リックの反応を覚えてる？『クレアですか？』って言ったのよ。何かあるのよ」

「きみが彼女を気に入らないってだけだろ」ニールが言った。

「好きでも嫌いでもないわ。彼女は何か隠していると思うだけ」

12章

それから数日のあいだに、エラ・エルフィックについてさらに多くのことがわかった。一九七七年サリー生まれ、女子グラマースクールを卒業後、エクセター大学で英語を専攻し、極東を旅してしばらく日本で働いた。海外で五年すごしたあと、帰国して教員育成コースを受講。指導教官たちからも初任地の学校からもすばらしい評価を受けている。プリマスのセカンダリー・スクールで教えたあと、キー・ステージ4の責任者としてカーディフに赴任（母親は『まちがいだった』と言った）。鑑識の現場報告はまだあがってきていないし、近隣住民もそれほど役に立たなかった。彼らは日曜日の夜に荒々しい声を聞いていたものの（『男の声だった』と言った人もいるが、それほど自信はないようだった）、エラの家に向かう人物を目にした者はいなかった。教会の外には防犯カメラがあったが、六時から十時の映像はひじょうに退屈なものだった。教区牧師、犬を散歩させる男、携帯電話に夢中なティーンエイジャーふたり。

検死の結果、死因は頸部と胸部の刺傷と判明した。思ったとおり、両手の傷は死後に加えられたものだった。

「聖痕ね」ドナは言った。「犯人は狂信者かも。メモにも〝地獄〟って書いてあるし」

「あれは引用です」わたしは言った。「重要な意味があると思います。エラが学校で教えていた戯曲からの引用だから」

「ほんとに犯人はタルガースの関係者なのかしら?」ドナは意味ありげにわたしを見て言った。

「あなたの母校(アルマ・マータ)の?」

「あんなろくでもない総合制中等学校(コンプリヘンシブ・スクール)が母校(アルマ・マータ)だなんて考えたくない」わたしは言った。「出身校ってだけです。でも……わからないけど、あそこには何かがある。校長、学科主任、クレア・キャシディ。みんな何か隠してるみたいにびくびくしてた」

「犯人は彼女に近づくことができた」ドナは言った。「恋愛がらみだということを暗示している」

たしかにそうだった。警察はときどき〝距離〟を問題にする。被害者との距離をとれるので、刃物より銃のほうが安易だという理論だ。ドローン攻撃を考えてみてほしい。操縦者は殺しているように感じないだろうが、実際は殺しているのだ。エラを殺した犯人は致命傷を負わせるほど深く彼女を刺せる距離にいた。冷徹で大胆不敵な人物だ。あるいはエラのよく知る人物だ。

水曜日、ブラッドリー・ジョーンズに会うためにカーディフに向かった。ルックスはいいが首を傾げたくなるほど役に立たない男で、聴取のあいだじゅう、エラのほうが〝言い寄ってきた〟、彼女が〝すべて仕切っていた〟と言いつづけた。お悔やみや遺憾(いかん)のことばはまったくなかった。残念ながら、ジョーンズには日曜日の夜のアリバイがあった。娘のサディーのバレエの発表会を見ていたのだ。ダンスにいったい何があるというのだろう? 日曜日の夜は国じゅうの人間がダンスをするか、ダンスをする人を見ていたようだ。いずれにせよ、ジョーンズが八時にウェールズで娘のバレエを見てから、サセックスに移動して九時まえにエラを殺すことは不可能だったと思われる。ジョーンズがエラと寝たとき、サディーはまだ赤ん坊だったが、ある意味彼女のせいだったとも言える。「眠れない夜がつづいてうんざりしてたんだ」彼は男同士の笑みを交わそうとした。「もうがまんできなかった」うれしいことに、ニールは冷ややかに彼を見ただけだった。

「クズ野郎め」帰路でニールは言った。「彼女が死んで残念だとも言わなかった」

「エラは男の趣味が悪かったのね」わたしは言った。「重要なことかも」

エラはカーディフからタルガース校に移り、そこでもキー・ステージ4の責任者になった。横すべりだが、両親によれば、彼女はそこで幸せそうだったという。キー・ステージ4はキー・ステージ3より格が上なのだろうか？　そうかもしれないが、クレア・キャシディはエラのほうがいい仕事を得たので嫉妬したとか？　給与体系の数ポイントをめぐって同僚を刺殺するクレアを想像するのはむずかしかった。ふたりともとても好かれ、とても尊敬されている教師なのはわかった。

週の終わり、エラのSNSの記録が手にはいった。彼女はエラ・ルイーズの名前でフェイスブックをしており（プロフィールのページが生徒たちに見つからないようにするためだろう）、ツイッターもやっていた。IDは@lizziebennet77だ。それについてはニールに説明しなければならなかった。「『高慢と偏見』の登場人物よ」その映画ならケリーが見た、と彼は言った。

エラが自分を、退屈な牧師との結婚を断ってミスター・ダーシーを選んだ、元気で魅力にあふれたエリザベス・ベネットだと見ているのは興味深かった。そのくせ、ツイッターの投稿はそれほどおもしろくなかった——ほとんどは左翼がらみのリツイートと、猫の写真だった。フェイスブックの記録はもっと啓蒙的だった。学校時代の旧友、メーガンとアナと連絡を取り合い、毎日母親に連絡し、労働党を支持し、老舗デパートの〈ジョン・ルイス〉と、小動物がかわいいしぐさをする動画が好きだということがわかった。夏のあいだ、〝ハイズで起こったこと〟について、メーガンにたてつづけにインスタントメッセンジャーのワッツアップでメッセージを送ってもいて、〝ジキル博士とハイズ氏〟という記述もあった。ハイズでの教員研修中、後悔するようなことをしたらしい（〝あんなこと起こらなければよかったのに〟）が、内緒にしてほしがっていた（〝今が休暇中でよかった。Cは知ってるけど、口が堅いし〟）。

「これってクレア・キャシディ？」わたしの肩越しに読んでいたニールが言った。

「たぶんね。ジキル博士ってだれだろう？」

「同じ研修に行っていたとすると、学校のだれかだな。リック・ルイス？」

メーガン（リーズ在住の足専門医）に連絡したところ、〝職場のだれかと寝て〟、そのあとすぐに後悔したとエラが話していたことを認めた。いらだたしいことに、メーガンは相手の名前を思い出せなかった。トニー・スイートマンに電話して、夏学期の終わりにハイズでおこなわれた〝ライティングのためのジャーナリング〟の研修に、英語科から四人が参加していたことを確認した。リック・ルイス、エラ・エルフィック、クレア・キャシディ、アヌーシュカ・パーマーだ。

月曜日には学校に行って職員と生徒の話を聴く予定だったが、日曜日にリックに署に来てもらうことにした。エラと浮気をしていた可能性がいちばん高いのは彼だが——ニールが絶えず（励ますように横目で見ながら）わたしに思い出させているように——〝ゲイ方面も無視するべきではない〟。ゲイ・アングルなどというと、ブライトンのパブみたいだし、わたしは人がストレートかどうか最後まで疑う人間だが、これまで見たところ、エラとクレアはまちがいなくヘテロセクシャルだろう。ふたりがハイズで一夜をともにしたという解釈も不可能ではないが、わたしはありそうもないと思った。

リックを第一取調室に入れた。ドナがマジックミラー越しに目を光らせることになった。自宅でリックがそわそわしているように見えたとしたら、今はひじょうに不安を感じているように見えた。が、見かけは悪くない。背が高くやせ型で、実際よりも頭がよく見えそうな角縁の眼鏡をかけていた。エラが彼と関係を持ったとしてもおかしくはない。

最初リックはこの成り行きに権威を振りかざして抵抗した。まるで言うことを聞かない生徒ばかりの八年生のクラスで英語の授業をしているように。

「いったいこれはどういうことですか？」彼は言いつづけた。「私は忙しい身なんですよ」

「いくつか質問をさせていただくだけです」ニールがなだめるように言った。わたしは黙っていた。リック・ルイスがわたしを警戒しているのはわかっていたので、じりじりさせておきたかった。

一連の手続きを終えたあと、わたしは言った。「ハイズのことを話してください、リック」

彼は眼鏡越しにわたしを見つめた。テーブルの下で片脚を揺すっているのが見えた。

「何（ホワット）？」

〝何（ホワット）〟ではなく〝失礼（パードン）〟を使いなさいと母さんなら言うだろう。あまりにありきたりで、かえって陳腐なことばになってしまったが。

「ハイズであなたとエラのあいだに何かあったのはわかっています」わたしは言った。「確認のために、それについて話していただけませんか」

マジックミラーの向こうのドナの姿を想像した。非難と同情を交互に示す。警察学校で教わることだ。わたしはその順番をまちがえていたらしい。

「何もありませんでした」リックは答えた。脚を揺すりながら。

わたしたちは待った。

「研修があったのは学期の終わりでした」リックは言った。「だれもが羽を伸ばしました」

「エラはハイズでだれかと寝ています」わたしは言った。「それはあなただとわれわれは考えています」

「ちがいます」リックは明らかに怒りをこらえていた。「私は既婚者です」

「クレア・キャシディはどうですか？」わたしは訊く。

彼はそわそわするのをやめ、突然完全に動きを止めた。「クレアがどうしたんです？」

「あなたとクレアの関係は？」

「同僚で、友だちです。それだけです」

「美人ですよね」男性同士の親しさをこめて、ニールが言った。

「彼女がですか？　はい。そう思います」

「エラ・エルフィックも」

「はい」

「あなたとエラの関係について訊いたら、クレアはなんと答えるでしょうね。

　リックは苦労して声に動揺を表すまいとしているようだった。「友だちだと言うでしょうね。事実ですから」


　彼はもう意見を変えないだろう。はがゆいが、まだ先は長い。わたしたちは彼に帰っていいですよと告げた。

　月曜日、わたしたちはタルガース校に行った。校舎内に足を踏み入れるのは、GCSEの証明書を取りにいった日以来だ。においはまったく同じだった。床磨き剤と足臭が混ざったにおい。受付で名前を書き（わたしの在学中にはなかったシステムだ。九〇年代はそれほど安全保護意識が高くなかった）、〝連絡係（ランナー）〟のバッジをつけたお下げ髪の少女に案内されて廊下を進み、校長室に向かった。この部分はまったく変わっていなかった。壁に貼られた絵も同じなら、クリスマスの劇（『リトル・ショップ・オブ・ホラーズ』――へぇ！）への参加や、階段は走らないようにと呼びかけるラミネート加工されたポスターも同じように見えた。試験結果を見る生徒たちの写真――タルガース校、過去最高のGCSE結果――これは目新しかったが。わたしのGCSEはかなり高得点で、どちらの兄よりも高かったが、だれも大騒ぎしてはくれなかった。あの仰々しいタイプライターで打った紙切れをカメラに掲げながら、ニコニコ顔の校長といっしょに写真を撮られることもなかった。タルガース校時代、わたしはとても勉強が好きだった。下り坂になったのはシックス・フォーム・カレッジにはいってからだが、なんとかチェスター大学進学を大学総合出願機関に出願できるだけのポイントを取得した。大学受験に必要な一般教育修了上級レベルを獲得した日の写真もない。

それでも、寄木細工の床と、羽目板張りの壁と、高い天井の廊下を歩いていると、角を曲がったとき、髪を長い三つ編みにし、ネイビーブルーのブレザーを着て、嚙んだせいで先端がギザギザのネクタイをした、十二歳の自分と今にも鉢合わせするのではないかという気がした。制服は変わっていた。今はスウェットシャツで、ブレザーはなし、ネクタイもなしだ。実用的だがあまりスマートではない。兄のクッシュはいつもブレザーの代わりにレザージャケットを着ていたが、だれにも脱げと言われなかったと思う。クッシュはいつもかっこよく、そうでないわたしにとっては心強い存在だった。

しっかりと閉じられた礼拝堂のダブルドアのまえを通りすぎた。ミセス・エルフィックはそこでエラの葬儀をおこないたいと話していた。初めてのボーイフレンドのゲイリー・カーターと聖歌隊席のうしろでキスしたとき以来、礼拝堂にはいったことはなかった。夜になるとアザミの冠毛のように浮かんでいる白い女性の姿が見えることがある、中央階段を通りすぎた。わたしは一度彼女を見たことがあるが、軽やかで優美というよりは復讐の天使のようだった。が、このことをニールに話すつもりはなかった。

「すごくしゃれてるじゃないか」ニールは湾曲した階段を仰ぎ見ながら言った。

「新館のほうはひどいわよ」わたしは言った。「わたしがいたころから倒れそうだったんだから。雨が降ると廊下にいくつもバケツを置かなきゃならなかった」

「今もそうです」意外なことにわたしたちのガイドが甲高い声で言った。「科学実験室にはカビが生えてます。本物のキノコも」

「家庭科で使えるわね」そう言ったあとで、今はもう家庭科はないのかもしれないと気づいた。少女は困ったような顔をして、それきり黙ってしまった。そして、〝ミスター・スイートマン、校長〟と書かれたドアのまえにわたしたちを残し、学校指定のごつい靴で足音高く、走らないぎりぎりの速さで歩き去った。

その朝はエラの担任クラスの生徒たちに会うつもりだった。タルガース校では、生徒の在学中、ずっと同じ教師が担任につく。そのため、一日の初めと終わりにしか会わなくても、十一年生までにはかなり生徒のことを知るようになる。エラのクラスは11ELなので、七年生の入学時から五年受け持ったということだ。生徒からは役に立つ証言が得られるかもしれないが、慎重にやる必要があった。生徒の保護者全員と、〝適切な成人〟として事情聴取に同席する教頭のミセス・フランシスの許可をもらわなければならないのだ。

「子どもってわけでもないのに」来る途中の車のなかでニールは言った。「十六歳で、おれと同じくらいでかい男子もいるんだぜ。エラみたいなスリムな女性じゃ太刀打ちできなかっただろうに」

「最近では彼らは子どもということになってるの」と言ったが、ニールの言うとおりなのはわかっていた。生徒のひとりがエラに熱を上げ、拒絶されて暴挙に出たということもありうる。大っぴらに言うつもりはなかったが。

トニーとフランシス教頭は、校長室でわたしたちを迎えた。わたしたちはそこで事情聴取をさせてほしいとたのんだ。学校の主要部分から離れているし、部屋そのものに厳粛さがあるからだ。なんといっても校長室なので、このゆるいスウェットシャツの時代にあっても、やはりそれなりの力があると思いたかった。

わたしたちはマクドナルドのコーヒーを持ち込んでおり、トニーは非難するように発泡スチロールのカップを見ていた。

「まともなコーヒーを淹れるよう秘書にたのみました」彼は言った。

「ダンキン・ドーナツはいかがですか」ニールが箱を差し出した。

トニーは身震いした。「いえ、けっこうです」

わたしはリズ・フランシスが気に入った。トニーよりも年上で、ネイビーブルーのスーツにフラットシューズという質素な身なりの彼女は、ファニーフェイスの持ち主で、こんなことはこれまでにもあったので、あまり深刻に受け取っていないかのように見えた。日に五つ食べるうちのひとつだと言いながら、彼女はジャム入りのドーナツをひとつ取った。

「健康的な食生活のための憲章を忘れないでくれよ、リズ」トニーは冗談めかして言った。

この朝集会を開いて全校生徒に話すつもりだとトニーは説明した。「エラのことはいずれ生徒たちの耳にはいります。最近のニュースの広まり方はご存じでしょう。でも、私から話すのがいちばんいいと思うんです」誠実に聞こえたが、尊大でもあった。

「では、それが終わりしだい生徒たちとの面談をはじめます」わたしは言った。リズは生徒たちの履修表を用意し（十一年生はみな別々の科目を履修していた）、わたしたちのために時間割を作ってくれた。が、教師たちがいなくなるとすぐに、わたしはニールを見た。「もう一度クレアに会いましょう。ハイズについて訊いてみたいの」

「授業中だろう」

「それなら休み時間に会えばいいわ。彼女の不意をつける」

ニールはため息をついた。「どうして彼女を目の敵（かたき）にするんだよ」

「してないわよ」わたしは言った。

フランシス教頭同席のもと、11ELの生徒とひとりずつ面談した。全員に同じ質問をした。
1. エルフィック先生との仲はどうだったか？
2. エルフィック先生とうまくいっていなかった人物を知っているか？
3. ほかに話したいことはあるか？

すべての生徒がエラを好きだと言った。その思いは、肩をすくめた〝いい人だったよ〟から目をうるませながらの〝大好きでした〟までさまざまだった。涙にはそれほど重きを置かなかった。今日の生徒たちは極度に興奮しているとリズ・フランシスから聞いていたからだ。「今日は中間休み明けの初日です。そして彼らの先生が殺された。みんな心底動揺していますが、なかには劇的な事件を愉しんでいる子もいます」彼女は微笑んだ。「それに明日は、生徒たちがいつも興奮するハロウィンです」わたしはハロウィンが大嫌いだ。子どもたちがいたずらかお菓子か（トリック・オア・トリート）をしに来たときのために、母さんはいつも玄関に山ほどお菓子を用意するが、子どもたちはみんなわが家を無視する。理由のひとつはうちに大きな犬がいるから、もうひとつは外国人で〝変な格好〟をしているから。

　エラの生徒たちは極度に興奮しているというわけでもなさそうだった。感情的になる子もいれば、神経質になる子や、警察に事情聴取されるなんて退屈なティーンの人生ではよくあることという態度の子もいた。だれもエラともめていた人物を思いつかなかったし、とくに話したいことがある者もいなかった。連絡係にクレアへのメッセージをたくしたところ、休み時間になると、横柄で人を見下したような態度の彼女が現れた。

「こんにちは、クレア」わたしは言った。「来てくださってありがとう」

　彼女は座った。黒のスカートにダークグレーのセーターという服装だ。とても控えめだが不思議とエレガントでもあった。足元は今日もロングブーツで、黒のタイツをちらりとのぞかせていた。

「ファーストネームで呼び合う仲なら」彼女は冷ややかに言った。「あなたのファーストネームは？」

これはちょっと図々しいと思ったが、感じのいい声のまま言った。「ハービンダーです」

「ねえ、ハービンダー、時間があまりないの。あと十五分で授業なのよ」

すてき。「すぐに終わります。エラのソーシャルメディアのプロフィールに目を通しているんですが、あなたにお訊きしたいことがいくつかありまして。七月にあなたとエラは教員研修のためにハイズに行っていますね。そこで何かが起こった。フェイスブックのメッセージからそれがわかります。何があったんですか？」

わたしは彼女をじっと見た。彼女はすばやくニールを見たあと、またわたしを見た。「どういう意味ですか？」

時間を稼いでいる。「ハイズでエラの心を乱すことがあったのはわかっています」わたしは言った。「あなたはそこにいたし、彼女の友だちでした。それがなんなのか、あなたは知っているんじゃないかと思いまして」

「知りません。ただのよくある教員研修ですよ。わかるでしょう」彼女は〝専門職の女性たち〟同士の気安さを出そうとした。

「いいえ、わかりません」わたしは言った。「サセックス警察には泊まりがけの研修がないので。ハイズで何があったんです？」

「何も」クレアはあの大きな目をして答えた。「いつもどおりでした。たくさんの講義、グループ活動、夜の飲み会」

うそだ。この教員研修で何かが起こったのはたしかだし、それはだれかが酒をおごってくれなかったなどということではない。だれと飲んだのかと尋ねると、クレアはエラだと言い、さらにつつくと、リック・ルイスとも飲んだと答えた。同じ学科のもうひとりの教師、アヌーシユカ・パーマーの名前もあげた。

これからする質問の答えをすでに知っていることが伝わるのを願って、まえにあるファイルを示した。「エラは〝ハイズを忘れたい〟と書いています。どういう意味だと思いますか？」

クレアは脚を組んでまたほどいた。緊張を示すサインのひとつだ。「わかりません」

「〝ジキル博士とハイズ氏〟とも書いています。どういう意味だと思いますか？」

「スペルミスでは？」

わたしは彼女をにらんだ。きっとわたしたちがその本を読んだことがないと思っているのだろう。まあ、基本的に彼女は正しいが、それはたまたまで、わたしは彼女の顔から優越感をぬぐい取ってやりたかった。

「彼女は〝Cは知っている〟と書いています。Cというのはあなたですか？」

「わかりません」クレアは言った。今や彼女は動揺しているようだった。額に玉の汗が現れている。ホットフラッシュだろうか？　その可能性はある。なんといっても四十五歳なのだから。が、ほかのことのせいかもしれない。今度はニールがメモのことを話す番で、彼は平板で冷淡な声でそれをうまくやってのける。

「なんと書いてあったんですか?」クレアはほとんどひそひそ声で訊いた。ニールが伝えると、クレアは『テンペスト』からの引用だと言った。これもわたしたちは読んでいないと思っているのだろう。

「このあとはどうつづくんですか?」すでに知っていたが、わたしは訊いた。

「地獄はからだ」クレアは言った。「悪魔どもが総出で押し寄せてきた」

メモの何かがひどく気になっている様子だった。わたしたちはふたりともそれに気づいた。彼女は片手を上げて額を拭ったあと、すぐにそれがどう見えるかに気づいたらしく、髪をうしろになでつけてごまかした。髪はとても短くて、前髪だけ少し長く、色はダークブラウンでゴールドのハイライトを入れている。おしゃれな感じだ。

わたしは彼女の筆跡のサンプルをもらいたいと言った。どうしてたのまれたのか気づいていたにちがいないが、クレアは冷静に応じた。そして、トニーのしゃれたモンブランのペンで、そのことばを書いた。

〝地獄はからだ、悪魔どもが総出で押し寄せてきた〟と。

筆跡は同じではなかった。

興味深いことを口にしたエラの生徒がひとりだけいた。そろそろランチタイムというころ、トム・クリーヴという名の少年の番が来た。そばかすのあるひょろっとした若者で、両サイドの髪を剃り上げていた。最近のタルガース校は髪型の規定がずいぶんとゆるいようだ。わたしがいたころは、男子はバックもサイドも短く切り、女子はうしろで束ねなければならなかった。父が学校に来て、シーク教徒の子どもたちは髪を切ることができないこと、男の子はターバンが必須であることを説明しなければならなかったのを、わたしは知っている。が、今はビーハイヴもいればドレッドロックもスキンヘッドもいるし、あらゆる種類の失敗した毛染めの例を目にすることができた。トムは見かけ倒しのようだった。わたしたちのまえにドスンと座り、スウェットシャツの穴をいじっていた。が、「エルフィック先生とうまくいっていなかった人物を知っているか?」の質問に、彼は答えた。「パトリック・オリアリーがらみの事件があったよ」

ニールとわたしは視線を合わせた。「どんな事件?」

「パトリックがバレンタインカードを送ったんだ。そのことはみんな知ってた。エルフィック先生はルイス先生に相談して、パトリックはクラス替えをさせられた」

「パトリックはどう思ったの?」わたしは訊いた。

「知らないよ」トムは動揺しはじめたらしかった。「友だちじゃないし」残った髪を指で掻き上げた。「おれがしゃべったこと、あいつにばれないよね?」

「それは請け合うわ」わたしは彼を安心させた。

辛抱強い連絡係がパトリックを見つけてくるのを待つあいだ、リズは広い視野から物ごとを見ようとした。「それほど大ごとではないかもしれません。生徒はよく教師に夢中になりますし、解決策はその生徒とふたりきりにならないようにすることだけです。リックに話したのは正しいことでした。彼はエラの上司ですから」

「パトリックはどんな子ですか?」わたしは訊いた。

「とても明るい子ですよ。スポーツが得意で、ラグビーをしています」リズは答えた。「でも、問題も抱えています」

「どんな問題ですか?」

「けんかや教師への口答え。その手のことです」

「学生時代のおれみたいだ」ニールが言った。

が、現れたパトリック・オリアリーはニールと少しも似ていなかった。黒髪で整った顔立ちの、横柄な態度の少年だった。彼はわたしたちの向かい側に両脚を大きく開いて座った。もし電車で彼が隣に座っていたら蹴っていただろう。

わたしは時間を無駄にしなかった。「あなたはエルフィック先生にバレンタインカードを送ったそうね」

パトリックが狼狽した様子はなかった。軽く微笑んでさえいた。「ああ。それが何か?」

「そのことでエルフィック先生に何か言われた?」

「うん」彼は肩をすくめた。「送るべきじゃないって。でも、あれはほんの冗談だったんだ」

「そして彼女は、学科主任のルイス先生に話したのね?」

「ああ、ルイス先生にも不適切だと言われた。『境界線を越えてはいけない』だってさ」甲高いこせこせした声は、リックをまねているのだろう。

「それはちょっと厳しいな」ニールは若者モードにはいっていた。「ほんの冗談だったんだろう？」

パトリックはニールをにらむように見た。どういう展開になるかわかったのだ。「正直、どうでもよかった」

「学校以外でエルフィック先生に会ったことはある？」わたしは訊いた。「家に行ったことは？」

「ない」パトリックはわずかに体を起こした。「おれがやったってだれかが言ってるなら、そいつらはうそつきだ」

「だれがそんなことを言うの？」

パトリックは答えなかった。リズが身を乗り出した。「何も心配しなくていいのよ、パトリック、でも質問には答えなくてはいけないわ」

「知らね」彼はようやく言った。

「あなたはクラスを替えさせられたのよね？」わたしは言った。

「ああ。11GNに」

「それはつらかっただろうね」ニールが言った。

「別に。クラスのやつらになんてそんなに会わないし。登録上のことだから。ダチならいるし」

「今はエルフィック先生のこと、どう思ってる？」わたしは訊いた。

パトリックはわたしの目をまっすぐ見た。「死んだのは気の毒だと思ってる。でも、それだけだよ。先生のことなんてどうでもいい。ガールフレンドならいるし。全部ほんの冗談だったんだよ」

学校でランチをとることもできるとトニーに言われたが、わたしは気が進まなかった。食堂は建物の古い部分にあって、校長室にいても食べ物のにおいがした。今は新館にも食堂があるとトニーは言ったが――「ピザでもなんでもありますよ」――息抜きに外に出ます、とわたしは言った。まだ残りの生徒数人と、ほかの英語科の教師たちに会わなければならなかった。チェスターの〈ナンドス〉（南アフリカ発祥のポルトガル風チキン料理レストランのチェーン）なら集中力を維持できるだろう。

中庭を横切って車に向かった。あたりはブルーのスウェットシャツだらけで、遠くのサッカー場から控えめな歓声が聞こえる。駐車場のそばで男子生徒たちの一団がたむろしていた。煙草を吸おうとしていたのだろう。こそこそしていながら挑発的で、いかにもそういう態度だ。ひとりの教師が近づいてきた。「ここで何をしている？　駐車場は立ち入り禁止だぞ。ランチを食べに行かないのか？」

「太りたくないんだよ、カーター先生」男子生徒のひとりが言った。

ちょうどそのときわたしたちが通りかかり、わたしは立ち止まってその教師を見た。ツイードのジャケット、緑色のネクタイ、薄くなりかけた髪、今ひとつの容姿。ゲイリー・カーターはまったく変わっていなかった。

13章

「今日ゲイリー・カーターに会ったわよ」

「ゲイリーのことは好きだったわ」刻む手を止めて母さんは言った。「そうよね？」

「母さんはだれでも好きでしょ」

「そうでもないわよ。小学校のときのあの男の子は好きじゃなかった。滑り台であなたを押しのけた子。マーガレット・サッチャーも好きじゃなかったし」

「いつかの夜テレビで見た、あのイギリス独立党の男性も」

「あの人がうちの店に来たら、感じよくするわよ」母さんは片手で髪をうしろになでつけた。

「でも、心ない人種差別をする人はあんまり好きじゃない」

いかにも母さんらしい。いつも架空の状況をとてもまじめに思い描くのだ。「もし女王にランチをお出しするなら、食べていただくものには充分気をつけるわ、フィリップ王配は消化に問題を抱えていらっしゃるから」「もしわたしがレーサーだったら」――母さんは運転ができない――「レースのあとはシャンパンじゃなくてプロセッコをたのむわ。あれだって立派な発泡性飲料だし、ずっと安いから」控えめなのも母さんらしいところだ。母さんは人種差別が〝好きじゃない〟し、虐殺には〝とても腹が立つ〟し、戦争は〝考えてみるとあまりいいアイディアじゃない〟。

「ゲイリーは今タルガースの先生をしてるのよ」わたしは言った。「今日彼と話したの。地理を教えてるんだって」

「まあ、地理はあなたの得意科目だったじゃない。上手に地図を描いてたわよね」

「八年生のときまでよ、母さん」たしかに地図を描くのは得意だった。青で大陸を縁取り、山を描き込み、山頂を白く冠雪（かんせつ）させるのが好きだった。

「ゲイリーは結婚してるの？」母さんはときどきひどくあからさまだ。わたしのほうを見もしないで、タマネギとニンニクを鍋に入れ、ジュージュー音をたてる様子を見守っている。

「訊かなかった」実際は訊いた。彼は結婚していなかった。明日の夜に飲む約束もしていた。タルガース校の教職員についてのゴシップを仕入れるためだったが、これも母さんには言わなかった。変な期待をさせたくなかったからだ。それに、興奮しすぎるのは母さんの体によくない。

「先生になったんなら優秀だったのね」スパイスを加えながら、母さんはいかにもさりげない声で言った。

「そりゃ警察官になるよりは賢いでしょうよ」わたしは言い訳がましく言った。

「あら、警察官は賢くないととても勤まらないと思うわ」母さんはわたしのほうを見て反論した。「いつもあなたのことをみんなに自慢してるのよ」

それはあやしいと思った。シーク教寺院（グルドワラ）でわたしの名前が出ると、いつだって両親は話題を変えようとしているはずだ。「ハービンダーはどんな仕事をしているの？」「まだ結婚しないの？」「子どもは？」

スルタンが吠えはじめ、父さんが帰ってきたのだとわかった。わたしは時計を見あげた。インドの形をした奇妙な銅製の時計だ。短針がインド南西部の都市マイスールを指している。七時。閉店は九時なので、クッシュにあとをたのんだのだろう。

両親はショアハムで小さなコンビニエンスストアを経営している。以前はＤＶＤを売っていたが、ネットフリックスに取って代わられた。今は売り上げのほとんどが酒類の販売によるものだったが、両親とも酒は飲まない。プロセッコを撒き散らそうという母さんでさえ。子どものころ、わたしたち兄妹はみんな店を手伝わされ、ビールかワインを買いたいという客が来ると、両親に向かって叫ばなければならなかった。客に酒を買う資格があるかどうか疑うことなどまったく思いつかなかった。最近は店に出るのはクッシュと父さんだけで、ときどきクッシュの息子のハキムが手伝っている。彼らは身分証を見せてくれとたのむのに、かなりの時間を費やしている。

「ごらん、ビビ」父さんはわたしを見ると言った。「私たちの小さな女の子がうちにいるぞ」こう言うとわたしがいらいらすると知っているからだ。身をかがめてわたしにキスすると、アフターシェーブローションのにおいがした。父さんは疲れて見えることも、だらしなく見えることもなく、まさに汚れひとつない。クルタ（インドの男性が着るチュニック型の上着）はいつも真っ白で、ターバンは濃紺だ。一日店で働いたあとでも、つねにアフターシェーブローションとせっけんのにおいがする。

「捜査はどんな具合だ？」父さんはスプーンを取り、カレーの味見をした。母さんを激怒させる習慣だ。

「とても悲しいわね」母さんが言った。「あの女性、先生ね、とても美人だった。新聞で写真を見たわ」

「もし不細工だったらそれほど悲しくない？」わたしは言った。

「気をつけろよ、ビビ」と父さん。

「そんなわけないでしょ」母さんは動じない。「見たままを言ってるだけよ」

「やっかいな事件なの」わたしは言った。「顔見知りの犯行なのはたしかで、そうすると容疑者は絞られるはずなのに、そうはいかなくて」

「夜は玄関に鍵をかけたほうがいいわね」母さんが言った。

「いつもかけてるじゃないか。番犬もいるし」

ふたりとも愛おしそうにスルタンを見た。犬はせいぜいやっかい者になってやろうと決意したかのように、床の真ん中に寝そべっていた。

「この子は守ってくれないわよ」わたしは言った。「やさしすぎるもの」

「この子は訓練された殺し屋だぞ」父さんが言い返す。

「だれが訓練したの？」

「私だよ。スルタン！」父さんは犬を呼んだ。「死んだふり」犬のたくましいしっぽが床を打った。
「もともと死んだふりしてるじゃない」わたしは言った。「夕食まであとどれくらい？　先にシャワーを浴びる時間はある？」

大人になってまで実家に住むつもりはなかった。大学からそのまま警察にはいり、最初はほかの訓練生三人といっしょに住んでいた。が、しばらくすると、なぜか神経に障るようになった。三人はひどくだらしなく、まともな食事を作らなかった。午前二時にケバブを持って帰ってきて、朝になるとビールの空き缶とレタスの切れ端がキッチンじゅうに散らばっていた。わたしの特別なミルクを勝手に飲み、サバイバルリアリティ番組の『アイム・ア・セレブリティ…ゲット・ミー・アウト・オブ・ヒア！』を見たがった。一年後、わたしは母さんと父さんのところに戻った。一時的措置のつもりだった。「結婚するまでのことよ」母さんがディパおばさんに言うのを聞いたことがある。それにはかなり待たなければならないだろう。シークは同性同士のブリスフル・ユニオン（いつも外洋航行の定期船のように聞こえるが、シーク教徒の結婚の儀式を翻訳するとこうなる）が認められていない。両親はわたしがゲイだということを知らないし、教皇よりも禁欲的な今の状態では、話す価値があるとも思えない。たぶん、わたしがふさわしい人を見つけるという希望を両親が完全にあきらめるまで待つことになるだろう。おそらく母さんは理解してくれると思う。店の向かいでペットのグルーミングの店を営むスティーヴとダンカンにとてもやさしいし、グレアム・ノートン（ゲイであることを公表している）を崇拝しているから。が、ヴィクトリア女王同様、女性同士でセックスするという考えはまちがいなく気に入らないと思う。今は話さないほうがいいだろう。さっきも言ったように、母さんの年齢で興奮しすぎるのは危険だから。

　年老いた両親との暮らしは、おおむねそれほど悪くない。専用のシャワールームがあるし、おいしい料理が際限なく出てくる。両親はわたしに夜は何時に帰るのかと尋ねないが、鍵が錠に差し込まれる音を聞くまで、母さんが寝ないのをわたしは知っている。ふたりともボーイフレンドのことではあまりうるさく言わないし、母さんはようやくパンジャブにいる遠い親戚たちとわたしを引き合わせるのをやめてくれた。ほとんどの時間、両親はいっしょにいて愉しい。日曜日にみんなで古い映画を見たり、自分は〝インドのイングリッド・バーグマン〟だと信じる母さんの妄想や、父さんの皮肉たっぷりのコメントに耳を傾けるのは大好きだ。「ほら、彼だよ、自分の名前を発音できないようにロボトミー手術をされた、漫画に出てくる外人だ」週末に兄たちに会うのも好きだ——とくに——姪や甥たちに会うのが。警察無線を使い、車にサイレンがついている、かっこいい叔母でいるのは愉しい。たとえ兄嫁たちにときどきこう言われても。「子どもの扱いがとてもうまいのに。残念だわ……」だが、わたしはとくに子ども好きというわけではない。いや、それは語弊がある。特定の何人かが好きなだけだ。友だちも選ばれたごく少数しかいない。「選り好みが激しすぎるのよ」と母さんに言われる。彼女は両親に紹介された最初の男性と結婚した。母さんは幸運だったが、だからといってそれほど選り好みをしなかったという事実は変わらない。

シャワーのあと、メールをチェックしに自分の部屋に行った。携帯電話が振動していた。ドナからだ。わたしは服を着た。タオルを巻いただけで上司と話すのはまずいだろうと思って。

「鑑識の結果が出たわ」彼女は言った。口に何かはいっているようなしゃべり方。まだオフィスにいて、フライドポテトを食べているのだろう。ドナは結婚していて子どもがふたりおり、子どもたちが寝るまで職場で待つほうが楽なのだと以前言っていた。

「何かおもしろいものはありました？」わたしは訊いた。

「ナイフに指紋はなかった」

「メモは？」

「なし。ビニールの痕跡があった。フリーザーバッグか何かに入れてあったのかもしれない」

「メーカーはわかりますか？」

「無理ね。どれも同じでしょ。ありふれたやつよ」

「ほかには？」

「いちばん期待できそうなのは、庭のやぶのなかで見つかった何かの糸ね。アウトドアウェアのものみたい。撥水（はっすい）加工のハイキングジャケットとか、そういうの。いま鑑識で調べてもらってる」

トニー・スイートマンの日焼けのことを思い出した。「スキージャケットでは？」

「かもね。学校はどうだった？」

「ひとつ興味深いことが。十一年生の男子がエラに熱をあげていたんです。バレンタインにカードを送ってます」

「十一年生っていくつ？」

「十五歳から十六歳です」

考えながらムシャムシャ嚙む音がした。「充分可能ね」

「ええ」わたしは言った。「充分可能です。大柄で体格もいいし、ラグビーをやってます。でも、思いつめてはいないみたいでした。ほんの冗談だったと繰り返し言ってます」

「それでも手がかりだわ。彼を調べましょう」

「アリバイは弱いです。家のパソコンで戦争ゲームをやっていたと言ってます」

「ティーンエイジャーはどこも同じね」

「そして、家にはだれもいなかった。コンピューターで位置確認ができるはずです」

「おもしろい」ドナは言った。「もう少し深く掘ってみましょう」

「あの学校で教えてる昔の友だちに会いました。明日また会うことになってます。内部情報が手にはいるかどうかやってみます」

「いい考えね」

「母はすっかり興奮してます。彼こそが〝運命の人〟かもしれないと思って」

ドナは笑った。「今日の夕食は何？　よだれが出ちゃうけど教えて」ドナは一度だけうちで食事をしたことがあるが、いまだにそれを話題にする。

「ラムのパサンダ（乳製品を使った濃厚なカレー）と、チャパティ（全粒粉を使用し、発酵させずに鉄板などで平たく焼いたパン）とライスです」

「そこに引っ越していい？」
「うちに帰ってください、ドナ」わたしは言った。「チャパティは明日オフィスに持っていきますから」

14章

ハロウィンだということをうっかり忘れていた。ゲイリーとはタルガース校にいちばん近い村にある〈ザ・コンパス〉で会うことになっていた。子煩悩（こぼんのう）な親たちが中流階級の物乞い祭りのために子や孫を連れまわし、通りは小さな魔女や悪魔たちであふれていた。地獄はからだ、悪魔どもが総出で押し寄せてきた。今夜、母さんのところに訪問者があることを願った。ちびゾンビたちを愛（め）でるチャンスがほしいだろうから。わたしなら、明かりを消して死んだふりをするだろうが。

〈ザ・コンパス〉でさえハロウィンに便乗していた。ゲイリーを見つけたわたしは、隅のテーブルでカボチャの形のキャンドルをまえに座っている彼のところに行くのに、蜘蛛（くも）の巣の下をくぐらなければならなかった。

ゲイリーは最初の一杯をおごると言い張った。彼はジョッキのビールを飲んだが、わたしはオレンジジュースにしておいた。シーク教徒だから飲まないのだろうと思われることが多いが、実際は、赤ワインをグラス一杯とかジントニック一杯など、ごくわずかなら飲む。両親は完全禁酒主義者なので、家にはいっさいアルコールを置いていないが、〝若い人たちが飲んでいるから〟と、母さんがクリスマスにベイリーズ・オリジナル・アイリッシュ・クリームをひと瓶買ってくれたことがあった。信じられないくらいまずくて、コーヒーパウダーで香りをつけた液状のゲロみたいだった。ほんとうは大きなグラスでメルローが飲みたかったが、車で来ていたし、ゲイリーと飲むようにはなりたくなかった。

「わたしたちのころ、ハロウィンはこんなに盛大なイベントじゃなかったのに」シェロブ（『指輪物語』に出てくるメス蜘蛛の姿の怪物）の巣を通り抜けるのに苦労しながら彼が戻ってくると、わたしは言った。

「アメリカの影響だよ」ゲイリーは言った。これまで何度も説明してきたことなのだろう。「学校では毎年こんな感じだよ」

「でもアメリカでは、子どもはいろんな扮装をしてるじゃない。スーパーヒーローとか、プリンセスとか」アメリカに行ったことはなかったが。「こっちではすべて黒魔術関係なのね。まあ、なんてかわいいの。おたくのお子さんはゾンビの扮装ね」

ゲイリーは笑った。「相変わらずだな、ハーブス」

どう受け取ればいいかわからなかった。そもそも、彼はどういうつもりで言ったのだろう？　相変わらずおもしろいやつだってこと？　相変わらず狭量で気味の悪いやつだってこと？　それに、もう何年もハーブスなんて呼ばれていなかった。

「タルガースで教えるようになって何年？」わたしは訊いた。

「十年だよ」ゲイリーはそう言って、ちょっと照れくさそうに笑った。「ここが教師になって最初の職場なんだ。なんか惨めだろ？　育ったのと同じ場所に住んで仕事してるなんて」

「でも両親とはいっしょに住んでないでしょ？」

「そりゃそうだよ」彼はさんざん笑ったあと、空気を読んだ。「ごめん。きみは住んでるの？」

「ええ。まだ実家で両親と住んでる」

「きみのお母さん、好きだったな」ゲイリーは言った。「きみの家でごちそうになった食事は忘れられないよ。あんなにおいしい料理は食べたことがない。でも、きみのお父さんとお兄さんたちはいつもちょっと怖かった」

「あの人たちは無害よ。牛耳ってるのはいつも母さんだから」

「きみはとっくに結婚しただろうと思ってたよ」ゲイリーは言った。「同級生たちは今じゃみんな結婚して子どもがいるみたいだから。ぼく以外は」

「わたしもまぜてよ。わたしも結婚は一度もしたことないんだから」

「でも、警察にはいったじゃないか」ゲイリーは明らかにわたしを励まそうとして言った。「すごいよ」

「そう？」

「ああ！　もしかしていつも……」

「銃を持ってるのかって訊かないで」

ゲイリーはまた気まずそうに笑った。「ごめん」

「イギリスの警察官はつねに銃を携帯してるわけではないの」わたしは仕方なく言った。「火器扱いの講習は受けてるけど」

「それでも地理の教師よりはすごいよ」

「タルガースで教えるのってどんな感じ?」

「悪くないよ」彼はビールをごくりと飲んで、上唇についた泡を拭った。「トニーは無理難題を押しつけてくるけど。いつもデータの正確さにこだわるし、最新の業界用語を使うしね。でも、彼が学校を改善したのはたしかだ。風紀はとてもよくなった。もうロッカーに閉じ込められるのを恐れる必要はない」

彼はまた笑ったが、この例は個人的な経験から引いてきたのだろうか。

「今週はたいへんでしょう」わたしは言った。「エラのことがあったから」

ゲイリーの顔がわずかにゆがんだ。年齢よりかなり若く見える彼が、一瞬、もっと年をとった人に見えた。「最悪だよ。あらゆるところでみんなうわさしてる。エラをよく知らなかった人たちまで」

これは興味深かった。「あなたはエラを知ってたの?」

彼は赤くなった。「少しね。毎年いっしょに教職員の演芸会に出てたんだ。彼女が歌って、ぼくは……覚えてるかな……ギターを弾く」

そうだった。ゲイリーの弾くギターは、何年もかかってようやく忘れられたことのひとつだが、彼は目にやさしい光を浮かべて、まだ自分のことをショアハムのジミ・ヘンドリックスだと思っていると言った。わたしはバーに二杯目の飲み物を取りにいった。これから繰り広げられることになる追憶の時間をやりすごすためにグラスワインをたのみたかったが、気を抜かないようにしなければならなかった。これは仕事なのよ、と自分に言い聞かせた。

テーブルに戻ると、エラは〝かわいい人だった〟とゲイリーはわたしに話した。

「すごく才能もあった。歌って踊れたんだ。女優になれたかもしれない」

「ボーイフレンドはいた？」

少し無遠慮すぎたのか、彼は引いたようだった。

「きみは……疑ってるのか……？」

「彼女がどんな人だったのか知りたいだけよ」わたしはなだめるように言った。

「ボーイフレンドはいなかったと思う。まえの職場の人のことは一、二度話していた。きっとひどく傷つけられたんだろう。だからもう複雑な関係はこりごりだったんだ」

「複雑な関係？」

「ほら、ほとんどの教職員は結婚してるか恋人がいるから」彼は言い訳がましく言った。あなたはちがうけどね、とわたしは思った。

「つまり、既婚男性と複雑な関係にはならないだろうと」

「ああ、それはないと思う」

「うわさの話だけど、みんなどんなうわさをしてるの？」

今やゲイリーはひどく気まずそうに見えた。「エラはとても魅力的だった」ようやく彼は言った。「みんなよくうわさしてた」

「エラとリック・ルイスのことを?」

ゲイリーはほっとしたようにため息をついた。「よかった、聞いてるんだね。ぼくからは言いたくなかったんだ。みんなリックとエラのことをうわさしてたけど、ふたりのあいだには何もなかったと思う。そもそも、リックはクレアに気があったんだ」

「クレア・キャシディのこと?」

「うん。もう会った?　彼女も英語教師だよ。美人だけど、ぼくに言わせるとちょっとお高くとまってるかな。でも、クレアとエラはすごく仲がよかった」

「彼女なら会ったわ。リックはクレアが好きだったのね」

「うん。それはみんな知ってた。リックはクレアの家のまえに車を停めて何時間も座っていたらしい。本気だったみたいだよ、少しまえまでは。彼女の家のまえに」

「クレアはリックのことをどう思ってたの?」古い工場が影を落とす小さな家を思い浮かべた。リックはほんとうにクレアをストーキングしていたのだろうか?　もしそうなら、どうして彼女はトニーに言って彼を解雇させなかったのだろう?

ゲイリーはまた笑ったが、今度の笑いは耳障りで冷笑的だった。「クレアはリック・ルイスに目もくれなかった。彼女はシティの金融業者としかデートしないタイプの女性なんだ」

それがゲイリーの考える手の届かない富なのだろう。

「生徒たちはどう?　エラに熱をあげてた子はいた?　そういうことってよくあるんでしょ」

「あるね」ゲイリーはぼんやりとビールを見つめた。「ぼくはクリード先生に熱をあげてたよ。覚えてる、演劇の先生の？　彼女のことが大好きだった」

「まったく覚えてない。演劇はあんまり好きじゃなかったから。それで、若い情熱をエラに向けていた子はいたの？」

「ぼくの知るかぎりではいない」彼は急に刑事と話していることを思い出したようだった。「生徒のだれかを疑っているわけじゃないよね？」

「エラは知っている人間に殺されたんだと思うの」わたしは言った。「つまり、あなたも知っている人かもしれない」

これで確実に雰囲気は台無しになった。


飲み物がなくなると、わたしは店を出た。もう一杯ブリトヴィックのジュースは飲めそうもなかったし、ゲイリーは〝あのころ〟を話題にしはじめていたからだ。彼は十代のころのパーティやサッカーの試合の幸せな記憶があるのかもしれないが、わたしはタルガース校を卒業した日にすべておいてきた。振り返るな、それがわたしのモットーだ。ゲイリーはそのうち〝カレーでも〟食べにいこうと提案さえした。冗談で言っているのだろうか？　母さんが作るカレーはイギリスでいちばんおいしいのに、どうしてインド料理レストランで食べなければならないのだろう？　わたしは生返事をして、車に逃れた。送っていこうかとゲイリーに言ったが、彼は歩いて帰ると言った。どうやら村に住んでいるらしい。場外馬券売り場の上に。

ハイストリートは閑散としていた。ちび悪魔たちはみんなうちに帰っていた。街灯はひとつもついておらず、その上に白亜の丘陵地（ダウンズ）が暗く静かにそびえている。駐車場に停めた車のなかにいるとちょっと不気味だった。不意に家で、十時のニュースをネタに両親が議論するのを聞いていたくなった。車を出すまえに、形式的に仕事用の電話をチェックすると、知らない番号からの二件の不在着信があった。ボイスメールをタップした。

「カー部長刑事。クレア・キャシディです。折り返し電話をください。話したいことがあります」

15章

話を聞いた人にはいつも名刺をわたすが、それが使われることはめったになかった。すぐにクレアに折り返し電話をした。

「ちょっとしたことがあったんです」彼女は言った。「重要なことかもしれないと思って」

「今ご自宅ですか?」わたしは訊いた。

「はい」

「すぐにうかがいます」

道は暗く人けがなかった。ヘッドライトが垣根、農場の門、交差する道路のまんなかにある幽霊のような道路標識、緑地帯の死んだアナグマ、小走りで通りすぎる夜の冒険中の狐を照らしていく。クレアの家の外に車を停めて座っていたリック・ルイスのことを考えたせいで、彼女の電話を優先したのだろうか？　この数時間を無為にすごしたあとなので、何か役に立つことをしたいだけなのかもしれない。とにかくわたしは、十分もかからずにそこに着いた。

　タウンハウスには軒並みバターのような温かな明かりが灯されていたが、背後には工場が、本物の白亜のまえの巨大な人工の崖のようにそびえ立っていた。光のいたずらか、垣間見える月のせいかもしれないが、不意に工場の割れた窓のひとつに明かりが揺らめくのを見たような気がした。蠟燭の光に似た、ほとんど潜在意識でしか感知できないような揺らめきだった。モールス信号のようだ。ついて消えて、ついて消えて。たっぷり一分見ていたが、もう現れることはなかった。

　クレアが玄関を開けてくれた。仕事用の服装のまま（白いシャツに黒のスラックス）のようだったが、足にはふわふわの室内履きを履いていた。急にまえより彼女が好きになった。

「来てくれてありがとう」彼女は脇に寄ってわたしを招き入れながら言った。

「近くにいたので」

　ブルーグレーの居間は居心地がよかった。薪を燃やすタイプのストーブがついていて、ほかの明かりは縁飾りのついたテーブルランプだけだった。テレビは消えていて、コーヒーテーブルの上に伏せてある本が見えた。ウィルキー・コリンズ著『白衣の女』。暗いなかでハーブティーをおともに座っているエラ・エルフィックを思い浮かべた。彼女たちにネットフリックスけなければいけないのか、なぜ怖がるのかを教えてやるべきだ。

クレアが紅茶かコーヒーでもと言ってくれたので、オレンジジュースの後味を消すためだけに紅茶を所望した。暖炉のそばで温かい飲み物をすすり、クレアの娘のジョージアが二階にいるので声を落として話すことで、その場に偽りの親密さが満ちた。

「なんでもないことなのかもしれないけど」クレアが言った。

「でも、重要なことかもしれないんですよね」わたしはうながした。「でなければ電話しなかったはずです」

「ええ」クレアは言った。「かもしれない」しばらくマグ（ハリー・ポッターのグリフィンドール）を見つめてから言った。「わたし、日記をつけてるの」

どう返すことを期待されているのかわからなかった。驚き？　称賛？　クレアが日記をつけているというのは、むしろ完全にイメージどおりだった。十九世紀の小説のヒロインのようだからだ。クレアが自分を人生のヒロインだと思っているのはまちがいない。

が、話はそれで終わりではなかった。「ハイズのことをあなたに訊かれて、あのときのことを思い返してみよう、エラとリックのあいだに実際に何があったのか確認しようと思った」

やっぱりそうか。「それについては何も知らなかったんじゃないんですか」わたしは言った。

「じゃましないでもらえるかしら」彼女は少し赤くなりながら言った。「それに、わたしには関係のないことだから」

「これは殺人事件の捜査なんですよ」わたしは言った。が、それでやめておいた。話の先を知りたかった。

「日記を読んで振り返ってみた。そのときわたしがどう思っていたかを。そして、そのページを見つけたとき、だれかが書き込みをしているのに気づいたの」

「どういうことですか?」

「他人がわたしの日記に書いていたのよ」彼女はいらだっていた。「だれかが日記を見つけて、書き込んだの」

わたしはまだ必死に理解しようとしていた。「なんと書いてあったんですか?」

「ハロー、クレア。あなたはわたしを知らない」

「見せてもらえますか?」

彼女は気が進まない様子だったが、こうなることは予想していたらしく、テーブルの上には〝二〇一七年一月~八月〟とラベルのついた淡いブルーの日記帳が置かれていた。それを手にすると、彼女はまくしたてた。「話すことがもうひとつあるの。今夜はいつもより遅くまで仕事をしていた。学期末にやる芝居の監督をエラから引き継いだから」

「『リトル・ショップ・オブ・ホラーズ』ですね?」

彼女は驚いたようだった。「ええ。それで、稽古がはじまるのを待っているあいだに、最上階に行ってみることにしたのよ。R・M・ホランドの書斎に」

「まだあそこにあるんですか?」

「ええ。もちろん、生徒は立ち入り禁止だけど」

「あの部屋は見たことがありません。でも、あの短編、「見知らぬ人」は読みました」

「ほんとに?」彼女は驚いた声で言った。「気に入った?」

わたしは肩をすくめた。「あんまり。ちょっとメロドラマ的で。〝われわれは待って、待って、また待った〟みたいなところとか」

「ゴシック小説の伝統なのよ、三回つづくのが」

「それで、今夜何があったんですか?」ブッククラブ的な話が終わるのを願って、わたしは訊いた。

彼女は目をそらしたあと、男性がいないにもかかわらず、雌鹿(めじか)のようなぱっちりした目でまたわたしを見た。「ホランドの書斎にあがっていったの。彼についての本を書いているから、部屋にあるいくつかの写真を見たかったのよ。とにかく、そこに着くと——廊下の突き当たりにある螺旋(らせん)階段をのぼったところよ——デスクにだれかが座っていたの」

「うそでしょ(ブラディ・ヘル)」わたしはつい言ってしまった。「だれだったんですか?」

「お店のウィンドウにあるようなマネキン人形よ。テキスタイル科から持ってきたものでしょうね。でも、ヴィクトリア朝期の衣装一式を身につけて、両腕を広げていたの。R・M・ホランドに見せかけたんだと思う」

「それはびっくりしたでしょう」

「死ぬほどね。叫んだけど、もちろん、わたしの声はだれにも聞こえなかった。すぐに人形だと気づいたわ。でも問題は、だれかがわたしを怖がらせるためにそこに置いたということよ。

屋根裏に行ったことがあるのはわたしだけだから」

「ほかに鍵を持っているのは？」

「管理人だと思う。彼ならすべての合鍵を持っているはず」

「管理人は今も変態パット（パーヴィー・パット）？」わたしはよく考えもせずに訊いた。

「ミスター・パターソンなら十年ぐらいまえに退職したと思う。わたしがここに来るまえに」彼女は付け加えた。「どうして彼のことを知ってるの？」

「実はわたしもタルガース校に通っていたんです」わたしは白状した。どうせいずればれることだ。「ＯＧ（オールド・ガール）なんですよ。どんどん年老いてる気がしますけど」

「トニーは知ってるの？　気をつけないと、キャリアデーに十年生のまえで話をさせられるわよ」

「彼には話してません」わたしは言った。厳密に言えば、生徒のまえで話すのは嫌ではなかったが。

「マネキン人形を置いたのはだれだと思いますか？」わたしは訊いた。

「わからない。ずっと考えているのだけど」

「あなたに恨みを抱いている人はいますか？」

「いないと思うけど」

「リック・ルイスはどうですか？」

クレアは座ったまま背筋をぴんと伸ばし、先生にファーストネームを訊いた七年生を見るようにわたしを見た。「どうしてそれを訊くの？」

「彼が以前あなたに思いを寄せていたのは知っています」

「ずいぶんまえの話よ。もうすっかり忘れられているわ」

そうはいかなかった。ゲイリーとすごした夜は、すっかり忘れられるものなど何もないと教えてくれていた。

「話してください」わたしは励ますように言った。

彼女はため息をついた。「リックはいつもとても親切だった。いい学科主任よ、ほんとうに。とても親しみやすくて（アプローチアブル）」

「でしょうね」

「でも、わたしに近づく（アプローチ）ことはなかった。最初のうちは。そのうちに、メモのようなものをくれはじめた。ふたりともが好きな本からの引用とか、その手のもの。エラとわたしはそれをおもしろがっていた。そして、今年の初めごろ、教職員の食事会に出かけたとき、リックとわたしはいっしょに車まで歩くことになった。すると彼がいきなりわたしに詰め寄って、キスしてきた」

「うそでしょ（ブラディ・ヘル）」わたしはまた言った。彼女は軽い感じで話したが、それは性的暴行だ。

「もちろん彼を押しのけた。そして、しっかりしてください、と言った」彼女はまさに教師のような言い方をした。「酔っているんだと思ったのよ。でも、翌日彼はわたしの家の外に現れた。そして、わたしに恋をしてしまったと言ったの。彼が言ったのは『きみに病（や）んでいる』だけど」

「すてきなフレーズだこと」

「ええ、そうね。わたしは既婚者と寝るつもりはないと彼に告げた」

「そそられはしましたか?」わたしはなんとなく訊いた。「彼はとてもいい男ですよね」

「いいえ」彼女は背筋をぴんと伸ばした。「一秒もそそられなかったわ。リックはわかってくれると思った。それなのに、数日後、彼がうちのまえに停めた車のなかに座っているのに気づいた。気味が悪かった。ただ座っているだけなのよ。道に迷ったか、どこかに行く途中なのかと思った。でも、彼はつぎの日もそこにいた。そのつぎの日も」

「ストーカーですね」

「わたしはそうは受け取らなかった。でも、やめてほしいと彼に言った。だって、彼は学科主任なのよ。こんなことをつづけるわけにはいかないでしょう。うわさになるわ」

　みんな知ってますよ、と言いたかった。ゲイリーはいつもいちばん最後にゴシップを耳にするタイプの人なのだ。

「それで、やめてもらえたんですか?」

「だいたいはね。まだシェイクスピアの引用を書き加えた妙なカードを送ってくるけど。〝さようなら、あなたはわたしのものにするにはあまりにも貴重だ(ソネット八十七番)〟とか。でも、今はほぼ、ただの同僚よ」

　最初にこの部屋に通されたとき、マントルピースの上で見たカードを思い出した。〝R〟のサインがあったカードだ。カードになんと書いてあったかも、残念ながらその筆跡も思い出せなかった。暖炉に目をやったが、もうカードはそこになかった。

「彼の筆跡は見ればわかりますか?」

「たぶん」クレアは言った。「彼は教職員宛てにたくさんのメモを手書きするの。そのほうが親しい感じになると思っているんでしょう」

「日記の書き込みを見せてもらえますか?」

ブルーの日記帳をわたされた。日記に――エラがリックと寝たあとですみやかに振ったことがわかる程度に――目を通したあと、そのページの下の小さな書き込みに注目した。

「これはリックの筆跡ですか?」

「ちがうと思う。リックの字はもっと大きくて丸っこいの。これはほとんどイタリックだわ。それにすごく小さい」

小さいが、あることがはっきりする程度には大きかった。

これを書いたのは、〝地獄はからだ〟と書いてエラのそばに残したのと同じ人物だった。

廃屋の廊下に悲鳴が響きわたり、自分の声だと気づきました。わが友ガジョンは死んで足元に横たわっていました。ウィルバーフォースは数ヤード離れた場所にいました。脈を捜してふたりの首に触れましたが、まったくないのがわかりました。だれか、または何かが、地獄の獣のようにふたりに襲いかかって虐殺したのです。ガジョンの胸は何度も刺されており、血で真っ赤でした。両腕は大きく広げられ、手のひらに——ああ、なんという罰当たりな！——われらが聖なる主の聖痕に似た傷が見えました。最初はウィルバーフォースも刺殺されたのだと思いましたが、揺らめく蠟燭の光のなかでよく見ると、絞殺されているのがわかりました。白い布がきつく首に巻かれ、この上なく恐ろしい形相でした。しかし、殺人者の刃から逃れたわけではありませんでした。彼の胸には短剣が柄まで埋まっていたのです。

　私はしばらく震えながら、蠟燭が壁にでたらめな形を映すにまかせていましたが、やがて恐怖で凍りつきました。仲間たちを殺した悪魔は、すぐ近くにいるにちがいありません。やつは今、血に染まった刃と両手で私に襲いかかろうとしているのでしょうか？

　しかし、廃屋はしんとしていました。階上の床を走るネズミの足音以外、何も聞こえません。そのとき、おもてから叫び声が聞こえました。「何があった？」やがて、コリンズとバスティアンと第三の男が階段を駆け上がってきました。私はまだ蠟燭を掲げていたので、彼らが最初に見たのは、恐怖の光景を目にして血の気を失った、幽霊のような私の顔だったはずです。

つぎに起こったことは、ヴェールで――いや、分厚いカーテンで――覆ってしまうつもりです。私は学寮当局に知らせたかったのですが、バスティアン卿が、われわれは困ったことになる、もしかしたら退学させられるかもしれないと指摘しました。それに、と彼は言いました、このことが広まったら、ヘルクラブの面々はよろこばないだろう、と。この意見はほかのふたりにとってかなりの影響力があったようです。彼らがみんな上級生だったことも忘れてはなりません。早い話、私は説得されたのです。何もなかったかのように恐怖の家をあとにして、カレッジに帰るのがいちばんいいのだと。もちろん遺体は発見され、尋問されるでしょうが、何も知らないと言えばいい。この夜のことはもう二度と口にしてはならない。

「誓いを立てよう」バスティアンはそう言うとひざまずき、ぞっとしたことに、復活したのはわれらの主かどうか確認するために疑い深い使徒トマスがしたように、ガジョンの手の傷のなかに指を入れました。

「誓え」彼は言いました。「彼の血に誓え」

この光景を想像できますか？　蠟燭の光、窓の外でしだいに強くなっていく風、両手にガジョンの血をつけて立っているバスティアン。私たちはみんな半分おかしくなっていました。そうとしか説明できません。灰の水曜日に信者の額に灰の十字を記す牧師のように、バスティアンは私たちの額に血のついた親指を押しつけました。塵にすぎないお前は塵に返る（新共同訳「創世記」）

三章十九節）。

「誓います」私たちは相次いで言いました。「誓います」

それからどうなったかって？ ああ、親愛なる若いお方、そんなに恐れることはありません。時がすぎるのはつねのならい。遺体は発見されました。警察の尋問がありましたが、殺人者は見つかりませんでした。その夜の行動について私に尋ねた人はいませんでした。学生監督官補佐（ジュニア・ディーン）は友だちを亡くした私を慰（なぐさ）めることに努め、私は正直に、打ちのめされていると話しました。彼は同情しつつも、ホメロスのぞっとすることばを引用しました。強くあれ、と私の心は言う。私は戦士だ。これよりもっとひどいものも見てきた（『オデュッセイア』より）。そして、それで終わりでした。すべてが終った（コンスマトゥム・エスト）（新共同訳「ヨハネによる福音書」十九章三十節）。

少なくとも、私はそう思いました。

第Ⅲ部　ジョージア

16章

ハーバートを〈ドギー・デイケア〉に迎えにいくと、もうほとんど暗くなっている。幹線道路を歩いて帰る。車がビュンビュンと走りすぎ、蹴散らされた木の葉をヘッドライトが照らす。ハーバートはクンクン鳴き、できるだけ生垣の近くに身を寄せる。弱虫な子。結局、抱っこすることになる。小さいのに、驚くほど体が締まっていて重い。うちに着くころにはへとへとになる。ママの言うとおり、もっと運動したほうがいいのかもしれない。「運動をするとエンドルフィンが出て、ティーンエイジャーがうつや肥満になるのを防ぐし、健康的な習慣が身につくし、大学では運動部にはいることができるからドラッグに夢中になることもなくて……」エトセトラ、エトセトラ。これはママのお気に入りのレクチャーのひとつで、二番目は「ちゃんと試験勉強しないと後悔するわよ。大学時代は人生でいちばんいい時期だけど、それはラッセル・グループの大学か、もっといいのはオックスブリッジに行った場合にかぎるの。自分がオックスフォードにははいらなかったから言うわけじゃないけど……」

うちに着いて、ハーバートにごはんをあげ、お気に入りのキャンドルのひとつに火をつける。うちは村からかなり離れてるからいたずらかお菓子か(トリック・オア・トリート)の子たちは来ないと思うけど、いちおうハリボーのグミを買ってある。ママは大の甘党だけど、アステカ族がカカオ豆から手作業で作ったダークチョコレートしか食べない。小さい子はもっとメジャーなお菓子のほうが好きに決まってる。キャンドルを灯すと、ヒューズ先生に教わった呪文を唱え、「見知らぬ人」を開く。

　この四年間、ハロウィンには毎年「見知らぬ人」を読んでいる。ママは知らないし、よろこんでくれるとも思えない。いつも自分の授業でこの短編を使ってるけど。生徒のまえで朗読したりもする。労働安全衛生法のせいでキャンドルは使えないから、ノートパソコンに暖炉の火種のアプリを入れて、火がパチパチ爆ぜる音を流しながら。すっごく不気味だろうな。小さいころはママに本を読んでもらうのが好きだった。絵本にはじまり、ノエル・ストレトフィールド、アガサ・クリスティ、ジョージェット・ヘイヤーへと進んだ。『悪魔公爵の子』は今でも大好きだし、ドミニクはわたしの理想のロマンティック・ヒーローだ。タイにそう言ったら、本気で嫉妬していた。「本を読んでみてよ」と彼に言った。「そうすればわかるから」でも、タイはカバーにクリノリンのスカートが描かれた本なんて絶対読まないと思う。どうしてジョージェット・ヘイヤーのカバーイラストはあんなにダサいのだろう？　わくわくするようなこと――誘拐や偽装や荒馬に乗っての追跡劇――があんなに起こるのに、表紙にはたいてい、フォーマルなドレスを着た女性がにこやかに男性を見上げているところが描かれている。ヴェネシアもジョージェット・ヘイヤーが好きで、なんと彼女の名前はGHの本の一冊からつけられたものだ。

　もしよかったら、と見知らぬ人は言った。ひとつ話を披露させてください。なんといっても長旅ですし、この空模様ではしばらくこの客車から出られないでしょう。話でも聞いて暇をつぶしてはいかがです？　十月の終わりの夜にぴったりですよ。

なんてうまい書き出しだろう。わたしの物語には三種類の書き出しがある。ひとつは主人公の視点で、ひとつは敵役（かたき）の視点、そして、今試しに書いてみている全知の語り手の視点だ。いろいろな意味で、書き上げて初めて、どんな書き出しがいいのかわかるのだと思う。ほとんどの作家の最初の章は読めたものではない、だからこそ作品はよりよくなる、とヒューズ先生は言う。でも、「見知らぬ人」のような短編はちがう。すべてのことばが重要なのだ。

ママはわたしが物語を書いているのを知らない。創作クラスのことも知らない。ただタッシュとつるんで女の子が好きそうな映画を見たり、マニキュアを塗ったりしてると思っている。小言を言ったりレクチャーをするくせに、ママはこのバージョンが好きだ。わたしが〝普通のティーンエイジャー〟みたいに思えるから。それがどういうものであれ。〝ふさわしくないボーイフレンド〟のタイでさえ、このお話にはうまくはまる。ママとパパは、自分たちが離婚したことでわたしが心に傷を負ったのではないかと心配している。だからここに越してきたとき、わたしをセント・フェイス校に入れた。パパはそこを〝保護された環境〟と呼んだ。それを言うなら、ストレンジウェイズ刑務所だって保護された環境でしょ。わたしは耐えられなかった。自分のポニーの話をしたり、乗馬ズボンのお尻が大きく見えるか（短い答え：イエス）気にしている、あの小うるさい女の子たちに。それに、みんな男の子に取り憑（つ）かれていた。生きているそれをほとんど見ないせいで。窓の清掃員が来るたびに、わたしは彼女たちのことが恥ずかしくなった。ほんとうだ。

タルガースに転校したらすべてが変わった。正確にはエラ——エルフィック先生に習うようになってから。だから、先生が死んだときはすごく悲しかった。先生は殺された。婉曲表現は嫌いだ。エルフィック先生はわたしの作文を気に入って、ヒューズ先生の創作クラスを受講するよう勧めてくれた。そこでタッシュとパトリックとヴェネシアに出会った。世界最高の友人たち。ヒューズ先生はシックス・フォーム・カレッジで教えているので、わたしたちは月曜日の放課後そこに行く。タッシュとパトリックはわたしと同じタルガースの生徒だけど、ヴェネシアはセント・フェイスだ。セント・フェイスにいたころのわたしは好きじゃなかったけど、それはたぶんわたしが必死に真のオーラを隠していたからだとヴィーは言う。わたしは正直、ヴィーのことを全然覚えてない。彼女は学校でほとんど目に見えない姿になる方法を学んだらしい。一メートルもある明るい赤毛の持ち主だということを考えるとこれは驚くべきことだ。

ナターシャ——タッシュ——はわたしの〝公式の〟親友で、両家からそう認められており、いつもながらの微妙に俗物っぽい理由で、ママからは称賛されている。タッシュの両親は大学を出て専門職についている。T自身、きちんとしたしゃべり方をするし、ピアスの穴の数も通常程度だ。家族はすてきな家に住んでいて、高級スーパーの〈ウェイトローズ〉で買い物をする。パトリックはラグビーをやっていて、おバカなやつらとつるんでいるので、学校で会うことはあまりない。タッシュとわたしは話し合い、ふたりともパトリックが大好きだけど、グループ内のエネルギーバランスがくずれるので、彼とデートするのはやめようと決めた。それに、彼にはロージーというガールフレンドがいる。すごくいい子だ。

最初はヒューズ先生が白魔女（よいことをするために魔術を使う魔女）だとは知らなかった。優秀な先生だということは知っていた。先生はふさわしいことばかそうでないかがたちどころにわかる。でも、書き直したほうがいいと言うときも、気まずくさせたりしない。励まし、最高の作品が書けるように元気づけてくれる。エルフィック先生みたいな美人じゃないし、ママともちがう。かなり太っているし、グレーの長い髪をお団子にしている。でも、とても低くて、ちょっとだけウェールズ訛りのすばらしい声をしている。ヒューズ先生がよくいる英国国教会をこきおろす無神論者ではないことが最初にほのめかされたのは、彼女が休暇でグラストンベリー（サマセット州にある古都で、イングランドのキリスト教伝来の地とされる）に行くと言ったときだった。「そこの出身なんですか?」タッシュが訊いた。そのころすでにわたしたちは先生に軽く心を奪われていた。「姉妹がいるの」先生は笑顔で言った。また、ヴェネシアが手術のために入院するので（生まれつき心臓に穴があって、それほど深刻ではないのだが、本人はやたらと深刻がった）怖がっていたとき、ヒューズ先生は枕に振りかけるためのオイルと、月を見上げるウサギの絵をくれた。絵の裏には〝女神があなたとともにあらんことを〟と書かれていた。オイルはすばらしい夢を見せてくれたとヴィーは言った。

まだ九年生の終わりごろ、『マクベス』について話していたとき、ヒューズ先生が教えてくれたことがある。あの戯曲は人びとが魔女を恐れていた十七世紀だからこそ成功したのだ、とパトリックが言った。すると、ヒューズ先生はまたあの低い声で笑ってから言った。「人びとはまだ魔女を恐れているわ。人はいつだって理解できないものを恐れる。特別な人たちにしか教えないいんだけど、わたしは白魔女なの。普通の人はそれを理解できないのよ」もちろんわたしたちは、自分たちが特別だということ、普通ではないことにわくわくした。先生は多くを語らず、わたしたちを宗旨替えさせようとはしない。ママがいつも玄関口で言い合いになる人たち、スマートフォンを使うと地獄へ行くことになると書かれた雑誌を配っている人たちとはちがう。ヒューズ先生は瞑想のやり方や簡単な詠唱を教えてくれる。結界の張り方や、有害な霊を寄せ付けないようにする方法を教えてくれる。先生はわたしたちひとりひとりに、悪霊から守ってくれる黒曜石もくれた。だからわたしはハロウィンにひとりで怪談を読んでいても怖くない。それどころか、今夜外を歩いている霊たちを受け入れ、できることなら力になりたい気分だ。

「さわがしい霊たちよ、恐れることはない。地上から解き放たれ、その顔を光に向け……」

ハーバートがやかましく吠えはじめる。だれかが玄関につづくステップをのぼる足音が聞こえる。軽くいらだつが、ハリボーがあるのを思い出し、歓迎の笑みを浮かべて玄関口に向かう。

「やあ、美人さん」

トリック・オア・トリートの子どもたちではない。タイだ。

パブの仕事に向かう途中だが、ハロウィンにわたしをひとりにさせたくないと言う。「きみのママが帰ってくるまでここにいるよ」

わたしはいらだちをこらえる。彼はよかれと思ってやっているから。タイはいつも悪気がない。育ちすぎの子犬のようだ。どうしてママとパパが彼を暗黒界の王子みたいに思っているのか全然わからない。夏にあのクラブで出会ってから、あのときわたしは偽の身分証を使って泥酔したわけだけど、彼はしきりにわたしの面倒をみようとする。「きみは世の中のことを知らない」二十一歳の経験という高みから彼は言う。「恐ろしいところだよ」でも、ヒューズ先生と創作クラスのおかげで、この世とあの世を広く深く旅している。わたしは何も怖くない。

タイはソファに座り、キャンドルだらけなのを笑って、グミをひとつかみ食べる。ハーバートは部屋の反対側から彼に向かってうなる。この子は絶対にママの使い魔だ。タイにくしゃみをさせるから。プードルの毛は普通アレルギーを引き起こさないのに。

タイはわたしの怪談アンソロジーを手にして読みはじめるが、R・M・ホランドをとばすのがわかる。わたしはテレビをつけ、タイがわたしに腕をまわす。そしていつものキスと抱擁と格闘のマラソンにはいる。誤解しないで。わたしはタイとセックスしたいと思っている。彼はすてきだし、同じ学年の男子たちとちがって、手順に通じている。性欲に身を委ねるのは大切なことだとヒューズ先生は言う。性欲の力は強い。でも、タイは二月にわたしが十六歳になるまでは寝ないと決意している。だからわたしたちは、最後までは行かないものの、それ以外はほとんどすべてするという、この疲れる手順を繰り返している。彼はたびたび中断してうめき、宙を見つめ、わたしまではじける寸前まで巻かれたぜんまいのような気分になる。いま彼はキスしながらわたしの服のなかに手を入れ、ブラをはずしている。わたしはそれ以上考えるのをやめる。頭のなかが赤と黒になり、ブンブンいう虫でいっぱいになる。すると、ハーバートが吠えはじめる。

タイは体を起こす。「きみのママかな?」彼はママを恐れているのだ。笑える。

「いくらなんでも早すぎるよ。芝居の稽古があるんだよ。ペッパ・ピッグが食人植物のことを歌うのを聴いてるはず」

タイはぼうっとしているように見える。無理もない。

でも、ハーバートはしっぽを振ってキャンキャン鳴いている。これをやるのはママのためだけだ。彼はソファの背に飛び乗って、わたしの耳元でキャンキャン鳴きはじめる。ヘッドライトが居間に射し込む。わたしはキャンドルを吹き消し、主照明をつける。タイは身じまいをしている。わたしはブラをつけ直し、テレビのチャンネルを『フレンズ』に変える。普通のティーンエイジャーが見そうな番組。

玄関扉が開くが、ママは居間にはいってこない。外にタイの車があるので、彼がここにいるのはわかっているはずだ。わたしがこれを計画したように思われるのはむかつく。ボーイフレンドとの秘密の夜だなんて。ほんとうの動機はもっとずっと崇高で純粋なのに。

ママはキッチンに行き、わたしもついていく。軽めの赤いコートを着たままそこに立ち、グラスにワインを注いでいる。

「何かあったの?」わたしは言う。「芝居の稽古は中止になったの?」

ママがこちらを向き、わたしは驚く。ひどい顔だ。いつも青白いが、今は白いペンキをぶっかけられたように見える。泣いていたかのようにマスカラがにじんでいる。

「大丈夫?」わたしは言う。

ママはワインをごくりと飲む。「ちょっとショックなことがあったの」と言って、微笑もうとする。「タイが来てるの?」

「もう帰るとこ」

「急いで帰らなくてもいいわよ。でも、もう少ししたら人が来る。そのときはいないほうがいいと思う」

「六時には帰るよ。今夜はパブで働く日だから」

ママはほっとしたようだ。明らかにわたしにもいてほしくないようで、なんだかママが気の毒になる。

「宿題がたくさんあるから、彼が帰ったらやらなくちゃ」わたしは言う。

17章

ママのお客さんが十時ごろ来る。部屋の窓から、すごくかっこいいグレーの車と、降りてくる女性が見える。顔は見えないが、昨日学校にいた女性警官にまちがいない。パトリックはエルフィック先生のクラスだったので彼女に会っており、すごくおっかなかったと言っていた。

こっちが何を考えているかお見通しで、心を動かされたりしないように見えると。今夜は廃工場の死霊が好き勝手なことをしているようで、光が揺らめき、奇妙な音がし、電気エネルギーがあまりに強くて、空を切り裂く稲妻が見えないのが不思議なほどだ。女性警官は何かを感じる。立ち止まって顔を上げる。でも、内なる声に耳を傾けるのはやめたらしく、首を振ってまた玄関へと歩きだす。

来てくれたことにママがお礼を言うと、女性警官は言う。「近くにいたので」親切でやっていると思われるのは心外だとでもいうように。やがてふたりは居間にはいり、わたしは何も聞こえなくなる。少しすると、ハーバートが二階に来て、わたしのベッドに座る。殺人事件の話に退屈したのだろう。わたしなら退屈しない。ふたりが何を話しているのか知りたくてたまらないから。でも、だれもわたしにエラのことを訊いてくれない。彼女のことならすごくよく知っているのに。エラはよくここに来ていた。でも、わたしはほんの子どもだ。しかも、不機嫌なティーンエイジャーだ。だから、だれもわたしの意見を聞きたがらない。損するのはあっちなのに。

片手でハーバートをなでながら、ノートパソコンを開く。歴史とスペイン語の宿題があるけど、今はもっと大事なことをやらなくちゃならない――今日の日記を書き上げるのだ。日記をつけるのはなかなかたいへんだけど、気分が乗ろうと乗るまいとつけなければならない。重要なのはそこだ。作家になるためのとてもいい訓練になる、とヒューズ先生は言う。タッシュとヴェネシアとパトリックとわたしは、全員〈マイシークレットダイアリー〉というサイトに登録している。秘密にしたければ非公開にもできるけど、大勢の人たちが書き込みを公開にしている（サイトのなかでだけだけど。投稿を読めるのは登録会員だけで、すべてのネット民が読めるわけではない）。わたしはときどき自分の日記をシェアするが、すごくよく書けたと思うときだけで、これは日記本来の目的——日常的な文書で、完成した作品ではない——を逸脱している。でも、わたしはじっくり推敲（すいこう）して吟味（ぎんみ）する。編集の楽なノートパソコンで書いているからだと思う。手書きで日記をつけるのがどんな気分なのかは想像できない。表現するチャンスは一度きりで、紙にインクが永遠に残るとわかっている状態で書くなんて。現代ではだれもそういう日記はつけないだろう。

ログインする。パスワードはHerbert17で、あらゆるものに使っているので危険だ。ハーバート本人は眠っているふりをしているが、わたしを見ているのがわかる。スクロールして今夜の最初の投稿を読む。ヴェネシアが投稿している。パトリックも。わたしの苦手な〈リトルベア〉と、ちょっと気になっている〈サイバー・ウルフ〉からの投稿もある。

パトリックはまた想像の旅に出ていて、それを書いているのが彼なのか、別人格の〈ピューマ〉なのかわからない。わたしはこれにあまり興味がない。現実のほうが想像よりつねに暗いし複雑だから。ヴェネシアの書くものには実生活が登場しすぎる。〝ママはわかってくれない〟〝この男子は気づいてくれなかった〟〝わたしのインスタグラムの写真をだれも気に入ってくれない〟なんていうものばかりだ。ようするに、わたしたちのことを理解しているママなんていないし、彼女たちは生まれつき社会学的にわたしたちを理解できないってこと。ヴェネシアはすべてのセント・フェイスの女子同様、男子に取り憑かれているが、恐れてもいる。彼女はいつもバスのなかで見た人やフェイスブックでしか知らない人に欲情している。彼女は言う（わたしには彼女の声がはっきりと聞こえる。音を具現化する呪文でも使っているのだろうか）「あなたはいいわよ、ジョージー。ボーイフレンドがいるんだから」事実と言えないこともない。でも、インスタグラムやスナップチャットのたぐいは退屈すぎる。ママとパパはわたしがSNS中毒だというふりをするのが好きだ。友人たちにそう話しているのを知っている。ほんとうの感情を隠した快活な声で。「ジョージーはいつもスマホで、メールしたり、ワッツアップだかなんだかをしてるのよ。そんなの健康的じゃないわ。あの子の年頃にわたしはホッケーをしていた／新聞配達をしていた／友だちと会っていた。今のティーンエイジャーは……」以下無限（インフィニタス）につづく。わたしはそう思わせておく。そのほうが楽だから（彼らの考え方はおもしろくもある。本を読むのはよくて、画面を読むのはだめなのだ）。でも、わたしはSNSには投稿しない。もちろんチャットグループは使用している――フェイスブックで勉強会をしている先生もいる――が、わたしが訪問するサイトは〈マイシークレットダイアリー〉だけだ。

　キーボードを打ちはじめる。「エルフィック先生が死んだので、今年のハロウィンは中止になった。死神（グリム・リーパー）は万聖節（ばんせいせつ）というキッチュで派手なお祭りには参加できないみたい。学校には魔女の帽子を被ったり、吸血鬼の牙をつけている生徒たちもいたけど、ほとんどがE先生のために泣きはらした目をしている先生たちは、はずしなさいと言った。だれかにお葬式のことを訊かれた地理のカーター先生は泣きそうだった。お葬式は学校の礼拝堂でおこなわれるらしい。

わたしなら絶対にお葬式をしてほしくない場所だ。わたしの灰は四大元素、地水火風に撒（ま）いてほしい。体を土に、血を水に、息を風に、魂を火に」

　ここで書くのをやめる。考える。公開するつもりなら、ここでやめるべきだ。なかなかよく書けている、とくに死神（グリム・リーパー）のところは。でもこのまま、タイのことや、ママのことや、警察官が今ここに、この家にいることを書くなら、非公開にするべきだ。エルフィック先生が死んだことは書いたけど、どんな形にしろママが関わっていたかもしれないとみんなに思われたくない。公開したいし、書いているものをパトリックたちに見せたいけど、ほかにだれがここのアカウントを持っているかわからない。親たちはそう思っていないけど、わたしたちはちゃんとネットの危険性を理解している。設定を非公開に変える。

「今日学校で何かがあった。ママは幽霊でも見たような顔で帰ってきた。ひょっとしたら見たのだろうか？　学校にはR・M・ホランドの妻の霊が取り憑いていると言われている。わたしは見たことがないけど、たしかに旧館の二階でぞっとする気配を感じたことはある。みんな授業であそこに行くのを嫌っている。実際はそれほど不気味というわけではなくて、悲しい感じ。アリス・ホランドの悲しみが、最上階から運命を決する落下をした彼女の絶望が感じられる。マリアナもそこにいたのがわかる。ときどきすぐ近くに彼女を感じる。ママがヘンリー・ハミルトンとの会合にわたしもまぜてくれたらよかったのに。でも、わたしはにきび顔のエドモンドとともに追い出された。『若者は若者同士で』だって。もちろんママは、わたしがケンブリッジの雰囲気を気に入って、試験で全A*をとるためにこの身を捧げると誓ってほしいのだろう。

わたしは大学よりもR・M・ホランドのほうに興味がある。それを言うなら男の子よりも。

今夜タイが来た。親切心か、保護者意識か何かのつもりで。ハロウィンにわたしをひとりにしたくなかったらしい。こっちはそれだけが愉しみだったのに。当然彼はわたしにキスして、またあのほぼ全部コースをはじめた。普通にセックスできれば、こんなことしなくてすむのに。でも彼には罪の意識があるらしい。『きみは未成年だ』といつも言う。年齢なんてただの数字だ。それに、わたしの前世は賢い年配の女性（当然、魔女の言い換えだ）だったのではないかとヒューズ先生は思っている。どのみち、行為が熱を帯びるまえにママが帰ってきた。タイはばかみたいにママを畏怖していて、どもりながらママとふたことみことことばを交わすと、すぐに帰っていった。ママがあまりにも動揺しているようなので、夕食はわたしが作った。〝お客さん〟が来ると言われ、わたしは〝宿題をする〟からと二階に行った。お客さんはエルフィック先生の殺人事件を捜査している女性警官だった。どうしてママは彼女に来てもらったのだろう？　エラの死にまつわる証拠でも手に入れたのだろうか？　ふたりが親友だったのは知っている。Eはよくここに来て、ママとふたりでワインを飲み、『ストリクトリー』（中年向けの阿片だ）を見ていた。今夜何かあったのだろうか？　犯人がだれなのかポアロには突然〝わかる〟けど、まだ百ページ残ってるからだれにも言わないときみたい。ママは教えてくれないだろうし、パトリックは明らかにまだE先生に夢中だから、わたしは創作クラスのメンバーとこれについて話し合うこともできない。年齢はただの数字かもしれないけど、十六歳は先生にバレンタインカードを送ってはいけないのだ。あのときわたしはそう忠告した。でも、いつもわたしの話は聞いてもらえない。

「だから自業自得だ」

18章

エルフィック先生のお葬式は土曜日だけど、ママに言われて制服を着る。「スイートマン先生は生徒に制服を着てもらいたいのよ。そうすれば目立つから、エラのご両親がよろこぶと思っているの」スイートマン先生――もちろん、ママにとってはトニー――はいつもどう見えるかを気にする。それでも校長としては悪くない。すてきだと思っている女子もいる。ばからしい。ラジオ2のDJみたいなのに。

黒いワンピースとコートのママはすごくすてきだ。スウェットシャツとチェックのスカートのわたしはなんだか間抜けに見える。すごく寒い朝なので、防寒コートとニット帽も身につけている。スーパーモデルと放浪者が車に向かっているように見えるだろう。わたしは不平を言わない。ひとつには、外見を気にしないようにする訓練中だから。もうひとつには、ママがものすごくストレスを感じているみたいだから。朝食のときなんて、今にも泣きだしそうだったのに、ハーバートがテーブルに飛び乗ってマーマイト（ビールの酵母を主原料にしたペースト）のにおいを嗅ぎはじめたら、ヒステリックに笑いだした。

「鎮静剤飲みなよ、ママ」わたしはハーバートをおろしながら言った。備蓄してある〝普通のティーンエイジャー〟のセリフのひとつだ。親たちがあきれて目をぐるっとさせ、今どきの若者のアメリカかぶれを嘆くような。

「ごめん」ママは目元を拭(ぬぐ)いながら言った。「すごく緊張してるのよ。今日が怖くてたまらない」

「乗り越えるための唯一の方法は乗り越えることだよ」わたしはヒューズ先生の格言のひとつを言い換えた。

「あなたってときどき賢者みたいになるのね」ママはそう言って、わたしを軽くハグした。

「自分でわかってる?」

運転中、ママは想像上の狐のせいで二度、ひどく低く飛んでいた一羽の猛禽(もうきん)の翼がフロントウィンドウをかすめたせいで一度ブレーキを踏む。これはたしかに前兆だ。何を示しているのかはよくわからないけど。

学校に着くと、駐車場にはすでにたくさんの車が停まっている。スーツを着て黒いネクタイをした管理人たちが、中央階段のそばに立っているのを見るのは変な感じだ。ママは立ち止まって、年上のほうのドッジー・デイヴとことばを交わす。通りすぎるとき、彼がウィンクをしてくるが、わたしは無視する。

礼拝堂にはいるのは、特別集会かコンサートのときだけだ。ふだんは施錠されている。わたしは楽器を演奏しないし、聖歌隊は九年生のときにやめたので、しばらくはいっていない。今日はいってみて、礼拝堂がいかに広いか、いかに大勢人がはいれるかにあらためて驚く。礼拝堂の主要部分と聖歌隊席はほぼ満席だ。祭壇の上には白い花がある。新鮮でどこか卑猥な百合の香りが空気に満ちている。まえから二列目までは空いている。おそらくエルフィック先生の家族の席だ。ママはその二列ほどうしろに座る。わたしたちのまえに、ルイス先生が奥さんらしき太った女性といっしょに座っている。ほかの先生たちもたくさん来ている。教頭のフランシス先生。わたしが英語を習っているパーマー先生。地理を教えているカーター先生。スイートマン先生は見当たらないけど、家族を待っているのだろう。首を伸ばして頭をめぐらせたあと、ようやくうしろのほうに、編んだグレーの髪を頭のまわりに巻いたヒューズ先生を見つける。先生はわたしに微笑みかけ、わたしも微笑み返す。パトリックとヴェネシアは彼女といっしょに座っているが、わたしはママをおいていくわけにはいかない。少しするとタッシュと彼女のママが来て、わたしたちといっしょに座る。だから問題ない。

礼拝堂の後方で動きがあり、棺（ひつぎ）が到着したとわかる。お葬式に出るのは初めてだ。結婚式ならパパがフルールと結婚したときに一回出たことがあるけど、場所は登記所だった。ブライズメイドもいなかった。それでも、フルールはわたしに役目を与えたがった――彼女はほんとうにやさしかった――ので、わたしはローラ アシュレイのワンピースを着て、花束を運んだ。十二歳のときのことで、本物の間抜けになったような気がした。当然ママはその場にいなかったので、わたしはおばあちゃん――父方の――といっしょに座り、おばあちゃんはずっとわたしの髪をなでながらため息をついていた。そのときはフルールのことが気に入らなかったからだけど、フルールがたてつづけに赤ちゃんをふたり産み、うちひとりは男の子だったので、ちょっとだけ考えを変えた。

お葬式はいいことではないけど、ちょっと結婚式に似ている。黒服の男性たちに運ばれて、棺が通路を進み、そのあとをブライズメイドとページボーイ（花嫁の付き添いの少年）のように人びとがつづく。エルフィック先生の家族にちがいない、しっかりと手をつないだグレーの髪の男女、そしてもっと年配のカップル。エルフィック先生の祖父母だろうか？　孫に先立たれるのはひどくつらいだろう。さらに中年のカップルがつづき、いちばんうしろはスイートマン校長で、気遣っている顔を鏡で練習してきたように見える。

エルフィック先生の体があの箱のなかにあると思うと、なんだかすごく衝撃的だ。実際は、箱というより花をからませた枝編み細工のような棺で、とても美しい。まえに出て何かを読んだりスピーチをするときは、棺のすぐそばを通ることになる。死体から、いや遺体からほんの数メートルのところを。死にまつわることばはすべて恐ろしい。でも、死は恐ろしいものではない、とヒューズ先生は言う。ある段階からつぎの段階へ移行するだけなのだと。

スイートマン校長は聖書のことばを引用する。ちょっと必死すぎて心がこもっているようには聞こえない。でもことばは美しい。イエスは言われた。「わたしは復活であり、命である」（新共同訳「ヨハネによる福音書」十一章二十五節）。つぎに親戚のひとりが例の詩を読んだ。「わたしの墓のまえに立って泣かないでください……わたしはそこにいません、眠ってはいません（近親者の死や追悼に際し、読み継がれてきた有名な詩）」

これはあまりいいと思えない。わたしたちは泣くべきだし、彼女は死んでいる。ずるいことばだらけだ：他界した、眠りについた、主の腕のなかで安らかに。古い墓地を訪ねると（ママのお気に入りの暇つぶしだ）、わたしはいつもそう思う。〝ジョー・ブロッグズ（平均的な一般人の代名詞として使われる名前）。一八八四年五月十日、眠りにつく〞それならいったいどうして彼を埋葬したの？

賛美歌が何曲かあり、ロセッティ先生がすべてのソロを取る聖歌隊が、やや耳障りに歌う。オルガンの音は安っぽく、弱々しい。電子オルガンなのは、もともとあるオルガンをもうだれも弾けないからだ。両側に彩色が施され、パイプが天井に向かってそびえるオルガンを。この礼拝堂はR・M・ホランド亡きあと、寄宿学校だったころに作られたものだ。ほのかにアール・ヌーヴォー調で、ステンドグラスで百合と騎士が描かれた窓がある。それほど古いというわけではなく、底知れないエネルギーを有しているわけでもない。

教区牧師がエルフィック先生について話す。「多くの若人たちを導いた献身的な教師」先生のことをあまりよく知らないらしい。先生の両親はどちらも立ち上がって話をすることはない。また賛美歌となり、黒服の男たちが枝編み細工の棺を肩に担ぐ。エルフィック先生の家族があとにつづく。「野辺送りは家族だけでやるそうよ」ママがタッシュのお母さんに言うのが聞こえる。野辺送り、これも婉曲表現。埋葬されるということだ。タッシュとわたしは目を合わせ、今はルイス先生とその奥さんと話している母親たちのもとをこっそり離れる。旧食堂で軽食がふるまわれることになっているので、ヒューズ先生とグループの残りのメンバーに合流できる機会があるはずだ。

通路を歩いて礼拝堂を出ようとすると、うしろのほうにあの女性警官が立っている。別の日に学校にいた、グレーの髪のちょっと牛に似た男性といっしょだ。驚いたことに、通りすぎるとき、女性警官が声をかけてくる。「ジョージア・キャシディね」

「ジョージア・ニュートンです」わたしは言う。家父長制の姓に賛成というわけではないが、それでもママの姓を使っていると思われるといらっとする。

「カー部長刑事とウィンストン部長刑事よ」

「こんにちは」ややぎこちなく、わたしは言う。ヒューズ先生の冠のような三つ編みが人ごみに消えていくのが見える。

「あなたのことはいろいろ聞いているわ」カー部長刑事が言う。彼女は小柄で肌は浅黒く、黒い髪は肩にかかっている。美人とは言えないが、印象的なタイプだ。目が深くくぼんでいて、そのまわりの肌に影ができている。不眠不休で殺人犯を追いかけそうな感じだ。もちろん、今まさに追っているわけだけど。

「きみはエルフィック先生に習っていたの？」ウィンストン部長刑事が訊く。

「はい、十年生のときに」わたしは言う。「すみません、友だちのところに行きたいので」ヒューズ先生と話すチャンスを失いたくはない。

食堂の外で追いつく。人びとは早くも食べ物と飲み物の列に並んでいる。まだ正午だというのがなんともじれったい。ママはどこにも見当たらない。

「茶番だったな」パトリックが言う。

「彼女の体は自然のなかに解き放たれるべきだったのに」とヴェネシア。

「歌のいくつかはよかったわ」ヒューズ先生のコメントは思いやり深い。「とくに『アメイジング・グレイス』は」

「ロセッティ先生は上手だったけど」わたしは言う。「聖歌隊はひどかったと思う」

「エルフィック先生が望むようなものじゃなかった」タッシュが言う。「先生はすごく霊的な人だったもの」

「たしかにそうだったわ」ヒューズ先生が言う。もちろん彼女はエルフィック先生をよく知っていた。ふたりは友人同士だった。だから今日の彼女はこんなに悲しそうなのだ。

「先生のためにわたしたちで儀式をおこなうべきだと思う」わたしは言う。「冬至とかに」

「すてきなアイディアね、ジョージア」ヒューズ先生に手を重ねられ、血管にエネルギーがめぐるのを感じる。

「それ、わたしが言ったことなんですけど」ヴェネシアがちょっとむっとして言う。わたしとヒューズ先生の絆に嫉妬しているのだ。

別の先生がヒューズ先生と話そうとやってきて、タッシュとヴェネシアは食べ物のほうに流れていく。パトリックはわたしの腕を取る。「ジョージー、話があるんだ。ふたりだけで」

「いいよ。上に行こう」

張り紙はされていないが、今日学校のほかの場所が立ち入り禁止なのは知っている。管理人たちはまだみんなを食堂に案内しているので、だれにも見られずに裏の階段を駆け上がる。わたしたちは二階に向かう。R・M・ホランドの住まいだったところに。ここには別のエネルギーがある。別の世界、別の時間にはいりこむことができる。絨毯（じゅうたん）やいかにもなランプシェードのせいだけではない。もっと深いものがあるのだ。羽根ペンを手にしたR・M・ホランドも、蠟燭（ろうそく）を掲げてマクベス夫人のように徘徊するアリスも想像できるほどに。

　パトリックはその空気感に気づかないらしい。大股で歩きながら、ドアの取っ手を試す。彼は学校の制服を着ていない。ダークスーツを着ていて、うしろから見ると見知らぬ人（ストレンジャー）のようだ。

「みんな鍵がかかってるよ」わたしは言う。そうとははっきり知っているわけではない。ほとんどの鍵はなくなったとママが言うのをまえに聞いた気がするだけだ。

　ホランドの書斎につづく螺旋（らせん）階段に着く。まえに一度ママと来たことがあり、絨毯の足型の話をしてもらったのを覚えている。不意にアリスの霊がすぐ近くにいるように感じる。

「上に行こう」パトリックが言う。

「鍵がかかってるってば」

「いや、かかってない。ドッジー・デイヴはいつも忘れるんだ」

　パトリックと書斎にはいりたくない。わたしたちは兄妹のような関係だけど、なんとなくふたりきりになるのはいやだ。今日の彼はとても大人びて見えるし、ハンサムだけど、ちょっと威圧的でもある。それに、規則に従ういい子の部分では、パトリック・オリアリーと屋根裏部屋にいるところを見つかりたくないと思っている。ママがなんと言うかは想像できる。事後経口避妊薬（モーニング・アフター・ピル）を飲まされるかもしれない。

でも、パトリックは階段をのぼっている。わたしはエンボス加工された足型を慎重に踏みながらついていく。階段をのぼりきって書斎にはいると、心臓が止まる。ホランドの椅子に男性が座って、ゾンビのように両腕をまえに出している。一瞬、わたしは思う。彼だ、わたしのために来てくれたのだ。「見知らぬ人」の男のように。わたしはあとずさりはじめるが、パトリックの笑い声で足を止める。

「おれのダミー人形、気に入った？」

「えっ？」魔法が解ける。「あなたがこれを置いたの？　どうして？」

パトリックは肩をすくめる。彼は陰にいるので顔は見えないが、その声は荒く耳障りな、ラグビー仲間同士で使うような声だ。

「ほんの冗談だよ。ハロウィンに何人かでここに来たんだ。テキスタイル科からこれを持ってきた」

「服はどこで手に入れたの？」

「『オリバー！』（ディケンズの『オリバー・ツイスト』が原作のイギリスのミュージカル）のときに作ったものだよ」エルフィック先生が去年上演したミュージカルだ。「ミスター・ピクウィック（ディケンズの『ピクウィック・クラブ』の主人公）かだれかの衣装だ」わたしは訂正しない。考えている。ママがハロウィンの夜に見たのはこれにちがいない。それで早めに帰ってきたのだ、あんな状態で。一瞬、わたしはパトリックを憎みそうになる。

「ジョージー」さっきとはまったく別の声で彼は言う。「それで話なんだけど」隅にある小さなベルベットの寝椅子(シェーズ・ロング)に座り、自分の隣をたたく。ちょっとためらってから、わたしは座る。

「何よ、話って？」壁とデスクの上の写真をつい見てしまう。まえにここに来てから何年にもなるので、じっくり見てまわりたい。でも、パトリックはこう言って、わたしを現実に引き戻す。「警察がここに来てる」

「知ってる」わたしは言う。「ついさっき女性警官のカー部長刑事に話しかけられた」

「なんて言ってた？」

「とくに何も。もうひとりいた男のほうに、エルフィック先生に習ってたのかって訊かれた」

パトリックは片手で髪を掻(か)き上げる。

「ジョージー、おれ、疑われてるんだ」

わたしは彼をまじまじと見る。「どうしてあなたが疑われるの？」

「バレンタインカードのことを知られた。先生が殺された晩に何をしていたか訊かれてる」

「何をしていたの？」

彼はすぐには答えないが、やがて言う。両手で頭を抱えて。「先生の家まで行った」

「マジで？」誤解ならいいのにと強く思う。

彼は顔を上げる。今は若く見える。十六歳よりずっと若く。下手したらまだ三歳にもならないわたしの弟のタイガーのようだ。

「エルフィック先生の家に行った。先生に会いたかったんだ。落ち込んでたから。カードのことをルイス先生に話すなんてひどいよ。そのせいでクラスの全員に知られた。クラスを替えられた。気にしてないふりをしたけど……落ち込んでたんだ」

これは理解できた。パトリックはあのとき平気なふりをしたけど、彼にとって屈辱的だったはずだ——学校一いかした男子のひとりである彼が——教師に熱を上げていると知られることは。

「どうして今さら？　バレンタインなんてずっとまえじゃない」わたしはカードを二通もらった。一通はスペイン語のクラスでいっしょの男子からで、もう一通は差出人不明。そのころはまだタイと知り合っていなかった。もし知り合っていたら、きっとタイは赤くてキラキラした、服を着た動物とかのカードをくれたにちがいない。

「ヒューズ先生がそうしろって言ったんだ。未解決の感情がおれの霊的進歩をじゃましてるって。償(つぐな)いをしなくちゃならないって言われた」

たちまち嫉妬を覚える。パトリックは個人的にヒューズ先生と会ったのだ。わたしは必死でその感情を抑え込もうとする。嫉妬はまちがいなく負の感情だ。

「エルフィック先生に会ったの？」わたしは訊く。

「いいや。ドアをノックしたけど、返事はなかった。おれはそのあたりをぶらついて待った。教会の陰に隠れてたから、だれにも見られなかった。でも彼を見たんだ。先生の家から出てくる彼を」

「だれを？」

「ルイス先生」

19章

パトリックはだれにも言わないでくれとわたしにたのむ。いま打ち明けているのは、エルフィック先生が殺された夜の確固たるアリバイがないので不安だからだ。刑事たちにはパソコンでゲームの〈コール オブ デューティー〉をやっていたと話した（典型的な〝普通のティーンエイジャー〟がやること）が、実は〈マイシークレットダイアリー〉に書き込みをしていたのだという。両親はパーティに出かけていたし（パトリックの両親はとても社交的で、ママはあまりいいと思っていないみたい）、兄はガールフレンドと出かけていたので、家には彼ひとりだった。

「まずいだろ」彼はまだ言っている。「先生の家のそばでだれかに見られていたら」

「でも、ルイス先生のことは警察に話すべきだよ。だって、犯人かもしれないんだから」

わたしが言ってもばかげて聞こえる。ルイス先生は教師だ。たよりになって、ときには退屈で、「スタインベックについてのおもしろい偽情報を紹介しよう」とか言っているような。彼が殺人者のはずがない。血のしたたる短剣を手に覆面をして歩きまわる人のはずがない。マクベスやR・M・ホランドなら〝血に染まった者〟と言うような人では。ルイス先生はついさっき礼拝堂でわたしたちのまえに座っていた。奥さんに腕をまわし、ときおり目元を拭いながら。

打ちひしがれているようだったけど、罪悪感に苦しんでいるようには見えなかった。もし彼がエルフィック先生を殺したんだとしたら、ひどい苦しみがつづいているはずでは？

「だめだ！」パトリックは言う。そしてわたしの腕をつかむ。また大人のように見える。力も強いだろう。毎日体を鍛えているし、ラグビーをしている。わたしを屈服させるなどたやすいはずだ。でもすぐに現実に気づく。相手はパトリックなのだ。友だちで、兄同然で、創作クラス仲間の。彼はわたしを傷つけない。動揺して助けを必要としているだけだ。

「今さら言えないよ」彼は言う。「おれがそこにいたことを警察が知れば、おれが犯人だと思うはずだ。新聞の見出しが見えるだろう？　動転した十代、拒絶されて教師を殺害。〝パトリック・オリアリーは一匹狼で、パソコンで戦争ゲームをするのが好きだった、と友人たちは語る〟」

自分でも意外なことに、わたしは笑う。「〝ブロンドの〟教師でしょ」わたしは言う。「髪のことは絶対に書くわよ、ブラのサイズは書かなくても」

パトリックは笑わず、わたしの腕をつかんだままだ。

「だれにも話さないと約束してくれ」

「約束する」

彼はわたしの腕を離す。

「輪にかけて誓え」

〝輪にかけて誓う〟というのは、グループの力を呼び起こすためにすることで、魔女の集会のようなものだ。誓いを破れば、全員が責めを負う。

「輪にかけて誓う」わたしはため息をつく。

パトリックは立ち上がり、微笑もうとする。これはすべてただの冗談で、ラグビー選手同士のおふざけであるかのように。

「そろそろ下に戻らないと」彼が言う。「よからぬことをしていると思われる」

よからぬことをしている。妙な言い回し。古臭いのにどこか不吉でもある。

「先に行って」わたしもできるだけ明るい声を出す。「いっしょにいるところを見られないほうがいいから」

螺旋階段を降りていくパトリックの重い足音を聞く。ずっとそうしたかったとおり、ホランドの書斎でひとりになる。部屋を見まわす。窓がふたつあって、ひとつは真ん中にステンドグラスの花――ポピーだと思う――のあるシャムロック（クローバーなど三つ葉の草の総称）のような変わった形をしており、もうひとつは普通の屋根裏用の傾斜窓だ。ホランドのデスクは窓の下にあり、彫り模様のある椅子には、今はマネキン人形が座っている。赤い壁紙はかすかに色あせ、湿気でにじんだ筋がついているが、二方の壁は天井まで本棚になっているので、色はほとんどわからないし、残りの二方は額装された写真で覆われている。パトリックとわたしが座った長椅子と、鉄格子つきの小さな暖炉もある。ここがこの家の中心なのだ。軒下の輝く赤い心臓。

階下（した）に戻ってソーセージロールを食べ、ひそひそ声でエルフィック先生についてしゃべらないと。でも、そのまえにもう少しここですごしたい。なんだかR・M・ホランドが階下にあるものから守ってくれているような気がする：秘密や脅威や死そのものから。立ち上がって壁の写真を見る。すべてモノクロで、ほとんどはあごひげを生やした男性たちと、クリノリンでスカートをふくらませたドレス姿の女性のものだ。大学で撮られた写真も二枚ある。大きな写真は〝ピーターハウス　一八三二年〟と表題がつけられていて、セント・ジュードのようなカレッジの外で、ガウン姿の学生が大勢写っている。もう一枚は銃を持った四人の若者の写真だ。下のほうに手書きで〝ピーターハウス小口径銃(スモール・ボア)クラブ〟と説明がある。当時でもこの名前のことでみんな冗談を言ったのだろうか（boreには「退屈な人」という意味がある）。

　彼がひとりで写っている写真は二枚しかない。一枚はこの部屋の、今は不気味なマネキン人形が占領している椅子に座って、執筆するポーズをとっている写真。だれが撮ったのだろう？　めずらしく家庭的なよろこびを感じていたアリス？　もう一枚の彼は、今はネットボールのコートになっている芝生の上で、デッキチェアに座っている。パナマ帽を被って脚を伸ばし、姿の見えない写真家に向かって手を上げて、リラックスしているように見える。下のほうにあるキャプションを見ると、〝マリアナと〟とある。

　でも、写真にはほかにだれも写っていない。

　なんとか気づかれずに食堂にすべりこむ。ママは友だちのデブラと話している。目元を拭っては笑うことを繰り返しているところを見ると、エルフィック先生のことを話しているのだろう。タッシュとヴィーは同じ学年の女子たちと話している。生徒はそれほどいない。他校の生徒なのでどっちみち制服を着ていないヴィーは例外として、学校指定のブルーのスウェットシャツを着ているわたしたちは自意識過剰な感じがする。パトリックはどこにも見当たらない。仲間のところに行くと、ひとりの女子、イスラ・ベイツがいかにもうそ泣きっぽく泣いていて、存在しない涙を拭うためにそっと目元に手をやる。

「ほんと、なんか、すっごく悲しい。エルフィック先生のこと、大好きだった」

「悲しいね」タッシュが言う。イスラの背中をさすりながらわたしと目を合わせる。

「犯人はまだどこかそのへんにいるって話だよ」と、イスラの友だちのペイジ。

もちろん、犯人はそのへんにいるわよ、と言いたい。犯罪の専門家じゃなくてもそれぐらいわかる。代わりにわたしは言う。「刑事さんたちがお葬式にいたよ。事件を捜査してる人たち」

イスラは小さな叫び声をあげる。「どこ?」

「正体を隠してるの」真面目な顔でわたしは言う。「だから見つけられないと思う」

「この部屋にいるかもよ」ヴィーが言う。「犯人もここにいるかもしれないけどね」

「やだ」イスラはヴィーにしがみつく。「まじで。やめて」

スイートマン校長と並んで立っているルイス先生のほうを見ずにはいられない。ふたりは頭を寄せてひどく熱心に話している。ルイス先生はいつもと同じように見える――背が高くて、ちょっとだらしなくて、人生に疲れた感じ。彼が殺人者であるはずがない。そうよね?

「スイートマン校長の奥さん、見た?」ペイジが言う。「あそこ、黒のパンツスーツ。パーマー先生と話してる」

そちらを向くと、シャープなカットのパンツ姿のほっそりしたブロンド女性が見える。校長の妻としてまさにわたしが想像しそうな、魅力的だが手ごわい女性。彼女のオーラは明るいが実体がない。浅瀬に映る日光のようだ。すごくかわいいパーマー先生は、相手が一筋縄ではいかないことに気づきつつあるように見える。

「すごくきれいね」イスラが言う。「悔しい」イスラはスイートマン校長に熱を上げて大騒ぎしている女子のひとりだ。

「あの人、弁護士だよ」わたしは言う。ママからそう聞いたような気がする。

「すごくかわいい子どもがふたりいるのよ」ペイジが言う。「友だちがときどきベビーシッターをしてる」

「うそ」イスラが言う。これまででいちばん驚くべきニュースだというように。

タッシュがわたしと目を合わせる。「会わなきゃならない人がいるでしょ」と言ってわたしの腕をつかむ。わたしたちは人びとのあいだを縫って進み（ここにはまだたくさんの人がいるが、エルフィック先生の家族の姿はどこにもない）、ヒューズ先生のもとに行く。ヴィーもついてくる。ヒューズ先生はドリンクテーブルのそばにひとりで立っている。でも、気まずそうでも寂しそうでもない。慈愛に満ちたことを考えているかのように、やさしく微笑んでいる。

「あら、みんな」彼女は言う。「お葬式の料理（ミート）を楽しんでる？」

ヒューズ先生は完全菜食主義者（ヴィーガン）だ。

「『ハムレット』のセリフですよね？」わたしは言う。「葬式用の料理が出てくるのは」

「さすがね」ヒューズ先生は言う。「〝冷めた葬式用の料理が婚礼の食卓を飾った〟これはガートルードが夫の死後あまりにもすぐに再婚したことを言ってるの」

ヴィーがこれにいらいらしているのがわかる。わたしが引用を言い当てるのが気に入らないのだ。「ヒューズ先生」彼女は言う。「エルフィック先生を殺したのはだれだと思いますか？」

ヒューズ先生は真っ青な目でじっとヴィーを見つめる。「それはわたしたちがするべき質問じゃないわ」

「それならどんな質問をするべきなんですか？」タッシュが訊く。

「エラの霊がまだわたしたちといっしょにいるかどうか」ヒューズ先生は言う。「または、彼女が光に向かうのに助けが必要かどうか」

「シックス・フォーム・カレッジの妙な女の先生と話してたでしょ？」車で家に帰る途中でママが言う。「名前はなんだったかしら、ブライオニーなんとか？　ブライオニー・ヒューズだわ。どうして彼女を知っているの？」

「ヴェネシアがまえに習ってたの」

「あの人、ちょっと変わってるわよね。エラはよく魔女だって言ってた」

数分間ふたりとも黙る。ママは明らかにエラのことを考えているし、わたしは彼女がどれくらいヒューズ先生の力について知っていたのだろうと考えている。たぶん、エルフィック先生にとってはただのジョークだったのだろう。明らかにママのために言ったジョーク。学校を出てからママはずっと様子がおかしくて、ほとんど躁状態だ。ひどい賛美歌のことを笑っているかと思うと、つぎの瞬間には涙を拭っており、車は反対の路肩へと蛇行する。十七歳になって運転ができるようになるのが待ち遠しい。

「パトリック・オリアリーと話しているのも見たわよ」ママが言う。

黙っているのがいちばんだと判断する。通りすぎる灰色の冬の野原を眺める。毛皮のようにやわらかそうだ。

「あの子と親しいの?」長い沈黙のあと、ママが訊く。

わたしは(ティーンがよくするように)肩をすくめる。

「彼、すごくセクシーよね」ママは言う。共感しているふうを装うという、なんともおぞましい作戦。

わたしは黙っている。

「不良はいつも魅力的だわ」

ああ、神さま。やめさせて。わたしたちをこのみじめな状態から救って。わたしは言う。

「彼のことはよく知らない。ちょっと退屈なんだよね。ほら、ラグビー選手だったりするし」

ママは目に見えてほっとする。肩が落ち、ハンドルをにぎりしめていた両手の力が抜ける。

「パトリックよりタイのほうがいいの?」少しからかわずにはいられない。

「タイが嫌いなわけじゃないわ。彼はいい子よ。すてきな男性よ。ただ、あなたにはちょっと年上すぎると思うだけ」

「パトリックと出かけるほうがいいの？」

彼女はすばやくわたしを見る。「デートに誘われたの？」

「ううん。落ち着いてよ、ママ」ティーンのようなことを言うと、彼女は明らかに安心する。

ことばは交わさないまでもなごやかな雰囲気のなか、車はうちに到着する。

風のうなりをお聴きなさい。列車を揺さぶっているようですね？ でも、ここは極めて安全ですよ。車両間に扉はありませんから。だれもはいってこられないし、出ていけもしない。ブランデーのお代わりは？

そのあとどうなったかって？ まあ、退屈な事実はこうです。話すほどのことは何も起こりませんでした。ガジョンの両親は息子の遺体を引き取り、彼は故郷のグロスターシャーに葬られました。私は葬儀に参列しませんでした。ウィルバーフォースがどうなったのかは知りません。それに、先ほど言ったように、警察は犯人を特定できませんでした。一年後、廃屋は取り壊されました。私は勉学をつづけました。ひどく孤独で偏屈になったと思います。中庭を横切ったり、食堂に座っていると、ほかの学生たちが奇妙な目を向けてきました。「ほら、あいつだよ」とだれかがささやくのを聞いたこともあります。「残りのひとりだ」ピーターハウスのたいていの者たちにとって、私は〝残りのひとり〟になったのです。ことによると私自身にとっても。

バスティアンにもコリンズにもあまり会いませんでした。私は正式にヘルクラブの一員になったわけですが、会合にも、毎年おこなわれる悪名高い血の舞踏会にも出席しませんでした。

ほとんどの時間を自室か図書館ですごしました。唯一つきあいがあったのは、射撃部の部員たちでした。少なくとも彼らといると単純な仲間との時間をすごせました。

ありがたいことに、私は首席で卒業しました。バスティアンは停学になり、コリンズは学位を取得できなかったと聞いていました。ですが、彼らはちがう学寮（カレッジ）だったので、私たちの道はもうとうに分かれていました。私は博士号取得のための本を読みはじめ、学部生時代に確立した孤独な学士という存在でありつづけました。

やがて、修士学生になって最初の学期に、とても奇妙な知らせを受けました。十一月のひどく寒い日で、郵便物を受け取るために守衛小屋に向かいながら、足の下で霜（しも）が音を立てていたのを覚えています。私はそれほど手紙を受け取るほうではありませんでした。母からはときどき手紙が届きましたし、学術的な神学雑誌を二冊購読していました。が、せいぜいそれくらいです。ですが、この日はほかにもありました。奇妙に傾斜した文字で書かれた、外国の消印つきの手紙が。好奇心を覚えて手紙を広げました。なかにはペルシャの新聞の切り抜きがありました。もちろん、ペルシャのアラビア文字（アラビア文字を元にして、ペルシャ語を表すために改良がほどこされた文字体系）を読むことはできませんでしたが、翻訳した内容が封筒と同じイタリックペンの筆跡で書かれていました。アミール・エブラヒミという男が、熱気球がらみの奇妙な事故で死んだという内容でした。上昇は問題なくうまくいったのですが、飛行中のある時点で、エブラヒミは気球の下のかごから落ちて、墜落死したのです。差出人はどうして私がこの恐ろしい事故に興味を持つかもしれないと思ったのだろう、と手紙を裏返しました。すると、便箋（びんせん）の裏に書かれたことばが目にはいりました。地獄はからだ。そして、エブラヒミがバスティアンとコリンズの仲間、あの三人目の男の名前だったことを思い出したのです。

残りのひとりです。

第Ⅳ部　クレア

20章

エラの葬儀の日の晩、ジョージーに留守番をさせることに少し不安を覚える。が、デブラに懇願される。「今夜レオや子どもたちとうちにいたらどうにかなりそう。エラを愛していた人といっしょにいたいの。村のパブに行きましょう。カレーを食べて、ボトルのワインを分け合うの。そんなに遅くはならないわ」ジョージーに聞いてみると、かまわないらしい。タッシュとヴェネシアを呼んで『ストリクトリー』を見るという。タイは来るのかとは訊かなかったが、女の子たちだけのようだ。葬儀のあと、ジョージーがパトリック・オリアリーと話しているのを見たときは、あまりいい気がしなかった。彼のことは九年生のときに教えたことがある。女を思いどおりにする力を持ち、それを容赦なく使うタイプの少年だ。彼の両親のことは少しだが知っている。酒飲みでパーティ好きなアイルランド人。悪い人たちではないが、女性蔑視の態度について息子に注意するようなタイプではない。が、彼のことを話題にしたら、退屈な人だとジョージーは明るく言った。たしかに説得力はあったので、おそらく事実なのだろう。パトリック・オリアリーの頭のなかにラグビー以外のことはたいしてないだろうし。

ジョージーが、シックス・フォーム・カレッジの英語教師、ミス・ヒューズを含むグループといっしょにいるのを見たことにも心を乱された。ブライオニー・ヒューズは年取ったヒッピーのような人で、髪を北欧神話のブリュンヒルデのように長く伸ばし、水晶やシルバーのアクセサリーをぶらさげている。指導力はありそうだが、カリスマ性にたよっている教師——ウェールズ版ジーン・ブロディ先生（映画化もされたミュリエル・スパークの小説『ブロディ先生の青春』の主人公）のようなタイプ——で、わたしはどうもうさんくさいと思ってしまう。エラは少し似た傾向があったので、彼女と親しかったのだろう。でも、ふたりが仲たがいしたのはそれほどまえではないと思う。エラはよく、ブライオニーは真夜中に墓地で踊りまわることで快感を覚えるタイプの白魔女だと言っていた。それは事実ではないだろうが、たぶんエラは魔女ごっこそのものに気味の悪さを覚えはじめていたのだろう。とにかく、ジョージーにはその魔法にかかってほしくなかった。あの子はタルガースのあとシックス・フォーム・カレッジに行くことになるだろうから、ヒューズ先生のクラスにはならないようにしたいところだ。もっとも、ジョージーが英語を専攻するとは期待していない。あの子は文学に興味を示したことなどなかった。

出かけようとすると、ナターシャとヴェネシアが到着し、ヴェネシアの兄の派手なスポーツカーから降りる。ふたりともいい子だ。タッシュはセッターの子犬のように熱意にあふれている。ときどきちょっと風変わりなところはあるが、友だちとして愉しい子なのはわかる。頭もいいし、それほど男の子に取り憑かれているようには見えない。母親は音楽教師で父親は医者なので、わたしの中産階級的不安も抑えられる。ヴェネシアは赤毛のとてもやせた子で、ちょっと神経質に見える。彼女の家はどちらかといえば上流階級で、オリアリー家とダービー競馬の日の彼らの飲み会と同じくらい反感を覚える。まったく、階級的なことを正しく理解するのはほんとうにむずかしい。わたしが安心できるのは、持ち家に住む《ガーディアン》の購読者といっしょにいるときだけだ、とサイモンなら言うだろうが、そのとおりかもしれない。でも、ジョージーがセント・フェイスにいたときヴェネシアと知り合ったのだろうから――ちょっと意外だが――今も友だちなのはいいことだ。

ピザを注文していいとジョージーに言うと、タッシュはしきりに感謝する。

「ありがとうございます、クレア」ジョージーの友だちはみんな、わたしを家ではクレアと呼び、学校ではキャシディ先生と呼ぶ。簡単に切り替えられるようだ。わたしのほうは、宿題を忘れたタッシュに居残りをさせたことや、八年生のときジョージーの友だちのペイジが書いた、母親のボーイフレンドとそのドラッグ癖についての作文を忘れられずにいるのに。

デブラとは〈ザ・ロイヤル・オーク〉で会った。チャールズ二世が議会派の円頂党から逃げる途中で身を隠したと言われる多くの宿屋兼居酒屋のひとつだ。最近では料理が売りのガストロパブ（バーとレストランを兼ねた飲食店）になっており、食べ物を塔のように危なっかしく盛る傾向があるものの、カレーはおいしいし、土曜日の夜でもそれほど騒がしくない。ふだんなら運転するときはまったく飲まないのだが、小さいグラスで赤ワインを注文する。デブラは大きなグラスでジントニックをたのむ。

「これがないとね」彼女はグラスを合わせて言う。「ほんとに、お葬式って大嫌い」

「好きな人はいないと思うけど」わたしは言う。

「そうかしら」彼女は言う。やはり外に車を停めているのに、酒を一気に半分飲み干す。「親戚の年寄りには好きな人もいるみたいよ。人生をまっとうしたお年寄りが死んで、子どもや孫が勢ぞろいしているお葬式ならそうよね。追悼の儀式だから。でも、エラは。ひどいことだわ。まだまだ生きられたのに」

「そうね」わたしは言う。「気の毒なご両親。あの人たちと話した?」

エラの両親は、わたしが会場を出る直前に火葬場から戻ってきた。短いことばを交わし、ぎこちなく抱擁して、連絡を取り合いましょうという漠然とした約束をすることしかできなかった。

「ちょっとだけ」デブラは言う。「とても気丈にしてらしたけど、お母さまは打ちのめされているみたいだった。『親友を失ったわ』と言ってた」

ジョージーはわたしを親友と言ってくれるだろうか? まずまちがいなくそれはないだろうし、おそらくそれが普通なのだろうが、一瞬わたしは羨望に近いものを感じる。母のことは愛しているが、わたしと母は親友ではないと思う。スコットランドにいる祖母のほうが近く感じるとはいえ、それほど頻繁に会うわけではない。祖母は手紙をくれるが、返事を書く時間はなかなか取れない。スカイプを設定してあげたいが、アラプールではWi-Fiの電波が弱すぎるのだそうだ。近々会いにいかなければ。

ゆっくり飲むことを心がけながら、ワインをひと口する。母と娘について考えているせいで、もう少しでデブラのことば「リックはもちこたえてる?」を聞き逃しそうになる。

「ええ」わたしは言う。「お葬式のときわたしのまえに座ってた」

「奥さんと?」

「ええ」

「奥さんはエラのこと、知らずじまいだったんでしょう?」

「たぶんね」

デブラはまえのめりになる。わたしたちはブースにいて、だれにも話を聞かれる心配はないのに。

「警察にリックのことを訊かれたわ」

「ほんと?」

「ええ、ハイズで何かあったのかって。わたしはそこにいなかったから知らないと答えた」だが、デブラはエラとリックの一夜の関係を知っている。失恋したリックの哀れな振る舞いに悩まされていたとき、エラが彼女に話したのだ。今思えば、彼の行動は哀れというより不吉だった。

「わたしもリックのことを訊かれた」わたしは言う。

「彼があなたに気があったことも警察に話した?」

「もう知ってるみたいだった。カー部長刑事は」

「彼女、なかなか手ごわそうよね。タルガース出身だって知ってた?」

「ええ、話してくれた」

「テキスタイル科のドロシー・ロデンは教えたのを覚えているそうよ」

「ほんと?」それは興味深い。「学生時代はどんな子だったの?」
「頭のいい子だったみたいね。でも、テキスタイル——当時は裁縫と呼ばれていたのかな——はあんまり好きじゃなかった。よくうしろの席に座って、ジェームズ・ハーバートの本を読んでいたって」

若きハービンダーがホラーのファンだったのは想像できる。

「警察はほんとうに学校の人間を疑っているのかしら?」わたしは言う。

「だって、犯人はたいてい被害者の身近な人なんでしょ?」デブラが言う。「小説ではそうよ」

不意に彼女の顔がゆがみ、涙が頬を伝いはじめる。彼女はそれを赤いナプキンで拭う。「ああもう。わたしったら! 被害者だなんて。レオが土曜日の夜に見るテレビドラマのなかの人みたい。エラはわたしたちの友だちだったのに」

デブラが警察とその捜査に興味津々だったことを思い出す。みんなそうなのかもしれない。現実と向き合うのを避けるために物語を作るのだ。

「何もかも芝居のなかのことみたい」わたしは言う。「それか、悪夢。彼女が戻ってくるような気がして仕方がないの」

「幽霊としてってこと?」

そういう意味で言ったわけではなかったが、今デブラに言われて、長いブロンドの髪をなびかせながら、すべるように近づいてくるエラを想像する。マクベス夫人のように。アリス・ホランドのように。幽霊のエラはしゃべらないが、わたしに腹を立てているのはわかる。

デブラはわたしの手に自分の手を重ねる。「エラは戻ってこないわ」彼女はやさしく言う。

「彼女は死んだのよ、クレア」

「わかってる」わたしは言う。その瞬間、たまらなく絶望を感じる。

家までとてもゆっくり車を走らせる。海から霧が流れてきていて――このあたりでは海霧（シー・フレット）と呼ばれている――視界は数メートルまで落ち込んでいる。ハイビームにしても意味はない。霧が照らし出されるだけで、ドライアイスのような、芝居がかった不気味さになる。帰宅すると、ジョージーはベッドにはいっている。三本の燃え尽きたキャンドルがコーヒーテーブルの上にあって、不意に「見知らぬ人」を思い出す。テーブルの上には乾燥した葉っぱもあり、念のためにおいを嗅ぐ。ジョージーがマリファナを吸っているとは思わないが、わかったものではない。葉っぱからはポプリのようなにおいがする。わたしはいつも学年末のプレゼントでこういうものを大量にもらう。チョコレートやキャンドル、ときにはワインや、〝大好きな先生〟と書かれた冷蔵庫用のマグネットのこともある。ハーバートが駆け回って、じゃまをしようとする。彼もものめずらしそうに葉っぱのにおいを嗅ぐ。片方の耳を上げ、もう片方はたらして。

「おいで、嗅ぎまわり屋さん」わたしは言う。「寝るまえのお散歩に行くわよ」

ハーバートを連れて通りをわたる。満月が出ているが霧でかすみ、工場の壁に弱々しい光を投げかけている。いつかの晩、あそこで見た光を思う。だれかが建物のなかで寝ている可能性はあるだろうか？　だれかに言うべき？　警察に？　ホームレスの支援施設に？　ハービンダー・カーなら力になってくれるだろうか？　葬儀で彼女を見たが、話しかけられることはなかった。彼女とニールは被害者に敬意を示すために来ていただけなのだろう。葬儀のあとの会では見かけなかった。

　ハーバートがようやく片脚を上げ、わたしは急いでうちにはいる。ドアチェーンをかけ、裏口の戸締りを確認する。そして二階に向かう。ジョージーの部屋の明かりがついているのでノックする。

「どうぞ」

　彼女はベッドの上で体を起こして『ハリー・ポッター』を読んでいる。ミーアキャットのぬいぐるみ（サイモンからのプレゼント）が隣にもたせかけてある。娘は七歳ぐらいに見える。

　わたしはベッドに腰掛ける。「愉しい夜をすごせた？」

「うん。『ストリクトリー』はつまらないから、〈カード・アゲンスト・ヒューマニティー（二〇一一年発売のアメリカの人倫対戦カードゲーム）〉をやった」

「ヴェネシアのお兄さんが迎えにきたの？」

「ううん、タッシュのママ。ママに電話するって言ってたよ」

　わたしはジョージーのホグワーツの羽毛布団をなでる。彼女の部屋は子どもとティーンエイジャーが混在している。シルバニアファミリーのドールハウスがあるかと思えば、大量の電子機器もあり、充電用コードが蛇のように部屋じゅうをめぐっている。ベッドの上の壁には、ジヨージーと友だちの女の子たちが唇をとがらせ、髪をたらして、カメラに向かって微笑(ほほえ)む自撮り風のポラロイド写真が画鋲で留められている。

「デブラと会って愉しかった?」ジョージーは礼儀正しく訊く。

「ええ」わたしは言う。「少し悲しかったけど。ずっとエラのことを話してた」

「悲しくて当然だよ。ママの親友のひとりだったんだから」

「そうね」わたしは娘の頭にキスして言う。「おやすみ、ダーリン。夜ふかしはほどほどにね」

手早くシャワーを浴び、いちばん温かいパジャマを着てベッドにはいる。ハーバートはもういびきをかいている。日記を開き、今日一日のことを思い出す準備をする。ここ数日書いていない——ひどく気が張っていたからだろう——が、葬儀のことは記録しておかなくては。

最後の書き込みは十月三十日の月曜日だ。〝明日はハロウィン。神よ、われらを助けたまえ〟で終わっている。わたしの書き込みはそれで終わりなのに、反対側のページに新しい書き込みがある。縁(えん)もゆかりもないはずなのに恐ろしく見覚えのある筆跡。そのはじまりはこうだ：誠実な友よりご挨拶申し上げる。

21章

「『白衣(びゃくえ)の女』です」わたしは言う。

「なんですか、それは？」ニールが言う。

朝いちばんにハービンダーに電話したが、日曜に彼女が勤務しているとは思っていなかった。警察署に来てもらえないかと言われ、わたしが出向くと、そこはパソコンのスクリーンを見つめる人びとでいっぱいだった。ウェスト・サセックスといえど、犯罪は眠らないようだ。警察署にはいったことはなかったので、普通のオフィスのようなのに驚く。パソコンとコーヒーマシーンがあり、ランチタイムのヨガのお知らせがある。男性より女性が多いようでもある。

ハービンダーは小さな面談室にわたしを案内する。肘掛け椅子があり、造花が飾られた花瓶もあるが、まだどこかに不吉さが感じられる。奥は暗い窓になっていて、向こう側から見られているのだろうかと思う。

昨夜ハービンダーはわたしに、日記にそれ以上さわらずビニール袋に入れるようにと言った。いま彼女は、薄いビニール手袋をしてページをめくっている。

「『白衣の女』のなかで」わたしは言う。「悪役のフォスコ伯爵が、マリアン・ハルカムの日記に書き込みをはじめるんです。それから数ページは彼が語り手となります。その部分は〝誠実な友の手による後記〟と呼ばれています」

ハービンダーは言う。「このまえの晩、わたしがおじゃましたとき、あなたは『白衣の女』を読んでいましたね」

わたしは彼女が覚えていたことに驚く。「ええ」わたしは言う。「気に入っている本のひとつです」

ハービンダーはまえのページに戻り、感情のない平板な声で読みはじめる。

誠実な友よりご挨拶申し上げる。この興味尽きせぬ日記を熟読させてもらったことについて触れたい（今読み終えたところだ）。ここにあるのは幾百ページにもわたる日記だ。胸に手を当てて宣言しよう、私を虜にし、癒し、愉しませなかった。ページは一ページたりともなかった、と。

天晴れな女だ！

だが、クレア、だれもがわたしのようにあなたを正しく評価するわけではない。こんなことを言うのは胸がつぶれる思いだが、あなたの足を引っ張る人びともいる。わたしはすでにそういう人びとのひとりを排除した。ほかの者たちにも襲いかかるだろう、貪欲な獣のように。

「最初の部分は本からの引用です」わたしは言う。「〝この興味尽きせぬ〟から〝天晴れな女だ！〟までは」わたしは自分の本を持参していた。アン・キャセリックには買えないような豪華な白いサテンのドレス姿の女性が描かれた、古いドーヴァー版だ。その箇所に印をつけておいた本を、ふたりの刑事にわたす。

ニールはかすかに口を開けて読む。ハービンダーはすばやくページに目を走らせる。

「なるほど、問題の男性は『白衣の女』を読んでいるようですね」彼女は言う。「男性とすればですが」

「ちょっとやりすぎじゃないか？」肉か何かのように手の上で本の重さを確認しながら、ニールが言う。

「学校で『白衣の女』を教えているんですか？」ハービンダーが訊く。

「いいえ。授業計画にはありません」

「成人向け講座のほうはどうですか？ あなたの創作クラスは？」

「ときどき。語り手が複数いる作品の例として使います」

「ほかに気づいたことはありますか？」

「はい」わたしは言う。「〝貪欲な獣〟というのはR・M・ホランドの未発表作品のタイトルです」

「だれですって？」ニールが言う。

ハービンダーが答える。「あの学校に住んでいた作家よ。百年くらいまえに。彼の書斎が旧館の最上階にあるの。彼は「見知らぬ人」という怪談を書いた。何年かまえにテレビでとりあげられたの」

「つまり、この〝貪欲な獣〟のことは……だれもが知っていると？」

「いいえ」わたしは言う。「R・M・ホランドは教えていませんし、授業計画にもはいっていません。それに、R・M・ホランドの名前を聞いたことがある人でも、『貪欲な獣』は知らないはずです。出版されなかった作品だし、原稿は消えてしまったから。彼の日記に抜粋があるだけなんです」

「なんてこった」ニールが言う。「日記を書くのはエイドリアン・モール（スー・タウンゼンドの日記スタイルの小説シリーズの主人公）だけかと思っていたけど、だれでも書くんだな」

ハービンダーは彼をにらむ。「あなたの日記に集中しましょう、クレア。日記に接近できたのはだれですか？」

「接近？」ひどく硬い法律用語のように聞こえた。

ハービンダーはじっとこらえてため息をついた。「だれならあなたの日記に書き込みができましたか？　いつも家に置いているんですか？」

「いいえ、最新のものはよく学校に持っていきます。ときどき休み時間などに書きます」

「今週は持っていきましたか？」

「はい」ハロウィンに書くつもりだった。芝居の稽古がはじまるのを待つあいだに。が、ホランドの書斎にのぼっていくと、椅子にあの姿があった。『リトル・ショップ・オブ・ホラーズ』のことはアヌーシュカにまかせて、すぐにうちに帰った。

「学校ではどこに日記をしまっていますか？」

「バッグかロッカーのなかです」

「ロッカーはどこにありますか？」

「英語科の休憩室です」

「鍵はかかりますか？」

「いいえ」鍵はわたしが着任するずっとまえになくなっていた。

「それではロッカーの意味がありませんね」ニールが不意に笑って言う。

ハービンダーは彼を無視する。「英語科の全員の指紋を採取する必要がありますね」彼女は言う。「筆跡のサンプルも。容疑者から除外するために。あなたのものはすでにありますが、お嬢さんのものも必要です」

「ジョージーの？」

「はい。同居人ですから。除外するために必要なんです」

これもぞっとすることばだ。除外する。日記の書き込みを思い出す。わたしはすでにそういう人びとのひとりを排除した。

わたしは言う。「これを書いたのは、エラを殺した人物だと思いますか？」

ハービンダーとニールは視線を合わせる。どこまでわたしに話すか決めようとしているかのように。ようやくハービンダーは言う。「見せていただいた日記の書き込みと、現場で見つかったメモの筆跡は一致しました。でも、結論を出すにはまだことばの量が充分ではありませんでした」

一瞬、吐くか気を失うのではないかと純粋に怖くなる。ひとりで恐れているのと、部長刑事がこともなげにそれを認めるのを聞くのとでは大ちがいだ。まるで、死の天使が不気味な羽をはためかせて部屋の上を飛んでいるようだ。

地獄はからだ。

「だからと言って、この人物が」ハービンダーは手袋をした手でわたしの日記帳をぽんとたたく。「犯人ということにはなりません。メッセージが犯人からのものだと安易に信じるのはまちがいです。七〇年代のヨークシャー・リッパー事件のときがそうでした。警察は『おれはジャックだ』というテープを信じ、音声の専門家に訛(なま)りを分析させ、時間と労力を無駄遣いした結果、ただの注意を引きたい変わり者のしわざだとわかりました。今回ももしかしたらそうかもしれません」

「でも、現場のメモは……」わたしは言う。

「ええ」ハービンダーは言う。「あれはもう少し重要です」

「あれを書いた人物は「見知らぬ人」を読んでいます」わたしは言う。「〝地獄はからだ〟はあの作品の肝(きも)の部分です。廃屋に到着した登場人物たちが叫ばなければならないことばなんです」

「覚えています」ハービンダーが言う。「実にくだらない話でした。たしかにあれは「見知らぬ人」からの引用かもしれません。でも、一般中等教育修了試験(GCSE)の課題でもある『テンペスト』からと考えるほうが自然ですよね?」

「ええ、まあ」わたしは言う。

「ということは、英語科の先生がたはみなさんこれになじみがあると?」

「そう思います。でもまさか……」

「あらゆる線を調べる必要があるんです」ニールが言う。「あなたの日記もすべて調べさせていただきます」

「全部ですか？」

「何冊あるんですか？」ニールが尋ねる。

「三十冊ほど」わたしは言う。「十一歳のときからつけているんです。断続的にですが」中等学校（セカンダリー・スクール）に入学した年だ。バス停で見かける男の子に夢中で、ほとんどすべての書き込みが、〝PBを見た〟か〝PBを見なかった〟で終わっている。大学時代は日記をつけるのをやめていたが、サイモンとうまくいかなくなりはじめてからまたまめにつけるようになった。ひとり身になって最初の書き込みは：サイモンと別れて十週間たったが、彼の基準で生き方を決めることはもう二度とない。

「どうして全部必要なんですか？」わたしは訊く。

「以前の日記の、少なくとも一冊にだれかが書き込みをしたとわかっているんですよ」ハービンダーは言う。「残りも調べないと。書き込みがなかったとしても、読んで指紋を残しているかもしれないし」

日記をわたしたくはない。片方の口角を上げ、ばかにしたような笑みを浮かべて日記を読むハービンダーを想像する。あるいは、とっておきの箇所を披露して、同僚たちを愉しませる彼女を。「彼女、タクシー運転手との一夜かぎりの情事で妊娠したと思ってる！」

ニールはわたしの沈黙を恐怖のせいだと思っているようだ。当たらずとも遠からずだが。

「われわれが警護します」彼は言う。「パトカーがお宅を見張りますし、心配なときは電話できるよう、特別な番号もお教えします」

「ほんとうにわたしの身に危険が迫っているの？」

「それはないと思います」ハービンダーは言う。「この人物は」また日記帳を軽くたたく。「むしろあなたを守りたがっているようです」間をおいて、彼女はつづける。「それでも、暗くなってからは外に出ないほうがいいでしょうね」

　ショック状態で家に車を走らせる。殺人者がわたしの日記を読んでいる？　彼は（ハービンダーは認めていないようだが、わたしは犯人が男だと思っている）わたしの胸に秘めた考えを、声に出して表すには恥ずかしすぎる思いをたどっている？　しじゅうサイモンとフルールに憤(いきどお)りを覚えていること、仕事におけるささいな嫉妬、本を書くというばかげた信念を？　エラについてのひどい書き込みも読んだのだろうか？　それで彼女は殺されたの？　わたしはすでにそういう人びとのひとりを排除した。考えるだけでも恐ろしい。しかも、日記を読んだばかりか書き込みまでしていた。小さな不吉な文字は、エラの遺体のそばで見つかったメモと筆跡が同じらしい。職場か家でわたしのそばにいたのだろうか？　彼は、警察が考えているように、わたしの知っている人なのだろうか？

　うちに着くころにはひどい頭痛で、湯たんぽとアスピリンを持ってベッドに行きたくてたまらない。が、ひき肉と玉ねぎを炒める刺激的な香りに迎えられる。キッチンではジョージーとタイが料理をしている。

「ママにちゃんとしたサンデーランチを作ってあげようと思って」トマト缶を加えながらジョ

ージーが言う。「タイのアイディアなの」

ローストした肉やポテトでテーブルをいっぱいにしていた、スコットランドの祖父母のことが不意に思い出される。すべてが黄金色でてかてかし、ソースなしでも味が濃かったが、まんなかで青と白のグレービーボートから湯気があがっていた。今日のランチはガーリックとオレガノたっぷりのスパゲティ・ボロネーゼのようだ。わたしはまだ少し気分が悪く、これから食事をすることを思うと胃がむかつくが、こんなに親切な行為を断るわけにはいかない。タイは同じ大きさになるようにひどく慎重にピーマンを刻んでいる。ジョージーはテーブルのセッティングをしたらしく、柊（ひいらぎ）と蔦（つた）のとても愛らしいアレンジメントがある。ハーバートはソースをかき回す彼女を見つめている。太ってほしくないので、わたしは彼に決して食べ物のかけらをやらないが、ジョージーはくれるので期待しているのだ。人間の食べ物が大好きだから。

「ワインを持ってきたんです」タイが言う。本物のバーテンダーのように、ボトルをナプキンで包んでわたしのグラスに注ぐ。

「ありがとう、タイ」ひと口で大量に飲まないように気をつける。タイはジョージーのグラスにも注ぐが、わたしは何も言わないことにする。

　イブプロフェンを飲む必要があるが、ワインでは飲みたくないので、無理してテーブルのまえに座っておしゃべりをする。タイにパブで働く以外に夢はあるのかと訊き、来年大学に願書を出そうと考えていると知ってほっとする。

「Aレベルは取ったんです」彼は言う。「英語と情報技術と美術で。すごくいい成績というわけじゃないけど、英語ならどこかの大学で専攻できるかもしれない。学校では英語が好きだったんです。すごくいい先生がいて」

英語の教師を好意的に記憶している人は多い。数学や情報通信技術だとそれはまずない。そのおかげで、八年生のグループCの生徒たちがいかに極悪で手に負えなくても、いつかだれかがブッカー賞を獲り、受賞スピーチでわたしのことを話してくれると想像すると、なんとか耐えられる。

「英語科は成績がよくないとだめだよ」ジョージーが配慮のないことを言う。

タイは赤くなる。「それならメディア研究科かな。それか創作科」

「ママは創作クラスを教えてるよ」ジョージーが言う。「あなたもそのクラスにはいったら?」

タイは何やら理解不可能なことをぼそぼそとつぶやく。わたしは彼がかわいそうになってことばをかける。「がんばってね。志望動機書とかでわたしに力になれることがあれば言って」

「わたしは大学には行かないかも」ジョージーが言う。「旅行とかそういうことをするのもいいかなって」

たちまち頭痛のレベルが数段階上がる。

「それを決めるのはまだ早いわ」わたしは言う。「大学に籍を置きながら旅行することだってできるでしょ。ギャップイヤー（大学入試に合格した生徒が、高校卒業後一定の休学期間を経て入学すること）を使えば」

「フルールはギャップイヤーにタイに行ったんだって」

でしょうね。「選択肢はたくさんあるわ」励ますような笑みを顔に貼りつけたままわたしは言う。

「とにかく」ジョージーは言う。「作家は作られるのではなく、生まれつくものよ」

「だれに言われたの？」

「どこかで読んだの。ところで、パスタがゆであがったってどうすればわかるの？　壁に投げつけるの？」


　なんとかそれなりの量のパスタを食べる。タイは二度お代わりし、自分たちの料理の腕前に満足しているようだ。「〈ピザ・エクスプレス〉のソースにそっくりだ」としきりに言っている。ジョージーは顔をしかめる。彼は褒めことばのつもりなのだろうが、そうは思えないのだろう。食後にはチーズケーキが用意され、ジョージーはわたしの好みに合わせ、わざわざコーヒーメーカーでコーヒーを淹(い)れる。やはり手伝わせてもらえないようなので、わたしは居間に行って新聞の日曜版をもてあそぶ。雑誌の表紙は金と赤の星で飾られ、モデルは瓶の蓋(ふた)でできているようなドレスを着ている。わたしが『ブルー・ピーター』（イギリスの子ども向けテレビ番組。牛乳瓶の蓋や使用済み切手などを集めて寄付するよう呼びかけた）のために集めていたようなやつだ。〝ファッション界の五人の鬼才(ファイヴ・ファッション・ファイアーワークス)〟。たいへん、今日は十一月五日じゃないの。花火(ファイアーワークス)が上がるガイ・フォークス・ナイトだ。ばかどもが爆竹を鳴らし、ハーバートは夜じゅう震えながらクンクン鳴くことになる。ここは人里離れているが、花火の音は何キロも離れていても聞こえる。戦争中のサセックスはこんなふうだったのではないか、フランスからの砲撃が聞こえたのではないか、とよく思う。

タイは五時に帰り、ちょうどそのとき最初の打ち上げ花火が上がる。ハーバートはソファに飛び乗り、わたしの腕の下に頭を突っ込む。

「かわいそうに、ベイビー」ジョージーが彼をなでる。「これはね、拷問されて死んだある人を記念してやってるだけなのよ、ハービー。何も心配はいらないの」彼女は毎年これを言う。

「ジョージー」わたしは言う。「話したいことがあるの」

たちまち彼女は警戒し、食事のおかげで生まれたいい雰囲気が消えていく。

「今朝、警察に行ったの。あなたを怖がらせたくないんだけど、警察が言うには……エラを殺した犯人は……その、わたしに興味を持っている可能性があるんですって」

「ママに興味を持っている？」ジョージーの顔は青ざめ、濃い色の目（みんなわたしに似ていると言う）が大きくなる。

「犯人はメモを書いて、現場に残していたの」日記のことは話したくない。パニックになるかもしれないし、ペンを手にした人物が家に忍び込むところを想像するかもしれない。実際、そうだったのだろうか？

「家の外にパトカーが来ることになると思う」わたしは言う。「わたしたちを守るために。何か心配なことがあったときのために電話番号ももらった。あなたにも教えておくわね。でもこれはあくまでも用心のためよ。何も心配することはないと思う。警察がすぐにも犯人を見つけてくれるわ」わたしはまったくのうそをいかにも信じているかのように口にする。

「ほんとに？」

「ええ。最近の警察がとても有能なのは知ってるでしょ。鑑識とかそういうのは特に」

ジョージーがまだ青い顔をしているので、わたしは彼女の手を取る。「大丈夫よ、ダーリン。いずれ解決するから。でも、わたしたちは分別を失わないようにしないとね。ひとりで家に帰るのはやめて。学校でママを待っていてほしいの」

ジョージーは少し反抗的な顔つきになる。「芝居の稽古があるときはどうするの?」

「図書室で勉強できるでしょ」

「はいはい。どうもね」

「ずっとというわけではないわ。警察が犯人を逮捕するまでよ」これがいかにありそうもないことか気づいているかのように、ハーバートがクッションのうしろでクンクン鳴く。

「タッシュのところに行ってもいい?」

「ふたりで帰るならね。彼女のママと話すわ。状況を説明する」

「タイのことは? まだ会っていいの?」

「ええ。彼があなたを迎えにきて、送ってくれるなら」初めてタイがすっかり大人で車を持っていることをうれしく思う。「とにかく気をつけるのよ。そうすると約束して」

「わかった」ジョージーはハーバートをクッションのうしろから引っ張り出して、膝(ひざ)にのせる。

「でも、きっとそのうちに何もかも解決するよ」

それはわたしのセリフだ、と思う。

「そうね」

外でドーンと音がして、ふたりと一匹は飛び上がる。空が爆発して色とりどりの星になる。

22章

学校に行く途中、警察署に日記帳を届ける。昨夜は眠れず、気づけば古い日記を読んでいた。それぞれの年のスナップ写真だ：

いい日だった。泳いだ。PBを見た……。

今まで生きてきてこれほど不幸せなことはない。カレンがアリソンに話し、アリソンがわたしに話してくれたことによると、ピーターはアレインズ校のスー・フロストとデートするらしい……。

明日ブリストルに行って、大学生活がはじまる。全人生がタペストリーのように目のまえに広がっている……。

サイモンを憎みたくはない。憎めば負けだから。でも、心のなかでは愛していたとき感じていた以上の激しさで彼を憎んでいる……。

今日リックと話した。あえてはっきりと話すことを自分に強いた。わたしたちのあいだには何もないことを示すために。自分が結婚しているからかと彼に訊かれた。ノーと言いたかった。相手があなただからだと言いたかった……。

日記帳を受付に預ける。警察は、ディスカウントストア〈アルゴス〉の陰気バージョンのようで、大勢の打ちひしがれた様子の人びとが、釘で固定された椅子に座り、ガラスのパーティションの向こうにいる警官と話すために呼ばれるのを待っている。番号札を取って自分の番が来るのを待つのではなく、カー部長刑事宛てにして受付に置いてきた。これで彼女のもとに届くだろう。

ジョージーは車のなかで待っている。今日からわたしたちの新しい体制がはじまる——今日はわたしが彼女を学校に連れていき、連れて帰る。このやり方なら、わたしの目の届かないところに行くことはない。昨夜サイモンに電話して、かなり編集したバージョンで事情を伝えた。殺人犯が書いたと思われるメモからわたしの名前が見つかり、警察はわたしとジョージーの安全にとくに気をつけてくれることになったが、わたしたちに危険が迫っているとは思っていないと。サイモンは——予想どおり——ジョージーを自分のところで預かりたいと言いだした。

「学校を休ませるわけにはいかないわ」わたしは言う。「あの子にとって大事な時期なのよ」

「おれが家で教える」

「あなたは一日じゅう仕事でしょ」

「じゃあフルールが教える」

「小さな子どもがふたりいるのに？　それはよろこんでくれそうね」

それでサイモンはしぶしぶ折れた。どっちにしろ、ジョージーは今週末彼のところに行く予定だ。そのことでかなりほっとしているのは否めない。安全な田舎のコミュニティのなかでジヨージーを育てることになるのだと信じてサセックスに来たときのことを思うと笑える――あるいは泣ける。不意にロンドンのほうがずっと安全に思える。

いつものように、タルガース校の門をくぐるやいなやジョージーは消える。少なくともここならこの子は安全だ、と思う。村で二、三の万引き事件があってから、十一年生は放課後まで校外に出ることを禁じられている。門のそばのいつもの場所に車を停める。エラはいつも隣に停めていたので、EU残留を支持する〈ブリテン・ストロンガー・イン・ヨーロッパ〉のステッカーのついた彼女のスポーティな黒のゴルフがないことに、まだ慣れることができない。今そのスペースにはリックの青いボルボが停まっている。わたしはすぐにその車に気づく。家の外に停まっているのをしじゅう見ていたからだ。さらに悪いことに、リックが運転席に座っている。わたしを待っている。

彼を見なかったふりをして、トランクからブリーフケースとコートを取り出すのに時間をかける。体を起こすと、彼がすぐうしろに立っている。

「話がある」彼が言う。

「遅れそうなの」わたしは言う。短い訪問とはいえ、警察への寄り道に十五分かかっていた。今は八時四十五分で、リックによる月曜日のブリーフィングは九時十分まえにはじまる。

彼は校舎に向かうわたしについてくる。

「警察がもう一度私に会いたがっている。警察はハイズのことを知っている」

わたしは止まらず、旧館の両開きのドアのそばでたむろしている生徒たちのグループをよけ、階段に向かう。「わたしの日記で読んだのよ」一段目でわたしは言う。

「どういうことだ？」

「警察に日記を見せろと言われたの。わたしはハイズでのあなたとエラのことを書いていた」

「どうしてそんなことを？」

階段をのぼりながら、彼のほうを見るまいとする。階段の上から〝死の墜落〟をおこなったアリス・ホランド、砕けた手すり、体が床を打ったときの胸の悪くなるような音のことを考える。

「日記というのはそういうものでしょう。起こったことについて書く。個人の考えについて書く。〝ライティングのためのジャーナリング〟を覚えてるわよね。ハイズでの講座はすべてそれについてのものだった」

「どうして警察に見せた？」

二階に着いたので、足を止めてリックを見た。いつもきちんとしているとは言えないが、今日の彼はいつにも増してだらしなく、髪は逆立ち、セーターは明らかに裏返しだ。彼を魅力的だと思い、寝るべきか考えたことさえあったなんて信じられない。そのことはハービンダーに話していないが、わたしの日記を読めばいずれわかるはずだ。

「だれかがわたしの日記に書き込みをしていたのよ。警察は犯人だと考えてる」

教員室まで沈黙がつづく。ヴェラとアヌーシュカがソファに座って芝居について話している。

「おはよう、おふたりさん」アヌーシュカが顔を上げる。「セーターが裏返しですね、リック。

それってラッキーなんですよ（気づかずに服を裏返しに着るのは幸運のサイン）」

午前中はずっと授業なので、リックにまた詰め寄られずにすむ。今日は忙しい。昼休みに芝居の稽古があり、午後はヴェラと企画会議がある。一日の仕事が終わってようやく留守番電話のメッセージに気づく。この二週間であまりにもいろいろなことがあったので、ヘンリー・ハミルトンという名前がぴんとこない。

「やあ、クレア。セント・ジュードのヘンリーです。週末にブライトンの友人を訪ねることになっていて、食事でもどうかと思ってね。いや、こんなことをして迷惑だったかな。もしいやならそう言ってくれてかまわない。あるいは、このメッセージを無視してくれ。でも、きみが承諾してくれることを願っている。今出先なんだ。もしよかったらメールしてほしい。そうしてくれるのを願っているよ」

図書室に座って、ジョージーがはいってくるのを待ちながら、どうすればいいかそれが教えてくれるかのように携帯電話を見つめる。そして、後悔する暇を与えずに、〝よろこんで。場所と時間は？　C〟と打ち込む。

ドアが開いてジョージーがはいってくる。あまりうれしくないが、パトリック・オリアリーを連れている。

「ハイ、ママ」彼女は言う。「待った？」

「こんにちは、キャシディ先生」パトリックはわたしににやりと笑いかける。

「こんにちは、パトリック」わたしは冷ややかに言う。「ハイ、ジョージー。いいえ、大丈夫よ。携帯のメッセージをチェックしていただけ」

「ああ、若者といえば携帯ですよね」パトリックが言う。

わたしは彼を無視する。「もう帰れるの、ジョージー?」

パトリックは駐車場までずっとついてきて、わたしがバッグをトランクに入れるあいだそこに立っている。

「乗せていってほしいの?」ジョージーが彼に訊く。どうして急にこんな思いやりや礼儀正しさを見せびらかすのだろう? 彼が断ってくれますように。

「いや、大丈夫。自転車があるから」

だが、車で走り去っても、彼はまだ駐車場に立っている。わたしたちをじっと見ながら。

23章

週日ずっとジョージーをそばにいさせる。水曜日の朝、ふたりで警察署に行き、ジョージーの指紋と筆跡のサンプルを採取してもらう。手順を説明してくれる制服の女性警官は、ハービンダーとニールに欠如している社交スキルのすべてを身につけている。実際、あまりにも同情的なので——学校や犬やホワイト・クリスマスになるかについて話したりして——思わず、コンピューターだらけの部屋の外のせまい仕切りのなかに座って、彼女にすべてを話したくなる…リックとヘンリー・ハミルトンのこと、フォスコ伯爵のふりをしてわたしの日記に書き込みをするやつのこと、わたしから永遠にジョージーを奪うためにサイモンがこの状況を利用する恐怖のことを。でも話さない。愛想よくオリヴィア・グラント巡査とおしゃべりしながら、ひどい味のコーヒーを飲み、ジョージーがライマンの罫線入りリフィルパッドに〝地獄はからだ〟と書くのを見守る。

週の終わりに、サイモンがロンドンから車で学校にジョージーを迎えにくる。わたしは彼にいらいらする。受付に来て、鍵をじゃらじゃらさせながら待つ様子に、人生に疲れたようなため息でわたしを迎え、午後の仕事を休んできたこと、今そうするのは〝正気の沙汰ではない〟と話す様子に（これをティーンエイジャーが食人植物について歌うのを無給で二時間見なければならない人間に言うのだ）。それでも、ジョージーがサイモンの背後でわたしに向かってあきれ顔でぐるりと目を回しながら正面ドアから出ていくと、まちがいなくこの一週間で初めて頭痛が消えるのが感じられる。これで自分の身の安全だけを心配すればいいのだから。

うちに帰ると警察車両が家のまえに停まっている。気づいたことを知らせるべきなのか、気づかないふりをするべきなのかわからないので、こそこそと手を振ってお茶を濁す。ハーバートにそんな自制心はなく、覆面パトカーに駆け寄って甲高い声で吠える。わたしは彼を家に引っ張り込む。そして、ドアをダブルロックし、カーテンを閉め、グラスにワインを注ぐ。三杯飲んだあと、食べるのを忘れていたことに気づき、トーストを焼く。眠れないのではと心配だ。

木曜日にがまんできずに新しい日記帳を買った。〝リポーターズ・パッド〟と書かれた実用的なノートを。夜明けまで寝ずに書きまくる自分の姿を想像する。が、アルコールのおかげで、ベッドにはいるとたちまち眠りに落ちる。夜中の三時に目が覚めると、ハーバートが窓のほうを見て小さくうなっている。もう一度眠りにつくまで長い時間がかかる。

土曜日は長い一日になる。八時半にチチェスターでヘンリーと会うことになっているが、正午には何を着ていくか考えながら、あれこれ服を着てみる。がんばりすぎに見えるのはいやだし、カジュアルすぎてもいけない。黒のスカートは教師然としているし、グレーのカーディガンはあまりにもお母さんぽい。結局、黒のパンツとわずかに透けるシャツで妥協する。ハーバートにこの日最後の散歩をさせ、ためらいがちにスエードのブーツに足を入れる。ブーツには少しだがヒールがある（すごく背の高い人と出かける利点のひとつ）。警察の車はまだそこにあり、わたしはなかで男女の警官がハンバーガーを食べ、テンション低く軽口をたたき合うのを想像する。

「チップスをひとつくれよ」

「代わりに何をくれる？」

「黙ってケチャップをよこせ」

が、通りすぎざまに見ると、乗っているのは中年男性ふたりで、むっつりと黙り込んでいる。

ヘンリーとはチチェスター・クロスの近くのイタリアン・レストランで会うことになってい

る。チチェスター・クロスは手の込んだ石造りの建物で、町の中心部にあり、かつては屋根つきの市場だったらしい。店に近づくと、窓からヘンリーが見える。眼鏡をかけ、軽く驚いたような表情でメニューを読んでいる。記憶よりやせていて、まえにあるキャンドルの光のせいで少し青ざめて見える。ほんの一瞬、向きを変えて走り去りたい、ハーバートのいる安全な家に戻りたいと思う。が、髪に両手をすべらせ、スカーフを直して、ドアを押し開ける。

「クレア！」彼が立ち上がり、頭が照明器具に触れる。

「こんばんは」

キスするべきかわからずにぎこちない時間が流れ、結局握手をしてキャンドルを倒しそうになる。ウェイターにコートを預けると、ヘンリーがわたしに飲みますかと訊く。

「車なんです」わたしは言う。

〝一杯だけ〟どうかとは言われないが、わたしは飲む。ヘンリーは水を飲んでいる。

「会ってくれてありがとう」

「わたしも出かけられてうれしいわ」人づきあいのない哀れなひとり者のように聞こえなければいいがと思いながらわたしは言う。

ウェイターが来て、ヘンリーは前菜とメイン料理をたっぷり注文する。わたしはあまりお腹が空いていない。サラダだけで逃げ切れることを願っていたが、サイモンならひどくいやがっていただろうと思い、少しためらう。結局、メロンの生ハム添えと、パスタ・プッタネスカを注文する。

「イタリア料理が大好きでね」ヘンリーは言う。「でも、この店はどうかな。ウェイターはロシア人だし、シェフはどうやらアルバニア出身らしい」

わたしは笑う。「どうして知ってるの？」

「訊いたんだよ」彼は驚いた様子で言う。彼がシェフにラグーの作り方を尋ねるような、例の食通のひとりだった、ということにならないといいけど。サイモンはフルールと結婚してから、食べ物にやたらとこだわる俗人になった。ふたりはバレンタインデーにポルチーニ茸を贈り合うのだとジョージーが話してくれた。

「ジョージアは元気？」メニューが下げられると彼が尋ねる。

「週末は父親のところ。わたし、離婚してるの」配偶者の有無を訊かれたわけではないと気づく。これは彼に下心がないということ？　R・M・ホランドについて愉しくおしゃべりするために会いたかっただけ？

「離婚してどれくらい？」

「五年」わたしは言う。それとなく間をとると、ありがたいことに彼はそれを埋めてくれる。

「私は離婚して十年だ。もっと長く感じるな」

「若いときに結婚したのね」

「出会いは大学のときだった。でも、家庭環境のせいもあるだろうな。私のふたりの兄弟はどちらも二十代で結婚した。二十五歳まで結婚しないのはかなり遅いと思っていた。サンドラもそうだった。彼女も労働者階級の出身でね。いき遅れだと母親に早くもほのめかされていた。

信じられないけどほんとうなんだ。九〇年代の話だが、まるで一八九〇年代だね」

「わたしとサイモンが出会ったのも大学時代よ」わたしは言う。「友人たちのなかで結婚したのはわたしたちが一番早かった。何を考えていたんだか」

「わかるよ。息子にはステディなガールフレンドがいるんだが、『たのむからまだ結婚するなよ』と言ってやりたいよ。もちろん言わないけどね」

「お子さんは何人？」

「男の子がふたり、フレディとルークです。フレディはダラム大学で数学を学んでいて、ルークはシックス・フォーム・カレッジ。ガールフレンドがいるのはこの子のほうで」

「ジョージーもボーイフレンドがいるの」わたしは言う。「六歳年上の。あの年齢で男性とつきあうのはどうかと思うけど、言っても聞かないでしょう。本人たちにまかせるしかないわ」

前菜が来た。ヘンリーは何を食べているのかろくに意識せずに、フォークでサラミを食べる。カラブリアでのびのび育てられた豚からどうやって作られたか、延々と聞かされるよりましだ。

「それで、あれからR・M・ホランドの謎について何かわかったのかな？」

「どの謎かしら？」今は実生活に謎が多すぎて、ヘンリーの見つけた手紙の何にあれほど興味を覚えたのかほんとうに思い出せない。ＲＭＨが妻を殺したかどうかだった？　それとも娘をどうしたか？

「マリアナだよ。あの手紙には謎の娘のことが書かれていた。死んだらしいが墓はないという娘の」

「ああ、そのこと」わたしは言う。「いいえ。あれからまだ何も進んでいなくて。というのも……」

わたしはためらう。今こそエラが殺されたことを話し、このところそれどころではなかったと説明するべきだ。が、そうしたくない。〝こうだったのではないか〟と推理したり、〝捜査状況〟について話題にしない人といっしょにいるのはとても心地よい。とはいえ、もし彼が知ったとき、わたしが話していなかったとなると、わたしはよくて心の冷たい人間、悪ければ容疑者にされてしまう。

「というのも」わたしは口をひらく。「いま職場がたいへんなことになっているの。みんなとても動揺していて——同僚が、わたしの友人でもあるんだけど、二週間ほどまえに亡くなったのよ」

「それは気の毒に」ヘンリーは言う。「どうして亡くなったのかな?」

「殺されたの」涙があふれてきてぎょっとする。

が、ヘンリーはおだやかにやさしくわたしを見つめている。「なんて恐ろしいことだ。それについて話したい? それとも今夜はやめておく?」

あまりにもほっとして、笑い声をあげそうになる。マスカラが流れていないことを願いながら涙を拭う。「やめておくわ」

それでわたしたちは、本や音楽のこと、テレビドラマ化された作品が原作なみにいいかについて話す。彼はBBC版の『戦争と平和』が好きだという。あれは平和が多すぎると思う、とわたしは主張する。

「たいてい戦争の場面は飛ばされるから」

「そこがいちばんいいところなのに」わたしは言う。「わたし、ナターシャとピエールがあんまり好きじゃなかった」

「情に流されない人なんだね」

「きっとそうなんでしょうね」

生ハムは嚙み切れないし、パスタは塩辛すぎるが、わたしは気にしない。レストランで魅力的な男性とトルストイについて話すのはとてもすてきだ。そして、パスタの段階のどこかで、ヘンリーが魅力的なことに気づく。気づくのにどうしてそんなに時間がかかったのかわからない。

コーヒーを飲みながら、彼は学校について尋ねる。

「R・M・ホランドの部屋のことが頭から離れないんだ」

「たいして見るものはないわ」わたしは言う。「授業によっては旧館のホランド・ハウスを使うけど、大人数の授業には使えないし。でも、教員用の図書室と、食堂と礼拝堂がある。礼拝堂は一九二〇年代にできたから比較的新しくて、いかにもアール・ヌーヴォーという感じで俗っぽいけど。手を加えられていないのはホランドの書斎だけよ。螺旋階段をのぼったところで、彼の古い本と写真のすべてがそこにある。ときどき成人向け講座のグループをそこに連れていくの。もちろん生徒は立ち入り禁止よ」

「見てみたいな」

「いつか案内するわ」わたしは言う。「鍵を持っているから」もちろん書斎の鍵もあるが、実を言えば学校の鍵も持っている。昨日稽古のあとで戸締りをしたからだ。

「今はどう?」ヘンリーが訊く。「このあとは?」

冗談なのかそうでないのかわからない。ヘンリーとだれもいない学校に行くと思うと、ひどく矛盾する感情が生まれ、純粋にどう感じればいいかわからなくなる。これってロマンティックなこと? 不快? 不気味? それともただの冒険? そのとき思い出す。まるでそれまで忘れていたかのように。おそらく殺人者でもある謎の人物が、わたしの日記に書き込みをしていたことを。うちに帰ってしっかり戸締りし、犬を抱いて夜をすごしたほうがいい。

「本気?」わたしは尋ねる。

「おもしろいんじゃないかと思って。それに、ふたりきりになれる」

わたしたちは見つめ合う。彼の目はとても色が濃く、ほとんど真っ黒だ。

「犬がいるから帰らないと」わたしは言う。

「そうか。わかった」

彼があまりにも簡単にあきらめるので、わたしは考え直す。いいじゃない、と思う。きっと冒険になる。それに、ロマンティックにだってなるかもしれない。ホランドの書斎の長椅子でセックスする光景が不意に目に浮かぶ。こんな成人指定の妄想をするほど積極的な自分に驚く。リックと寝ることを——ほんの一瞬——考えたときでさえ、実際の行為は頭のなかでもヴェールがかかったままだったのに。せいぜい準一般映画程度だった。

ヘンリーは支払いをすると言い張り、わたしはありがたくごちそうになる。夜霧のなかに出て駐車場まで歩く。二台の車で来てよかったと思う。必要なら少なくとも逃げられる。そして考える：どうして逃げることを計画しているのだろう？

「あなたの車についていくよ」

「曲がりくねった道よ」わたしは言う。「カーナビも使ってね」

道は曲がりくねっていて暗い。半月が出ているが、雲に隠れがちで、幽霊の微笑みのように、見えたと思うと完全に隠れてしまう。ヘッドライトはとうてい暗闇を突き通せそうもないが、田舎のルートを選び、凍った野原や幽霊のような木々を通りすぎる。車一台、人っ子ひとり見ない。ホランド・ハウスにつづくドライブウェイはとくに暗く、頭上の木の枝に車のルーフをこすりながら進むと、何もないところから突然門が見えてくる。黒く荒涼としていて、両側にライオンの石像がある。門には南京錠がかかっているが、わたしには鍵がある。車から降りると、すぐうしろに黒いジープのような車に乗ったヘンリーがいる。

生徒が近くにいるときは禁じられていることだが、正面入り口のまえに車を停める。ドアは簡単に開き、アラームを解除する。管理人が夜の見回りをしようと思い立たなければいいがと思うが、彼の飲酒について流れているうわさがほんとうなら、今ごろテレビのまえで酔いつぶれているだろう。

階段をのぼると、不意に足音が木の階段に大きく響く。おれの足がどこに向かおうと、その足音を聞くな（『マクベス』第二幕第一場）。天井の明かりをつけたくなかったので、携帯電話の懐中電灯のアプリを使う。ときどき貼られる学校のお知らせや昔からある肖像画が照らし出される。ずっとまえに亡くなった、金縁（きんぶち）の額のなかにいるホランドたち。アリスと死の墜落を思う。彼女の幽霊を見るなら今がちょうどいい時間だろう。が、建物のなかは静かだ。

二階の廊下を歩き、施錠されたドアと何も見えない窓を通りすぎる。螺旋階段のまえで立ち止まり、別の鍵束を取り出す。

ヘンリーが呼ぶ。「クレア」わたしは振り返る。彼はわたしを引き寄せてキスする。長く情熱的な、人生最高ともいえるキスで、両手が髪をまさぐり、体が押しつけられる。このまま先に進むのだろうか。セックスすることになるの？　大人同士でこんなキスをしたら、セックスしないわけにはいかないわよね？

何時間にも思える時間のあと、わたしは体を離す。「書斎へ」かすかに息を切らしてわたしは言う。

「そうだね」彼は言う。にっこり微笑む彼の白い歯が見える。

わたしたちは階段をのぼる。わたしの手には鍵があるが、ドアがわずかに開いているのがわかる。押し開ける。

椅子に座っているマネキン人形を見ることになるのに備える。ヘンリーには話してあるので、ぎょっとしないようにと自分に言い聞かせる。が、思いもよらないことに、デスクの向こうには、だらしなく座る人影があり、不意に射した月光がその姿を照らし出す。

リックだ。リックが心臓にナイフを突き立てられている。

もちろん、エブラヒミの死はとてつもない衝撃でした。新聞の切り抜きを手にしてその場に立ち尽くしたあと、部屋に戻り、震えながらベッドに横になったのを覚えています。だれがこの不吉な記事を送ってきたのでしょう？　だれがあの傾斜した細いペン字で翻訳を記したのでしょう？　そして、だれが裏に〝地獄はからだ〟と書いたのでしょう？　バスティアンでしょうか？　それともコリンズ？　とてもそうは思えませんでしたが、ほかにだれがヘルクラブとあの恐ろしい夜のことを知っているというのでしょう？

それから数日、それらの疑問についてじっくり考えました。実際、それ以外のことはほとんど考えませんでした。が、結局は恐怖を追いやって人生をつづけました。そもそも、ほかに何ができるというのでしょう？　それに私は若く、健康で体力もありました。わかるでしょう、親愛なる若き友よ。そう、あなたならおわかりだと思います。若さは傲慢(ごうまん)です、それが本来あるべき姿なのです。エブラヒミが死んだことは気の毒に思いました——そして、友人のガジョンのことは心から悼みました——が、彼らを生き返らせるために私にできることは何もありませんでした。そこで私は学問をつづけ、若いレディとの交際すらはじめました。彼女は私の指導教官の娘でした。その春、人生は甘美でした。死の棺(ひつぎ)から逃れたことを思えばいっそう甘美に感じられたのでしょう。なぜなら、そのとき、私は逃げ切ったと信じていたからです。

なんという風のうなりでしょう。

第Ⅴ部　ハービンダー

24章

電話がかかってきたのはベッドのなかにいるときだった。眠っていたわけではなく、携帯電話を操作して、〈スクラブル〉の単語を作ったり、〈パンダポップ〉でバブルをいくつかぶつけたり、フェイスブックで他人のくだらない生活について読んだりしていた。電話は通信係からで、タルガース校で死体が見つかったという。すぐにベッドから出て、学校で会おうとニールにメールした。

一階へと半ばまで降りたところで、ネグリジェの上に父さんのドレッシングガウンを羽織った母さんが階段の上に現れた。

「どこに行くの、ヒーナ？」

わたしが警察支給の反射材ジャケットを着ているのを見たのだろう。とてもレイヴに行くような服装ではない。

「仕事よ」わたしは言った。「事件に進展があったの」

「気をつけてね」

「いつもそうしてる」魔法瓶にターメリックミルク（ハルディ・ドゥード）を入れてあげようかと言われるまえに外に出た。

シーフォードを出ると、道路は凍結していた。思い切って車を飛ばした。もう真夜中近い。タルガース校の門をはいると、車の時計の表示がちょっと不吉な00：00に変わった。制服警官がライオンののった石の台座の横に立っていた（クッシュと友人たちはこのライオンの睾丸を鮮やかな青に塗ったことがある）。

「車に乗りなさい」わたしは言った。制服警官は凍えているように見えた。実際、ライオンと同じ運命をたどることになっていたかもしれない。

「ありがとうございます、マーム」若い世代から敬意を示されるのはいいものだ。

正面入り口にゆっくりと車を進めた。制服警官によると、十一時三十分に通報があったらしい。「ヒステリックな女性の声で」学校で男性が殺されているという通報が。制服警官が急行し、犯罪捜査課に連絡した。彼が知っていることはそれだけだった。わたしが来るまで門で待つようにと、巡査部長に命じられたのだという。

両開きの扉は開いていた。死体は二階にあると制服警官に教えられるまでもなかった。もちろん二階にあるに決まっている。ホールでニールを待つようにと巡査に命じ、一段抜かしで階段をのぼった。

まっすぐホランドの書斎に向かい、螺旋階段の下で教室から持ってきたらしい椅子に座っているクレア・キャシディを見ても、それほど驚きはしなかった。女性警官が心配そうに彼女に付き添い、おぼろげに見覚えのある巡査部長が、やたらと背の高いもうひとりの男性と話している。こちらは見たことがなかった。

わたしが近づくと全員がこちらを見た。巡査部長のデレクなんとかが言った。「カー部長刑事（DS）。早かったですね」

「近くに住んでいるもので」わたしは言った。「あら、クレア。奇遇ですね」

クレアはわたしを見上げた。顔は真っ青だが、目元はマスカラとスモーキーなアイライナーで黒っぽく、それがわずかに流れて筋になっていた。だれのためにメイクをしたのだろう？　こちらの長身の君（きみ）のため？

「ミズ・キャシディが九九九に電話してくださったんです」デレク巡査部長が言った。「亡くなった男性はあの階段の上の部屋で見つかりました。刺殺のようです」

「現場は封鎖しましたか？　鑑識班に連絡は？」

「しました。こちらに向かっています」

「現場を見せてください」

奇妙な足型つきの絨毯（じゅうたん）が敷かれた階段をのぼった。おかしなものだ。この部屋についてはいろいろ聞いていたが、ここまでのぼってきたことはなかった。ドアは開いていて、デスクをまえにして座っている男性が見えた。一瞬、クレアがまえに話していたマネキン人形かと思ったが、やがてリック・ルイス本人だとわかった。胸にナイフが突き刺さり、死後硬直がはじまっていた。現場を汚染したくないので、それ以上はいるのは控えた。

階下に戻ると、ニールが到着していた。水でも飲むかと彼がクレアに訊いているのが聞こえた。そうよ、ニール。いつものようにクレアに取り入りなさい。

わたしは巡査部長に話しかけた。「被害者の男性はリック・ルイスです。ここの教師です。個人情報は署のファイルにあります。近親者に知らせないと」

「わたしがやりましょう」彼は言った。「ここを離れてもかまわなければ」

「ええ、お願いします。鑑識班にはわたしが伝えます。そのまえに目撃者と話したいのですが。どこか空いている部屋はありますか？」

「教室があります。三つ先のドアです」女性警官が言った。「この椅子はそこから持ってきたんです」

「了解」わたしは言った。「ニールとわたしはキャシディさんの話を聞くわ。あなたは……」

「ジル・モンロー巡査です」

「モンロー巡査。あなたはいっしょにいてもらえる、ええと……」わたしが長身の男性を見ると、彼は言った。「ヘンリー・ハミルトンです」その口調はわたしが思っていたのとちがった。北のほうの訛（なま）り。カンブリアだろうか。赤褐色の高そうな革靴を履いていた。

ニールとわたしはクレアを空いている教室に通した。

「長くかかる？」彼女が訊いた。「ハーバートがいるから帰らないと」

「娘さんはどうしたんですか？」

「父親のところよ」

それで週末が空いたから、ボーイフレンドに会っていたわけね。

「できるだけ手早くすませます」わたしは言った。「でも、あらためて署でいくつか質問に答えていただくことになると思います」

　彼女はわたしからニールに視線を移した。「水を一杯いただける？」

　わたしはため息をついた。ここのどこで水やグラスが手にはいるというのだろう。食堂は施錠されているはずだ。が、ニールは出ていき、プラスティックのボトルを持って戻ってきた。モンロー巡査のおかげだろう。クレアはいやそうにそれを見て、ほんの少し飲んだ。

「それで」わたしは言った。「あなたは夜中にたまたま無人の学校にいたというわけですか？」

　彼女は敵意のある顔つきでちらりとわたしを見たが、落ち着いた平板な声で答えた。「ヘンリーにR・M・ホランドの書斎を見せたかったのよ」

「もちろんそうでしょう」

「わたしたちはチチェスターで食事をした。それで、ホランドの話になって」

　ああ、なるほどね、とわたしは思った。ただの堅苦しいおしゃべりのために、これほどドレスアップするはずがない。彼女は赤いコートを着ていたが、その下に薄っぺらなブラウスと大量のアクセサリーが見えた。ハイヒールも履いている。一発やるために学校に忍び込んだことで、彼女に対する認識が変わった。それも、使用可能なベッドを備えただれもいない家があるのに。もしかしたらそれほど冷淡な人間ではないのかもしれない。

「ミスター・ハミルトンとはどうやって知り合ったんですか？」きっとSNSで知り合ったのだろうと思ったが、ケンブリッジで会ったのだと彼女は言った。たまたまR・M・ホランドの手紙を手に入れたハミルトンは、クレアが興味を持ちそうだと思ったらしい。彼女が無人の学校で彼とやろうとした事実は変わらないが。

「学校に着いたとき、だれかを見ましたか?」わたしは訊いた。「管理人は?」

「会わなかった」彼女は言った。「鍵はわたしが持っていた。デイヴを起こしたくなかったの」

「でも、こうなったら起こしたほうがいいですね」わたしは階下の制服警官に伝えること、と頭のなかにメモした。デイヴが懐中電灯の光を見なかったとは驚きだ。

「学校に着いてどうしましたか?」わたしは訊いた。

「まっすぐここに来た」彼女は言った。「ヘンリーが書斎を見たがったのよ。それではいったら、こんなことに……」彼女はもうひと口水を飲んだ。両手が震えていた。

「すぐにルイス先生だとわかりましたか?」

「ええ」ささやき声。

「だれがこんなことをしたのか、心当たりはありますか?」

クレアはマスカラの目を大きく見開いてわたしを見た。「彼よ。わたしの日記に書き込みをしている人物」


署で正式な事情聴取をしたかったので、質問はそれで終わりにした。かわいそうな犬に散歩をさせて餌をやれるように、モンロー巡査にクレアを送らせた。ニールとわたしはヘンリー・ハミルトンと話をした。彼はすべてのことを気恥ずかしく思っているようだった。そもそもクレアに会ったことも、夜間の学校に忍び込んだことも、死体を見つけたことも。わたしは彼の住所を控え、今夜はどこに泊まるつもりか訊いた。

「ブライトンの〈ロイヤル・アルビオン〉です」

こっちでも申し分のないベッドが待っていたんじゃないの。

「ひとまず戻っていいですよ」わたしは言った。「でも、明日の朝いちばんに話を聞かせていただくことになります」

「もう朝ですよ」

わたしは腕時計を見た。もうすぐ一時だ。

「九時に警察署に来ていただけますか？」わたしは言った。「ウィンストン部長刑事が住所を教えますから」

「わかりました」ヘンリーは立ち上がった。ほんとうにばかみたいに背が高い。何か言いたいらしく、わたしからニールへと視線をさまよわせたあと、赤褐色の靴を履いた左右の足に交互に重心をかけている。

「クレアは……」彼はようやく言った。

「彼女がどうしましたか？」わたしも立ち上がった。あまり変化はなかったが。

「あなたたちはその……まさか……どういう理由にしろ彼女を疑ったりはしていませんよね？」

「ミズ・キャシディは重要な目撃者です」わたしは言った。「あなたも同じです」

「彼女を疑っているんですか？」ニールが訊いた。とてもいい質問だ。

ヘンリーは説得力なく笑った。「まさか。クレアのことはよく知りません、でも、彼女はとても……」

そのとおりよ、と思った。

「もうホテルに戻っていいですよ」わたしは言った。「少し休んでください。数時間後にまたお会いしましょう」

制服警官はリー・パーソンズ巡査という名で、管理人を連れてきた。デイヴ・バナーマンはだらしない身なりの五十歳ぐらいの男で、明らかに眠っていたようだった（おそらくはアルコールを摂取して）。わたしはデイヴに、今夜学校でだれかの姿を見たり声を聞いたりしたか尋ねた。

「いいや」彼は言った。「九時に最後の見回りをした。何も異状はなかった」

管理人が敷地内のコテージに住んでいることは知っていた。わたしの在学中、変態パットはよく甘いものを餌に女の子を誘い込んでいるといううわさがあった。当時はみんなそういうことをおもしろいと思っていた。

「九時以降は何をしていましたか？」

「テレビを見た。ビールを一本飲んだ」

あるいは三本ね、とわたしは思った。

「何を見ましたか？」ニールが訊いた。

「ネットフリックスでやってた何かだよ。覚えてない」

今はこれがあるからテレビは面倒だ。以前はBBCのサッカー番組『マッチ・オブ・ザ・デイ』を最後まで見たかどうかで、その人物の動向が知れた。ネットフリックスやDVDボックスのせいですべては台無しだ。

「クレア・キャシディ先生が鍵を持っていたことは知っていましたか?」わたしは訊いた。

彼はうなずいた。「ああ、金曜日の芝居の稽古のあと、彼女が戸締りをしたからね」

「あなたに返さないといけないいんじゃないんですか?」

彼は肩をすくめた。「厳密にはそうだが、みんなたいてい月曜日に返すね」

ここの危機管理は明らかにゆるい。それについてトニー・スイートマン校長にひとこと言っておくべきだった。

「最後に英語科主任のリック・ルイス先生を見たのはいつですか?」ニールが訊いた。

デイヴはけげんそうにわたしたちを見た。「なんでまた? もしかして彼が……?」

「いいから答えてください」

「金曜日だったと思うよ。終業後に帰っていくところを見た。ああ、そうだ。彼が最後に帰ったうちのひとりだった。そのあと残っていたのはキャシディ先生とパーマー先生だけだね。芝居の稽古があったんで。今年は『リトル・ショップ・オブ・ホラーズ』をやるんだ」

「スイートマン校長は?」校長は最後まで残っているべきではないの? 沈んでいく船の船長のように。

かすかな冷笑。「あの人は早くに帰ったよ。週末が待ち遠しかったんだろうね」

「ありがとうございます、バナーマンさん」わたしは言った。「明日正式な調書を取らせてもらいますが、今はこれでけっこうです」

パーソンズ巡査が管理人を部屋から連れ出した。ニールとわたしは空っぽの教室に座って顔を見合わせた。

「どう思う？」ニールが訊いた。「同一人物かな？　今回メモは？」

「わからない」わたしは言った。「あれば鑑識が見つけるわよ。でも、同一人物だと思う。今回も刺殺よ。それに、日記の書き込みによれば、まだ起こるかもしれない」

「クレアの日記に書き込みをしたやつだと思うのか？」

「クレア自身でなければね」

「筆跡がちがう。筆跡鑑定の専門家が言ってた」

「でも、確信はなかった」わたしは言った。「決定的ではないのよ。法廷では使えない」

「クレアがリックを刺し殺したあと、情夫とここに戻ってきたっていうのか？」

「情夫？」わたしは言った。「いったい何世紀に生きてるのよ？」

「すかしたやつだった」ニールは言った。「どうも信じられない」

「すべて彼女が仕組んだことかもしれない。一発やるだけのためにここに戻ってきたと思わせて、注意を逸らすために」

「なぜそんなことを？」ニールが訊いた。「どうして管理人に――あの哀れなやつに、月曜日の朝に死体を見つけさせなかった？」

「彼がここまでのぼってくるまで待つとすれば」わたしは言った。「リックはかなり長いあいだあの椅子に座っていることになったでしょうね」

ニールはわざとらしく身震いした。「でも、なんでクレアがリックを殺すんだ?」

「彼はクレアに好意を抱き、ストーキングしていた。思い知らせてやった(ティーチ・ヒム・ア・レッスン)のかもよ」

「なんでそんなことをしたがるんだよ?」

「教師だから」わたしは言った。「さあ、署で彼女の事情聴取をするわよ」

わたしたちが中央階段を降りていくと、白い鑑識スーツで着ぶくれた醜怪な姿の鑑識班の面面がのぼってきた。

25章

ニールとわたしは、マジックミラー越しにドナに見守られながら、クレア・キャシディの事情聴取をおこなった。クレアはジーンズとネイビーブルーの分厚いセーターに着替えていた。出陣化粧(ウォーペイント)は落とされていたが、弱々しく傷つきやすそうに見せるために、まぶたに軽くグレーのシャドウを入れているようだ。意地悪な見方かもしれないが。

事情聴取は慎重に進めた。弁護士の同席を希望するかと尋ねたところ、クレアは希望しないと言った。とても冷静な様子で、ある程度その場を支配していることを示すために、椅子に座るとわずかに移動させてわたしたちから離れた。温かい飲み物を出そうとしたが、彼女は環境に配慮して再利用できるボトルに水を入れて持参しており、片手でそれをにぎりしめていた。

録音のため自分とニールの名前を名乗ったあと、昨夜の出来事をすべて話してほしいとクレアにたのんだ。彼女はデートの支度をし、犬を散歩させ、レストランでヘンリー・ハミルトンと落ち合ったことを話した。ふたりが食べたものや、彼が支払いをしたことも覚えていた。

「タルガース校に行ったのはだれのアイディアだったんですか?」わたしは訊いた。

「彼です」クレアは言った。「R・M・ホランドの書斎の話をしていたら、見てみたいと彼が言ったんです。最初は冗談だと思いました」

「でも、あなたたちは見にいった」わたしは言った。「真夜中に学校に侵入した。おそらく労働安全衛生法をすべて破って。なぜですか?」

彼女はわずかに肩をすくめた。「わかりません。たぶんロマンティックだと思ったんでしょう。冒険だと」

「ロマンティック?」わたしは尋ねた。「どういう意味ですか?」

彼女は大きな目でわたしを見据えた。「規則を破るのってわくわくするでしょう」

「ヘンリーとセックスするつもりだったんですか?」もし彼女がイエスと答えたら、裁判では悪印象を与えることになるだろう。陪審員は性生活のある女性を嫌う。

「なんの計画もありませんでした」彼女は言った。「おもしろいかもしれないと思っただけです」

「おもしろい?」

「ええ。明らかにそれはまちがいだったけど」

わたしが目を向けると、ニールは従順に方針を変えた。「最後にリックを見たのはいつですか?」

「金曜日に学校で。わたしは父親に託すために受付にジョージーを連れていきました。言われたとおり、いつも以上に慎重にと心がけていたんです。階上に戻ろうとすると、リックが降りてきました。そして、夜は稽古があるのかと訊きました。わたしはあると答えました。彼はもう帰るということだったので、よい週末をと声をかけました」

でも、彼はまっすぐ家に帰らなかったのよね。デイヴ・バナーマンは最後に帰ったうちのひとりだと言っていた。

「どんな様子でしたか? 彼自身は?」

「普通です。いつもどおりでした。もちろん、エラが亡くなったことでみんなまだ動揺していましたけど」

彼女はことばを切った。新たな死で、またすぐに動揺することになるのを思い出したのだろう。減少しつづける英語科。

「リックの遺体を発見したとき」わたしは言った。「どうしましたか?」

「悲鳴をあげたと思います。ヘンリーはわたしのうしろにいました。最初彼は現実のことだとは信じなかった。例のマネキン人形のことをわたしが話したからです。彼は……それだと思っかったんです」


たようです」

「部屋にはいりましたか？　何かにさわりましたか？　鑑識作業のために重要なことなんです」

「はいったと思います。そう、リックの手に触れました。冷たかった。それで死んでいるとわかったんです」

「ヘンリーはどうしましたか？」

「はいったと思います。覚えていません」

「それからどうしましたか？」

「わたしは携帯電話を手にしていました。懐中電灯のアプリを使っていたんです。それで九九九に電話しました。あなたの名刺がなかったので、直接電話できませんでした」

「いいんですよ」わたしは言った。「警察が来るのを待っているあいだは何をしましたか？」

「正面入り口に行って警察を待つべきだとヘンリーが言いました。門は開けたままにしてありました。わたしはよろこんで部屋から出ました」

「警察が来るまでどれくらいかかりましたか？」

「わたしたちが階下に降りるとほぼ同時に到着しました。彼らを案内して階上に戻りました。めまいがして、女性警官が椅子を持ってきてくれました。それからあなたが到着した」

取調室に窓はないが、わたしは眺めを堪能するかのように視線をそらした。「あなたはリック・ルイスを殺しましたか？」わたしは訊いた。

「まさか！」ほとんど絶叫だったが、教師の声でもあり、わたしにそんな質問をされて驚愕していた。

「彼はまだあなたを悩ませていましたか？」ニールが同情するように訊いた。「家の外をうろついていましたか？　困らせていましたか？」

「いいえ。それはずっとまえのことです。夏まえでした」

「あなたは日記に、エラとリックのことを嫉妬していると書いています」わたしは言った。

「まだそういう気持ちでしたか？」

「ほんとうにそんな気持ちになったわけじゃないわ」彼女は言った。「それを書いたことも忘れていました。一時的なものです。日記とはそういうものでしょう、そのときどう思ったかを記録するスナップ写真よ。ずっとつづいたわけじゃない。リックは同僚です。それ以外の存在じゃありません」

「彼が好きでしたか？」

彼女はためらった。「はい。いい上司でしたし、いい教師でした。生徒たちを大切に思っていました」彼女の声が初めて震えた。

「彼を殺した人物に心当たりはありますか？」ニールが訊いた。

「さっきも言ったように、わたしの日記に書き込みをした人物です。彼は書いています、〝わたしはすでにそういう人びとのひとりを排除した。ほかの者たちにも襲いかかるだろう、貪欲(どんよく)な獣のように〟と」

「暗記しているんですね」わたしは言った。

「引用を暗記するのは得意なんです。それに、これは忘れられるようなことではありません」

「では、それを書いたのはだれだと思いますか？」

「まったくわかりません」彼女は言った。ひどく用心深く。

「事情聴取を中断します」わたしはマイクロフォンに向かって言った。


「昨夜ふたりが学校にいたことについて、疑わしいところはある？」ドナが訊いた。「彼女にリックが殺せたかしら？」

クレアがトイレ休憩をとっているあいだに、わたしたちはドナに急いで報告した。

「椅子に座って死んでいるリックを発見したことについては、ハミルトンという証人がいます」わたしは言った。「でも、そのまえに彼を殺しておくことはできます。検死で報告があってくる死亡時刻によりますね」

「ほんとうに彼女がリックを殺したかもしれないと思っているのか？」ニールが尋ねた。「どうして？」

「彼にかなりいらいらしていると日記に書いているから」

「きみもよくおれにいらいらしてるぞ」ニールが言う。「でも、おれを殺そうとはしないだろ」

ああ、動機と機会よ、あなたたちはなんて気まぐれな仲間なの。が、実際のところ、ニールの言うとおりだった。リックが彼女に恋をしたのは何カ月もまえのことだし、もう充分彼に思い知らせているようなので、クレアがリックを殺すとは想像しがたい。

「でも、冷淡な人ね」ドナが言った。「ほんとうに学校でボーイフレンドとセックスするつもりだったのかしら？　あれだけいろいろあったあとで」

クレアは取調室に戻っており、わたしたちはマジックミラー越しに彼女を眺めた。彼女は肘掛けに両手を置いて椅子に座っていた。たいていの人がするように、そわそわすることも、携帯電話を見ることもなかった。何を考えているのかわからない顔で、ただまっすぐまえを見ていた。

「危険だからこそ興奮させられたのかもしれません」一度だけ、無人の教室でセックスしようとしたときのことを思い出して、わたしは言った。「クレアがリックを殺したとは思いませんが、彼女が事件の鍵であることに変わりはありません。なんといっても、書き込みがされたのは彼女の日記なんですから」

「彼女自身が書いたのでなければね」ドナが言った。

「筆跡鑑定の専門家は別人だと考えています」わたしは言った。「おそらく男性だと」

「いずれにせよ、彼女は絶対にどこかあやしいわ」

九時にヘンリー・ハミルトンの事情聴取をおこなった。新たな情報はなかったが、ニールの質問に答えて、クレアと寝たいと思っていたことを認めた。ほかに事件とのつながりはなかった。彼はリックに会ったこともなかったし、昨夜以前にタルガース校に行ったこともなかった。

トニー・スイートマンと連絡をとったところ、なんとこの週末はスキーに出かけていた。なんでも〝フランスのアヌシーに山小屋(シャレー)を共同所有〟していて、〝今年は雪が早い〟らしい。わたしは彼に、すぐにサセックスに戻るように言い、明日はもちろん、もしかしたら一週間は休校にしなければならないだろうと伝えた。

「理事のみなさんに連絡しないと」

「そうしてください」

彼はうめくような声をあげた。「これでもうおしまいだ、せっかくここまで改善したのに」

この男は本物のクズだ。リック殺しの鉄壁のアリバイがあるのが残念だった。

リックの妻は遺体の確認をすませた。家族連絡担当官(FLO)がまだいっしょにいるが、ニールとわたしは午後にデイジー・ルイスの事情聴取をしたいと思っていた。正午には気力が衰(おとろ)えてきていた。ニールがハンバーガーとフライドポテトを買いにいき、ドナのオフィスでみんなで食べた。

「マスコミに向けて声明を出す必要があるわね」ドナが言った。「もう《ヘラルド》の電話取材を受けたわ。昨夜、警察車両の点滅灯を見た人たちがいたのよ」

「ツイッターに出てますよ」ニールが携帯電話をスクロールしながら言った。「〝大変タルガースでなんかあったみたい。ウチの母校だよ最低〟」

「だれのツイート?」わたしはニールの肩越しに見ながら言った。

「〈FoxyLadee〉と名乗ってる」

「少しは絞り込めるわね」

「男性の遺体が見つかったとだけ発表しましょう」ドナが言った。「現在捜査中。エラの殺害事件との関係はなし」

「それでも、みんな関係があると考えるでしょうね」わたしは言った。

「いいのがあった」ニールはまだツイッターのフィードを見ていた。「〝タルガースの幽霊のしわざかも　#ホワイトレディ〟これは〈Big Mac〉から」彼は笑って自分のハンバーガーをかじった。

わたしはジーンズで指を拭って彼の電話を取りあげた。「だれかがコメントしてる。〝ホワイトレディの復讐だ〟」

「それを送ったのは？」ニールが訊いた。

「〈MrCarter〉」

ゲイリー・カーターは名前を変えるという分別もなかった。

26章

三時にデイジー・ルイスに会いにいった。道路はどこも静かだった。だれもが室内であらゆる付け合わせとともにサンデーランチを楽しんでいるかのように。

「ローストビーフ」ニールが言った。

「チキン・ティッカ・マサラ（イギリス発祥のインド料理。ヨーグルトなどに漬け込んで焼いた鶏肉を、トマトとクリームベースのカレーソースで煮込んだもの）」わたしは彼をあおるためだけに言った。「今この国でいちばん好まれている料理といえばこれよ」

「うちのおふくろのヨークシャープディングは最高だぞ」ニールは郷愁の小道にはいりこんだ。

「ケリーが作るのとは雲泥（うんでい）の差だ」

「それなら自分で作れば？　ケリーはもう充分やることがあるでしょう、リリーの面倒をみたりとかいろいろ」

「おれは料理をするよ」ニールがむっとした様子で言った。「きみよりは絶対にしてる」

「でしょうね」駐車スペースを探してショアハムの新たな裏通りを流しながら、わたしは言った。「でもわたしには母親と住むだけの分別があるの」

ようやく図書館のまえに駐車スペースを見つけた。前回来たときは気づかなかったが、リックの家はエラが住んでいた細い道だらけの迷路の近くだ。ふたりの被害者の家がこれほど近いとは驚きだ。

玄関を開けたのはFLOの感じのいい女性、マギー・オハラだった。あとで彼女から報告を受けることになるだろう。FLOはいつもどん底状態の被害者家族を見ているので、貴重な意見を提供してくれるのだ。マギーに案内されたのは、旧式のオーブンつきレンジ台とごしごし洗われた木のテーブルのある広いキッチンだった。家族のキッチンだ、と思ったが、ルイス夫妻には子どもがいないことを思い出した。デイジーは彼女の一卵性の双子の片割れでもおかしくない女性とテーブルについていた。

「姉のローレンです」デイジーは言った。「同席してもらってもいいですか？」

「もちろんです」わたしは言った。「このたびはお悔やみ申し上げます、ミセス・ルイス」

彼女はそれを聞いてごくりと喉を鳴らし、すでにびしょ濡れのティッシュペーパーで目元を拭った。

「マギーの判断では、少しなら質問に答えられるかもしれないということなので」

「マギーはとてもよくしてくれました」ぼんやりとあたりを見まわしてデイジーは言った。

「それは何よりです」わたしは言った。「つらいと思いますが、デイジー、わたしたちはこんなひどいことをした人物をつかまえたいと思っていて、そのためにはすぐに捜査をはじめなければなりません。なんでもいいので思い出していただけるととても助かります」

いつものお決まりの口上だが、効果はあったようだ。デイジーは姿勢を正すと、ティッシュペーパーを袖口に押し込んだ。ローレンが紅茶かコーヒーはいかがと言ってくれて、ニールもわたしもコーヒーをたのんだ。ニールはどうだか知らないが、わたしは疲労のあまりまぶたが裏返りそうだった。

「最後にリックを見たのはいつですか？」全員に飲み物が行きわたり、ティーパーティのパロディよろしくテーブルを囲んで座ると、わたしは訊いた。

「昨日です」デイジーは答えた。「ふたりで『ストリクトリー・カム・ダンシング』を見ていました」——当然だろう——「そのあと、ＢＢＣ４でスウェーデン映画を見ているとき、リックの携帯に着信があって、学校に行かなくちゃならないと言われました」

「土曜日の夜に？」わたしは言った。「よくあることだったんですか？」

「いいえ」デイジーは言った。「週末に学校に行ったことはまえにもありました。視察の準備をしていたときなんかに。でも、今回は突然のことでした。電話に出たあと、急に学校に行かなくちゃならないと言いだしたんです」

「だれからの電話だったかわかりますか？」

「たぶんトニーだと思います。校長の」

でも、トニーはスキーを愉しんでいた。「男性の声でしたか？」わたしは訊いた。

「聞こえませんでした。でも、おそらくそうだと思います。リックが〝彼〟と言ったような気がするので」

が、リックの通話履歴を見ればわかるので、これは判断基準にはならない。

「それからどうなりましたか？」

「行ってくるよとわたしにキスしました。そして、車のキーを持って出ていきました。帰りはわたしが寝たあとになってしまうかもしれないと言って。そうしたら……」彼女は顔をくしゃくしゃにした。「寝ていたところに電話がかかってきて……」

ローレンが彼女の肩をぽんぽんとたたいた。「大丈夫よ、デイジー。大丈夫」

リック・ルイスの車はタルガース校の駐車場で発見されていた。つまり、ほんとうに学校に行かなければならなかったのだ。電話してきたのはだれだろう？『ストリクトリー』が終わるのは八時ごろで、クレアとヘンリーは十一時ごろ到着していた。リックを殺してR・M・ホランドの書斎に死体を置くまで三時間ある。部屋のなかに血痕は見つからなかったので、リックはどこか別の場所で殺されたのだろう。リック・ルイスは長身の男性で、かなりやせているが、それでも抱えて螺旋階段をのぼるとなるとそうとう重いはずだ。女性にできるだろうか？クレアにできるだろうか？　イタリア料理店の予約は八時半で、彼女がタルガース校に行ってリックを殺し、急いでチチェスターに行くこともできなくはないだろうが、時間はかなりぎりぎりだ。それにもちろん、高そうな服に血痕はついていなかった。

「電話に出たとき、リックはどんな様子でしたか？」ニールが訊いた。

「普通でした。少しいらついていたかもしれません。ほら、なんといっても週末だし。でも、別に変わりはありませんでした。行ってくるよとわたしにキスしました」彼女は繰り返した。それが何かの証明であるかのように。おそらくそうなのだろう。

「デイジー」わたしはテーブルの上に身を乗り出して言った。「リックの死はエラ・エルフィックの死と関係があるとわれわれは考えています。リックはエラの死のことで、何か妙なことを言っていませんでしたか？　そのことでだれかが接触してきたようなことは？」

「接触？」

「手紙か電話は？　あるいはメールは？」

「いいえ」彼女は首を振った。「もちろん、エラのことは残念がっていました。有能な教師でしたから。でも、彼女の死については何も知りませんでした」

これは興味深かった。わたしから訊いたことではなかったからだ。

「リックはエラとうまくいっていましたか?」わたしは訊いた。

「不倫関係にはありませんでした」デイジーは言った。「そういう意味で訊いているのなら。言わせてもらえば、全部あの嫌な女のせいなんです」

「エラですか?」

「いいえ。もうひとりのほうよ。クレア・キャシディ。あの女はずっとリックを目の敵にしていた」

家はすぐそこなので帰りたいのはやまやまだったが、ニールを署まで送らなければならなかった。署に戻るついでに、クレアの日記を持って帰ろうと思いついた。鑑識は調べ終えていたし、もしほんとうにクレアが事件の鍵なら、彼女の心の内を読んで夜をすごす以上のことがあるだろうか? デイジーがリックの死をエラではなくクレアのせいにしたのは衝撃だった。しかもクレアを〝嫌な女〟と呼んだ。デイジーのような女性からすれば強烈なことばだ。クレアはたしかに強い感情を呼び起こす女性だった。

ゆっくり車を走らせてうちに向かった。ひどく疲れていて、ほとんど酔っ払っているような気分だった。うちにはいると、いつものように母さんがキッチンで料理をしていたが、そのかたわらにはキアーンとアリーシャがいた。アビッドとカラがまた母さんに子どもたちを押しつけたことにいらっとする一方、やはり甥や姪たちに会うのは楽しく、感受性の強い年頃のこの幼いふたりの場合はとくにそうだった。

「ハービンダーおばちゃん！　だれか逮捕した？」

「だれか殺した？」

「残念でした、ノーよ」わたしはテーブルについて食べはじめた。メイン料理を待つあいだ、うちではいつも母さんのビュッフェが営業中なのだ。サモサ、揚げ野菜(バージ)、無発酵の全粒粉パン(ロティ)、わたしの好物のパラータ（チャパティの生地を伸ばして油を塗り、折りたたんで焼いたもの）があった。

「ママとパパはどこに行ったの？」わたしはアリーシャに訊いた。彼女はわたしの膝(ひざ)の上に座っていた。五歳なので、まだそういうことができるほど幼い。キアーンは七歳なので距離をおくようになっているが、今はわたしの気を引こうと太極拳の実演をしていた。

「映画に行った」突きの途中でキアーンが言った。「今夜はデートなんだ」

「ロマンスがあるのはいいことよ」こねたり、刻んだり、焼いたりを見たところ同時におこないながら、母さんが言った。「子どものいないところでふたりきりですごすのは」

「『オ、オ、オレオ急行殺人事件』を見にいったの」アリーシャが教えてくれた。「子ども向きじゃないんだって」

「そうは聞こえないのにね」わたしは言った。彼女を膝からおろして立ち上がる。「もう行くわね、仕事があるから」

「昨夜は寝てないのよ」母さんが言った。「ゆっくりしなさい。子どもたちとコンピューター・ゲームでもしたら」

「そうだよ！」キアーンが叫んだ。「〈グランド・セフト・オート〉やろう！」

「それも子ども向きじゃないわ」わたしは言った。「じゃあ、書斎で映画を見ましょう」

『ハリー・ポッターと秘密の部屋』を再生しながらぐっすり眠り、だれかが日記に巨大な牙を突き刺しているシーンで目が覚めた。血／インクがページに飛び散る様子はわたしを動揺させたが、アリーシャとキアーンはなんともなかったらしい。それは、父さんがはいってきて、得意の〝家具をひっくり返すくすぐりモンスター〟役を演じていたからでもあった。わたしはそんな彼らを残してこっそり自室にあがった。

ベッドに仕事用のバッグを置いたものの、デスクのまえの椅子に座った。ベッドに座ったらまた眠ってしまうのは確実だ。クレア・キャシディ四十五歳の秘密の日記を読みはじめるまえに、電話を一本かけなければならなかった。

「もしもし?」電話にわたしの名前が表示されているはずなのに、ゲイリーは警戒しながら出た。

「こんばんは、ゲイリー。元気?」

「おかげさまで。学校で何が起こってるんだ? それで電話してきたんだろ?」

「まあね。あなたがホワイトレディのことをツイッターに書いてるの、見たわよ」

間があったあと、ゲイリーは言った。「ツイッターをやってるなんて知らなかったよ」ポイントはそこじゃないんだけど、と思って笑いそうになった。

「やってないわよ」わたしは言った。「パートナーが見たの。仕事のパートナーが」わたしは急いで付け加えた。「警察はああいうものもチェックするって、知っておいたほうがいいわよ」

「でも、まちがったことは何も言ってない」

「そうだけど、ホワイトレディが復讐してるってどういう意味だったの？」

またもや間があった。さっきより長い間で、荒い息づかいが聞こえる。「だって……死人が出たってことは……」

「死人が出たってだれが言ったの？」

「みんなだよ」ゲイリーはうろたえた様子だった。「学校でだれかが殺されたって」

「だれが言ってるの？」

沈黙。

「ねえ、ゲイリー。教えてよ」

「友だちのアランだよ。体育教師の」ようやくゲイリーは答えた。「彼が管理人のデイヴから聞いたんだ。ふたりは日曜日にサッカーをする仲間だから」

デイヴがサッカーをするほど元気なことに驚いたが、ときどき公園でよろよろ走っているのを見かける、お腹の出たトラックスーツ姿の人たちを思い出した。一度、そういう人を蘇生させるために救急医療隊員を呼びそうになったことがある。

「話しちゃいけないことになってるのに」わたしは言った。

「ぼくのせいで彼が困ったことにはならないよね？」

「ええ。どうせすぐ広まるし」

「じゃあほんとうなのか?」ひとりなのは確実と思われるにもかかわらず、ゲイリーは声をひそめた。

「その情報は明かせないの」もちろん、これで明かすことになってしまった。

「なんてこった」ようやくわかってきたらしい。

「どういう意味だったの?」わたしはもう一度訊いた。「ホワイトレディが復讐したって」

「ほら、あの伝説だよ。だれかが死ぬとホワイトレディが現れるっていう。覚えてるだろ。あのときぼくたちも見たじゃないか……」

「さよならゲイリー」わたしは言った。「ソーシャルメディアでの発言には気をつけてね」

27章

幽霊を見たのは、わたしたちが十五歳のときだった。遅くまで学校に残っていたのは、ゲイリーのバンドのリハーサルがあったからだ。バンドはギターとJ・R・R・トールキンに対する情熱はあるが才能はほぼない十一年生のグループで、『指輪物語』の登場人物にちなんでボロミア・ブラザースと呼ばれていた。わたしはボーイフレンドのバンドの練習を座って見ているタイプの女の子ではなかったので、当時は旧館にあった図書室で勉強していた。司書——名前はなんだっけ? そうだマッケンジー先生だ——は年寄りの変わった先生だったが、わたしのことを気に入っていた。古い本を読むのが、ほとんどわたしだけだったからだろう。金色の文字が風化しつつある革綴(かわと)じの本たち：ディケンズ、コリンズ、ギャスケル、トロロープを。わたしはホラー作家のジェームズ・ハーバートにも傾倒していたが、マッケンジー先生には言わなかった。

だからわたしは図書室で宿題をした。家でやるよりそこのほうがはかどった。当時わたしの部屋はせまかった。今わたしが使っている広い部屋は、クッシュとアビッドがふたりで使っていた。それに、うちにはいつでもやたらと人がいて、母さんの料理を食べ、パンジャブ語で話し、あとにしてきた祖国を思って泣いていた。そのうえ、わたしは父さんに店番をさせられた。

古い図書室はすばらしかった。天井まで棚があり、サッカー場が眺められる大きな窓があった。窓腰掛けもあり、わたしはそこで多くの午後をすごした。下のサッカー場でベストメンバーのわが校のチームが上流階級向けのどこかの学校に負けるあいだ、愉快なホラー・ファンタジーに浸った。今の図書室はぞっとする。ビニール製のソファに回転式棚、ペーパーバックには保護用のカバーがかけられているのだから。旧図書室には歴史があり、それが壁から染み出し、節くれだった幅広の、船の渡り板のような床板から立ちのぼってくるのが感じられた。

図書室が閉まるのは六時だった。クリスマスまえの学期で、外は暗かった。五分くらいまえになると、マッケンジー先生は編み物をまとめ（延々と編んでいて、いつも決まって毒々しいブルーとピンクだった――だれがほしがるというのだろう?）、だれもカーテンのうしろに隠れていないか確認しはじめた。

「帰る時間よ、ハービンダー」彼女は言った。「ゲイリーはまだ地下でおぞましい音を出してるの？」

彼女はいつもだれとだれがつきあっているか知っていた。

「だと思います」わたしは答えた。

そのときゲイリーがギターケースを持って戸口に現れた。わたしはマッケンジー先生にさよならを言った。

「さよなら、ハービンダー。さよなら、ゲイリー。まっすぐうちに帰るのよ」

が、わたしたちはそうはせず、二階の廊下をこっそり歩いて、いちゃつくための部屋を探した。あのころはとても情熱的だったのだ。今ではとても想像できないが。当時ですら男にはあまりぴんときていなかったが、やれるだけやってみようと心を決めていた。ゲイリーはとにかく童貞を捨てたくて必死だった。

ようやく空いている教室を見つけた。もともとは寝室だったと思われる半端な部屋のひとつだ。小さな錬鉄の暖炉があり、ケシの花と葉のかなり凝った意匠が施されていた。あれはクレアを聴取した部屋の近くだっただろうか？　思い出せない。もしかしたらそうだったかも。

行為は熱を帯びていった。ブラがはずされ、彼の手がわたしのズボンを下ろした。わたしの世代は学校でズボンを穿くために闘ったが、今のタルガース校の女子生徒はみんなスカートを穿く。男子にとっては朗報だ。そのとき、何かが起こった。部屋が急にひどく寒くなった。が、それだけではなかった。夜風が河口を吹き抜けるような寂寥感があった。もう幸せな気分にはなれない気がした。わたしたちは体を離した。わたしはブラをつけ、ゲイリーはズボンのチャックを上げた。ふたりとも無言だった。荷物をつかんで部屋から出た。

廊下を歩いて戻った。ゲイリーのギターケースがわたしの脚にガンガン当たり、変態パットが最後の見まわりをしていて、明かりがひとつ、またひとつと消えていったのを覚えている。そしてそのとき——わたしたちの横を何かが飛んでいった。説明するのはむずかしい。あとでわたしは長い白いドレスを着た女性だったと思い出したが、ゲイリーは黒くて形のない、つむじ風のようなものだったと言った。わかっているのは、この寒さと恐怖は、この生き物というか、このもののせいらしいということだった。階段の手すりにそのぼんやりしたものがぶつかる音がして、そのあと世にも恐ろしい悲鳴が聞こえた。あんなものはこれまで一度も聞いたことがないし、できればもう二度と聞きたくない。

ゲイリーとわたしは走った。怖くてわけがわからなかった。どちらかが相手を見捨てていたら、幽霊に殺されていただろうと思う。あの場所から脱出することしか考えられなかった。飛ぶように階段を降りて、正面ドアから外に出た。走りどおしで門まで来ると、パットが施錠しているところだった。

「おまえたちには帰る家がないのか?」

聞き慣れた怒りっぽい声が、わたしたちを現実に引き戻した。さようならとつぶやくように言って、バス停まで歩いた。そこにはだれもいなかったが、まだひそひそ声で話した。

「彼女だった」わたしは言った。「R・M・ホランドの奥さん。白衣の女(ホワイトレディ)よ。階段から身を投げたっていう」

「女じゃなかった」ゲイリーが言った。「なんだったのかわからないけど」

「あの悲鳴、ほかの人にも聞こえたと思う?」

「わからない」ゲイリーが言った。アノラックの下でみじめに身をすくめている。

「ホワイトレディを見ると、だれかが死ぬことになるのよね」

「やめろよ」

わたしたちは黙って立ち尽くした。わたしのバスが来たので乗った。さよならのキスもしなかった。短いロマンスは終わったと、ふたりともわかっていた。二日後、九年生の女子生徒スー・ブラックが、白血病で長患(ながわずら)いのちに亡くなったと知らされた。学校は悲しみと好奇心で熱くなり、ホワイトレディの伝説を口にする者たちもいたが、ゲイリーとわたしは見たことを決して話さなかった。

幽霊のことも二度と話題にしなかった。今日までは。

28章

クレアの日記帳を適当に開いた。

サイモンを愛していないわけではない。愛してはいる。でも、それだけではものたりない。仕事は愛しているし、わたしに向いていると思う。当然ながらジョージーを愛している（今はこの子がほんとうにかわいくて大切）。サイモンを愛してはいるけれど、彼は自動的にリストの二番目になっている。夫婦愛はつねに母性愛の犠牲になるのだろうか？　わたしとサイモンの場合はちがう。わたしはただ、人生で何かをしたいと思っていただけなのだ。別人になって
……

勘弁してよ。これ以上は耐えられない。ページの上の日付を見た。二〇一〇年三月三日。わたしの計算によれば、クレアとサイモンはこの二年後に離婚し、ジョージア——ほんとうにかわいくて大切な——は八歳だったはずだ。もっと最近の日記を読んでみることにした。

二〇一七年　九月十一日　月曜日

リックにはほんとうにいらいらさせられる。学期の二週目なのに、まだ時間割をちゃんと把握していない。しかも、あたり一面エラの一般中等教育修了試験（GCSE）対策の資料だらけなのに、彼は何も注意しない。まだ彼女に夢中なのだろうか？　そうかもしれない。ため息ばかりついて、いつも以上にだらしがないし覇気がない。わたしへの思いはあっという間に消えたらしい。でも、あのときわたしははっきりと彼に伝えた。エラが言わないことを。わたしは既婚男性と寝るつもりはない。でも、彼女はそれを気にしなかった。

仕事で彼女の尻拭いをするのはもううんざり。エラの仕事はわたしがするべきだったし、リックもそれはわかっているはず。

ノートを出してタイムラインを作成しはじめた。七月にエラとリックが寝て、九月になってもリックはまだ彼女に心を残し、クレアは腹を立てていた。わたしはさらにページをめくった。

二〇一七年　九月十五日　金曜日

週が終わってすごくうれしい。エラはGCSEの予想をまだ終わらせていない。いつやるつもりなのかと訊いたら、彼女は笑って「心配しすぎよ」と言った。そして、土曜日にブライオニー・ヒューズと出かけるつもりだとも。「魔女の集会？」とわたしは言った。かなり不機嫌な声になってしまったと思う。彼女は言った。「ええそうよ、チチェスターの〈イル・パッパガッロ〉に死者を呼び出すの」「見苦しくない状態の死者だといいわね」わたしは言った。

〈イル・パッパガッロ〉は土曜日の夜にクレアとヘンリー・ハミルトンが会った場所だ。それもメモした。名前のリストも作りはじめた。ブライオニー・ヒューズって⁇

どうしてみんなこんなことをするのだろう？　観客はだれもいないのに、どうして希望や恐怖を毎晩ぶちまけるの？　クレアには明らかに引用とわかる語句をたびたび日記に登場させる習慣があった。どうしてそんなことを？　自分の日記がいつかラジオ4で朗読されるとでも想像したのだろうか？　わざわざ言った人物を明記するときもある。シックス・フォーム・カレッジの英語の作文でも書いているように。〝この世には永遠に隠しておけるものなどひとつもない——ウィルキー・コリンズ『ノー・ネーム』〟そしてなぜ、自分自身のために書いているはずなのに、これほど凝った文章なのか？　〝夫婦愛はつねに母性愛の犠牲になるのだろうか？〟いったいだれに問いかけているのだろう？　そして、几帳面に記号でくくった会話‥〝見苦しくない状態だといいわね〟まるで、空港で買って、客室乗務員が機内安全についての実演を終えるまえに後悔する女性小説だ。

エラ・エルフィックが殺される直前のページを開いた。

二〇一七年　十月二十日　金曜日

中間休みまえに仕事を終わらせるため、学校では忙しかった。今夜エラとデブラと出かける約束をしなければよかったと思ったが、結局はそうしてよかった。映画『ブレードランナー２０４９』を見た。一作目はおもしろかった記憶があるが、これは信じられないくらいつまらなかった。言っておくと、最近のわたしの映画に対する許容範囲はかなりせまい。三分の二はほぼ寝ていて、目が覚めるとライアン・ゴズリングが雪のなか駐機場をのろのろと歩いていた。映画のあと、〈ザ・ロイヤル・オーク〉に食事に行った。最初エラはまたリックの話をしてわたしをいらだたせた。デブラはそれをあおった——「彼はあなたへの思いに取り憑かれているのよ」とかなんとか言って。わたしはだんだん腹が立ってきたが、幸いエラはそれを察したらしく、無難な話題に会話の方向を変えた――『ストリクトリー』、学校、デブラはロングヘアとショートヘアのどちらが似合うか。概して愉しい夜だった。

うちに着いたとき、ジョージーはまだ戻っていなかった。帰ってきたのは十一時。タイが玄関まで送ってきた。彼はとても礼儀正しくて、まるで騎士のようだ。それは認める。問題は、彼が大人の男で、いくらこのところ大人びてきたとしても、あの子がまだ子どもだということなのだ。わたしはジョージーに嫉妬しているのだろうか？　ああ、もうやめよう。

二十一日の土曜日も、エラが殺された二十二日の日曜日も書き込みはなかった。が、二十三日の月曜日には、数ページにわたってなぐり書きのような不ぞろいな文字が並んでいた。

二〇一七年　十月二十三日　月曜日

エラが死んだ。リックに聞いたとき、信じられなかった……

　クレアは心から衝撃を受けた様子だが、先を読むと、リックがすまないと言ったとき、彼女はこう書いている。〝すまないですって。まったく（ジーザス）。〟これは何を意味していたのだろう？　エラが死んだのはリックのせいだということ？　でも、彼を疑っていたならここに、秘密の日記にそう書くのでは？　デイジーは夫が逮捕されると思ったらしい、とリックが言ったこともクレアは書いている。興味深い。デイジーはわれわれの疑惑に気づいていたにちがいない。

先を読んだ。クレアがわたしのことをなんと書いているか知りたかった。

仕事から帰ると警察が家のまえで待っていた。車に見覚えがあった。昨日タルガースに停まっているのを見た車だ。不安になった。映画のように、警官はふたりいて、男性と女性だった。女性警官のカー部長刑事はインド人で、背が低く、不美人というわけではないが、あえてぶっきらぼうな態度をとっていた。まるでわたしをやりこめようとしているように。

ハ、ハ。あえてぶっきらぼう、ね。ドナに報告しなきゃ。それに、最初の形容詞が(どうです、キャスカート先生)〝インド人で〟というのは人種差別ぎりぎりじゃない? 〝不美人というわけではない〟も、相手がクレアほどの魅力的な人だと、そう言われても不快に思わないことに気づいて、われながら腹が立つ。それより、いったいだれのことを背が低いと言っているのだろう? わたしは背が低いわけではない。彼女が高すぎるのだ。が、あの日タルガースで、彼女はわたしたちの車に気づいていたらしい。どうして不安になったのだろう?

あとになって、彼女はこう書いている:

ふたりの刑事、カーとウィンストンのことをどうしても考えてしまう。敵意を持っているようではなかったが、友好的でもなかった。「ほとんどの殺人の被害者は知り合いに殺されています」とカーは言った。「この事件でもそうだと思われる理由がありります」

警察はだれを疑っているのだろう？

たしかにだれなのだろう？

飛び飛びに読みながら、すべての日記帳にざっと目を通したが、謎めいた書き込みが現れたのは二回だけだった。一度目はハイズのあと。ただ一行だけ：

ハロー・クレア。あなたはわたしを知らない。

そして、十月三十日のクレアの日記のあとの、もう少し長い書き込み：

誠実な友よりご挨拶申し上げる。この興味尽きせぬ日記を熟読させてもらったことについて触れたい（今読み終えたところだ）。

筆跡を見た。細く斜めに傾いだ字で、ほとんどイタリックのような字体だ。左に向かって傾いでいるのは何を意味していたんだっけ？　筆跡鑑定の専門家ベラは、〝おそらく〟男性だろうと言っていたが、どうしてそうだとわかるのだろう。妙に古めかしく見えたが、それは書かれている内容のせいだったのかもしれない。

ここにあるのは幾百ページにもわたる日記だ。胸に手を当てて宣言しよう、私を虜（とりこ）にし、癒（いや）し、愉しませなかったページは一ページたりともなかった、と。
天晴（あっぱ）れな女（ひと）だ！

クレアによるとウィルキー・コリンズの引用はここまでで、そのあと見知らぬ人物（ストレンジャー）はこうつづけていた。

だが、クレア、だれもがわたしのようにあなたを正しく評価するわけではない。こんなことを言うのは胸がつぶれる思いだが、あなたの足を引っ張る人びともいる。わたしはすでにそういう人びとのひとりを排除した。ほかの者たちにも襲いかかるだろう、貪欲な獣のように。

クレアの足を引っ張る人びとというのはだれだろう？　戻って十月三十日の日記を読んだ。頭ががんがんしてきて、侵入者のものよりはるかに丸みがあってやわらかなクレアの筆跡が、いやな感じに渦を巻きはじめた……

二〇一七年　十月三十日　月曜日

ほんとうに最悪な日。朝のブリーフィングで、わたしがKS4の責任者になったとリックに言われる。おまけに芝居の監督もしなければならない。ミュージカルは大嫌いだし、エラのテリトリーを侵害しているようで、なんだかまちがっている気がする。いわゆる、彼女の墓にはいり込む、というやつ？　リックは何も考えていない。考えているのは大切な英語科のことだけ。今のリックを心から憎む。エラが死んだばかりなのに、彼女の仕事をすべてわたしに押しつけ、親友だったわたしがどんな気持ちになるか考えてもいない。かつてわたしを愛していると告白したくせに。そのことを考えると気分が悪くなる。

　さらに追い討ちをかけるように、Ｒはわたしを呼び止め、彼とエラのことを警察に言わないでくれとたのんだ。デイジーは「今とても情緒不安定」だからと。どういう神経なのだろう。奥さんのせいにするなんて。わたしは何も言わないと言った。リックのためでも、デイジーのためでもなく、エラのために。警察が何を考えるかはわかっている。エラにボーイフレンドはいるかとカーに訊かれたときにわかった。警察がリックのことを知ったら、彼は第一容疑者になり、エラはふしだらな女（スカーレット・ウーマン）ということになるだろう。赤いドレスのカーリーの女房に。エラは死んだ。ハイズで起こったこともいっしょに葬るべきだ。

　トニーは立派に集会をおこなった。実際、とても感動的だった。エラはほんとうに生徒たちに愛されていたし、すばらしい教師だった。それは記憶するべきだ。が、そのあと、一時限目に呼び出しを受けて、Ｔのオフィスを占領した刑事たちに会った。不快だった。まえのときよりもずっとひどかった。彼らはハイズのことを、エラとリックのことを質問した。わたしは一切口を割らなかったが、彼らはとんでもなく恐ろしいことを告げた。エラの遺体のそばでメモが発見されていた。メモには〝地獄はからだ〟と書かれていた。

最悪なことが起こったのはうちに帰ってからだ。ハイズのことをどう書いているかたしかめようと、古い日記を読み返した。あのとき自分がなんと書いたのか、正直よく覚えていなかったが、ひどいものだった。とても批判的で意地悪だった。そして、そのページの下に、だれかがこう書いているのを見た。〝ハロー、クレア。あなたはわたしを知らない〟

今わたしは怖くてたまらない。わたしの日記に書き込みをするなんてことが、いったいだれにできたのだろう？　メモは正しかった。地獄はからだ、悪魔どもが総出で押し寄せてきた。明日はハロウィン。神よ、われらを助けたまえ。

わたしはこの箇所を数回読んだ。リックと彼の情緒不安的な妻についての記述は興味深かった。デイジー・ルイスにはエラを嫌う動機と、リックに対する不満の両方があった。真剣に彼女を容疑者として考えるべきだろう。エラに関してクレアはたしかに道徳的に正しい立場をとっているが、冷酷な性差別主義者の刑事たちからエラの評判を守るというフェミニスト的な考えは受け入れがたかった。恋人のことを訊かなければならなかったのは——クレアのような知的な女性なら知っているはずだが——もっとも犯人である可能性が高いのが恋人だからだ。クレアは短期間にしろリックに惹かれていたために、ハイズのことを話したくなかっただけなのではないだろうか。これはまえの部分の日記でわかった。最初にリックに口説かれたとき、クレアはだれかの腕に抱かれる〝根源的な必要性〟について書いているが、今は彼のことを考えると気分が悪くなると書いている。

わたしは日記を書くということ全般についてまだよく理解できなかった。一日の終わりに最悪のことが起こったのに、どうしてクレアは起こったことを時系列順に書いたのか？　ブリーフィング、集会、警察の事情聴取ときて、それから謎の書き込みについて書いている。当然これは最初に書くべきではないのか？　そのとき、あることに気づいた。クレアを正しく評価しない人びとを、新しい書き手がほんとうに粛清するつもりだったなら、リックは明らかにつぎのターゲットだった。

日記のなかで、クレアはほかにだれをこき下ろしていたのだろう？

29章

翌朝タルガース校に戻った。トニー・スイートマンは理事たちと話したらしく、門に休校の知らせが出ていた。日曜日にサッカーをする管理人のデイヴ・バナーマンがなかに入れてくれた。

「みなさん二階にいますよ」彼は言った。鑑識班のことだろう。「ひどいありさまだ」

「土曜日の夜、二階にある教室はすべて閉まっていたの？」わたしは言った。

「いいや」デイヴは言った。「ほとんどの教室には鍵がないんで。ドアを閉めるだけで戸締りは完了です」

二階にあがると、鑑識班は殺害現場の部屋を見つけていた。クレアの事情聴取をした部屋の隣だ。

「出血量は少なめね」わたしは部屋を見まわして言った。この階のほとんどの部屋同様、教室というより古めかしい寝室のようだった。壁はすそ板とコーニス（壁の上部に施される帯状の装飾）に縁取(ふちど)られ、天井は手の込んだ造りで、小さな錬鉄製の暖炉がある。あの夜ゲイリーといちゃいちゃした部屋だろうか？　そうでないとしても、とても似ていた。

「死因は刺殺ではないからだ」捜査主任のコリン・ハリスが言った。犯罪捜査課(CID)のまちがいを正すのが好きだが、概して悪い人間ではない。

「ほんとに？」わたしは訊ねた。「たしか胸に血まみれの大きなナイフが刺さっていたと思うけど」

「あれはただの見せかけだ」コリンは言った。「ガイシャは背後から首を絞められている。細いワイヤーのようなもので。少量の血が飛び散っているから、おそらく犯行現場はここで、ナイフは死後まもなく挿入されたのだろう。だが、血痕は多くない。おそらくビニールか防水シートを敷いたはずだ」

「準備してきたということね。ほかには？」

「殺されたときは座っていたと考えられるが、血がついているはずの椅子が見当たらない。かけらがいくらか落ちているところを見ると、彼は椅子を壊して持ち帰ったようだ」

コリンが〝彼〟ということばを使ったのに気づいた。物的証拠――椅子の破壊、遺体の移動

——から、犯人が男性なのは認めなければならないだろう。

「どうしてそんなことを？」

「さあね」コリンは言った。「人殺しの考えることはわからんよ」

これまで何度も言ってきたような口ぶりだった。

「それからどうしたの？　屋根裏に運んだの？」

「ああ、ドア枠から毛髪が見つかって、運ばれてきた遺体のものと一致した。今日じゅうに報告書を送るよ」コリンはすぐに作業にかかるのが好きな人間なのだ。

「いま話せることはない？」わたしはできるだけ早く仕事を進めるのが好きな人間だ。

コリンはため息をつき、手袋をした手で眼鏡を頭の上に押し上げた。「ガイシャは部屋に運ばれて、デスクチェアに置かれたんだろう。犯人は手袋をしていたが、運よく血の付いた足跡が採取できた。それと」彼はわたしがほしがっているものを知っていた。「メモだ」

「なんて書いてあった？」

「〝地獄はからだ〟。まえと同じだ。メモはフリーザーバッグにはいっていた。デスクの上に置かれていた。指紋なし、血痕なし」

何かが押し寄せるのを感じた。わたしはそれをアドレナリンと呼んでいるが、実は興奮だった。これは二件の殺人が同一犯によってなされた証拠になりうる。

「ほかに気づいたことは？」わたしは訊いた。

「デスクの上に蠟燭（ろうそく）が三本と、植物由来の物質があった」

「植物由来の物質？」

「分析にまわしたが、ハーブや葉っぱや乾燥した花びらといった、ポプリにはいっているようなものに見えた。それと、つやのある小石のような黒い石。これが蠟燭の横にあった」

頭のなかのどこかでかすかに鐘が鳴ったが、その発生場所を探して時間を無駄にすることはできなかった。署に行ってドナとニールに最新情報を伝えなければならない。

正面階段を駆けおりると、両開きの扉の横に不機嫌そうに遠くを見つめているひとりの男性がいた。ジーンズとセーターとトレーニングシューズ姿のトニー・スイートマンだ。いかにも高そうなトレーニングシューズは、あまりにも白くてきれいすぎた。

「こんにちは」わたしは言った。

彼はわずかに飛び上がった。新たにたくわえた日焼けの下で、トニーはひどい顔をしていた。目は落ちくぼみ、涙ぐんでいるようにも見える。不本意ながら、彼が少し気の毒になった。

「カー部長刑事。鑑識のみなさんはまだ作業中のようですね」

「ええ」わたしは言った。「鑑識班の仕事は時間がかかるんです。徹底的にやりますから」

彼は身震いした。「私の学校を犯罪現場と考えるなんて耐えられません」

私の学校。が、なぜ彼が動揺しているのかは理解できた。今、グーグルでタルガース校を検索したら、〝過去最高のGCSE得点〟ではなく、〝他殺体発見される〟を見ることになるだろうから。

「デイジー・ルイスと話したところです」トニーは言った。「たいへん衝撃を受けていました。

あの夫婦には子どもがいません。お互いしかいなかったんです」

彼の言い方には、よく親たちが子どものいない人たちについて述べるときのように、憐れみにかすかな非難が混じっていた。

「だれにこんなことができたか、心当たりはありますか?」わたしは訊いた。

「いいえ」彼は大きく目を見開いて言った。その様子はクレアを思わせた。「リックはみんなに好かれていました」

「ほんとうに?」

「はい」彼はわたしの口調にかすかにむっとしたようだった。「彼はすばらしい教師であり、英語科主任でした」

「エラ・エルフィックとクレア・キャシディの両方との不倫のうわさを聞きましたが」わたしは言った。

トニーの顔が無表情になった。ホワイトボードから前日の授業の内容が布で消されるように。

「そんなうわさは聞いていません」

が、否定はしなかった。もっと訊こうとしたとき、携帯電話が振動した。ニールだ。

「署に来てくれ。防犯カメラの映像で進展があった」

ニールは興奮状態だった。突破口を作るのが好きなのだ。公平に見て、それはめったにないことだが。

「教会からエラの家のまえを映した防犯カメラの映像を見直していたんだ」彼は言った。「最初に見落としたものがないかたしかめるために」彼は何がほしかったのだろう？　ごたいそうなメダル？　監督生のバッジ？

ニールは引きずるようにしてわたしをパソコンのまえに連れていった。「携帯電話をいじっているティーンエイジャーがふたりいたのを覚えてるか？」

「ええ」

「じゃあ、もう一度見てくれ。画像を拡大するから」

わたしは見た。粒子の粗い画面のなかで、フードを被った若者が携帯電話を手にしていた。カメラは彼が顔を上げ、青い防犯ライトに照らされた瞬間をとらえていた。

パトリック・オリアリーだった。

30章

すぐに車でパトリックの家に向かった。彼はショアハムの渡船橋をわたった先の、ハウスボートが水の上で静かに音をたてる曳舟道（ひきふねみち）のそばに住んでいた。子どものころはハウスボートが好きだった。窓に植木箱が置かれ、〝あなたとわたし（ユーアンドミー）〟のような名前のついたこぎれいなものや、水面低く、木材が腐り、窓に汚れた網のカーテンがかかっている老朽化したもの、星の飾りやウィンドチャイムがあり、警察にはいるまえのわたしでもマリファナのにおいに気づいたようなヒッピー風のもの。オリアリー家が住んでいるのは、海と河口のあいだを走る道路のひとつに面した、現代風の小さな家だった。どことなく空虚で、耐久性は眼中にないらしく、壁面は黄色いプラスティック製だし、極小のバルコニーはあまりにも小さすぎて、人ひとり立つこともできなそうだった。前庭には、だれかが焚き火をしようとして興味を失ったかのように、ゴミが放置されていた。全体的にもの悲しく、愛されていないように見えた。

パトリック自身がドアを開けた。ベッドから出たばかりのように見える。

「こんにちは、パトリック」わたしは言った。「お母さんとお父さんはいる？」

彼は半分だけ開けたドアを押さえてこちらを見つめた。「いいえ、仕事に行ってます」

「電話してもらえる？　あなたに話があって、大人に同席してもらいたいの」

「おれは大人です」パトリックの背後で声がした。若者がもうひとりやってきて、隣にだらしなく立った。明らかに兄弟で、ふたりとも黒髪で体格がよく、むっつりしている。だが今のパトリックは、むっつりというよりびくびくしているようだった。

「警察だよ、デクラン。おれと話したいんだって」

「令状はあるんですか？」デクランは弟のまえに出て言った。

わたしはため息をついた。またテレビの見すぎだ。「令状は必要ないの。パトリックを逮捕するつもりも、家宅捜索をするつもりもないから。ただ彼と話をする必要があって、それにはちゃんとした大人に同席してもらわないといけないの」

「おれはちゃんとした大人です」デクランは言った。

「いいんだ」とパトリックが言ったので、わたしはほっとした。「おふくろに電話するから」

モーリーン・オリアリーが看護師の制服姿のまま到着するまで、車のなかで待った。パトリックは玄関で母親を迎え、ふたりは歩み寄るニールとわたしのほうを見た。

「お時間を作ってくださってありがとうございます、ミセス・オリアリー。わたしはカー部長刑事、こっちはウィンストン部長刑事です。エラ・エルフィックさんが殺された事件に関して、パトリックと話がしたいのですが」

「殺された？」ミセス・オリアリーは言った。「いったいなんのことですか？」小柄な女性だった――息子たちの長身は父親譲りなのだろう――が、ひじょうに手ごわそうでもあった。袖をまくりあげるのもそこそこに注射を打つようなタイプの看護師だ。

「エラ・エルフィックさんが殺された事件です」わたしは繰り返した。

「エラ？　ああ、先生の。それで今日はまた学校が休みなの？　困るわ。パトリックは今年GCSEを受けるのに」

「なかにはいってもよろしいですか？」わたしは言った。「説明しますから」

巨大なテレビと蛍光色の魚の水槽に占領されたせまい部屋に腰をおろした。デクランは弟のそばを離れず、席をはずしてほしいと言っても無駄だろうとわたしは思った。何を言っても薄っぺらな家じゅうに聞こえるのは確実だからだ。それにしても、すし詰め状態だった。パトリックはデクランとモーリーンにはさまれてソファに座った。ニールとわたしはその向かいにある椅子にそれぞれ座った。

わたしはパトリックに拡大した写真を見せた。

「これはあなた？」

「さあね」彼は言った。「どうして？」

「エラ・エルフィックが殺された夜、彼女の家の外で撮られたものなの」

沈黙。モーリーンがあまり自信なさそうに言った。「それはパトリックじゃありません」

「あなたなの、パトリック？」

沈黙のあと、パトリックがほとんどささやき声で言った。「はい」

「あの夜あそこで何をしていたのか話してくれる？」

「先生に会いたかったんです。エルフィック先生に。カードのことを説明するために」

「なんのカード？　あなたが送ったバレンタインのカードのこと？」モーリーン・オリアリーにとってこのことは初耳だったようだが、デクランはそうではないらしい。

「そうです」パトリックは自分の両手を見おろしながら言った。手首に複雑な見た目の時計をはめ、もう片方の手首にはミサンガをつけていた。靴はトレーニングシューズだ。スイートマン校長と同じ、ナイキ・エア。パトリックのほうが似合っていた。

「カードのことで何が気になったのかな？」ニールが訊いた。「バレンタインデーは八カ月もまえなのに」

「償いをしなければならなかったんです」パトリックは言った。「ヒューズ先生に言われて。

それであの夜、エルフィック先生の家に行きました。カードを送った理由を説明するために。ルイス先生がおれをエルフィック先生のクラスから追い出したせいで、おれは先生のストーカーみたいに思われてます。でも、それはちがいます。先生のことが好きだっただけなんです。それを伝えたかった。あそこに行ったことはだれも知りません。親父もおふくろも兄貴も出かけてました。おれは歩いていって、ドアをノックしたけど、返事はありませんでした」

「それでどうしたの?」わたしは訊いた。

「待ちました。先生はいると思ったんです。通りに車が停まっているのを見たから。通りを隔てた教会の横で待ちました」

「どのくらい待ったの?」

「わかりません。十分か、十五分くらい?」

彼は防犯カメラに一度とらえられただけだったが、その場所はたしかに教会のポーチだった。そのことをふまえ、万が一の期待をこめて、わたしは訊いた。「外にいるあいだに、エルフィック先生の家にはいっていく人か出てくる人を見た?」

答えは期待していなかったが、パトリックは初めてまともにわたしを見た。「はい」彼は言った。「ルイス先生が出てくるのを見ました」

「ルイス先生が? それはたしか?」

「うん」短い笑い。「あのマスかき野郎ならどこにいたってわかる」

モーリーンが彼をたたこうとした。「パトリック! まったくこの子は!」

「先週の土曜日の夜は何をしてたの、パトリック？」わたしは訊いた。

「どうしてこいつにそれを訊くんですか？」これはデクランだった。弟の代弁者になると決めたらしい。このまま行けば弁護士になるタイプだ。あるいは犯罪者に。

「単純な質問よ」わたしは言った。

パトリックはトレーニングシューズを見おろした。「うちにいました」

「ひとりで？」

モーリーンは言い訳するように言った。「夫のパットとわたしは友人たちとパブにいました。デクランはガールフレンドと出かけていて」

「つまり、あなたはひとりだったのね、パトリック？」

彼は顔を上げた。「はい。ひとりでした」

「何時に帰ってきましたか、ミセス・オリアリー？」

「十二時ごろです。どうしてこの子にこんな質問をするんですか？」

が、パトリックは知っていた。「じゃあほんとなんですか、ルイス先生が殺されたっていうのは？」

「リックはあの夜、エラの家に行っていたのか」ニールが言った。わたしたちは海沿いの道を車で走っていた。おだやかな海は灰色で、灰色の砂利の海岸や灰色の空と溶け合っていた。

「そのようね」わたしは言った。「残念ながらもうそれについて彼を問いつめることはできないけど」

「エラとリックは同じ手口が使われたように見えるな」

「リックは絞殺――首に回された輪で――だから、刺殺じゃないけどね」

「ああ、でもメモやその他は同じだ。まちがいなく同一犯だよ。パトリックはあやしいと思うか？」

「可能性はあるわ」わたしは言った。「大柄だしそれだけの力もある。エラに夢中だったし、明らかにリックに腹を立てていた。リックのせいでエラのストーカーにされたと、彼が言ったのを聞いた？　あれには本物の怒りがあったわ。それに、彼には土曜日のアリバイがない」

「ひとりで家にいたというのはうそだな」ニールが言った。

「わたしもそう思った。でも、お母さんに知られたくないだけなのかもしれない。もう一度彼の話を聞かなくちゃならないわね。今度は父親を同席させて」

「彼が犯人だと思うのか？」

「わからない。この二件の殺人事件は、よく考えられている。まえもって慎重に計画されたものよ。フリーザーバッグに入れたメモ、床の防水シート。パトリックがそんな計画魔とは思えない」

「教師たちは彼のことをなんて言ってた？」ニックは内陸に戻る道に車を向けた。ミラー、合図、発進。運転のテストを受けている人を見ているようだ。

わたしは手帳を見返した。「頭はそこそこいい、スポーツができる、ときどきけんかをして問題を起こす。まえにも言ったけど、ちょっと短気ね。でも、もうひとつある——彼が口にした教師の名前を聞いた？　償いをするようにと彼に言った教師よ」

「いいや。だれだっけ？」

「ヒューズ先生。タルガースの教師じゃないわね。妙なのは、クレアも日記のなかでブライオニー・ヒューズの名前をあげていること。魔女だと言ってね」

「なんてこった」ニールが言った。「それこそまさにおれたちに必要なものだよ」

わたしの携帯電話が振動した。クレア・キャシディからだ。わたしはスピーカーフォンにした。

「カー部長刑事。すぐに来て」取り乱してすすり泣くクレアの声が車内を満たした。「だれかがハーバートを連れ去ったみたいなの」

31章

「ハーバートってだれだ？」ニールが言った。

「クレアの飼い犬」わたしは言った。「このまま彼女の家に行きましょう」

「犬がいなくなっただけなのに？　どうして動物虐待防止協会に電話しないんだ？　それに、彼女の家のまえにはパトカーが停まっている。彼らじゃだめなのか？」

「彼女の声を聞いたでしょ。クレアは初めてガードを下げた。わたしが行って大いに同情すれば、何かわかるかもしれない」

「たとえば？」

「エラとリックをほんとうはどう思っているかとか」

「彼女の日記を読んだんだろう？」

「日記は人の考えを教えてくれるものじゃない。考えていると思うことが書いてあるの。あなたは残らなくていいわ。送ってくれるだけでいい」

「時間の無駄だよ」と言いながら、ニールは高架道路の下のステイングに向かう道路に車線変更した。頭の上で轟音（ごうおん）をたてて走る車などおかまいなしに、眼下の野原で草を食（は）んでいる馬たちにはいつも驚かされる。

「そうかもしれない」わたしは言った。「でも、ひとつ忘れてるわよ。だれかがハーバートを連れ去ったのかもしれない。クレアの日記に書き込みをした人物はストーカーかもしれない。今日は犬でがまんしたけど、明日は娘かもしれない」

「やめてくれよ、カー。いつもこんなに陽気なのか？」

「わたしが正しいって知ってるくせに」

　ニールは辺鄙（へんぴ）な場所に建ち並ぶタウンハウスの外でわたしをおろした。ノックするより先にクレアがドアを開けた。

「ジョージーが野原に散歩に連れていって」彼女は言った。「立ち止まって携帯電話を見たあと顔を上げると、いなくなっていたの」

「あたしのせいじゃないよ」クレアの背後から、涙で汚れた顔のジョージアが現れた。「携帯電話を見たのはほんの一瞬だったんだから」

「もちろんあなたのせいじゃないわよ、ダーリン」クレアは娘の肩を抱き、わたしはまた彼女が好きになった。それにしても、このふたりは何を考えていたのか？　まだ警察の保護下にあって、ジョージアはひとりで外に出るべきではないのに。クレアはおととい殺人の目撃者になるところだったのを忘れてしまったのだろうか？

「きっとまだ野原にいるんですよ」わたしはしれっと家のなかにはいりながら言った。「ウサギか何かを追いかけて」

「野原は見てまわったの」クレアは言った。「小道も。今はバリーとスティーヴが車で通りを走って捜してくれてる」

「だれですって？」

「外にいた警察官よ」クレアは驚いた顔をした。「名前も知らないの？」

「ど忘れしてて」わたしは言った。「今やるべきいちばん大事なのは冷静でいることです。ミスパーの場合最初の何時間かが極めて重要なんです」

「なんの場合？」

「行方不明者（ミッシング・パーソン）だよ」ジョージアが教えた。この子も刑事ドラマのファンだったわけ？

「まずは」わたしはふたりをキッチンに導いた。そこにはいるのは初めてで、控えめに言っても感動してしまった。庭に張り出した部分が建増しされていて、天窓と朝食用のバーカウンターと、独立したダイニングエリアがあった。天井から調理器具とドライハーブが下がっているが、調理台の表面は鑑識のラボのように清潔でぴかぴかだった。

「まずは」わたしは言った。「紅茶です。ジョージア、やかんを火にかけてくれる？　つぎに、対処方法を考えます」手帳を取り出す。「最後にハーバートを見たのはいつですか？」

「十一時二十四分」すぐにジョージアが言った。「携帯を見たのがその時間だった」

わたしはダイニングテーブルの上にかかっている大きすぎる時計を見た。文字盤に数字はないが、針は正しい位置を示していた。

「まだ間に合います」わたしは言った。「野原とその周辺は捜したんですよね。もっと家の近くは？　行方不明者は家に引き寄せられることもよくあります。ティーンエイジャーがいなくなったと通報を受けて、本人は自分のベッドで寝ていたことがありました」

クレアは意外にもこの話に笑った。少し落ち着いてきたようだ。ジョージアは彼女のまえに紅茶のマグを置いた。

「庭は見ました」ジョージアが言った。「ドッグビスケットの箱を振りながら」

「もう一度見て」わたしは言った。「物置はある？」

「ええ」クレアが言い、ジョージアとともに庭に出た。わたしは母娘がせまい場所を隅々までのぞくのを眺めた。そこに犬がいるかもしれないかのように。わたしは考え込みながら紅茶をごくりと飲んだ。もしわたしがハーバートを見つけたら、クレアとジョージアは生涯の友だちになってくれるだろう。

マグを置いて庭の捜索に加わった。ふたりは物置のなかを見ていた。どこにでもあるような物置で、テレピン油のにおいがし、古い植木鉢や草刈機がしまわれていた。が、白いもふもふの犬はいなかった。

なんとクレアがわたしの腕をつかんだ。

「連れ去られたとしたら？　だれかがあの子を連れ去ったんだとしたら？」

「ハーバートは戻ってくるよ、ママ」ジョージアが言った。以前、きみはえらそうじゃないとニールに言われたことがあるが、それ以降に聞いたなかで、たぶんいちばん説得力のないことばだ。

「でも、もしそれが彼だったら？」クレアはまだわたしにしがみついていた。「ほら、わたしのにっ……」

「シーッ」わたしは言った。黙らせたのは、彼女の娘を怖がらせないようにするためだけではなかった——何か聞こえたのだ。

「今たしかに……」わたしは口をつぐんだ。また聞こえた。とてもかすかな吠え声が。

今度はクレアとジョージアにも聞こえた。

「あの子だわ！」クレアが言った。そして、ふたりとも叫びはじめた。「ハーバート！　ハーバート！」

「シーッ」わたしは繰り返した。「どこから聞こえているのか探りましょう」

もちろん、声はもう聞こえなくなっていた。が、北東の方角のかなり遠くから聞こえた気がした。このしゃれたテラスにいる人たちは存在を認めたくないらしい、庭の向こうの怪物を見た。工場を。

「さあ」わたしは言った。「捜しにいきましょう。特別な笛か何かありますか?」

警官の笛のようなもののつもりで言ったのだが、クレアは唇をすぼめてふたつの音を発した。

「あの子にわかる特別な合図なの」ジョージアが得意げに言った。「あたしもできるよ」

「すばらしい」わたしは言った。「いつでも吹けるようにしておいてください」母さんと父さんが好きなモノクロ映画の登場人物になったような気分だ。口笛は吹ける? 唇を突き出して吹くのよ（一九四四年公開のアメリカ映画『脱出』より、ローレン・バコール演じるマリー・〝スリム〟・ブロウニングのセリフ）。

玄関から外に出た。まだ日中だが、おもては寒くて灰色だった。太陽はずっとまともに顔を出さず、まだ正午をすぎたばかりだというのに、すでに影が長くなっていた。わたしはジャケットを着ていたが、クレアもジョージアもコートを着ていなかった。三人で並んだ家々の端まで歩いた。クレアが口笛を吹いた。わたしたちは待った。

するとまた聞こえた。甲高（かんだか）い、鋭い吠え声が。今度ははっきりと方角がわかった。

「廃工場だわ」クレアは言った。

工場はフェンスで囲われていたが、地元の若者たちがワイヤーを破って侵入した箇所がいくつかあった。わたしは穴をひとつ見つけ、そこからもぐりこんだ。ピンクのカシミアのセーターを引っ掛けても気にしない様子でクレアがつづいた。

　意外にもジョージアはためらった。「はいっちゃいけないんじゃないの？　防犯カメラがあるよ」

「よかった」わたしは言った。「心強いわ」その実、カメラがまだ作動しているとは思っていなかった。

「違法でしょ」

「わたしが法よ」雰囲気を明るくするつもりで言ったのに、ジョージアはわたしを見つめるばかりだ。

「いやならそこで待ってなさい」クレアが言った。

「だめ」わたしは言った。「いっしょにいないと。行きましょう、ジョージー」わたしがフェンスを押さえているあいだに、ジョージアも穴をくぐった。

　前庭を横切った。不気味だった。工場は操業停止になったときのまま放置されているようだった。外にはまだ大型トラックが停めてあり、タイヤは腐ってホイールリムは錆(さ)びていた。頭上には巨大なシュートが浮かんでいて、今にも大量のセメントが吐き出されてきそうだ。正面入り口のドアは施錠され、閂(かんぬき)もかけられていたが、はいれる場所があるはずだった。巨大な四角い建物のまわりを歩いた。ほぼ七階建てで、奥には塔がある。割れた窓がずらりと並んでいたが、一階に窓はひとつもなかった。クレアがもう一度口笛を吹き、それに応えて吠える声がまた聞こえた。

建物のまわりをさらに歩いた。背面には塔より高い白亜の崖がそびえていた。この崖は、かつてこんな内陸までが海だったことを意味しているのだろうか？　地理にくわしい人に訊いてみなければ。たとえばゲイリーに。建物の裏には小さな庭があり、裏口もあって、ドアはペンキ缶のようなものをかませて開けてあった。懐中電灯を持ってくるんだったと思いながら、携帯電話のライトをつけた。

「行きますよ」

なかにはいると、そこは荷詰め場のようなところだった。荷台（パレット）がいくつか残っており、そのなかで狐が暮らしていたように見える（においもする）空の袋もあった。薪（まき）にでもするように切られた木材もあった。リック・ルイスが殺されるまえに座っていた椅子のことを思い出した。鑑識班は、犯人が椅子を壊して持ち帰ったと考えていた。それはここにあるのだろうか？

エイリアンやゾンビの攻撃を受ける危険を冒してどれかを選ばなければいけないコンピューター・ゲームのように、ドアが三つあった。真ん中を選ぶと広い場所に出た。三階ぶんの高さがあり、完全に何もない。上方の窓から光が斜めに射し込み、頭上で鳥――あるいはコウモリ――の声が聞こえた。二階にあたる場所には三方にバルコニーのようなものがあった。刑務所みたい、とわたしは思った。クレアが口笛を吹くと、吠え声が返ってきた。大きくはっきりと、ほとんど真上から聞こえてくる。

わたしは奥にある非常階段風の鉄製の階段を指差した。

「おふたりはここにいてください」わたしは言った。「わたしが上に行きます」

「だめよ」クレアが言った。「ハーバートはあなたを知らないわ。わたしに会いたがるはず」

そこで、全員で階段をのぼった。広くがらんとした場所に足音を不気味に響かせながら。学校のR・M・ホランドの書斎を思い出した。犯人はリックの遺体を抱えて螺旋階段をのぼった。力のある人物だったはずだ。わたしはこの上なく健康だが、この階段をのぼるだけで息が切れていた。

吠え声は大きく執拗だった。声のするほうに向かった。この階のいちばん奥にある部屋から聞こえているようだ。金属製のドアは堅牢そうだったが、取っ手をまわすと簡単に開いた。そして、彼はそこにいた。

「ハーバート！」クレアはすすり泣いていた。「わたしのベイビー」

彼女は膝をついて犬を抱きしめ、ジョージアもそばに行った。ハーバートはしっぽを振って、うれしそうに鼻をくんくんさせていたが、片足に包帯が巻かれ、その足は地面につけることができないようだった。

わたしは小さな部屋を見まわし、そこにあるものを記憶にとどめた。

アイテム１：寝袋
アイテム２：キャンプ用コンロ
アイテム３：電池式ランタン
アイテム４：床に敷かれた防水シート

アイテム5：ぼろぼろの『テンペスト』

32章

　クレアとジョージアはハーバートを動物病院に連れていった。彼は足に切り傷をつくっていたが、だれかが洗浄して包帯を巻いていた。わたしは署に電話して応援と鑑識を呼んだ。部屋のなかのあらゆるものからＤＮＡと指紋を採取したかった。だれかがしばらく廃工場に住んでいたのは明らかだ。部屋には小さな窓があって、そこからは建ち並ぶタウンハウスを見下ろすことができ、いちばん端にはクレアの家があった。いつかの夜、建物のなかに見た光を思い出した。ランタンがあるのに、窓枠の上で蠟燭を灯（とも）したあともある。犯人はここに座り、蠟燭を灯してクレアを眺めていたのだろうか？

　署に戻ると、ドナは、援護もなしに廃工場に侵入したことを叱責するべきか、手がかりを見つけたことに興奮するべきか迷っていた。

「ＤＮＡが事件現場にあったもののどれかと一致したら、こいつが容疑者よ。データベースに情報がある可能性もある。よくやったわね、ハービンダー。でも、こんなこと二度としないでよ」

「でも、どうして犬をさらったんでしょう？」ハーバートに関してはわたしが正しかったので、ニールは気に入らないのだ。

「人質だったのかもしれないわ」ドナが言った。「わんちゃんもかわいそうに」彼女は犬好きで、大きなスパニエル犬を飼っていた。彼女の子どもたち同様、言うことはきかないが。

「日記に書き込みをした人物なら」わたしは言った。「クレアの力になりたがるはずです。それでハーバートの手当てをしたのかもしれません。足にはきちんと包帯が巻かれていました」

「それならどうして彼女に返さなかったんだろう?」ニールが言った。

「暗くなるのを待っていたのかも」

まだ三時なのに、おもては暗くなりはじめていた。プラカードを持った老人たちが言うように、世界の終わりがすぐそこまで来ているような気がする冬の日だった。

「英語科のほかの教師たちに来てもらっている」ニールが言った。「おれと事情聴取をするか?」

「『見知らぬ人』について訊かないとね」わたしは言った。

「何について? ああ、クレアが取り憑かれてるあの本か」

「ほかにも取り憑かれている人がいるはずよ」

「どういうこと?」ドナが言った。

「その本では、廃屋(はいおく)でふたりの男性が殺されるんです。ひとりは刺殺されて、両手に聖痕のような傷があった」

「エラのように」ニールが言った。

「そのとおり。そしてもうひとりは絞殺された。リック・ルイスのように」

「犯人はヴィクトリア朝期の無名の短編小説を再現していると言いたいの？」食べるものはないかとデスクの引き出しのなかを漁りながら、ドナが言った。

「そういうわけではありません」わたしは言った。「ただ、どちらの現場にもその本からの引用がありました。ひじょうに重要なつながりだと思います」

「あれはシェイクスピアの『テンペスト』だって言ってたじゃないか」ニールが不服そうに言った。

「シェイクスピアにも「見知らぬ人」にも出てくるのよ。クレアが教えてくれたのを覚えてないの？」

「いろんな本の話をしていたからな。日記に書かれてたのはなんだっけ？」

「『白衣の女』」わたしは言った。「これも英語教師にとっては、十ポイントもらえる最初の質問なの」

大学対抗のクイズ番組『ユニバーシティ・チャレンジ』のネタはニールには通じなかった。

ヴェラ・プレンティスとアラン・スミスとアヌーシュカ・パーマーの事情聴取をした。リック殺しに関しては全員にアリバイがあった。ヴェラは家で母親とテレビを見ていた。ヴェラは百歳ぐらいに見えたのでわたしはこれに驚いたが、実は彼女は〝まだ〟六十歳で、母親は八十代であることがわかった。アランも妻と成人した娘といっしょに家にいて、ネットフリックスでフランスの映画を見ていた。『ストリクトリー』は見ないらしい。アランは明らかに、自分は知識人であり、保守派の社会主義者だと考えていた。「トニーはタルガースをアカデミーにしたがっている」と彼は言った。「それのどこがいけないんだ?」とあとでニールはわたしに訊いた。「アカデミーのほうがスクールより上流っぽいじゃないか」「たしかにそうね」わたしは言った。

ヴェラもアランも「見知らぬ人」を〝何年もまえに〟読んでいたが、どちらも教材にしてはいなかった。「典型的な中産階級の白人男性的作品ですから」アランは言った。「登場する女性は寝室係だけなんです」わたしは寝室係を思い出せず、彼が無関心を装っているわりには内容をよく覚えていることがわかった。

アヌーシュカ・パーマーが最後だった。ハイズの研修に参加していたので、彼女にはとくに興味があった。若くてきれいな女性で、長い髪を結って複雑な編み込みにしていた。

「リックはわたしにとてもやさしくしてくれました」と彼女は言いつづけた。それはそうだろう。

アヌーシュカは土曜日の夜ボーイフレンドと出かけていて、その日は〝彼のところに泊まった〟という。彼の住所も教えてくれた。名前はサム・アイザックスで、シックス・フォーム・カレッジの教師だった。

「『テンペスト』は教えますか?」わたしは訊いた。

「はい」彼女は驚いた顔をした。「GCSEのクラスをふたつ担当していますから」

「R・M・ホランドの「見知らぬ人」はどうですか?」

「いいえ。読んだこともありません。学校に関係があるから読むべきなんでしょうけど、ヴィクトリア朝の小説はあまり好きじゃなくて」

わたしは読書家というわけではないが、英語教師がそんなことを言ったのでかなり驚いた。

最後にブライオニー・ヒューズと聞いて何か思い当たることはあるか尋ねた。

「ええ」アヌーシュカは言った。「シックス・フォーム・カレッジの英語教師です。サムは彼女をよく知っています」

「彼女もエラの友だちだったんでしょう?」

「よくわかりませんけど、このあたりの英語教師はみんな知り合いですよ。講習会とかそういうことでよく集まりますから」

これだと思った。「ブライオニー・ヒューズはハイズの研修に来ていましたか?」

「はい」アヌーシュカは言った。「来ていました。考えてみると、彼女がエラといるのを何度か見ました」

「でも、タルガースの生徒には教えていないですよね? たとえば、パトリック・オリアリーには?」

「ええ、個人指導を別にすれば。個人指導をしている教師は多いですけど、自分の学校の生徒にはできないんです。でも、パトリックは個人指導を受けるタイプじゃないと思います」

同感だった。

「彼女は放課後に創作クラスを持っているんです」アヌーシュカは言った。「とても評判がいいんですよ。でもやっぱりパトリックが参加しているとは思えませんね」

つまり、クレアもブライオニー・ヒューズも創作クラスを持っているというわけか。創作を教えるというのは妙なものだと思う。書ける者は書けるし、書けない者は書けない。が、そこにつながりがあるのかもしれない。協力してくれた礼を言うと、アヌーシュカはニールが執事のように押さえているドアからあわただしく出ていった。


手帳への書き込みがすむと六時だったので、今日はこれで帰ることにした。運がよければ明日鑑識から報告書が届いて、捜査は前進するだろう。タルガース校は再開するだろうが、旧館は閉鎖されたままだろう。立派な校長室が使えなくなって、トニーはどう思うだろうか。もうホランド・ハウスを見なくてすむなら、よろこぶかもしれない。おそらくすでにつぎの仕事先の応募申請書を書いているだろうから。

帰宅途中、衝動的にクレアの家に立ち寄った。今回はとても温かく迎えられた。ハーバートは王様のようにソファに身を預けており、足にはプロの手によって包帯が巻かれ、届くところにそそられるおやつが置かれていた。ジョージアは自分の部屋にいた。

「紅茶がいいかしら？」クレアが訊いた。「それともワインにする？　六時すぎだし」

「ワインを一杯いただけますか」わたしは言った。「もう非番なので」

クレアは大きなグラスふたつに赤ワインを注ぎ、わたしはソファに座ってハーバートをなでた。

「けがはたいしたことないみたいですね」わたしは言った。

「ええ」クレアは言った。「獣医さんによると、ガラスか何かで切ったらしいんだけど、傷は深くないし、洗浄してあったんですって。つまり……彼が……だれかが洗浄したのよ。そして包帯を巻いた」

包帯から指紋がとれるといいのだが。「だれのしわざか心当たりはないんですよね？」

クレアは首を振った。フェンスに引っ掛けて少しほつれたピンクのセーターをまだ着ていて、ふわふわのスリッパを履いている。それでも相変わらず魅力的に見えた。

「ときどき工場に明かりが見えたの」彼女は言った。「でも、きっと気のせいだろうと思ってた。『見知らぬ人』の読みすぎだと自分に言い聞かせたわ。廃屋の窓に蠟燭の明かりが灯るところ、覚えてる？」

「覚えてます」わたしは言った。あの短編を再読したことは言わなかった。

「あの短編を創作クラスのテキストにしているんだけど」クレアは話した。「いつも教えることのひとつに、怪談の伝統として、何ごとも三度起こるというのがあるの。『見知らぬ人』には〝私たちは待って、待って、待ちました〟という箇所があるでしょう？　わたしは屋根裏の書斎で椅子に座っているマネキン人形を見つけた。これが一度目。そしてヘンリーとあそこに行って、わたしは……わたしたちはリックを見つけた。これが二度目。三度目には何が起こるんだろうとずっと考えてる」

「現実の世界ではそんなふうにはいきませんよ。それほどきちんとしていません。パターンを探すことで自分を追い詰めているんじゃないですか」

「ほかにもあるわ」彼女は言った。「講座では象徴としての動物のことを話すの。物語の緊張感を高めるために動物が使われると。死が必要だけど人間を殺すのはためらわれるとき、作家は動物を殺すこともある。動物はプロットのなかで極めて重要な役割を果たすことになるの。今日のハーバートがそうだった」

「でも、彼は死んでいませんよ。ありがたいことに」わたしはハーバートの耳をもてあそんでいた。「『見知らぬ人』に出てくる犬は……」

「ハーバートと呼ばれている」クレアが言った。

「彼の名前はそこから?」

「それもあるわ」クレアはそう言って、ワインをごくごく飲んだ。「でも、この子にぴったりだと思ったの」

しっぽに鼻をつっこんで、白い毛の玉になっている犬を見た。ファーディとかドゥーガルのほうが似合いそうに見えた。ハーバートでは威厳がありすぎた。

「〝彼はただの犬ではない〟」わたしは言った。「〝彼はわたしの動物の使い魔、犬の姿をしたわたしの魂〟」

クレアはかすかに口を開けてしばらくわたしを見つめた。「なんてこと」彼女は言った。「わたしの日記を引用するなんて。ひどい」

「すみません」わたしは言った。たしかに少しやましさを覚えた。

「そういうことを書いたって別にいいでしょう」彼女は言った。「だれかに読まれるとは思ってないんだから」

「それならなぜ日記を書くんですか？　なんのために？」

クレアはワインを明かりにかざし、目を細めてそれを見た。テーブルには白くて太いキャンドルがあって、すごくいいにおいがしていた。クレアの香水と同じ、ジョー マローンだ。

「ものごとを理解するため」彼女はようやく言った。「文章にすると、それほど悪いことではなくなるの。状況をコントロールし、整理する助けになる。あなたが言ったように、パターンを見つける。すごく幸せなときとか、すごく楽しいとき、大学時代はまったく日記を書かなかった。結婚がうまくいかなくなってきて、また書くようになったの。セラピーのひとつの形なんだと思う。最悪のときを振り返って、それを乗り越えたんだと思うと、妙に慰（なぐさ）められるのよ」

「でも、ほかの人に見せることは想定していなかったんですね？」

彼女はすぐには答えなかった。ワインを飲み干し、また満たすと、わたしにもお代わりを勧めた。車なので断らなければならなかった。

「ロンドンで仕事をしていたとき」彼女は言った。「英語科主任はルカという男性だった。いわゆるハンサムというわけではなかったけど、とても頭がよくてチャーミングな人で、大勢の女性に好かれていた。彼は日記をつけていて、よく職場で書いていた。奥さんに見つからないようにするためだと思う。ある新任の教師が彼に夢中になって、ある晩彼の日記を読むために学校に不法侵入した。自分がどう書かれているかどうしても知りたかったんでしょうね」

「なんと書いていたんですか?」

クレアは笑った。「それが皮肉なのよ。なんにもなし。彼女のことはまったく書かれていなかったの。ルカが自分から話してくれたわ。管理人に不法侵入が見つかって、彼女は学校を辞めることになった。彼女は明らかに精神を病んでいた。でも、ほんとうに皮肉なのはそのことじゃないの。なんだかわかる?」

「いいえ」わたしは返事を求められている気がして言った。

「ほんとうに皮肉なのは、そのあとルカが彼女のことを書かなくちゃならなかったことよ」

クレアはなぜこの話をしてくれたのだろう。クレア自身の行為と明らかな類似点がある。職場で日記を書いたし、学校に不法侵入した。まあ、実際は鍵を持っていたわけだが、言わせてもらえば、それでもかなり精神的に不安定な行為だ。日記に書き込みをした人物は、そのあと自分のことが日記に書かれるのを見たがっている、とクレアは言っているのだろうか? 頭がクラクラした。ワインのせいかもしれないが。わたしはほかにもクレアに訊きたいことがあったのを思い出した。

「ブライオニー・ヒューズのことを教えてください」

「ブライオニー・ヒューズ?」クレアは椅子の上で背中を丸め、体の下に脚を折り込んで座っていたが、体を起こして足を床につけた。

「彼女のことを日記に書いていますね。エラが彼女と出かけることになったとき、魔女の集会だと」

「よく覚えてるわね」

「ものによってはそうですね」わたしは人が話したことをよく覚えている。たしかに仕事には役に立つ。が、ほかの点では役に立たない。誕生日、約束、パソコンのパスワードに関しては。

「どうして魔女の集会なんて言ったんですか?」

クレアは笑ったが、心からの笑いではなかった。「ブライオニーについてはずっとうわさがあるの。白魔女だとか、そういうやつ。そんな見た目なのよ——グレーのロングヘアに、シルバーのアクセサリーだらけ。いつも格言的なことを言ってるし。『あなたには金色のオーラがある』とか。わかるでしょ、そういうの」

〝格言的〟というのが何を意味するのかわからなかったし、尋ねるつもりもなかった。

「エラは彼女の友だちだったんですか?」

「ええ」クレアの声にはためらいがあった。ワイングラスの縁に指をすべらせた。

「親しかったんでしょうか?」

「まあね」また間があった。「でも、エラが亡くなる直前に仲たがいしたみたい」

「理由を知ってます?」

「いいえ。エラは友だちに対していつもそんな感じだったの。腹心の友だと思っていても、何かあれば格下げにする」

そこには明らかに恨みがましさがあった。日記を思い出した。クレアはリックと寝たエラに嫉妬していたのか、それとも彼女からエラを奪ったリックに嫉妬していたのか、まだよくわからなかった。

「どうしてブライオニーに興味があるの?」クレアが言った。

「何度か名前があがっていて」わたしは言った。「それだけです。重要というわけではありません」わたしは腕時計を見た。「そろそろ失礼します」

「パスタでも作ってジョージーと食べるつもりなの」クレアは言った。「酔い覚ましになるわよ。もう少しいて、食べていかない?」ハーバートがおすわりをしてしっぽを振った。〝パスタ〟ということばがわかるらしい。

「ありがとうございます。でも、うちに帰らないと。夕食には母がいつもごちそうを作るので」

「実家に住んでいるの?」クレアが訊いた。

「ええ」奇妙なことに、これくらいは明かす義理がある気がした。なんといっても、彼女の日記を読んでいるのだから。「実家で両親と暮らしている三十五歳の女です。批判は甘んじて受けます」

「批判するつもりはないわ」クレアは言った。「感心してるのよ。わたしはクリスマスの二日間でも耐えられないもの。毎晩なんて絶対無理」

「別にたいへんじゃありませんよ」わたしは言った。「だいたいはいっしょにいて愉しい人たちですから。母はまだわたしがいい人を見つけるという希望を捨ててないみたいですけど」

「言うは易(やす)し、おこなうは難(かた)しね」クレアが言った。

「そのとおりです」わたしは言った。「でも、わたしは同性愛者(ゲイ)なので、また別の問題があって」

なぜ彼女に話したのかよくわからなかった。彼女の日記を読んだからかもしれないが、そのお返しにいちばん大きな秘密を明かさなければならないわけでもないだろう。別に隠してはいない。そのことを恥じているとか、そういうわけではなかった。職場や友だちには明かしていた。もちろん、両親には話していなかったが。ただ、秘密にしておきたいことというのはあるし、なんといってもクレアはこの事件の重要参考人だ。友だちというわけではない。

「あら、そうなの?」彼女は言った。衝撃を受けてもいなければ、当惑してもおらず、それほど興味があるようでもない。絶妙な反応だった。

「ええ」わたしは言った。「母が捜索隊を出さないうちに帰ったほうがよさそうです」立ち上がって手で服を払う。

「この子はプードルの血がはいってるの」クレアが言った。「だから毛は抜けないわ」

疑わしいと思ったが、たしかに言われてみれば部屋じゅうに犬の毛があるわけではなかった。

「大丈夫ですか?」わたしは言った。「必要なら『スコット&ベイリー』(二〇一一年からイギリスで放送された、ふたり組の女性刑事が主人公の刑事ドラマ)がまだ外にいますから」

彼女は笑った。「『女刑事キャグニー&レイシー』(ふたり組の女性刑事が主人公の、一九八〇年代のアメリカの刑事ドラマ)を思い出すわ。年がばれるわね。ええ、大丈夫よ。工場に住んでいるだれかさんは戻ってくるかしら?」

「戻ってこないと思います」わたしは言った。「でも、念のために警備はつづけます。安全な場所に移ることを考えたほうがいいですよ、ほんとうに。ここを出てしばらく友だちのところに行くわけにはいかないんですか？　でなければ、ご両親のところは？」

「無理ね」彼女は言った。「今日トニーから電話があったの。学校は悪夢になりそう。わたしが英語科主任を代行することになるみたい。だから学期の終わりまではいなくちゃならないの。とにかく、両親のところには行かないわ。どうしようもなくなったら、祖母のところに行くと思う。スコットランドに住んでるの。インヴァネスの近く」

「いいですね。遠いし」わたしは言った。「さようなら、クレア。ワインをごちそうさまでした。しっかり戸締りしてくださいね」

33章

午前中にブライオニー・ヒューズに会いにいった。シックス・フォーム・カレッジには最後の試験のあと校舎を出てから一度も来ていない。卒業プロムにさえ出なかった。おかしなことに、タルガース校の日々はいやになるほどはっきりと覚えているのに、Aレベル取得のための日々にはほとんど思い出というものがなかった。人生の二年間をすごしたのに、この場所はわたしになんの痕跡も残さなかったようだ。わたしには教師が、友だちが、敵がいたのだろうか？　正直、思い出せない。まるで他人の人生のようだ。

建物は変わっていない。まったくなんの特徴もない、コンクリートの長方形の連なり。タルガース校とは正反対だ。ここには学校らしい威圧的な雰囲気も、チームの写真も芝居のチラシもなく、廊下と、文字と数字でようやくそれとわかる教室しかない。受付でサインをしながら、背中を丸めて通りすぎる学生たちのグループを眺めた。とても大人に見え、ブルーのスウェットシャツのタルガース校の生徒よりほんの数カ月年上なだけとは思えなかった。男子生徒のふたりはあごひげを生やしていたし、女子生徒たちが発している洗練された輝きは、とても十八歳で、なんならいくつになっても得られるとは思えないタイプのものだった。制服代わりの黒っぽいズボンにジャケット、〝カー部長（DS）刑事 サセックス警察〟の名入りバッジをつけたわたしはどう思われるだろうかと気になったが、心配する必要はなかった。だれひとりとしてわたしの存在にさえ気づかなかった。

英語科の教員室に向かった。この学校には案内係の生徒はいなくて、フロア案内のお粗末なコピーがあるだけだ。ようやく三階に部屋を見つけてノックすると、どうぞと声がした。ヒューズ先生はひとりでデスクについており、部屋の壁いっぱいに芝居のビラやシェイクスピアの引用が貼られていた。熱心な生徒がマーカーで印をつけたかのように、たちまち目に飛び込んできたのは、『テンペスト』の〝地獄はからだ、悪魔どもが総出で押し寄せてきた〟だった。

ブライオニー・ヒューズは五十代後半――そろそろ定年だ――に見えたが、年配教師にありがちないらいらした様子がなかった。落ち着いて椅子に座り、わたしの来訪の説明を待っていた。クレアの説明を思い出した――〝グレーのロングヘアに、シルバーのアクセサリーだらけ〟。だが、実際のブライオニーはちがった。髪は銀白色だったが、きちんとお団子に結ってあったし、見えるところにアクセサリーはなかった。クリーム色のポロネックのセーターに――デスクの下をちらりと見たところ――黒のスラックスと、看護師や尼僧に好まれそうなタイプの黒のフラットシューズを合わせていた。淡いブルーの目はあまりまばたきをしなかった。

ブライオニーは座ってくれとは言わなかったが、とにかくわたしは座った。椅子を少し離して、落とした単位について話し合うために呼び出された生徒に見えないようにした。「ハービンダー・カー部長刑事です」わたしは言った。「エラ・エルフィックとリック・ルイスが殺された事件を捜査しています」

彼女はそれを認めるようにうなずいた。

「エラとリックを知っていましたか?」

「エラは親友でした」彼女の声は低く、かすかにウェールズ訛りがあった。

「リック・ルイスは?」

「少しは知っていました」

「親友ではなかった?」

「リチャードは献身的な教師でした」ブライオニーは威厳をこめて言った。「大切な仲間でした」

「最後にエラに会ったのはいつですか?」

「亡くなる数週間まえです。散歩と精神的な支えのために会いました」彼女は食事のために出かけることを認めないタイプの人物らしい。

「精神的な支え？」

「海辺を散歩しました。水辺にはとても癒されるものがあります」

「どうしてエラには癒しが必要だったんですか？」

おだやかな声が少し緊張したのは気のせいだろうか？「教師というのは消耗する仕事です。多くの時間を費やしても、得るものがほとんどないときもあります」

「あなたはエラと仲たがいをしたそうですね」

「だれがそんなことを言ったんです？」今度はたしかに落ち着きが揺らいだ。

「事実なんですか？」

「親友同士でも意見が合わないときはあります」

「何について意見が合わなかったんですか？」

彼女はためらい、デスクの上の書類を置きかえた。感想文のようだ。本についてどうすればそんなに書くことがあるのか、わたしには理解できたためしがない。

「指導方法についてです」彼女はようやく言った。

「本気でやりあったんですか？」

「いいえ、ただの教育がらみのディベートです。ふたりとも生徒を思うあまり、感情が昂(たかぶ)ってしまったんです」

「パトリック・オリアリーという生徒を教えていますか？」

「わたしの創作クラスに来ています」

「放課後の？　そういうタイプには見えませんけど」

「彼には文章を書く才能があります」ブライオニーは言った。「生徒を見た目で判断しないことにしているんです」

明らかにわたしへの当てこすりだった。わたしは慇懃に彼女に微笑みかけた。「そのクラスにはほかにだれが来ているんですか？」

「数人だけです。少人数の選抜グループなので」

わたしは彼女の言い方が気に入らなかった。「その選抜グループにはだれがいるんですか？」

「パトリックのほかは女子が三人です。ナターシャ・ホワイト、ヴェネシア・シャーボーン、ジョージア・ニュートン」

「ジョージアが？　クレアの娘さんの？」

「クレア・キャシディですか？　はい、たしかそうです」

「クレアを知っているんですか？」

「さまざまな教員研修で会ったことがあります」

「七月のハイズでの研修には出ましたか？」

「ええ」彼女はまたあの青い目をわたしに据えた。

「そのときのエラについて何か覚えていますか？　何かエラとリックのあいだのことで？」

「ゴシップには耳を貸さないようにしています」

これで質問に答えているつもりらしい。「最後にリック・ルイスに会ったのはいつですか？」

「よく覚えていません」彼女は腕時計を見た。「申し訳ありませんが、もうすぐ授業なので」

わたしは立ち上がったが、彼女は座ったままだった。「あなたには怒りのオーラが出ているわ」彼女はわたしに言った。

「それはどうも」

「やっぱり」彼女はとてもやさしい声で言った。「ここに戻ってくるのはつらかったんでしょうね」

「どういう意味ですか？」

「あなたが生徒だったときのことを覚えています」彼女は言った。

「わたしはAレベルで英語をとってませんけど」

「そうね、でも覚えている」

「残念ですが、わたしはあなたを覚えていません」

「いいえ、覚えているはずよ」ブライオニー・ヒューズは言った。「まちがいなく」

署に戻るまでずっと、この格言的（意味を調べなければ）指摘について考えていた。ヒューズ先生の背後の本棚にあったもののことも考えた。ペンでいっぱいのキットカットのマグ、コリンズの辞書と類語辞典、そして、リック・ルイスの死体のかたわらの、R・M・ホランドのデスクの上で見つかったものによく似た黒い石。

「それからどうなったのか？」ああ、つねに繰り返される、残された疑問。これこそ物語の真髄(しんずい)ではありませんか？　子どもは寝るとき「つぎのページも読んで」とねだります。闇の恐怖を追い払うものがほしいのです。あなた自身、子ども時代はまだそう昔ではありませんね、親愛なる若き友よ。つぎの章で何が起こったのか知りたいと思うのはごく自然なことです。

さらに一年がたちました。私は指導教官の娘のエイダと婚約しました。アルビジョア十字軍についての論文作成にとりかかりました。学部生を教えてもいましたが、実を言えば私はまじめなだけの退屈な講師でした。ときどき学生たちが私のことをささやき合うのが聞こえ、〝ヘルクラブ〟や〝殺人〟ということばが耳にはいりました。が、私はその年、光のなかで暮らすことを選びました。そして、相棒を得ました。そう、この客車のあなたの目の前にいるこの動物です。試練のあいだじゅう、ハーバートは私にとってなんと信頼のおける友でいてくれたことか。どんな人間の侍者よりもうそがなく、忠実でした。

秋がすぎ、ハロウィンもすぎていきました。その恐ろしい日が何ごともなく終わったとき、安堵の息をついたことを告白します。しかし、その数週間後、廊下で話している寝室係が〝コリンズ〟という名前と〝殺された〟ということばを発するのを耳にしました。

私は部屋から飛び出し、彼女たちが驚くほど熱心に尋ねました。「なんの話をしているんだ?」

「ミスター・コリンズです、キングズ・カレッジにいる。いえ、いた」という答えが返ってきました。「彼の死に方のことを話していたんです。かなり不自然だったので」

「何があったんだ?」私は言いました。体じゅうに冷気が広がるのを感じながら。バスティアン卿の相棒のコリンズは、キングズ・カレッジの生徒でした。

「殺されたんですよ。自分の馬車で湿地を横切っているときに。彼はイーリーを出発して、何ごともなくケンブリッジに向かっていました。何があったのかだれにもわからないのですが、引き具で馬車につながれたまま走り回っている馬が翌日発見されました。捜索隊が送り出され、ミスター・コリンズが水路で発見されました。喉を掻(か)き切られていたそうです」

「いつのことだ?」

ふたりのうち年長の寝室係が答えました。「ハロウィンの夜でした。捜索隊に加わっていたバートが、地獄の番犬に追われているように馬が勝手に走り回っているのを見つけたときは、まさに血が凍ったよ、と言ったから覚えているんです」

さらに一週間して、新聞の切り抜きが届きました。〝ケンブリッジの男性が湿地で殺害されているのが見つかる〟。記事の見出しの上には、手書きで〝地獄はからだ〟と書かれていました。

第Ⅵ部　ジョージア

34章

わたしたちはエルフィック先生の葬儀の夜、彼女の霊を呼び出した。なんとなくそれが正しいことだという気がした。ママはデブラと出かけることになっていたので、タッシュとヴィーが来て、これから愉（たの）しい女の子たちの会なんですと言わんばかりの正しい「こんばんは、クレア」の声を発した。ヴィーは上流すぎるし、タッシュはかなり変わっているけど、彼女たちはわたしにふさわしい友だちだとママが思っているのは知っている。パトリックは自転車で来て、ママが見えなくなるまで角を曲がったところで待っていた。

パトリックに再会したら気まずいのではないかとちょっと心配だった。ルイス先生のことを彼から聞いたあとだし、輪になって呪文を唱えたりすることになるからだ。でも、会は愉しかった。全員が集まると、わたしが主導権をにぎった。これまでどんな局面でもそういうタイプではなかったので変な感じだった。リーダーシップがあるからとわたしを選ぶ先生はいなかったし、キャプテンになることはもちろん、何かのチームに参加したことすらなかった。でも、輪になると、どうすればいいかおのずとわかった。タッシュはいつも支えてくれる。彼女は支える人で、パトリックは疑う人、ヴィーは怖がる人。その夜も同じだった。

部屋の準備はあらかじめしておいた。ネガティブな意味を持つものはすべて片づけた。新聞

（俗事）、スエードのクッション（死んだ動物）、死んだひいおばあちゃんの写真（オーラが混乱するかもしれない）。コーヒーテーブルには黒いお皿の上の三本の蠟燭と、ハーブを入れたボウルだけを置いた。ヒューズ先生はタイムがいいと言っていたけど、少量のミックスハーブとママのポプリの包み（ママはいつも学年末のプレゼントにこういうものをもらう）のひとつを使うことでよしとした。蠟燭の隣にはエルフィック先生の写真を置いた。フェイスブックからプリントアウトしたもので、クリスマスパーティか何かのときに紙の帽子を被っている写真だ。幸せそうに見えたし、これをプロフィール写真にしているということは、本人も気に入っていたのだろうと思ったから選んだ。

ヴェネシアはすぐに難癖をつけはじめた。

「先生の幽霊が現れたらどうするの？　すごく怖いんだけど」

「幽霊みたいなものじゃないから」わたしはもう一度説明した。「亡くなった人たちの精神なの」

「光に向かってエルフィック先生を送るのよ」わたしが出しておいたポテトチップスを食べながら、タッシュが言った。肉体的要求を満たすことも重要だ。

「霊なんて現れないよ」身を乗り出してポテトチップスをつかみとりながら、パトリックが言った。「おれたちにそんな力はない」

「輪になって力を合わせればできるよ」わたしは言った。「信じなくちゃだめ」

「ハーバートはどうするの？」タッシュが言った。「このかわいこちゃんは」タッシュはハーバートが大好きで、ヴィーもそうだ。犬アレルギーなのに。パトリックでさえかわいいと思っている。ハーバートはとろけそうにかわいらしく見上げていた。タッシュは彼に好かれていると思っているけど、ほんとうはポテトチップスをほしがっているだけだ。

「いっしょにいてもいいの？」タッシュが訊いた。

「この子がいるとくしゃみが出ちゃう」ヴェネシアが言った。ほんとうにアレルギーがある人でもプードルは大丈夫なはずなので、これはうそだ。

「締め出したほうがいいと思う」わたしは言った。「気が散るから。食べ物をあげればキッチンでおとなしくしてるよ」

キッチンでハーバートにプリングルズをあげたかったが、思い直してボウルにドッグフードを入れた。ママは自分の体重よりもハーバートの体重をはるかに気にしているけど、餌を余分に与えるぐらいなら気づかれないだろう。彼はいつもお皿をきれいになめているから。

居間に戻って蠟燭に火をつけ、テーブルにハーブを散らして明かりを消した。そしてみんなで手をつないだ。タッシュの手は汗ばんでいたがパトリックの手は乾燥していて、すごい力でにぎってきた。

わたしはヒューズ先生に教わった祈禱をはじめた。

「かつて生きていたあなた。心からあなたの心に呼びかけます。影から光のなかに戻ってきて、姿を見せてください」

わたしたちは待った。蠟燭がゆらめいた。

「怖い」ヴィーがささやいた。

「シーッ！」

最初はパトリックが言ったとおりうまくいかなかったのだと思った。でも、わたしたちは輪を解かなかった。手をつないでその場に立ったままでいた。わたしは祈禱を繰り返した。「影から光のなかに戻ってきて、姿を見せてください」すると突然、寒さを感じた。隣でタッシュが震えているのがわかった。部屋はどんどん寒くなっていった。ドアが開いて閉まった。蠟燭が吹き消され、真っ暗になった。

「こんなのいや」ヴィーが言った。「もうやめて」

「輪を解かないで」わたしは言った。

たっぷり一分待ってから、エルフィック先生の霊を解放する呪文を唱えた。

「エラ。かつて生きていたあなた。ありがとう。さあ、この地上から飛びたって、霊の世界に行ってください」

たちまち部屋は暖かく感じられるようになった。わたしたちが暗闇のなかで呼吸する音が聞こえ、ハーバートがキッチンで小さくクンクン鳴く声が聞こえた。何拍か待ってから、つないでいた手を離してふたたび蠟燭に火をつけた。

そして顔を見合わせた。みんな驚きと涙と笑いの入り混じった顔をしていた。

「ワオ」タッシュが言った。「なんか……すごかった」

パトリックは声をあげて笑った。

「もう行っちゃったよね。先生がってことだけど」

「そう思う」わたしは言った。部屋の照明をつけにいって、ハーバートを居間に入れた。彼はまっすぐテーブルに向かい、葉っぱを食べようとした。わたしは彼を持ち上げて抱きしめた。温かくてすごく生きている感じがした。

ヴェネシアはまだ震えていた。「あれはなんだったの？　彼女の幽霊？」

「そうに決まってるだろ」パトリックが言った。「蠟燭が吹き消されるのを見なかったのかよ？」

「大丈夫よ、ベイビー」タッシュがヴィーの肩を抱いた。このふたりが近づきすぎるといつもそうなるように、わたしは一瞬嫉妬を覚えた。「あたしたちは先生の霊を自由にしたの。彼女は安らかに眠っている。もう心配することはないよ」

パトリックがテーブル越しにわたしを見た。

「これからどうする、ジョージー？」

わたしはエルフィック先生の写真を取り、折りたたんでポケットに入れた。「テレビをつけよう」わたしは言った。「『フレンズ』みたいな心安らぐものを見るの。ピザを注文するね」

パトリックはピザを食べたあと帰った。自転車で帰らなければならなかったし、寒くなってきたからだ。タッシュのママが十時半に女の子たちを迎えにきた。

「ひとりで大丈夫？」タッシュがささやいたが、実を言うと、わたしはひとりになるのを待ち望んでいた。みんなが帰るとすぐ、居間の明かりを消して二階に行った。ママを待つつもりのハーバートは玄関ホールに残った。わたしは顔を洗って歯を磨き、パジャマに着替えてベッドにはいった。そして、ノートパソコンを出して〈マイシークレットダイアリー〉に書きはじめた。

今夜わたしたちは霊を呼び出した。こう書くとありふれたことのように聞こえる。ＴｏＤｏリストの一部みたいに。宿題をやる、リサイクルに出す、霊を呼び出す。でも、ほんとうは、これまでわたしに起こったことのなかでいちばん途方もないことだった。大事件。人生が変わるような。

　細心の注意を払って準備をした。部屋をきれいにし、蠟燭を灯し、ハーブを撒いた。それから輪になって手をつなぎ、祈禱した。最初はうまくいかなかったと思ったが、やがて超自然的な寒気が部屋を満たすのがわかった。ドアが開いて閉じた。天国と地獄が炎のように輝きながらうなりをあげていた。死者の領域が大きく開いた。すべての天使と悪魔がここに、わたしたちといっしょにこの部屋にいた。そうしようと思えば、その火によって完全に燃え尽きてしまうだろうとわかった。わたしが解放のことばを口にすると、霊は来たときと同じくらいすばやく去っていった。原子が再構築され、わたしたちは手をつないでいるただの四人のティーンエイジャーになった。でも、わたしにはわかる、もう同じではいられないことが。

この部分を通して読んでみた。なかなかいいと思った。ToDoリストと死者の領域の並記が気に入った。少し芝居がかっているかもしれないが、起こったことは実際、芝居のようだった。なんといっても、別の世界の門を開いたのだ。わたしは〝公開〟をクリックした。

そのあとすぐ、ママが帰ってきて、ハーバートをこの日最後の散歩に連れていくのが聞こえた。ノートパソコンを閉じて、いつもベッドのそばに置いてある『ハリー・ポッター』の本を取った。一章ほど読んだところで、ママが部屋のドアをノックした。わたしは愉しかったかと尋ねた。ママはエラのことを話したと言った。エラは安らかに眠っていると教えてあげたかったが、それには面倒な説明が必要になる。わたしは慰(なぐさ)めるようなことを言って、ママはわたしにおやすみのキスをした。

玄関の明かりが消えるまで待ってから、またノートパソコンを出した。

35章

率直に言って、これでもう大丈夫だろうと思った。エルフィック先生を光のもとに送り出したのだから、もう死人は出ないだろうと。でも、ママはまだストレスを感じているらしかった。霊を呼び出した翌日、午前中ずっとどこかに出かけていて、帰ってくると様子がおかしかった。タイとわたしでサンデーランチを作ってあげたのに、全然うれしそうじゃなかった。そのあとますます様子がおかしくなって、エルフィック先生を殺した犯人はママにも〝興味を持っている〟かもしれず、わたしも気をつけなければならないと言いだした。何も恐れることはないと言ってあげたかったけど、きっとそのうちに何もかも解決するよ、と言うにとどめた。ママはそうねと言ったけど、あんまり信じていないようだった。花火の夜で、ハーバートが大騒ぎしたので、とりあえず気はまぎれた。

ひとりで学校から帰らない、などなどをママに約束させられた。そんなわけで、今週の創作クラスは休まなければならなかったけど、ヒューズ先生に見せる短編のひとつをパトリックにたくした。パトリックは図書室までわたしを送ってきてママに会い、わたしたちがいっしょにいるのを見たママはあんまりうれしそうではなかった。息が詰まりそうな一週間だったので、週末をいっしょにすごすためにパパが迎えにきてくれたときはうれしかった。そのときでさえ、パパは金曜日の午後休みをとって、車で学校まで迎えにきた。いつものように電車で行くのは危険だとママは思ったのだ。電車に乗ることでいったいわたしにどんな害があるっていうの？

パパとの週末はすごく愉しかった。エルフィック先生が殺されたことで、パパは少しぴりぴりしていた。ママがどれくらい話したのかは知らない。いっしょに住もうと圧力をかけてきたけど、その計画にフルールが乗り気だとは思えない。それでも、フルールはわたしにとてもよくしてくれた。土曜日には子どもたちをプールに連れていった。オーシャンは、名前（笑える！）とはうらはらに水を怖がっていたけど、タイガーは小さな魚のようだった。わたしはあの子が大好き。すごくかわいいし、わたしのことが大好きで、どこに行くにもついてくる。土曜日の夜はフルールがベビーシッターを雇って、三人（わたしとパパとフルール）でチャイナタウンに食事に行った。

すてきだった。大きなテーブルがふたつあるだけのところで、みんな相席で座っていた。ナイフもフォークもなく、箸だけで、ちゃんとしたメニューもないのに、魔法のようにつぎからつぎへと湯気のたつ香り高い料理が運ばれてきた。中国人たちが大勢そこで食事をしていたので、パパはご満悦で——何ごとも〝本物〟であることにこだわるのだ——フルールは子どもたちから離れられたことがとにかくうれしかったのだろう。みんなジャスミンティーしか飲んでいないのに、フルールにはその一杯にダブルのウォッカ一杯のような効果があったようだ。

「恋愛のほうはどうなの、ジョージー？」彼女はエビトーストを豪快に食べながら尋ねた。

「まあまあ」わたしは慎重に言った。「まだタイとつきあってる」

「その人の写真ある？」わたしは携帯電話にはいっているうちの一枚を見せた。海岸で幸運の石——ヒューズ先生によると、魔女の石と呼ばれているらしい、まんなかに穴があるもの——を光にかざしているタイ。

「わあ、かっこいいじゃない」フルールが言った。

「おまえには年上すぎるよ」予想どおりパパが言った。

「ママはそう思ってないよ。最近はすごく気に入ってるみたい」これはちょっと拡大解釈だけど、ママがパトリックよりタイのほうがいいと言ったのはたしかだ。

「ママはどうだ？」パパがひどく重い声で言った。わたしはパパが〝おまえの〟をつけずに

〝ママ〟と呼ぶのが嫌い。なんとなく無礼だから。

「元気だよ」と言って、巧みにエビチャーハンをボウルに取った。空気を読んでくれることを願いながら。

無理だった。「かなりストレスを感じているだろう」

「大丈夫だよ」

「友だちが死んだりいろいろあったんだからな。だれかに見張られていると思っているようだし」

まるでママがそうとう弱っているような口ぶりだ。

「だれかに会っているのか?」

「精神科医のこと?」

「いや」ぎょっとしたような声。「カウンセラーとかセラピスト。そういう人だよ」

「ううん、会ってない」わたしは言った。

あとになって、パパは〝だれかとつきあっているのか〟というつもりで、だれかに会っているのかと尋ねていたのかもしれないと思った。いま思うとすごく不気味。

でも、週末の残りはすばらしかった。日曜日の朝、フルールとわたしは子どもたちを公園に連れていき、フルールはすごくおいしいランチを作った。午後は少し宿題をして、そのあと四時ごろパパが車で家まで送ってくれた。

わたしたちが家にはいるとママがいて、パパが恐れていた最悪のことをすべて裏付けようと固く決意しているように見えた。

「恐ろしいことが起こったの」ママは玄関で言った。

「ただいま、ママ」わたしは言った。「週末は愉しかったよ。訊いてくれてありがとう」

「なんなんだ？」パパが言った。言外に〝今度は〟をにおわせながら。

「リックが。彼が死んだの」

わたしはハーバートにあいさつをする途中で止まった。「ルイス先生が？」

「ええ。殺されたの。エラと同じように」

「まったく」パパは言った。「あの学校では何が起こっているんだ？」

エルフィック先生が自宅で殺されたことを考えると、ちょっと不当だと思ったけど、ルイス先生の死体は学校で、それもR・M・ホランドの書斎で発見されたらしかった。ママはそれ以上わたしに聞かせまいとしたが、もちろんわたしは会話から締め出されるつもりはなかった。ママはだれがルイス先生の死体を発見したかについてことばを濁しているようだった。ママだったのだろうか？　もしそうなら、週末に学校を歩き回って何をしていたの？

ようやく帰ることになったパパは、わたしを抱きしめてひそひそ声で言った。「パパが必要になったら、昼だろうと夜だろうといつでも迎えにくるからな」ママは大きなグラスにワインを注いでソファに座り、茫然自失状態だ。わたしはグループのみんなに知らせようと、急いで二階にあがった。ママは秘密だと言っていたけど、すぐに広まることになるのはわかっていた。案の定、ワッツアップでメッセージのやりとりをしているあいだに、学校から〝不測の事態により〟明日は休校というメールが来た。

「L先生が死んだなんて信じらんない」これはタッシュ。

「きっと連穀殺人鬼（シリアル・キラー）だよ」これはヴェネシア。スペルがまちがっている。

パトリックはやけにおとなしいので、もうメッセージグループから出たのかと思ったら、メッセージが十個ぐらいつづいたあとで、追いついてきた。「これはヤバいな」

「つぎはだれだろ」ヴェネシア。「ママに気をつけるように言いなよG」

「バカ言うな」パトリックが戻ってきた。

「でも、英語の先生ばっか殺してるやつがいるってことでしょ」ヴェネシアがむっとしているのがわかる。

「ヒューズ先生に伝えなきゃ」わたしは打った。「先生ならどうすればいいか知ってるはず」

チャットが終わったあと、パトリックから個人メールが来た。

「話がある」


パトリックとは火曜日まで話せなかった。月曜日はハーバートがいなくなって大騒ぎになったからだ。朝、わたしはハーバートを散歩に連れていった。野原に着いてリードをはずすと、彼は自由ににおいをかいだりぐるぐる走り回ったりした。パトリックからメールが来たので、返信しようと立ち止まり、顔を上げるとハーバートが消えていた。最悪の事態。何度も名前を呼んだ。きっとうちに帰ったのだろうと思った。でも、うちに帰ってもハーバートはいなかった。ママとわたしはまた野原に行ったけど、彼は姿を見せず、特別な口笛を吹いてもだめだった。そのころにはふたりともパニックになっていた。ママは感じのいい警察の〝ボディガード〟ふたりに事情を話し、ふたりは車で彼を捜しにいってくれた。全部わたしのせいだと考えつづけた。携帯を見たりしなければ。でも、パトリックもたいへんな状況らしく、警察に疑われている、警察が玄関の外で待っていた、ということだった。作り話ではないかと思ったけど、ほんとうだったことがわかった。警察はほんとうに彼の家に来ていた。

ハーバートがまだ戻らないので、ママはおっかないカー部長刑事に電話した。そうしたらほんとうに来た。信じられなかった。しかも彼女は有能だった。落ち着いて論理的に考えるようにとわたしたちを導いた。庭に出て物置を調べていると、カー部長刑事（わたしたちのあいだでは今はハービンダー）が犬の鳴き声を聞きつけた。声は古い工場から聞こえてきていた。なかにはいるのは怖かったが、ハービンダーは恐れを知らなかった。はいりこめる場所を見つけ、わたしたちはなかにはいった。

工場には不穏な霊がいるのではないかとずっと思っていた。幼い女の子がそこのセメントのなかで窒息死し、夜になると泣き声が聞こえるといううわさがあった。それがほんとうかどうかはわからないが、ポルターガイスト現象はたしかに起こっていた。夜になると光が見え、妙な音が聞こえるのだ。それに、学校の旧館と同じように、あそこには悲しみがあった。工場のなかにはいると、瘴気（しょうき）のような超自然現象が起こった。ママとハービンダーは気づかなかった。ハーバートの足跡をたどること以外考えていないらしい。おかしなことに、急にふたりは似てきたようで、どちらもひたむきで勇敢だった。わたしはふたりについていく子どもになったような気がしたが、ヒューズ先生が言うように、ときには内なる子どもに耳を傾けなければならない。

ようやくハーバートを見つけた。どうやらだれかが寝起きしていたらしい小さな部屋に閉じ込められていたのだ。ハービンダーは明らかにこのホームレスの存在に興奮していた。おそらく警察は彼／彼女に殺人の罪を負わせようとするだろう。ママはとにかくハーバートを取り戻せて大よろこびだった。前足をけがしていたので獣医のところに連れていき、うちに帰ると居間のクッションの上に下ろして、彼の大好きなものを全部与えた。犬用ビスケットのボニオ、チューチュー音がするおもちゃ、甘い紅茶を。

わたしは二階に行って書きものをし、パトリックにメッセージを送った。六時半ごろまたハービンダーが来たのが音でわかり、ママがふたつのグラスにワインを注ぐいつものトクトクという音がした。カー部長刑事はもう家族の友人なのだろうか？　彼女のことは好きだし立派だと思うけど、なんとなくあまり近くにいてほしくない。彼女のオーラは昔の警察の回転灯のようなブルーだ。真実にたどりつくまであきらめないだろう。

翌日学校が再開した。旧館は締め切りになっていて、中央扉には本物の警察のテープが張ってあった。みんな異常に興奮していて、全員が安っぽい新館に押し込められているので、極限まで熱気が高まっていた。出席を取られるまえに、パトリックと少しだけ話をすることができた。

「みんなおれが犯人だと思ってる」彼はこれまで以上にワイルドで、目の下にはくまができ、髪は洗っていなかった。無精ひげも生えているようだ。

「そんなことないよ」わたしは言った。

「みんなおれを見てる」

「なんでひそひそしゃべってるんだろうと思ってるのよ。わたしたちがつきあってると思ってるのかも」

するとと彼は笑った。「ロージーとは別れるつもりなんだ。彼女に悪いから」

「そんな大げさな」

「本気なんだ、ジョージー。たぶんおれたちつきあうべきだよ。タイはきみには年上すぎる」

「パパみたいなこと言うのね」

「うそじゃないって。あいつはきみを理解してない。おれは理解してる。似てるんだよ、きみとおれは」

「あとでね」わたしは言った。「もう教室にはいらなきゃ」

言わないでおくほうがいいこともある。

スイートマン先生はまた特別集会を開いた。どうしてルイス先生が死んだのかといつまでも考えるのではなく、彼がどう生きたかを覚えておくようにと校長は言った。それは無理というものだ。みんな殺人事件に取り憑かれていた。わたしのママがやったと思うかと訊いてきた子もいた。

「そうかもね」わたしは言った。「すごく英語科主任になりたがってたから」

でも、ほとんどの子は狂気の連続殺人鬼説を信じていた。

「もしかしたら卒業生かもよ」ペイジが言った。「ロニー・ベローズはルイス先生をすごく嫌ってたし、死ぬほど不気味だった。いつも黒ずくめでヘビメタ聴いてたし」

「すごい」わたしは言った。「事件が解決しちゃった。あなたが警察に電話する、それともあたしがする？」

不意に、ほんとうに警察に電話できることを思い出した。わたしの携帯電話にはハービンダーの特別な〝緊急時用番号〟が登録してあるのだ。

昼休みにパトリックと会った。墓地に行きたかったけど、先生たちはなんとしてでも生徒を立ち入り禁止区域に入れるまいとしていた。ちょっと『ハリー・ポッター』みたいだ。ホグワーツのバジリスクが逃げ出して、教師がふたり組で廊下を見回り、管理人が門に立ち、だれのしわざだろうとみんなが話していたときの。結局、わたしたちは美術室に行った。パトリックが一般中等教育修了試験（GCSE）の美術の課題をやらなければならないと言ったからで、わたしはそこで歴史の課題をやることにした。

わたしたちは七年生が描いたおぞましい自画像に囲まれて座った。美術室は油絵の具と鉛筆のにおいがして、不思議と気が休まった。パトリックの課題作品はとても上手だった。海の風景画で、水から出現する巨大な人影がグレーとブルーだけで描かれており、空は不穏な感じだ。

子どものころに読んだ本『アイアン・マン』（テッド・ヒューズ作の児童文学）を思い出した。「天気のいい日のショアハムの海岸なんだ」絵には〝ピューマ〟のサインがあった。ＳＦを書くときの彼の名前だ。

「もっと海のそばに住みたかったな」わたしは言った。

「おれんちのへんは気に入らないと思うよ」彼は言った。「別荘や休暇用の家ばかりだから。住人がいないんだ。昼は静かすぎるし、夜じゅう霧笛が聞こえる」

「昨日何があったの？　警察が来たって言ってたけど」

「ああ」彼は言った。「警察はエルフィック先生の家の外が映ってる防犯カメラ映像でおれを見つけたんだ」

「うそ。あなたが彼女を殺したと思われてるの？」

「よくわからない。ルイス先生を見たことは話したし、興味を引かれたみたいだった。先生がエルフィック先生を殺したのかもしれないけど、その彼も死んでしまった。警察はふたりともおれが殺したと思っているのかもしれない」

「土曜日の夜のアリバイはあるの？」

こんなことを訊いているなんて信じられなかった。殺人の時刻のアリバイがあるかどうか、実際に友だちに尋ねるなんて。パトリックは顔をそむけたので、表情は見えなかった。

「ああ。日曜日に話したかった理由はそれなんだ。ヴィーがうちに来た」

「えっ？」

「別に何もなかったよ」彼のことばはかなり言い訳がましく聞こえた。「ひとりで寂しかったんだ。ロージーは両親が外出を許してくれない。きみはパパとロンドンにいた。ヴィーにメールしたら来てくれたんだ」

「彼女はいつまでいたの?」

「泊まっていった」

わたしは何も言わなかった。ひとつには、ショックを受けていたし、全然うれしくなかったから。パトリックとヴェネシアのあいだに何もなかったとは、一瞬たりとも信じなかった。ふたりは〝つきあって〟こそいなかったかもしれないが、まちがいなく寝ていた。ヴェネシアがわたしより先にバージンを捨て、それを秘密にしていたことに猛烈に腹が立った。ふたりとも〈マイシークレットダイアリー〉にはそんなことひと言も書いていなかった。その一方で、パトリックにアリバイがあったことはうれしかった。

「もう行かないと」わたしは言った。

パトリックはわたしの手をつかんだ。「怒らないでくれよ、ジョージー。おれが愛しているのはきみなんだ」

「やめてよ。あなたはあたしを愛してなんかいない。あたしたちは兄と妹みたいなものでしょ」

「ヴィーは前世でおれの双子の妹だったって言うんだ。同じ魂を持っているって」

「双子でも魂は別だってこと、そのうちわかるよ」

パトリックはまだわたしの手をにぎっていた。「おれはもうめちゃくちゃなんだ、ジョージー。何を考えればいいかわからない」

「双子の妹のヴェネシアに訊けばいいじゃない」

「怒らないでくれよ」彼はまた言った。「話したらきみは怒るってヴィーが言ってた」

「怒ってない」

激怒していた。


ママはまだ毎日わたしを車に乗せて帰る。まるで心ここにあらずのようで、それもしかたないと思う。〈ドギー・デイケア〉にハーバートを迎えにいき、うちに帰るとわたしはすぐに二階に逃げた。日記を入力していると、ハーバートの吠え声と人の話し声が聞こえた。カー部長刑事だ。ハービンダーおばさん。わたしたちの新しい親友。


こっそり部屋を出て階段に座り、耳を澄ました。ハービンダーは〝鑑識が現場で発見した〟ことについて話していた。ルイス先生が殺された夜にR・M・ホランドの書斎で見つかった、〝重要証拠〟と呼ばれるもののリストがあるらしい。そのなかにママが見たものはあるか、彼女は知りたがっていた。つまり死体を発見したのはママだったのだ。思ったとおり。

「デスクの上に蠟燭が三本と、ポプリの葉と花がいくらかありました」

「目にした覚えは……」ママの声はよく聞こえなかった。

「鑑識はこれも見つけました。現場の写真です」

ああ、なんの写真か見られたらいいのに。都合よくママが質問した。

「調べてみました。黒曜石と呼ばれる石のようです」

36章

やるべきことはわかっていた。ヒューズ先生に会わなければならない。残念ながら、言うは易し、おこなうは難し。ママはまだ鷹のようにわたしを見張っていた。結局、タッシュに秘密を一部明かすしかなかった。ヒューズ先生とふたりきりで早急に会う必要がある、とだけ話した。創作のことだろうと思われたはずだ。タッシュは母親に、木曜日の放課後にわたしを連れて帰っていいかとうかがいをたてた。母親同士が協議した結果、オーケーが出た。二日間待つのは苦痛だった。水曜日の夜には、タイとステイングに出かけて一杯だけ飲んだ。愉しい時間をすごしたけど、パトリックに言われたことをずっと考えていた。タイよりも彼とつきあうべきだということを。ほんとうにそうなのだろうか？　パトリックにはタイといるときには感じないつながりを感じるけど、タイといると安心できるし、パトリックといると不安になることがある。タイは十時ちょうどにわたしを送り届けてくれた。ママは彼にすごくやさしくて、ホットチョコレートを飲んでいけと勧め、仕事や祖父母のことを尋ねた。ちょっと恥ずかしかったけど、ママがよかれと思ってやっているのはわかった。

木曜日、タッシュとわたしはいっしょに学校を出て、チチェスターのバス停でバスを待った。

タッシュはいつものバス停で降りたが、わたしはシックス・フォーム・カレッジまで行った。ウェスト・サセックス・シックス・フォーム・カレッジはタルガース校の新館のような、あらゆるところに大量のガラスとプラスティックが使用された現代的で特徴のない建物だ。試験の成績はいいのでママは評価しているけど、わたしはそこに進学するのをむしろひどく恐れている。タルガース校ではわたしは〝キャシディ先生の娘〟かもしれないが、少なくともひとりの人間として存在している。でも、シックス・フォーム・カレッジではすっかり埋もれてしまうかもしれないのだ。学校案内には〝生徒を大人として扱う〟と書かれているが、大人扱いされるのも良し悪しだと思う。唯一の明るい点は、ヒューズ先生のもとで学べることだろう。

行くと伝えておいたので、先生は教室のひとつで待っていてくれた。教室はすべて同じだ。ここはB2 11-Cとかいう教室だった。理由は神のみぞ知る。

ヒューズ先生は答案の採点をしていたが、わたしがはいっていくと立ち上がった。先生に会えてすごくうれしかった。ほかの人たちとちがって、先生はいつも変わらない。髪はきれいなグレーのお団子に結ってあり、襟にフリルがついたピンクっぽいセーターを着ていた。ママなら〝古くさく〟見えると言っただろうが、それでいいのだ。安全で年齢不詳だから。

「ジョージア」先生は決してわたしの名前を短縮しない。「元気だった、マイディア?」

「元気です」わたしは先生の向かいに座った。「いえ……そうでもありません」

「落ち着いて、ジョージア。息をして」

わたしは目を閉じた。教室はどこにでもある教室のにおいがしたが、ヒューズ先生がいるおかげで安全な場所になっていた。わたしはもっとゆっくり呼吸しようとした。先生の声はとてもやさしくておだやかだった。

「どうしたの、ジョージア?」

わたしは目を開けた。「パトリックのことなんです」

「ああ、彼が胸に秘めていたあなたへの思いに気づいたのね」

「いいえ。はい」正直わたしは少し驚いていた。だれがだれに思いを寄せているかなど、ヒューズ先生が気にしているとは思っていなかった。それに、始業まえに自分たちはつきあうべきだと言われ、そのあと美術室で告白されたあの異様な瞬間まで、パトリックがわたしを好きだなんて考えたこともなかった。

「ルイス先生が殺されました。そのことは知ってますか?」

「ええ。女性警官がわたしに会いにここに来たわ」

「カー部長刑事?」

「頭の切れる若い女性だけど、怒っている人」

ハービンダーらしい。

「実は、パトリックから聞いたんですけど……」わたしはパトリックとエルフィック先生のことを話した。あの夜彼がエルフィック先生の家の外でルイス先生を見たことを。パトリックがヴィーと夜をすごしたこと、ホランドの書斎で黒曜石が見つかったことを。

「先生がお守りとしてわたしたちにくださった石のひとつです」わたしは言った。「絶対そうです」

先生は長いことわたしをじっと見た。その青い目はおだやかであると同時にぞっとさせるものだった。やがて、彼女は言った。「このことをほかの人に話した？」

「いいえ」

「殺人現場で石が見つかったと刑事が言うのを聞いたのね？」

「はい」

「パトリックを疑っているの？」

わたしはそう訊かれるのを恐れていたが、ヒューズ先生はひどく冷静だったので、答えることができた。

「少し。彼はエルフィック先生が好きだったたし、クラス替えをさせたルイス先生を憎んでいました。それにパトリックは……その……かっとなるタイプです」

「そうね」ヒューズ先生は言った。「パトリックにはときどき暗いオーラが出ている。着火剤であり、スリルを求める人よ。だから危険になることがある。それは彼の書くものに表れている」

「でも、すごくやさしくもなれます」わたしの大好きな野菜だからと、誕生日にアスパラガスを買ってくれたときのことや、ハーバートを思わせるからと犬についての番組を録画してくれたときのことを思い出して、わたしは言った。彼が動物の保護活動をしている人たちのサイトで見つけて送ってくれたすべてのドードー鳥の動画（絶滅した鳥をCGで作製したプロモーション動画のこと）、創作クラスでいっしょに笑ったすべての時間を。

「そう、あなたは彼の守護天使なの」ヒューズ先生は言った。「あなたは彼の目を光に向けて開かせる。ヴェネシアは……彼女にはそれだけの影響力がない」

「わたしはどうすればいいんですか？　ハービンダーに――カー部長刑事に――あるいは母に話すべきなのはわかっています。でも、パトリックをトラブルに巻き込みたくないんです」

ヒューズ先生は永遠に思えるほど長いこと黙っていた。わたしは彼女ほどまったく身動きせずに座っていられる人を知らない。

やがて、先生は言った。「あなたたちがエラの霊を呼び出したことは理解してるわ」

わたしは彼女をまじまじと見た。「どうして知ってるんですか？」

謎めいた魔術的な方法で感じたと言うのかと思ったら、彼女はこう言った。「〈マイシークレットダイアリー〉で読んだのよ」

先生がサイトを見ているとは思っていなかった。創作クラスでそのことについて話し合ったが、わたしはずっとヒューズ先生はソーシャルメディアなど超越しているのだろうと思っていた。メールすらめったに使わないのだ。先生からの手書きのメモは何百枚もある。先生がメンバーだというなら、きっと別名を使っているのだろうとふと思った。

「あれもとてもよく書けていたわ」彼女はわたしにやさしく微笑(ほほえ)みかけながら言った。「構文の使い分けがすばらしかった」

「ありがとうございます」褒められるとやっぱりうれしくなってしまう。「どうしてあれがエルフィック先生だとわかったんですか？　名前は出さなかったのに」

「ほかにだれがいるというの？　それに、わたしは解放を感じた。彼女がようやく自然のなかに解き放たれたのがわかった」

「ルイス先生にも同じようにするべきだと思いますか？」

「残念ながら、リチャードはまだ地上から離れられないでしょうね」ヒューズ先生は言った。

「彼の霊はエラよりずっと程度が低いから」

「それと、石のことはだれかに話すべきでしょうか？」わたしは言った。

「沈黙が最善というときもあるわ」彼女は言った。「宇宙には独自の流れというものがあるの」

わたしは安堵の息を吐いた。きっと何もかも大丈夫だろう。

十字路でバスを降りた。家までは歩いてすぐだ。工場の壁がくっきりと見え、その向こうの白亜の崖が暗闇のなかで輝いていた。ママに訊かれたら、タッシュのママに送ってもらったと言うつもりだが、彼女はファーガス――サッカーをしているタッシュのうっとうしい弟――を迎えにいくことになっていたので、それまで待てなかった。野原に沿って路肩を歩いた。道路を走る車のスピードは速い。六時はまだラッシュの時間帯で、いらだった通勤者たちはBMWやアウディで飛ばしていく。子どものころ、七時は寝る時間で、そのあとは大人の時間だとずっと思っていた。階下でママとパパが話をしたり、ワインを飲んだり、テレビで洗練された大人の番組を見ているのに耳を澄ましたものだ。もちろん、そのうちふたりは話すのをやめて、ののしり合い、どなり合うようになり、わたしが十歳になるころにはママとふたり暮らしになった。でも、『ユニバーシティ・チャレンジ』のテーマソングを聞くと、今も懐かしい気分になる。

だから、まったく怖くなかった。怖がるような時間帯ではなかった。

そのとき、息遣いが聞こえはじめた。

イヤホンをしていたので、最初は聴いていたポッドキャストから聞こえているのかと思った。そこで、立ち止まってイヤホンをはずした。息遣いはつづいた。すぐうしろの生け垣と暗い野原のほうから聞こえてくる。かすかな、野獣のような呼吸音だが、それでも動物ではないとわかった。「猿の手」（イギリスの小説家W・W・ジェイコブズの怪奇短編）と、その短編のなかで死からよみがえって老夫婦の玄関口までやってきた〝もの〟を思った。パトリックの絵と、海から姿を現す生き物を思った。ルイス先生の霊はまだ〝地上から離れられない〟と言ったヒューズ先生を思った。歩く速度をどんどん速めたが、息遣いはつねに数歩うしろをついてきた。うちが見えた。窓に明かりがあるということは、ママはうちにいるということで、外に車も停まっている。わたしが走りだすと、息遣いも速くなった。追跡者も走っているかのように。

あやういところでアウディをよけながら道路をジグザグにわたり、脇道を走った。うちに着くと息遣いは聞こえなくなっており、安全なポーチから野原を振り返った。木々のあいだで動いているように見えるのは人影だろうか？　だが、暗くてまったくわからなかった。

私はエイダとの婚約を解消しました。まともな人の連れ合いとして、私はふさわしくありませんでした。部屋にこもって、表向きは論文を書いていることになっていましたが、実際はこの話を書いていました。今あなたを愉しませているこの話のことですよ、親愛なる若き友よ。ヘルクラブと廃屋(はいおく)でのハロウィンについて。死体と、同志たちの血でかわした誓いについて。エブラヒミとコリンズについて。私を追いかけているらしい報復者(ネメシス)について。繰り返し、私は書きました……

地獄はからだ。

また十月三十一日がやってきたとき、私は抜け殻同然でした。周囲に心配されているのは知っていました。指導教官は私と話そうとし(エイダへの仕打ちのせいで、今では私を大いに嫌っていたにもかかわらず)、学生監督官補佐(ジュニア・ディーン)は面談の要求までして、ちゃんと寝ることと定期的に運動することの大切さを力説しました。健全なる精神は健全なる身体に宿る(メンス・サーナ・イン・コルポレ・サーノー)。彼が私のほんとうの心の状態をわかってさえいたら。

その日私は一日じゅう待ちました。ドアに施錠されていようといまいと報復者が来るのはわかっていたので、部屋を出ませんでした。ニュースを聞いたのは翌日、諸聖人の日のことでした。夜遅く、街に散歩に出かけました。考えごとをしながら静かな通りをうろつくのが好きで、よくそうしていました。セント・ジョンズ・カレッジの外で、エグルモントという友人が建物の影のなかに立って、パイプをふかしているのが目にはいりました。ヘルクラブのメンバーだと気づき、会話をしたくなかったので、急いで通りすぎました。

「やあきみ」彼は私の背中に呼びかけました。「きみはバスティアンの友だちだったよな？」

「昔は」私は用心深く言いました。が、心臓は早鐘を打っていました。

「彼に何があったか聞いたかい？　ひどいニュースだ」

「いいや」私は言いました。「何があったんだ？」

「ちょうど今、寝室係のひとりに聞いたところなんだ。バスティアンは列車に乗っていた。客車が連結した新しいやつだ。客車から客車に歩いているとき、列車が不意に切り離された。彼は車輪の下敷きになった。かわいそうなやつだ。なんという死にざまだ」

私はエグルモントを見ました。彼の青い顔とラペルにつけた髑髏(どくろ)の記章を。

「いつの話だい？」私は訊きました。

「つい昨日のことさ」彼は答えました。「きっと明日の《タイムズ》に載るよ」

一週間後、新聞の切り抜きが届きました。そこには今やおなじみとなったあのことばが書き込まれていました。

地獄はからだ。

第Ⅶ部　クレア

クレアの日記

二〇一七年　十一月十六日　木曜日

サイモンにはもううんざり。なんの権利があって、あんな上から目線で恩着せがましい態度をとるのだろう？　「おれの娘が危険な状態にあるのに、何もしないでいるわけにはいかない」たった今、彼が電話で言ったことば。おれの娘。まるでわたしといると何か起こるとでもいうような口ぶりだ。今夜ジョージーはタッシュとすごしていると言っただけなのに。「放課後は毎日きみと帰るということになったと思ったが」「今日はタッシュがいっしょにいるわ」わたしは言った。「タッシュのママが車で送ってくれることになってるのよ」「その人について何を知っているというんだ？」彼は訊いた。「おれに確認してからにしてもらいたかったな」

彼に確認するですって！　わたしを置いて出ていき、自分の半分の年の女といっしょになって、新しい家族を作った男のくせに。まあ、わたしたちが別れたのは彼がフルールと出会うまえだし、彼女は厳密には十歳年下なだけだけど。でも事実、彼女と結婚してから、彼は尊大なだけの馬鹿になった。そこが弁護士のやっかいなところだ。一時間いくらで世にも高額な報酬を得ているせいで、自分のことばにそれだけの価値があると思うようになるのだ。

危険な状態にあるのはわたしなのに、サイモンは半分もわかっていない——日記のことも、工場のホームレスのことも、ナイフが突き刺さったリックを発見したのはわたしだということも。サイモンはジョージーを引き取っていっしょに暮らしたがっているが、そんなことにはならないはずだ。たしかにジョージーは、週末を父親家族といっしょにすごすのは気に入っているようだが、フルールはあの子をオペアのように扱って、子どもたちを泳ぎに連れていくのを手伝わせたりしているのだろう。ジョージーは母親ちがいの弟妹をかわいがっているし、ロンドンに滞在することや、チャイナタウンに食事に行ったりすることを愉しんでいる。が、ずっとそこに住みたいわけではない。わたしといたいのだ。

ジョージーにはサイモンと口論したことを話さなかった。タッシュのところから帰ってきたとき、彼女は少し上気して不安そうだった。宿題のことが心配なのだと言っていたが、手伝おうかと申し出ると、すぐに断られた。だいたい、教師が宿題の何を知っているというのだろう? 今は職場も悪夢のようだ。幸い、リックの代わりに来てくれた代用教員のスーザンはかなり有能なようだ。ドンは役に立たないどころか有害で、クラスをまったく統率できていない。わたしは自分の仕事をやったうえで、すべての時間割を管理し、試験の予測をしなければならない。どうすれば学校がこれまでどおりやっていけるのかわからないが、もちろんやっていかなければならないし、ある意味すべてはわたしにかかっているのだ。乗り越えるための唯一の方法は乗り越えること。最近わたしにそう言ったのはだれだったろう?

唯一の慰めは——ハーバートを別にすれば——ヘンリーだ。今夜も彼とフェイスタイム（デビオ通話アプリ）で話した。ケンブリッジの部屋の鉛枠装飾の窓や、そのすべての修道士じみた質素さのなかにいる彼を見るのが気に入っている。しかも彼は、最初のデートで死体を発見するといったささいなことに不快になりはしなかった。またわたしに会いたがった。それで少し心が休まったのはたしかだ。

それにひきかえサイモンときたら。絶対にサイモンに娘を取り上げさせるものか。彼を愛したことがあるなんて信じられない。ときどき、わたしの人生は彼に出会った日からまちがいはじめたような気がする。

37章

人生がほんの少しだけ前進する。ハーバートのけがはすぐによくなったが、ジョージーが特定の声音（こわね）で〝かわいそうなおちびちゃん〟や〝勇敢なわんちゃん〟と言うと、まだ足を床から浮かせる。ジョージーは週末サイモンのところに行きたがらず（やった！）、家でいっしょに静かにすごした。土曜日の夜はタイと映画に行ったが、十一時までには帰ってきた。デブラの家にサンデーランチを食べにいって、ジョージーは男の子たちとサッカーを楽しみ、デブラやレオと本の話をした。ときどき元気いっぱいに気のきいたことを言う。そういうとき、娘とその教育についてサイモンになんと言われようと、わたしはまちがっていなかったと思う。

学校はあいかわらず修羅場だ。あまりにやることが多すぎるし、生徒はみんな感情的になり、リックの殺害事件についてあれこれ憶測しては、泣いたり、感情を爆発させてちょっとした暴力事件を起こしがちになっている。リックの葬儀は、彼とデイジーが通っていたブライトンの教会で木曜日におこなわれる。少なくとも学校の礼拝堂ではない。また学校に棺が運び込まれるのを見るのは耐えられない。トニーは葬儀に行くつもりで、わたしも行くべきだと考えている。「なんと言ってもきみは……関係者だし」彼を発見したという意味だ。でも、あの夜わたしが学校にいたことについては、どう見えているかにもかかわらず、何も言われていない。たぶんわたしはリックの葬儀に出席するべきなのだろうが、耐えられるかどうかわからない。時間が作れないと言い訳することになるだろう。実際、時間は作れそうにない。代用教員がふたり加わっても、仕事はいっぱいいっぱいだ。が、みんなそれなりにやっており、おかしな形ではあるが、エラとリックがいたときよりも結束している気がする。ふたりが生きていたときよりも。アヌーシュカとわたしはまだ芝居の監督をしているが、完成まではほど遠いようだ。オードリー役のピッパは申し分ないが、ビルはセリフを覚えず、食人植物は稽古の半分をサボっている。

〝現場で〟見つかったものについて知らせるために立ち寄ってくれて以来、ハービンダーから連絡はない。そのまえの夜はいっしょにワインを飲んで、ほとんど友だちのようだった。それなのに、水曜日にまた地獄のような一日を終えて帰宅すると、家の外に彼女の車が停まっている。

「なんの用かな？」ジョージーが言う。車に乗っているあいだは、ほとんどわたしと口をきかず、携帯電話にイヤホンをつないだままにしている。元気になるのは〈ドギー・デイケア〉にハーバートを迎えにいくときだけだ。

「運がよければ、犯人はつかまったから、もう何も心配いらないと伝えにきてくれたとか」

「それはないって、ママ」

土砂降りの雨だ。ハービンダーはフードを被って車から降りる。ひとりだけということは、警察としての公式な訪問ではないのだろうか。

「はいって」傘が裏返しになるのを防ごうとしながらわたしは言う。ジョージーとハーバートはすでに家のなかに飛び込んでいる。ハービンダーは玄関ホールでジャケットを脱ぐ。わたしと同じくらい疲れて見え、目の下にくまができている。髪はうしろで束ねてポニーテールにしている。

「キッチンに行きましょう」わたしは言う。「紅茶を淹れるわ」

雨が天窓をたたくなか、朝食用のバーカウンターに座る。

「タルガース校の様子はどうですか？」ハービンダーがビスケットに手を伸ばして訊く。

「愉しくて仕方がないわ。英語科主任が殺されると驚くほど士気が上がるのね」

「今ではあなたが英語科主任なんですよね」

「臨時のね。大きなちがいよ」

ジョージーは二階にいるので、訊いてもいいだろう。「何かニュース？」

「DNAの報告があがってきました」彼女は言う。「それでうかがったんです」

わたしとお茶を飲むために寄ったのではないので、ちょっとがっかりする。

ハービンダーはバッグからファイルを出すが開かない。やがて、いかにも〝プロ〟らしい声で言う。「廃工場にあった寝具類から大量のDNAが検出されました。寝袋についていたさまざまな体液から」

「結論から言って」わたしは言う。

「わかりました。そのDNAは殺人現場で見つかったものと一致しました」

「どっちの現場?」

「R・M・ホランドの書斎のほうです。被害者の体とデスクから鼻汁が見つかったんです」

「どういうこと?」

「おそらく犯人はくしゃみをしたんでしょう」彼女はどこまでもまじめくさって言う。「いいですか、クレア、廃工場で寝ている人物は、リック・ルイスを殺した人物なんです」

「そんな、まさか」

「お願いです」ハービンダーは閉じたままのファイルに手を置いて言った。「安全な場所に行ってください。できればサセックスから遠く離れたところに。スコットランドのおばあさんのところはどうですか?」

わたしは笑った。そんなことはばかげている。サセックスを離れることはできない。英語科をまとめられるのはわたしだけなのだから。が、同時にアラプールの祖父母の家の光景が浮かぶ。海に反射する陽射しや、遠くの山々も。

「仕事を置いては行けない」わたしは言う。「そうでなくても人手が足りないのよ。それに、ジョージーも学校を休ませるわけにはいかないわ。今年は大事な学年だもの」

「ほんの二週間ほどですむかもしれませんよ」ハービンダーは言う。「それに、代わりがきかない人なんていません」

「今わたしの代わりができる人はいないと思う」

「学生は学校を休むわけにはいかないと先生はいつも言いますけど、そんなことはありません。それに、何週間も退屈な確率の授業を受けるより、しばらくあなたとふたりきりですごすほうが、ジョージアにとって得るものは多いはずです」

「なんの話をしてるの？」わたしはシンクのまえでやかんに水を足していたので、ジョージーがはいってきた音に気づかなかった。おぞましいタルガース校の制服姿で、青白い顔をし、髪をうしろに流してそこに立っている娘が、不意にとんでもなく美しく見える。

「あなたとママが少しここを離れることについて話していたのよ」ハービンダーがすかさず言う。「いいと思わない？」

「学校は休めないでしょ?」

「たいへん、洗脳されてる」ハービンダーは言う。「みんなよろこんで学校を休むもんだと思ったのに」

驚いたことにジョージーは笑った。「たしかに数学は嫌い。とくに確率」

「わたしもよ」ハービンダーが言う。「残念ながら警察の仕事ではしょっちゅう必要になるけど」

「どうしてここを離れることなんか話してたの？」ジョージーが訊く。彼女はハービンダーの向かいに座る。わたしは取り残されたような気分になる。カウンター越しに〝何かあったのかい、あんた？〟と訊く、西部劇に出てくるバーテンダーのように。

「殺人現場で見つかったDNAが、工場の寝袋から採取したサンプルと一致したの」ハービンダーは言う。ジョージーにはそこまで話すつもりじゃなかったのに。わたしは横から困ると伝えようとする。

「警察のデータベースに一致するものはあったの？」ジョージーが言う。

ハービンダーは笑う。「最近の若者はこれだから困るのよね。わたしより警察の手順にくわしいんだから。この地域の犯罪者と照合してみたけど、DNAは該当者なし」

「じゃあよそ者（ストレンジャー）ってこと？」

「おそらくそうでしょう」

未知の殺人者が野放しになっているのにどうしてほっとするのかわからなかったが、なぜかほっとする。にぎりしめていたこぶしがゆるむのがわかる。

「殺人現場ではほかに何か見つかった？」ジョージーが訊く。

「これ以上はだめ」ハービンダーは言う。「警察（マジック・サークル）から追放されちゃう」

ジョージーは笑い、ぶらぶらと去っていく。ハービンダーは残ってさらにビスケットを食べ、わたしたちはハーバートのことを話す。あとになってようやく、彼女が立ち寄ったほんとうの理由はなんだったのだろうと思う。

38章

結局リックの葬儀に行く。ほんとうに逃げられるとは思っていない。トニーと教頭のリズ・フランシスのあいだに座り、人びとがリックを〝神の光に満たされた人〟だと語るのを聞く。彼はとても熱心なキリスト教信者だった。知らなかった。結局葬儀はブライトンのコミュニティセンターでおこなわれ、人びとは両手を上げて賛美歌を歌う。音楽は実際とてもいい。先導する女の子は、まだ梁に残っているハロウィンの風船に届かんばかりのすばらしい声でゴスペルを披露する。牧師もなかなかいい説教をする。「信仰がなければ復活の希望もなく、私たちは永遠に安息日の夜明けが来ない復活祭の土曜日を繰り返すことになります」最前列で激しくうなずいているデイジー・ルイスが見える。

わたしはどんな宗教も信仰していない。両親は無神論者だ。父方の家族はアイルランド出身で、父はカトリックとして育てられたにもかかわらず。といっても、聖人ってすてきでしょう、四旬節だからお菓子はなしね、といったゆるい感じだったようだが。家では信心深い人たちについて、人類学者がいわゆる失われた部族について語るように、上から目線で話した。両親はともに大学の講師で、そういう会話は彼らにとって無上の愉しみだった。黙ってもらいたいと思うこともよくあり、そういうときは本を読むしかなかった。カトリックでもそれほど悪くないのでは、とわたしは思ったものだ。少なくとも、礼拝のあいだは両親も黙っていてくれるだろうし、日曜日は少しのあいだ静かにすごせる。それに、宗教教育は、T・S・エリオットを理解するうえで役に立っただろう。ミルトンやチョーサーは言うまでもなく。クリスマスにいつも〝呼び出し〟がかかる医者である兄のマーティンは、そんな考えにがまんできないらしい。彼はとにかく合理的に子どもたちを育てている。歯の妖精もなし、サンタ・クロースもなし、幼子イエスもなし。きっと子どもたちはサイエントロジストになるだろう。

サイモンとわたしはもっとあいまいで進歩的だった。ジョージーには、サンタ・クロースや幼子イエスを信じている人たちもいて、それは思いやりや寛大さにつながるすてきな考え方なのだと教えた。わたしの知るかぎり、ジョージーはカトリックにもそのほかの超自然的哲学にも傾倒したことはない。が、今日のデイジーを見ると、果たしてそれでいいのだろうかと思う。少なくとも、彼女にはすがるものがある。自分と闇とのあいだに。

葬儀のあとの会には参加しない。午後の授業のために戻らなければならないし、だいたいリックの友だちや家族に何を言えばいいのだろう? 退出する途中、デイジーに挨拶してお悔やみを言う。ぎこちないことばに応えて、彼女は思わずこちらがあとずさるほどの軽蔑と嫌悪をこめてわたしを見る。

車でリズを学校まで送る(もちろんトニーは残って、両手をにぎり合わせてほんとうに残念に思っていることを伝える)。ブライトンの海沿いの道にある数えきれないほどの赤信号のひとつで止まると、わたしは尋ねる。「わたしに向けたデイジー・ルイスの目つきを見ました?」

リズはしばらく黙っていたが、やがて言う。「つらいでしょうね。リックは彼女のすべてだったから」

わたしはリズが好きだが、このままごまかされるつもりはない。

「彼女がわたしを嫌う説明になっていません」

「あなたを嫌っているわけではないわ」窓からウェスト・ピアの桟橋の骨組みのほうを見ながらリズは言う。「嫉妬しているのよ」

「わたしに嫉妬? どうして?」

「リックがあなたを愛していたのを知っているんでしょう」

「リックはわたしを愛してなんかいませんでした」信号が青になり、車がエンストする。うしろのバスがクラクションを鳴らす。ブライトンの人たちはみんなのんきで環境に配慮しているなんてだれが言ったのだろう。

リズが何も言わないのでわたしは言う。「彼の不倫相手はエラですよ」

「知ってるわ。でも、彼が最初に好きになったのはあなたよ。そのことで彼に注意したのを覚えているわ。かわいそうなリック。わたしは彼が好きだったけど、とても弱い人だった」

「そうやって男は逃げるんですよね」わたしは言った。「みんながかばってくれるから。リックは奥さんを裏切ったのに、みんなは〝かわいそうなリック、エラのよこしまな策略に屈してしまったのね〟と言う」

「そんなことは言ってないわ」

「わたしは思わせぶりなことなんてしなかった。彼のことはまったくなんとも思ってないと言ってやりましたから」

「あなたが彼をその気にさせたとは言っていないわ。デイジーはあなたに嫉妬しているんでしょうと言っただけ。リックはあなたに夢中だったのに、あなたはその思いさえはねつけた」

それでもまだ非難のように聞こえる。そのあとはほとんど会話もなく旅をつづける。

また長い一日。放課後、芝居の稽古をする。本番まで二週間もなく、血に飢えた植物役には、六十センチほどの本物の植物を代役に立てなければならない。ジョージーが稽古を見にくる。タッシュがコーラスにはいっているせいもある。ジョージーの隣の席にパトリックが来て、『どこかにある緑に囲まれた場所』のナンバーのあいだじゅう娘にささやきかけているのを見るとあまりいい気分ではない。オードリーを演じるピッパは二度叫び声をあげ、ふたりのほうをずっと見ている。彼女もオリアリー少年に熱を上げている見当ちがいのおばかさんでないといいけど。

ようやく稽古が終わると、ジョージーとタッシュとパトリックは額を集めて何やら話している。ピッパは泣きそうだ。

「どうしたの?」わたしは言う。「あなたならきっと本番も問題ないわよ」それはほんとうだ。

問題はほかの子たちだ。

「大丈夫です、キャシディ先生。わたし、今あれなんです。わかりますよね」

そんなことまで聞きたくない。が、わたしはやさしい教師の笑みを浮かべて言う。「それなら、帰って休みなさい。月曜日は通し稽古よ。オードリーには絶好調で臨んでもらいたいの」

そのあと、声を張り上げる。「さあ、ジョージー。帰るわよ」

「せっかちなんだから、ママは」これには笑い声があがる。

また冷たい海霧（シー・フレット）のなかを車でうちに向かう。木々のあいだを不気味な雲が流れ、目印がいきなり現れる。ジョージーは携帯電話でワッツアップの会話を楽しんでいるらしい。わたしはラジオ4をつける。『ジ・アーチャーズ』（イギリスの長寿ラジオドラマ）が放送中で、疲れ切った声の男性が人工授精について話している。

「かんべんしてよ」ジョージーがイヤホンをはずす。「これを聴かなきゃならないの?」

わたしはラジオを消す。霧がさらに濃くなり、雲のなかを走っているようだ。工場はまったく見えない。わが家のあるもの悲しい通りの、三本の街灯のオレンジ色の光がかろうじて見えるだけだ。車から降りても、玄関扉はほとんど見えない。

いきなり霧のなかからハービンダーの声が聞こえてくる。

「クレア。たいへんなことになりました」

39章

「何？」わたしは言った。「何があったの？」

「なかにはいりましょう」ハーンビンダーの背後に立ちはだかるニール・ウィンストンが見える。公式な訪問ということだ。

「どうしたの、ママ？」ジョージーがわたしの腕をつかむ。〈ドギー・デイケア〉に長時間預けられていたハーバートを抱いている。

「家の鍵はありますか？」どこからかわからないがハービンダーの声がする。もちろん鍵は見つからない。指が動かないのだ。仕方がないので、ハービンダーにバッグをわたす。なかにはいると、ハービンダーは明かりをつけて、わたしたちを居間に通す。ニールは紅茶を淹れにいく。わたしはいよいよ不安になる。

「落ち着いて聞いてください」最初にハービンダーは言った。

「やめて」わたしは言った。「ますます落ち着かなくなる」

ハービンダーは、ハーバートを膝にのせてソファに座っているジョージーのほうを見た。

「元ご主人のサイモンのことです」

これはまったく予想もしていなかった。

「サイモンに何があったの？」

「襲われました」ジョージーは小さな悲鳴をあげた。ハービンダーは急いで言った。「今は病院です。命に別状はありません」

わたしはジョージーの隣に座って娘の肩を抱く。「〝襲われた〟ってどういうこと？」

「オフィスの外で待ち伏せされて刺されたんです。大声をあげたようで、通りすがりの人が救助に駆けつけて、犯人は走って逃げました」

「刺された」リックと、彼の胸に刺さっていたナイフを思い出す。エラが殺されたときも、ハービンダーは言っていた。複数回刺されていたと。

「無差別の襲撃かもしれません」ハービンダーは言う。「ナイフを使った犯罪はロンドンではめずらしくありませんから。でも、あなたとのつながりは無視できません」

「エルフィック先生とルイス先生を殺した犯人がやったの？」ジョージーが訊く。

ニールが紅茶のはいったマグをふたつ持って居間にはいってきて、わたしたちのまえに慎重に置く。ハービンダーが言う。「ふたりだけで話せませんか、クレア？」

「だめ」ジョージーが驚くほど大きな声を出す。「あたしにも何が起こってるのか知る権利があるんだから」

ハービンダーとニールが視線を合わせる。「クレア」ハービンダーが言う。「日記を見せてもらえますか？」

「全部提出したわよ」わたしは言う。

「また書いてますよね？」

二階のベッドサイドテーブルの上のリポーターズ・パッドを思い出す。彼女の言うとおりだ。

「なんの話、ママ？　日記って？」

「なんでもないの」わたしは言う。

「見せてもらえますか？」ハーバートビンダーが訊く。

遠足にでも行くように、ハーバートが二階までついてくる。日記帳はベッドのあいている側に置かれている。わたしが寝ていない側。サイモンがいた側。自分でそこに置いたのか思い出せない。

最新の書き込みを見る。

それにひきかえサイモンときたら。絶対にサイモンに娘を取り上げさせるものか。彼を愛したことがあるなんて信じられない。ときどき、わたしの人生は彼に出会った日からまちがいはじめたような気がする。

その下にイタリック風の手書き文字が書かれている。わたしにまかせろ。

クレアの日記

二〇一七年　十一月二十四日　金曜日

インヴァネス行きの列車に乗っている。寝台列車のカレドニアン・スリーパー。何もかもがひどく現実離れしている。昨日はLSOHの稽古をし、早く週末が来ないかと思っていた。今は、トニーにもうひとり代用教員を見つけてもらい、ジョージーとアラプールに向かっている。二段ベッドと無料の〝スリープキット（洗面道具）〟つきの〝クラブルーム〟まで、ハービンダーがすべて手配した。スペースはせまいが驚くほど快適で、白いシーツはぱりっとしているし、ためばシンクになるテーブルもある。ジョージーは上の段に寝そべってポッドキャストを聴き、わたしは下の段で携帯電話を使ってこれを書いている。ハーバートも連れてきており、今はほぼ床の全域を占領しているが、夜を切り裂いて急行列車で疾走するのが日常茶飯事であるかのように、すばらしくお行儀よくしている。闇のなかをイングランドが過ぎ去っていく。目が覚めたらスコットランドだ。

列車に乗るまえにサイモンと話した。まだ入院しているが、重体ではない。とにかくいらいらしているようだった（じれている、というべきか）。「警察はきみの殺人事件と関係があると考えている」わたしの殺人事件ですって！　警察の話では、犯人はサイモンを襲ったものの、途中でじゃまがはいったのだろう、ということだった。だから胸と腕の傷は比較的軽傷ですんでいるのだ。サイモンは命拾いしたことに気づいていない。すべてわたしのせいだと思っているのだ。

おばあちゃんとの再会が待ちきれない。彼女は両親よりもずっとわたしの安全を気にかけてくれている。それに、学校からも、R・M・ホランドからも、わたしの日記に書き込みをする見知らぬ人物（ストレンジャー）からも遠く離れたスコットランドなら、きっとわたしたちは安全だ。

実は、今日は例の記念日で、私が最後のひとりなんですよ。なんて奇妙な考えでしょう、ねえ、親愛なるお若い方。頭脳明晰（めいせき）なあなたなら、これまでの展開と不吉な日付にずっとまえからお気づきのことと思います。なぜこの男は私にこの話をしているのだろう、と疑問に思われていたのではありませんか？　語り手の死の証人に選ばれたのだろうか、と。

ですが、恐れることはありません。どのみち私は、熱気球で空に昇るつもりも、馬車に乗って湿地を走るつもりもないのですから。宙に身を投げることも、追い剝（は）ぎに馬車（キャリッジ）から引きずりおろされることもありません。

たしかに列車には乗っていますが、客車（キャリッジ）を離れるつもりはありません。

第Ⅷ部　ハービンダー

40章

クレアとジョージアが列車に乗るのを見るまでは気を抜かなかった。クレアのブランドものの赤いコートにもかかわらず、駅にたたずむふたりは難民か亡命者のように見えた。ジョージアは防寒ジャケットに毛糸の帽子を被り、リュックのせいで肩をすぼめていた。クレアは小さな赤いコートを着たハーバートのリードを手にしていた。寝台車に犬を同乗させてもいいことは確認ずみだ。とても快適な旅になるだろう。九時にユーストンを出発し、列車のなかで夕食をとり、個室で眠って、スコットランドで目覚める。正直、とても羨(うらや)ましい。

わたしはロンドン警視庁との会議のため、朝いちばんでロンドンに来ていた。上級捜査官のスティーヴ・ホリングズ警部補によると、サイモン・ニュートンはホルボーンに近いオフィスを出たところで襲われたという。路地に面しており、当然ながら防犯カメラはなかった。サイモンは悲鳴をあげて危険を知らせたらしく、襲撃者は彼を二、三度刺しただけで走り去った。地下鉄の駅に向かっていたふたりの通勤者が、騒ぎを聞きつけて助けにきた。彼らはサイモンがオフィスのドアのまえでもがいているのを見つけた。オフィスのなかに戻ろうとしていたらしい。ひどく出血していたが、意識はあった。襲撃者の姿はなかった。おそらくわたしたちが追っている犯人だろう。凶器は同じタイプの研いだキッチンナイフで、現場に残されていたが指紋はなかった。襲撃の仕方も同じだ——場当たり的、残忍、すばやい逃走。

「きみの事件の犯人だと思うか？」ホリングズが言った。

「手口が同じですし、被害者はすべてひとりの女性の関係者です」

「彼女にちゃんとしたアリバイがあることを願うよ」ホリングズはそう言って立ち上がり、伸びをした。長時間じっとしていられないタイプなのだ。フィットビットのスマートウォッチをつけているにちがいない。

「あります」わたしは言った。事実だ。サイモンが襲われたとき、クレアはタルガース校で芝居の稽古を監督していた。わたしの在学中も芝居が上演されていた場所、足のにおいがするあの体育館兼講堂で。わたしは一度も芝居に出たことはなかった。たしかゲイリーは出たはずだが。

サイモンの話を聞くため、ホルボーン警察署を出てユニバーシティ・カレッジ病院まで歩いた。たしかに最高の状態には見えなかった——当然だ——が、クレアがかつて彼のなかに何を見たのかはわかりかねた。特徴のない男で、体つきはきゃしゃ、髪は後退していて、すねたような表情をしている。もちろん、現在の苦境のせいということもあるだろうが。

「ハービンダー・カー部長刑事です」わたしは言った。「エラ・エルフィックとリック・ルイスが殺された事件を捜査しています」

「あなたのことはクレアから聞いています」サイモンは言った。意外なことに、北部訛りがあった。

「わたしもあなたのことは聞いています」

「でしょうね」彼は寝たままぎこちなく体を動かした。胸と片腕に包帯が巻かれ、顔には切り傷やあざがあった。自由なほうの手で鼻を掻いた。

「ほんとうに関係があるんですか？」彼は訊いた。「私を刺した男は、ほんとうにクレアの学校の先生たちを殺した男なんですか？」

「その可能性はあるとみて捜査しています」わたしは慎重に答えた。「襲撃者について何か話せることはありますか？」

「いや、あまり。暗かったし、突然でしたから。建物を出て携帯電話を見ていたら、男が飛びかかってきたんです」

「男でまちがいありませんか？」

彼は少し考えた。「ええ。大柄でがっしりしていました。ふっ飛ばされましたよ」

「背の高さはどれくらいでしたか？」

「高かったですね、私よりも。それくらいわかるでしょう」

どうやら気に障ることを言ってしまったようだ。サイモンは小柄というわけではない。寝ているので判断するのはむずかしいが、おそらく百七十五センチというところだろう。それでもクレアのほうが高いが。

「顔は見ましたか？」

「いいえ」

「覆面はしていた？」

「わかりません。信じられませんよね？　でも、顔を見なかったのはたしかです。フードを被っていたか、覆面をしていたんでしょう」

「襲撃者の顔を思い出せないのはよくあることです」わたしは言った。よくあるが困ったことだ。「何日かすれば何か思い出すかもしれません。靴は見ましたか？」

「靴？」

「はい。わたしはいつも靴に注目するんです」

「見てませんね」サイモンは言った。「でも、黒っぽいコートを着ていました。よくある撥水加工がされているやつです」

エラの家の庭で発見された繊維と合致する。

「男は何か言いましたか？」わたしは訊いた。

「いいえ」サイモンは身震いした。「そこが恐ろしいところでした。何も言わずに飛びかかってきたんです。動物みたいに」

動物みたいに。貪欲な獣みたいに。ほかにも質問したかったが、看護師がうろうろしていたし、サイモンは明らかに疲れてきていた。帰ろうと立ち上がると、彼は言った。「クレアとジョージーはどうなるんですか？　危険が迫っているんですよね。警察が面倒をみてくれるんですか？」

「スコットランドのクレアのおばあさまのところに行くことになっています」わたしは言った。

「今夜の寝台列車を予約しました」

「ああ、スコットランドのおばあちゃんか」サイモンは枕に頭を預けて言った。「クレアはあそこが大好きなんですよ。それにしても、よく仕事を休ませることができましたね」

「苦労しました。でも、安全が第一ですから」

「ふたりをよろしくお願いします」サイモンはそう言って目を閉じた。

「わかりました」

退室するとき、子どもをふたり連れた女性がエレベーターから出てくるのが見えた。豊かなアフロヘアの、目を惹く美人だ。二番目の妻だとわかった。ふたりの美人を引きつけるような魅力が、この特徴のない男のいったいどこにあったのだろう？　異性愛者はときに謎だ。

犯罪現場の確認のためにホルボーンに戻った。路地にはまだ立ち入り禁止のテープが張られていたが、見るべきものは何もなかった。襲撃者が隠れられそうな場所はたくさんあった：ゴミ缶のうしろ、隣のビルの陰。よきサマリア人たちは、当然ながら血を流して階段に横たわるサイモンに気を取られていたので、犯人を見ていなかった。いちばん下の段にはまだ血痕が残っていた。

そのあとは少し時間ができた。ニールは列車に間に合うようにクレアを送っていくことになっていて、わたしは八時にユーストン駅で合流する予定だった。考えをまとめるために腰を下ろす場所が必要だ。物証はたくさんあった。DNA、手書きの文字、凶器。どうして犯人の特定にいたらないのだろう？　ハイ・ホルボーンとチャンセリー・レーンを歩いてストランドにはいった。店はもうクリスマス関係のものでいっぱいだ。サンタにトナカイ、ぴかぴかの飾り玉。クリスマスまであとひと月しかない。両親はどんなキリスト教徒にも負けないほど熱心にクリスマスを祝い、わが家は食べたり飲んだりテレビでくだらないものを見る家族でいっぱいになる。それまでに犯人がつかまることを祈るばかりだ。さもないと愉しめない。

あちこちの〈コスタ〉（イギリスのカフェ・チェーン）でコーヒーをさんざん飲んだあと、チャリング・クロス図書館に落ち着いた。図書館はすばらしい場所だ。本一冊で何時間座っていても、だれも気にしない。チャリング・クロス図書館は、中国人の学生と、新聞を読む老人たちでいっぱいだった。そのうちのひとりかふたりはホームレスのように見えた。わたしはこれまでのメモを読むために、隅の席に座った。まずはニールにさんざんばかにされたリストのひとつからだ。

容疑者候補：

1．クレア・キャシディ

理由：エラに腹を立てていたかもしれない（仕事とリックのことで）。ストーキングされていたことでリックを嫌っていた。リックの死体を発見した。サイモン・ニュートンとつながりのあるただひとりの人物。

反証：両方の殺人事件にアリバイ（弱いが）あり。サイモンの事件にアリバイあり。日記に手書きの文字（彼女の字ではないなら）。

2．パトリック・オリアリー

理由：エラに強い思慕を抱き、リックを嫌っていた。事件の夜、エラの家の外で防犯カメラに映っていた。リックに関してもアリバイが弱い。
反証：サイモンとのつながりなし、アリバイあり（芝居の稽古にいたことをクレアが裏付けた）。殺人の計画とクレアの日記への書き込みが、ほんとうに彼にできただろうか？

3. トニー・スイートマン
理由：嫌なやつ（残念ながら、法廷では隠すだろうが）。
反証：エラに関してはアリバイあり。リックのときは国外にいた。サイモンとのつながりなし。

4. 英語科のほかの教師たち——ヴェラ、アラン、アヌーシュカ
理由：エラとリックの両方に腹を立てていた可能性あり。『テンペスト』の知識あり。
反証：全員アリバイあり。筆跡のサンプルをとったが、現場で見つかったメモの筆跡とはだれも一致せず。サイモンとのつながりなし。

5. ブライオニー・ヒューズ
理由：エラとリックを知っていた。エラとけんかしたことが知られている。不気味。
反証：リックのことはあまりよく知らない様子。サイモンのことはまったく知らない。

6. 見知らぬ人物（ストレンジャー）
それらしい動機なし。やや弱いか？

理由：工場に未知のＤＮＡ（しかしデータベースに合致するものはなし）。
反証：動機は？　また、どうやって日記に書き込みをしたのか？　そして――いったいだれ？

これで全部だ。わたしは声を出してうめき、ホームレスのひとりに大丈夫かと訊かれた。

駅でクレアとジョージアを見送った。実のところ、かなりぎこちなかった。抱き合うような仲ではないが、握手ではあらたまりすぎる。結局、クレアの肩をぽんとたたいて、ジョージアに手を振るだけにした。いちばん感情をあらわにしたのはハーバートに対してで、彼の毛をくしゃくしゃにし、トラブルに巻き込まれないようにと話して聞かせた。もちろん、ニールは全員と抱き合った。そして、彼とわたしは車でサセックスに戻った。

「少なくとも、スコットランドにいれば安心だ」ニールが言った。「アラプールを調べたけど、どこからもかなり遠い」

「わたしも調べた」わたしは言った。「『バラモリー』（スコットランドの架空の島バラモリーが舞台のＢＢＣの子ども番組）の世界だった」

「なんだそれ？」甥や姪がいるせいで出てきたことばだ。リリーはまだ幼すぎて、児童向けのＣＢＢＣクラシックが見られないのだろう。

金曜日の夜で、Ｍ二三号線は混んでいた。この人たちはみんなどこに行くのだろう？　みんながみだらな週末をすごすためにブライトンに向かうわけではあるまい。みだらな週末自体、もうないのだろうか。古いブライトンのゲートをくぐりながら、わたしは言った。「クレアの家に泊まるわ」

「なんだって?」ニールはちょうど時速百二十キロで運転していたが、これはちょっとスピードの出しすぎだった。

「今夜はクレアの家に泊まる。だれかが日記に書き込みをするために家にはいりこんだら、その場にいて会ってみたいから」わたしはパジャマと歯ブラシと歯みがき粉と替えの下着を持ってロンドンに来ていた。それらは仕事用のバッグのなかにはいっている。

「そんなことできるはずないだろ」ニールが言った。

「クレアから鍵を預かってるの」彼のことばなどおかまいなしに言った。「彼女の家まで送ってくれる？ 家の外にわたしの車を停めておくわけにはいかないから」

「ハービンダー」ニールは言った。「そんなのまずいよ。危険だ。ドナが許さないぞ」

「だから彼女には話さないつもり」わたしは言った。

41章

結局わたしは我を通した。そうなることはわかっていた。ニールはクレアの家のまえでわたしをおろした。もう十一時近くで、街灯は消えていた。月は出ていない。工場と白亜の崖は闇のなかにその形が見えるだけだった。

「午前八時ちょうどに迎えにくる」ニールが言った。

「気にしないで」わたしは言った。「署にはバスで行くから」

「とにかく迎えにくる」彼はきっぱりと言った。「今夜何かあったら電話してくれ。ベッドの横に携帯電話を置いておくから」

家のなかにはいった。クレアなしでそこにいるのは妙な感じだった。闇のなかでブルーグレーの居間に座って、彼女でいるのはどんな感じか想像しようとした。香りつきのキャンドルと十九世紀の小説を用意してソファに座り、長い脚を体の下に折り込んで、マニキュアを塗り直しながら、恋人であるケンブリッジの教授と寝るべきか考える。携帯電話を見た。母さんから二通のメッセージが届いていた。両親にはロンドンに泊まると伝えてあった。「ホテルに?」母さんは言った。「ホテルって大好き」彼女は人生で二度ホテルに泊まったことがある。一度はハネムーンのときだ。最初のメールは、あの小さなシャンプーのボトルを持って帰ってきてほしいというものだった。二通目で、軽窃盗になると父さんが言っているからやっぱりいらないと言ってきた。ずっと店をやってきたので、父さんは盗みを非常に気にした。だからわたしは警察にはいったのかもしれない。どのみちアメニティはそれほど上等ではない、と返信した。〈パンダポップ〉を何ゲームかやったあと、キッチンに行った。冷蔵庫が静かにうなり、天窓からネイビーブルーの空が見える。おしゃれなスポット照明はつけたくなかった——もしだれかがこの家を見ているとしたら、留守だと思わせたかった——が、紅茶を淹れられる程度の明るさはあった。オレンジ&ベルガモット。香水のような味だ。

暗いなかを二階に行った。クレアの寝室にはいってベッドサイドの灯りをつけた。それほど明るくないので外にはもれないだろう。部屋はすべてこうだろうと予想したとおりだった：フレンチコロニアル様式のベッド、白く塗られた木の家具、青と白の柄の布張りの椅子、青と茶色を使用したモダンな版画、ペーパーバック——階下に展示したくない本を含む（ジョージェット・ヘイヤーやジリー・クーパー）——が並んだ本棚、ハーバートによく似た白いふわふわのラグ。少しのぞきまわった。ベッドサイドのキャビネットには鎮痛剤のイブプロフェンと胃薬のガビスコンがあった。避妊薬はなし。もう閉経しているのかもしれない。睡眠薬や抗鬱薬もなかった。本棚の上のシルバーのふたつ折りフレームには、ジョージアとハーバートの写真。衣類は洋服ダンスのなかにきちんとしまわれていた。点数は多くない。クレアが量より質を重んじるタイプなのはすでにわかっていた。黒、グレー、白に、ときおり赤かピンクのジャケットが交じる。セーターやトップスはたたまれて、ラベンダーの香りがする引き出しのなかだった。びっくりするほどセクシーな下着が少し。〝あなたを愛するおばあちゃんより〟と署名のある手紙が何通か、螺貝とドライフラワーといっしょにしまってあった。両親からのものはない。部屋じゅうから彼女の香りがした。ジョー マローンのイングリッシュペアー&フリージアの香りが。

二階には部屋がふたつとバスルームひとつしかなかった。ジョージアの部屋にはいると、そこはこの家でいちばん広い部屋で、通りの見える窓があった。明かりをつけずに携帯電話のライトを使った。黒と白のハリー・ポッターの羽毛布団、一面だけがピンクの〝アクセント〟ウォール、ジョージアと友人たちのたくさんの写真、本棚（バスルームも含め、すべての部屋に本棚があるのだろう）、ミニチュアの動物のコレクション、マニキュア、メイク道具、キャンドルとポプリ。最後のものが引っかかった。寝室にポプリがあるなんて、どんな女子学生なの？　においをかいでみた。ほとんど飛んでいた。R・M・ホランドの書斎で見つかったのと同じ種類のものだろうか？　ジョージアのデスクに座った。これだけのものがそろっていたら、宿題をやらないわけにはいかないだろう。特別な金属の入れ物にはいったペン、アングルポイズ社のアームランプ、あらゆる色合いの蛍光ペンや付箋。ピンボードもあって、学校の時間割やウサギの描かれたポストカード、写真、元気をくれるプードルの写真などが貼られている。デスクの上には二冊の本があった。一冊は『テンペスト』の学習ガイドで、もう一冊は怪談集だった。この本には葉っぱがはさまっていた。そのページを開いてみた。R・M・ホランド「見知らぬ人」。

もしよかったら、と見知らぬ人は言った。ひとつ話を披露させてください……

・

ジョージアはノートパソコンを持っていったが（リュックに入れているのを見た）、未決書類入れとして使われている彩色された箱のなかに、雑多な紙類が残されていた。学校でもらう課題プリント（「医学の歴史」、「呼吸のしくみ」）、ところどころ蛍光ペンで線が引かれた覚え書き……これは？

……最初の殺人はなんとも簡単だった。チャンス到来、バターのなかをすべるようなナイフ、闇のなかで動くふたつの体。いかにすばやくくずおれ、いかに簡単だったことか。二度目はプランが必要だった。偶然にたよってばかりもいられない。今回は家の近くで殺そう、油断している人に襲いかかるのだ、貪欲な獣のように。わたしは待つ、好機を待つ。わたしの無邪気な見た目から、その下にあるものを言い当てる人はだれもいないだろう。やがて、犠牲者がみずからわたしのまえに現れた。なんの変哲もない女の子、同じ学校の子。友だち、とも言える。名前はエヴァ・スミス。エヴァはなんらかの方法で自分を目立たせたのだろうか？　無意識のうちに額（ひたい）に〝犠牲者〟という印をつけていたのか？　いや、彼女はあらゆる意味で普通だった。数学の時間、わたしは隣に座って、彼女が方眼紙に小さなハートをいたずら書きするのを見た。ハート、ときどき花。ハート、クラブ、ダイヤ、スペード。どれくらいだと思う、と彼女に訊きたかった。隣に座っている女の子が、分度器を貸してくれたり、方程式のむずかしさのことで明るく声をかけてきたりする子が、いつかあなたの頸動脈にナイフを突き刺して、即死させる確率は？

驚いた。こんなページが何枚かあった。作者名もメモもないが、明らかにウェブサイトから印刷したものだ。ページの下にアドレスがあった。MySecretDiary.com。携帯電話を使ってサイトを見つけた。ログインが必要だったが、ほんの数秒でできた。ログイン名はいつも使っている偽名、ジェナ・バークレーにした。パスワードはJennbar17。理由はわからないが、完璧なアングロサクソン系白人の名前という気がするのだ。ジェナは学校で人気のある女の子だったはずだ。わたしを無視してクッシュとつきあっていた子たちのような。ブロンドの髪にふわふわのペンケース、いつもボーイフレンドのサッカージャージを着て、手が隠れるように袖をおろしている。額に犠牲者の印をつけているような女の子ではない。そして今、ジェナは秘密の日記のウェブサイトにいた。まったくの秘密というわけではないのだ。

百人のティーンエイジャーの日記を一度に読むようなものだった。画面のサイドにつぎからつぎへと現れる書き込み。わたしのことをわかっていない……鏡に映る自分が嫌い……彼の指がわたしを骨抜きにする……どうしてわたしはこんなに……どうしてわたしはできないの……どうしてみんなは……エントリーに〝ジェナ〟と入力した。

わたしはすごくかわいいブロンド娘。みんなわたしが大好き。わたしはバービーの世界のバービーガール。わたしはすごく完璧で、今まで一日だって自信喪失したことはない。そんな必要ある？　雑誌に出てる女の子たちはみんなわたしにそっくり。ねえ、ねえ、聞いて。これではブッカー賞はとてもとれないだろう。共有エントリーで〝バター〟という語を検索し、拒食症患者の自己反省をさんざん流し読みしたあと、見つけた。チャンス到来、バターのなかをすべるようなナイフ……。それは長めの短編――あるいは短い小説――で、マリアナという人物が投稿していた。マリアナはジョージアなのだろうか？　もしそうなら、彼女はとんでもなく恐ろしい物語の書き方を知っているということになる。数学のクラスのだれかを殺すという病んだ空想をしているということになる。でも、ジョージアはたしか、数学が好きではなかった。確率が好きではなかった。普通の常識的な女の子がこういうものを書く可能性は？　例えば、頸動脈についての描写。エラ・エルフィックは首を刺されて死んでいる。数学のクラスの女の子はエヴァと呼ばれている。エラとそうちがわない。そして〝貪欲な獣〟は、R・M・ホランドの、人に知られていないらしい未発表の小説だ。ジョージアはそのことを知っていたのだろうか？

ジョージアのデスクの引き出しを調べると、課題プリントとクレアにわたすのを忘れたらしい修学旅行についてのお知らせの下に、小説だか日記だかわからないものがさらに見つかった。わたしはそれらを大量にあるジョージアの色分けされたプラスティックのファイルのひとつにしまった。紙束の下ではほかのものも見つかった。エラ・エルフィックの写真だ。フェイスブックの彼女のページからプリントアウトしたものだとわかった。

何より重要なのは、それに血がついていたことだ。

ニールに電話しても意味がない。朝になったら、写真を鑑識に持っていって分析してもらおう。工場にあった寝具のDNAについてわたしが話したとき、ジョージアが言っていたことを思い出した。「データベースに一致するものはあった？」ジョージアのDNAは採取していないが、指紋はある。リック・ルイスの殺害現場で見つかった指紋、蠟燭(ろうそく)と黒い石についていたものとクロスチェックすることはできる。階下に行ってフリーザーバッグを見つけた。ひとつに血のついた写真を入れ、もうひとつにポプリを少し入れた。

　ジョージアがエラかリックを殺した可能性は、ほんとうにあるのだろうか？　わからなかったが、何も除外したくはなかった。彼女にはどちらの事件に関してもアリバイがあった。エラが殺されたときは母親と家にいたし、リックが殺されたときはサイモンとロンドンにいた。それに、正体を知られずに父親を襲うのが可能だったとしても、サイモンが刺されたときジョージアは学校で芝居の稽古を見ていた。

　でも、ジョージアならクレアの日記に書き込みができたはずだ。『白衣(びゃくえ)の女』からの引用も、家のなかでしょっちゅう見ていた本なのだからできただろう。ジョージアを思い浮かべた。背が高く、すでに美しく成長している少女を。エラの葬儀の日に礼拝堂でどう見えたかを。落ち着いていて、ほかの生徒たちのように取り乱してはいなかった。工場でハーバートを見つけた日にジョージアがそこに入りたがらなかったことも思い出した。どうしてはいりたくなかったのだろう？　そして、人を殺すことについて、人を刺すことについて、〝バターのなかをすべるようなナイフ〟について書いているのはなぜなのだろう？

　クレアの部屋に戻って、フリーザーバッグを自分のブリーフケースに入れた。服を脱ぐ気分にはなれなかったので、歯を磨いて服を着たままベッドにはいった。携帯電話を充電器につなぎ、枕の下に入れた。そんなことをすると脳腫瘍(のうしゅよう)になると母さんからは言われていたが。カーテンを引かなかったので、夜空を背にした不気味な工場の巨体が見えた。ゲイリーとふたりでホワイトレディを見て、悲鳴がホランド・ハウスに響きわたった夜のことを思い出した。その手の声で起こされるのを半ば覚悟していたが、家は静かだった。しばらくすると、わたしは夢のない眠りに落ちていった。

42章

ニールが迎えにきたとき、わたしはドアの横で待っていた。すでに鑑識に電話して、ホランドの書斎で見つかった指紋をジョージアの記録と照合するようにたのんであった。見つけたものについて、車のなかでニールに説明した。彼は親切にもコーヒーとクロワッサンを用意してくれていたが、車をきれいにしておくことにこだわる人なので、わたしは気をつけて食べた。

「それはないと思うな」彼は言った。「ジョージアはまだ子どもだ」

「十五歳よ」わたしは言った。「それにすごく頭がいい」クレアの娘だし、と頭のなかでつけ加えた。

「ほんとうにあの子が殺人に関係していると思うのか？」ニールの声が大きくなり、もう少しでチチェスター・ロードの制限速度を超えそうになったが、超えはしなかった。

「彼女は殺人のことを生々しく書いているの」わたしは言った。「刺殺について。血で汚れたエラの写真も持ってた。それに、パトリック・オリアリーの友だちよ。エラの葬儀のときふたりでいるのを見た。ティーンの黒魔術的なことだった可能性もある」

「黒魔術？」速度計の針は九十キロのあたりにとどまっていた。

「蠟燭とハーブがあった」わたしは言った。「エラの家の居間にも蠟燭があったけど、そういうものが好きなタイプなんだと思っただけだった。クレアの家はそういうものだらけだった。まるでカトリック教会よ」

「きみも言ってたけど、そういう女性はたいてい蠟燭が好きだよ。ケリーもそうだ。ティーライトキャンドルとか、香りのするやつを入れた小さなボウルがあちこちにある」

「愉しそうね」

「女のやることだ」

「わたしはあちこちに蠟燭を置かないわよ」

「ああ、でも、きみはちがうだろ」彼はそれ以上説明しなかった。わたしは実家に住んでいるし、インド人だし、同性愛者（ゲイ）だ。三重苦。

「ブライオニー・ヒューズにもう一度会うべきだと思う」わたしは言った。「彼女はジョージアとパトリックを知っている。ふたりは彼女の創作クラスに通ってるの。それに、ブライオニーはジョージアの書いた作品に出てきていた。たぶん〝賢い女性〟というのがそう。クレアも彼女は白魔女だと言っていたし」

「白魔女？　まさかああいうたわごとを信じてるわけじゃないよな？」

「わたしは信じてないわよ」辛抱強く言った。「信じてる人もいるってこと」

　ドナもその話に納得しなかったが、ブライオニーの話を聞くことには同意した。写真とポプリを鑑識にまわし、車でシックス・フォーム・カレッジに向かった。土曜日なので、カレッジは公式には休みだが、確認したところヒューズ先生は来ていると言われたのだ。実際、かなりの数の生徒がキャンパスを歩き回っていた。サッカーの試合が行われていたし、一階から聞こえてくる不協和音からすると、ミュージカルの稽古か何かをやっているようだった。ヒューズ先生とは英語科の教員室で会った。採点の遅れを取り戻しているのだという。デスクの上には今回も感想文の束があった。献身的教師にして、生徒に多大な影響をおよぼす存在。彼女が扇動すれば、生徒たちに殺人すらさせることができただろうか？

　彼女はこれ以上ないほど丁重にわたしたちを迎え入れた。

「カー部長刑事です。またお目にかかれてうれしく思っています。こっちは……」

「ニール・ウィンストン部長刑事です」ニールはほとんど気をつけの姿勢をしていた。ブライオニー・ヒューズのような女性は、彼を怖気（おじけ）づかせるのだ。

「ジョージア・ニュートンについていくつかうかがいたいことがあります」わたしは言った。

「彼女はあなたの創作クラスに来ていますね？　少人数の選抜グループ。メンバーは……」わたしは手帳を見た。「パトリック・オリアリー、ナターシャ・ホワイト、ヴェネシア・シャーボーン。みんなタルガース校の生徒ですか？」

「ヴェネシアはたしかセント・フェイス校です」

「〈マイシークレットダイアリー〉というサイトについて聞いたことはありますか？」

「ええ、創作フォーラムですね」

「この物語を見たことはありますか？」わたしはテーブルの上にプリントアウトを押しやった。ブライオニーはほのかな笑みを浮かべてそれを読んだ。シェイクスピアの引用が壁から叫びかけてきた。こういうことは血を呼ぶものだ、血が血を呼ぶのだ（『マクベス』第三幕第四場）。何もないところからは何も出てこない（『リア王』第一幕第一場）。地獄はからだ。

　ブライオニーはプリントアウトをきちんとそろえて置いてから答えた。「ええ、ジョージアが書いたものです。とてもよく書けています、部分的には」

「とてもよく書けている？　人を殺す話ですよ」

「『マクベス』もそうです」彼女は言った。「とてもよく書けているということは否定しませんよね、巡査部長（サージェント）？」

「部長刑事（ディテクティヴ・サージェント）です」わたしは言った。「ふたりが殺された事件を捜査しているんです。どちらの被害者のことも知っていた女子生徒が、暴力的な死について書いていることに興味があります。あなたがつながりに気がつかなかったなんて驚きです。エヴァ・スミスという名前に聞き覚えは？」

「あります」ブライオニー・ヒューズは言った。

「ある？」

「J・B・プリーストリー（一八九四～一九八四。イギリスの作家、劇作家）の戯曲『夜の来訪者』の登場人物です。厳密に言うと、エヴァは戯曲に登場しませんけど。ジョージアの一般中等教育修了試験（GCSE）のためのテキストのひとつです」

「では、ジョージアがこれを書いたと確信しているんですね？」

「はい。彼女の文体の癖（くせ）がたくさん見受けられます。それに、医学についての知識も。たしかジョージアは『グレイズ・アナトミー』のファンです。アメリカのシリーズものの医療ドラマの」彼女はわたしたちの顔を見て、親切につけたした。

文体の癖ですって。かんべんしてよ。

「前回の創作クラスの授業はいつでしたか？」ニールが訊いた。

「月曜日です。ジョージアは来られませんでした。今は母親にきびしく管理されているのでしょう」

きびしさが足りなかったみたいだけど、とわたしは思った。彼女の〝母親〟の言い方には明らかな敵意があった。クレアがブライオニーの親友ではなかったことを思い出した。

「最後にジョージアに会ったのはいつですか？」わたしは訊いた。

ブライオニーはためらい、髪に手をやってから答えた。うそをつくつもりだ、経験から言わせてもらうと。

「先週の木曜日です」彼女は言った。「放課後わたしに会いにきました」

「どうしてでしょう？」

「短編小説をいくつか見せにきたんです。彼女はとてもまじめに創作に取り組んでいます」

「見せてもらえますか？」

「家にあります」うそをついているのだろうか。

「パトリックに最後に会ったのはいつですか？」ニールが訊いた。

「月曜日の創作クラスのときです」

「彼にも素質があるんですか？」わたしは訊いた。

「ひじょうに有望です」ブライオニーは言った。「とても本能的で」

どういう意味なのか完全にわかったわけではないが、質問をして彼女を満足させるつもりはなかった。

「パトリックは〈マイシークレットダイアリー〉に投稿することがありますか？」わたしは訊いた。

「ええ。たしかペンネーム（ナム・ダ・プルーム）は〝ピューマ〟です」

わたしの携帯電話が振動したが無視した。すぐにニールの携帯電話も振動し、彼は電話に出るために部屋から出た。

ブライオニー・ヒューズはわたしに微笑（ほほえ）みかけた。「在学中、わたしに会ったのを思い出した、ハービンダー？」

「はい」わたしは言った。「あなたはわたしの書いた短編小説を読んだ。そして、よく書けているという感想を送ってくれた」

なぜわたしが校内雑誌のために短編小説を書いたのかは神のみぞ知る。それまでそんなことは一度もしたことがなかった。あんなものをほんとうにだれかが読むとは思っていなかったが、ヒューズ先生はたしかに読んでくれた。そして、カードを送ってくれた。デスクについているミュリエル・スパークの写真を。当然だ。『ブロディ先生の青春』なのだから。

「ホランド・ハウスの幽霊の話だったわね」彼女は言った。「わたしは幽霊にとても興味があるの」

そのとき、ニールが部屋に戻ってきた。「ハービンダー。すぐ出るぞ」

ブライオニーに名刺をわたして連絡すると言った。彼女は愉しみにしていると返した。足音高く階段を降りながら、ニールが電話の内容を話してくれた。

「巡査のオリヴィアだった。シャーボーン夫人という人物が警察署に来た。ヴェネシアとパトリックが行方不明らしい」

「ヴェネシアはまじめな子です」アリシア・シャーボーンは言った。「家出なんてするはずないんです」

アリシア――アッシュブロンドの髪、カシミアのセーター、タイトなジーンズにフラットパンプス――典型的な郊外の上品な母親だ。たしかヴェネシアは私立校のセント・フェイスの生徒だ。ということは、社会階級はパトリック・オリアリーより何段階か上ということになる。

「最後にヴェネシアを見たのはいつですか?」ニールが訊いた。

「昨日の朝、学校に行くときです」アリシアは小さなレースのハンカチを取り出して言った。

「夜は友だちのナターシャのところに泊まると言っていました。そのまま今朝九時のクラリネットのレッスンに行くことになっていたのに、来ていないと先生から電話があったんです。それでナターシャに電話したら、ヴェネシアは来ていないって、彼女のお母さんに言われて」

「それからどうしましたか?」わたしは訊いた。もう十一時近い。アリシアはすぐにここに来たわけではないだろう。

「友だちに電話をかけてまわりましたが、だれもあの子を見ていないし、ジョージーはスコットランドに向かっているらしくて。それで、オリアリーという子の家に電話しました」

「パトリックはヴェネシアのボーイフレンドなんですか?」わたしは言った。

「ちがいます!」アリシアは激しい口調で言った。「ヴェネシアにボーイフレンドはいません。そういう子じゃないんです」

ニールのほうは見なかった。「それならなぜオリアリー家に電話したんですか?」

黙ってしばらくハンカチをねじる。「ヴェネシアはナターシャやタルガースの女の子たちを通じてパトリックを知っていたからです」

その言い方にはたっぷりと軽蔑がこめられていた。わたし自身、むしろタルガース校出身であることが誇らしく思えるほどに。

「それで、パトリックも行方不明なんですね?」ニールが言った。

「ええ。昨夜帰ってこなかったそうです。お母さんは全然心配していないみたいでしたけど。『たぶん友だちといっしょにいるんでしょうよ』ですって」彼女はアイルランド訛りを品よく真似ようとした。

「ヴェネシアには電話してみたんですね?」

「はい。電源が切られていました。いつも絶対に切らないのに」アリシアは本格的に泣きはじめた。わたしは涙が苦手なので、制服警官のオリヴィアを捜しにいった。取調室の外でドナが待っていた。

「鑑識の結果が出た」彼女は言った。

「早かったですね」

「合致したわ。石にジョージアの指紋がついていた。ホランドの書斎で見つかったやつよ。あの黒曜石」

第Ⅸ部　ジョージア

43章

寝台列車に乗っているとなんだかすごく変な気分。すごい速さで飛んでいくカプセルのなかにいるみたい。せまいコンパートメントのなか、わたしはベッドの上の段でママは下の段、ハーバートは床の上にいて、世界にはわたしたち三人しかいないような気がする。夕食を食べた〝ラウンジカー〟にはハギス（羊の胃袋に羊の内臓を詰めて茹でたスコットランド料理）まであった。ママは少し食べてなかなかおいしいと言ってたけど、わたしはベジタリアンになる訓練をしているのでいらないと言った。客室係はスコットランド訛りがきつくて、何を言っているのかほとんど理解できなかった。でも、わたしのことを〝美しい〟と言った。それは理解できた。むしろ太っているみたいに聞こえるけど、褒めことばなのだと思う。

今、わたしたちは寝台にいて、列車は夜じゅうガタゴトと走りつづけている。携帯電話はつながらず、Ｗｉ－Ｆｉの接続もずっと切れているが、まえもってダウンロードしておいたポッドキャストを聴いているので問題はない。

携帯電話の電波塔を通りすぎたらしく、突然メッセージが現れる。タイから一通とヴィーから二通。タイは〝元気だといいけど。ＸＸ〟で、ヴィーのは〝今どこ？〟と〝話があるの〟。〝いま電車のなか〟と返信する。〝スコットランドに向かってるの〟そのあとに予想変換で小さな青と白の旗の絵文字が出る。

すぐにヴィーから返事が届く。〝電話して。話があるの〟

でも、返信するまえに、また圏外になってしまう。

「ジョージー？」下の段からママの声がする。「電波は届いてる？」

「ううん。すぐ切れた」

「こっちもよ。フルールに電話してサイモンの様子を聞きたかったのに」

ほんとうだろうか。さっきママの携帯を見たら、ヘンリー・ハミルトンから二通のメッセージが来ていた。

「命に別状はないんでしょ。フルールからはそう聞いてるよ」

「まあ、それはそうなんだけど」

「パパを襲ったのはだれだと思う？」この質問をするのは顔を見ないほうが楽だ。

「わからない。ただの強盗だったのかも」

「エルフィック先生――エラ――とルイス先生を殺した人と同一人物だと思う？」

「わからない」ママはまた言う。「警察がすぐにつかまえてくれるといいけど」

「ハービンダーは大丈夫だって言ってたよ。かなり犯人に近づいてるって」

「そうね」とママは言う。でも、信じていないのがわかる。ハーバートが小さくクーンと鳴く。

「退屈してるのよ。通路を歩かせなくちゃ」

「あたしが行く」

不意に左右の壁を同時にさわれるほど狭いこの二段ベッドから逃げたくなる。弾みをつけてベッドからおり、ハーバートにリードをつける。「行こうか、獣くん」

「気をつけてね」ママが言う。


廊下にはだれもいない。列車は激しく揺れながら夜のなかを疾走する。速度はどれくらいだろう？　時速二百キロ？　三百キロ？　ハーバートはそれが怖いらしい。車両の連結部分を通るとクーンと鳴く。わたしもあまりいい気分ではない。敵と味方の陣地の中間地帯に足を踏み入れるように、正しくないことのような気がする。一歩まちがえれば一巻の終わりのような。ロビーカー（バーがあり、テーブルとラウンジチェアが置かれている車両）まで歩く。男性がひとりだけいて、座って本を読んでいる。携帯電話を手にしていない人を見るのはすごく奇妙な気がして足を止める。彼が顔を上げる。

「こんばんは」

「どうも」彼は年寄りで、年齢は五十歳くらい。グレーの髪は長めであごひげを生やしている。

「いい犬だね」古風で上品ぶった、なんだか紙のように薄っぺらい声だ。

「ハーバートっていうの」

「ぴったりな名前だ」

「ありがとう」二段ベッドに帰りたいが、いちばん端の客車まで歩いてから引き返す。

そのあいだずっと男に見られているのがわかる。

第X部　ハービンダー

44章

「ジョージアと話す必要があります」わたしは言った。「もう到着しているはずです。八時半にインヴァネスに着く列車なので」

「そこから列車を乗り換えてアラなんとかに行くんだろ」ニールが言った。

「アラプール」クレアの携帯電話にかけたが出なかった。今は十一時半。もうおばあさんの家に着いているはずだ。

「行方不明の子たちも事件と関係があると思うの?」ドナが訊いた。「ヴェネシアとパトリックだったわね?」

「可能性はあります」わたしは言った。「パトリックはエラに熱を上げていて、彼女が殺された夜、家を訪れたことを認めています。リックを嫌っていたこともわかっています」

ヴェネシアとパトリックを行方不明者として正式に手配した。ニールはふたりがかけおちしたのだと言いつづけていたが、ふたりがつきあっていたのだとしても、現代のティーンエイジャーがアバの歌よろしくかけおちをするだろうか? 実際――片方の親が上流気取りという問題はあるにしても――ヴェネシアとパトリックが結ばれるのに障害はない。そもそもふたりはジョージアより少しだけ年上の十六歳だ(イギリスでは両親の同意があれば男女とも十六歳で結婚できる)。

「ジョージアには事件とのつながりは何もないのよ」ドナが言った。不安なのだろう。午前のおやつのドーナツを食べていないところをみると。ドーナツは静かにジャムをたらしながらデスクの上にあった。

「現場で見つかった黒曜石の指紋があります」わたしは言った。

「リックが殺されたときはロンドンにいたんだぞ」ニールが言った。

「ロンドンはそれほど遠くない」わたしはひたすら形式的に反論した。

「写真の血痕について知りたいわね。早く鑑識の結果が出ることを願うわ」ドナが言った。

「もしエラのだったら、ジョージアに説明してもらわないと。殺人を犯したのでないとしても、現場にいたことになるんだから」

「彼女は何か知ってる」わたしは言った。「あの子が書いた物語を読みましたか?」

「ええ」ドナは言った。「すごく残忍だった。でも、ティーンエイジャーはホラーが好きよ」

「わたし自身もジェームズ・ハーバートのファンでした」わたしは言った。「でも、あんな話を書いたことはありません。それに、ブライオニー・ヒューズとあの創作クラスそのものがなんとなく妙なんです」

「もうひとりの女の子の話を聞きにいって」ドナが言った。「名前はなんだったかしら? ナターシャ・ホワイトか。早くパトリックとヴェネシアが見つかるといいけど。すぐにも優先順位を上げましょう」

「ヴェネシアの母親はこのままにするつもりはなさそうだったな」ニールが言った。

「わたしたちもこのままにはしないわよ」わたしは言った。「ここまで来たんだもの。あと一息よ」

ナターシャ・ホワイトはステイングの村の主要な区域から少しはずれたところにある、美しいヴィクトリア朝様式の家に住んでいた。ナターシャも美少女で、そばかすがあり、わたしがずっと憧れていた弾むような巻き毛の持ち主だった。ドアを開けてくれた母親のアナは娘にそっくりだったが、巻き毛とそばかすは少し勢いを失って色あせていた。だれかがピアノで音階を奏でる音が背後から聞こえた。

「すみません」アナが言った。「週末は子どもの個人レッスンをしているもので」

なんだってみんな音楽のレッスンをするようになったのだろう?

「かまいません」わたしは言った。「ナターシャと少し話がしたいだけなので」

「ヴェネシアのことですか?」アナは言った。「アリシアから電話をもらったときはびっくりしました」

「行き先に心当たりはありませんか?」わたしは訊いた。アナはわたしたちを気持ちよく散らかったキッチンに案内し、そこにナターシャが現れた。おそらく居間はピアノのレッスンに使われているのだろう。

「ありません」アナは言った。「でも、パトリックといっしょなんでしょう? みんなパトリックに夢中なんですよ」

「ママ!」ナターシャがぷりぷりして言った。

「とってもハンサムな子ですものね」

「もう、やめてよママ……」

わたしたちがテーブルにつくと、アナは朝食の食器を押しのけた。「すみません。ちょっと雑然としてて。わたしがいたほうがいいですか? ちょうど夫がファーガスを、十歳の下の子を連れてサッカーに行ってるんですけど、わたしはまだレッスンが半分残ってるんです。ダニーにいつまでもあんな調子でBフラットのコードばかり弾かせておくわけにはいかないし」

「正式な事情聴取ではありませんから」わたしは言った。「いていただく必要はありません」

ナターシャがほっとしたように見えるのは気のせいだろうか?

アナが行ってしまうと、わたしは言った。「ヴェネシアとパトリックの行き先に心当たりはある、ナターシャ?」

「いいえ」が、彼女は目をそらした。トラックスーツのパンツにフーディというカジュアルな服装だが、マスカラとアイライナーはつけている。

「ヴェネシアがパトリックに夢中だったというのはほんとう?」ニールが訊いた。

「はい」ナターシャは言った。「でも、わたしたちみんながというのはうそです。わたしとジョージーにとって彼は兄弟みたいなものだから。どっちみち、ジョージーにはタイがいるし」

ナターシャにはだれかいるのだろうか? わたしでも十五歳のときはボーイフレンドがいた。

「最後にヴェネシアを見たのはいつ?」

「月曜日の創作クラスのときです」

「昨夜あなたのところに泊まるとヴェネシアが言っていたのは知ってた?」

沈黙。

「大丈夫だよ」無意識にテーブルのパンくずを払いながら、ニールが言った。「面倒なことにはならないから」

「はい、知ってました」ナターシャは言った。「でも、パトリックとひと晩すごすんだろうと思ったんです。二週まえの週末もそうだったから。ルイス先生が殺されたときです」

わたしたちは顔を見合わせた。ナターシャはこの情報を提供すればどういうことになるか、ほんとうにわかっていなかったのだろうか? ヴェネシアとパトリックはお互いのアリバイを証明できるか、ふたりとも事件に関わっているかのどちらかということになる。

「最後にどっちかから連絡があったのはいつ?」

「昨夜パトリックからメッセージが来ました」

「彼はなんだって?」

ナターシャは黒く縁取(ふちど)られた目でわたしたちを見た。「〝地獄はからだ〟って」

「クレアの家に戻らなきゃ」

「なんでだよ?」署に戻る途中で、ニールは週末の道路に集中するため眉間(みけん)にしわを寄せながら車を運転していた。事態はどんどん深刻になっていく。ドナから電話があり、パトリックの両親がようやく心配しはじめたという。彼がパソコンでスコットランドへの飛行機便を検索していたことがわかったのだ。

「ジョージアの部屋で見たあるものを思い出したの」

ニールはそれ以上何も言わなかった。田舎道に進路をとり、廃工場と野原のまんなかに建ち並ぶタウンハウス群に向かった。まだクレアの鍵を持っていたので、ニールを車で待たせて家のなかにはいった。ジョージアの部屋にはいると、まっすぐピンボードに向かった。二羽の漫画のウサギがピンクのハート形の風船を持っているポストカードが留めてあった。裏返してみた。

ただ愛していると伝えたくて。

〝地獄はからだ〟のメモと同じ筆跡だった。

第XI部　ジョージア

45章

目が覚めるとスコットランドにいる。二段ベッドから身を乗り出して日よけを引き上げる。信じられないような美しさだ。まるでおとぎ話から出てきたような景色。山々、森林、ときおり見える海のきらめき、崖の上の城、低地の村々。紫色のヒースのなかで草を食(は)む鹿を一、二度見かけ、入江を通過すると、つややかな黒い岩の上でアザラシが日光浴をしている。山の上には雪があるが、空は真っ青だ。

夜のあいだに電波が来たらしく、ヴィーから十通、タイとパトリックから一通ずつメッセージが届いている。ヴィーのは〝今どこ？　話があるの〟のさまざまなバリエーション。タイは〝おやすみ。XXX(キスキスキス)〟。パトリックからは〝地獄はからだ〟というメッセージ。彼に電話しようとするが、また電波が届かなくなっている。

「ジョージー」ママが下から言う。「起きたの？」ママのベッドの上に座っているハーバートが吠えはじめる。

「シーッ」ママが彼に言い聞かせる。「もうスコットランド？」

「うん」わたしはさらに日よけを引き上げる。「すごいよ。なんでこの景色を覚えていなかったんだろう？」

「いつも飛行機で行っていたからよ。それだとこの景色を見ることはできないわ。ところで、携帯の電波はもう戻った？」

「まだ」

「わたしもよ」

「だれにメールしたいの、ママ？」

きっとヘンリーだと思うけど、ママは笑うだけで「さあ、朝ごはんを食べにいくわよ」と言う。


食堂車で朝食をとる。スクランブルエッグ、ベーコン、ベークトビーンズ。ママはコーヒー、わたしはオレンジジュースを二パック飲む。昨夜の男を捜すが見当たらない。わたしの想像だったのだろうか？　列車のなかの見知らぬ人（ストレンジャー）？　R・M・ホランドの幽霊？　何をばかなことを。想像力を高めることと、それに支配されることはちがう、とヒューズ先生は言う。だれもいない野原から息遣いが聞こえてきた夜の、つけられているというぞっとするような感覚を思い出す。わたしはおかしくなっているのだろうか？　でも、そうではないなら、あそこにはだれかがいて、姿を見せずにずっとわたしたちのあとをつけているのかもしれない。コールリッジの『老水夫行』にはなんて書いてある？　寂しい道をただひとり、恐れおののき歩く人のように……自分のすぐうしろを恐ろしい悪鬼が、ついてくるのを知っているからだ。

ハーバートにおしっこをさせられるようにと、親切な客室係がアビモアでママをおろしてくれる。わたしはますます怖くなる。ふたりを残して列車が出発してしまったらどうしよう？

あの男が奇妙な肉食性の笑みを浮かべてまた現れたらどうしよう?「いい犬だね」と男は言った。ハービーをまるごと食べてしまいたいとでもいうように。でも、何ごともない。ママは興奮してもがくハーバートを抱えて戻ってくる。客室係はドアをバタンと閉め、列車はまた走りはじめる。九時少しまえにインヴァネスに到着し、急いで列車を乗り換えて、アラプールの最寄り駅ガーヴに向かう。ほんの少し緊張が解けてくる。片側に荒れ地、反対側に海を見せながら、スコットランドの景色が流れていく。ハーバートでさえうっとりと眺めている。でも、ガーヴに着くと、とても降りる場所には思えない。ヴィクトリアのような駅ではなく――チチエスターともちがう――黄色い駅舎と跨線橋(こせんきょう)があるだけの辺鄙(へんぴ)な場所だ。でも、ママは降りるわよと言って、ハーバートをわたしによこす。そして、自分の荷物をおろす。精力的できびきびしていて、イングランドにいるときのママとはまるでちがう。きっと空気のせいだ。ものすごく寒いから。

駐車場には古びたレンジローバーが停まっていて、女の人がひとりいるが、ひいおばあちゃんだとは気づきもしなかった。最後に会ったのはロンドンのおばあちゃんの家で、あのときはすごく年寄りに見えた――だって、九十歳近いはず――のに、今はジーンズにアウトドアブランドのバブアーのジャケットを着て、力一杯わたしを抱きしめている。

「ジョージー! なんてきれいになったのかしら。ママにそっくりね」

「こんにちは」なぜだか気恥ずかしく思いながら、わたしは言う。でも、いつも無口なママがばかみたいにしゃべりまくっているので、わたしが静かでも問題はない。わたしはハーバートと後部座席に乗り込む。ママはひいおばあちゃんに事情を話している。

「とにかく逃げなくちゃならなくて」

「ここなら安全よ」ハイランドの雌牛(めうし)をよけながら、ひいおばあちゃんは言う。

わたしは話を聞くまいとする。「エラ……日記……サイモン……学校……リック……ストーキング……怖い……」アラプールが見えてくる。海に沿って白い家が建ち並ぶ港が、その背後の山々が。子どものころ見ていたテレビ番組のようだ。わたしは主題歌をハミングしはじめる。

「『バラモリー』ね」ママが言う。「ここに来てよかった、ジョージー？」

「うん」わたしは言う。昨夜の列車の旅はすごく奇妙で非現実的だった。ヴィーからのメッセージ、笑みを浮かべる男、パトリックの〝地獄はからだ〟。今ようやく生き返ったような気がする。水の上で太陽がきらめき、雌牛たちでさえヘナで染めたような前髪の下で、情け深く微笑(ほほえ)んでいるように見える。ひいおばあちゃんは雪の話をしている。いちばん高い山は完全に真っ白だ。

「今日はすごくあったかいよ」彼女は言っている。「バハマみたいに」

車の気温計はマイナス一度を指している。

ひいおばあちゃんの家のことははっきりと覚えている。ほかの家からちょっと離れた細長い土地に建っていて、両側は海だ。ひいおじいちゃんのことはよく覚えていないけど、たぶん船を持っていて、毎朝それを漕いで港まで新聞を買いにいったのだろう。ハーバートは大興奮で、カモメに向かって吠えはじめる。遠くでフェリーがゆっくりと外海に向かっている。

ひいおばあちゃんが見せてくれたわたしの部屋は屋根裏にある。ベッドにはパッチワークキルトがかかっていて、白い壁に水面の光が反射する。デスクと本棚、小さなロッキングチェアまである。ずっとそこにいたいけど、階下（した）でランチを食べることになっている。パンとスープ、布に包まれて出てきたおかしなチーズ。雪が降ったら、すべてのものから切り離されるだろう。クリスマスをここですごすのもいいかもしれない。

ママとひいおばあちゃんはまた長い会話をはじめる。ママが自分のおばあちゃんにはなんでも話すことにわたしはまた驚かされる。自分の母親、つまりわたしのおばあちゃんといるときは、いつもとてもことば少なで堅苦しい。なのに、今はあのケンブリッジの男性、ヘンリーのことまで話している。すごく興味深い――ルイス先生が殺された週末、ママがヘンリーといっしょにいたなんて知らなかった――けど、しばらくするとわたしの目はくっつきそうになってくる。

「あら、お疲れのようね」ひいおばあちゃんが言う。「階上（うえ）に行って少し寝たら、ジョージー？」

わたしはいそいそと垂木（たるき）の下の小さな部屋に戻る。ハーバートがついてきて、パッチワークのキルトにいっしょにくるまる。列車の夢を見る。「見知らぬ人」に出てくるような昔の列車だ。わたしは逃げようとして、傾く客車を走り抜け、壁にぶち当たり、客車のあいだの悪夢のような裂け目を飛び越える。でも、彼がそこにいる――姿は見えないけれどいつも同じ距離を保ちながら背後にいる――なめらかに容赦なく動く、未知の、それでいてなぜかぞっとするほどなじみ深い人影が。

目覚めると、外は暗い。ハーバートはお座りをして聞き耳を立てている。

階下で話し声がする。だれかがドアをノックしたらしい。

「ちょっと、あなた」ママが言うのが聞こえる。「いったいここで何をしているの？」

ハーバートがうなりはじめる。これまで一度も聞いたことがないような声で、もっとずっと大きな犬のように、喉（のど）の奥から。歯をむき出していて、わたしは一瞬怖くなる。ドアのほうに行きかけると、ママの恐ろしい悲鳴が聞こえる。「ジョージー！」ママが叫ぶ。階下のドアがバタンと閉まり、階段で足音がする。揺るぎない、決然とした足音が。わたしは屋根裏部屋のいちばん奥の隅まであとずさる。ハーバートも連れていこうとするが、彼はまだドアのそばに立っている。うなるのをやめて、何かを待っているように。

ドアがさっと開く。暗い人影がナイフを振り上げ、ハーバートが小さな白い弾丸のように飛びかかるのが見える。

やがて、ハーバートは血まみれになって床に倒れ、ナイフがわたしに近づいてくる。

第Ⅻ部　ハービンダー

46章

正午にクレアの家を出て、一時四十分発インヴァネス行きの飛行機に乗った。現地警察に電話して、アラプールのクレアとジョージアの様子を確認してほしいとたのんだ。が、やはり自分で現地に行きたいと思い、ドナに許可をもらった。国内線の飛行機に乗るのは初めてだ。実は飛行機には二回しか乗ったことがなく、一度目はインドに行った十歳のときで、二度目はいわゆるロマンティックな小旅行でバルセロナに行ったときだ。国内線はあまりにも楽だったので驚いた。荷物はなかったし、セキュリティも警察の身分証を係員に振って見せただけで素早く通り抜けた。

しかし、飛行機の座席に座っているのは、拷問以外の何物でもなかった。一刻も早く現地に着きたかった。携帯電話を使えないのは悪夢だった。飛行機のなかで携帯電話を使ってはいけない、などというのは作り話だとどこかで読んだことがあったが、危険を冒したくなかった。レーダーか何かを妨害してしまったらどうする？　携帯電話は〝機内モード〟にして膝（ひざ）の上に置き、〝世界のビーチ、ベストテン〟という記事を読もうとした。皮肉なことに、アラプールもはいっていた。隣のビジネスマンはえらそうにノートパソコンのキーボードをたたいていた。一瞬でも働くのをやめたら、世界が終わるとでもいうように。

三時二十分にインヴァネスに到着し、乗客たちを肘(ひじ)で押しのけて、三十分にはタクシー乗り場にいた。警察車両がわたしを待っていた。

「カー部長刑事?」やたらと〝r〟の音が追加された声がした。

「そうです」

「ジム・ハリス部長刑事です」彼は三十歳くらいで背が高く、ダークレッドの髪とオオカミのような顔つきをしていた。わたしはうれしかった。黙々と車を飛ばすタイプに見えたからだ。

「アラプールまではどれくらいかかる?」空港をあとにすると、わたしは訊いた。

「一時間四十分ほどです」ジム・ハリスは言った。「世界一美しい道を通りますよ」

彼の言うとおりなのかもしれない。たしかに緑地や山々、いくつもの湖(ロッホというのだろうか?)を通りすぎた。が、手遅れにならないうちにクレアとジョージーのもとへ行くことしか考えられない。地元警察がキャシディ夫人の家を調べたところ、異状はなかったとジムは言ったが、それでもみぞおちにひやりとするものを感じていた。ふたりに電話してみたが、応答はなかった。「ああ(アーク)、あのへんは電波が届きにくいんです」ジムはほんとうに〝アーク〟と言った。

アラプールに着くころには、あたりは暗くなっており、港の灯りがきらきらしていた。客観的に見ても、旅のあいだジムはあまりしゃべらなかった。巧みな運転でせまい道を抜け、両側を海にはさまれた細長い土地に出た。キャシディ邸はその突端にあった。屋根に近い部屋の灯りがついていた。「見知らぬ人」と廃屋(はいおく)の灯りを、廃工場で見た灯りを、鬼火や海から呼んでいる死んだ子どもたちの幽霊を思った。

止まるか止まらないかのうちに車から降りた。家の外に二台の車が停まっていた。おんぼろのレンジローバーと、赤のトヨタ・アイゴ（欧州向けに開発されたコンパクトカー）だ。玄関扉が開けっぱなしになっている――冬の夜のスコットランドではいい兆候ではない。「クレア！　ジョージー！」と呼びながら私道を走った。

家に入ると、一階にあるドアのひとつから叫び声が聞こえた。ドアはどっしりした椅子でふさがれていたが、上に行かなければならないのはわかっていた。階段を二階ぶんのぼって屋根裏部屋のドアに到達すると、背の高い若い男がナイフを掲げて、おびえるジョージアに覆いかぶさろうとしていた。足元に血まみれのハーバートが倒れていた。

飛びかかったが、男はかなり大柄でよろけさせることしかできなかった。ナイフを持っているほうの腕をつかむと、激しくうしろに投げ飛ばされ、床で頭を打った。すばやく起き上がって、もう一度飛びかかった。階下から泣き叫ぶ声が聞こえてきて――ありがたいことに――階段をのぼる警察官の重い足音がした。ジム・ハリスが見事なラグビーのタックルで男を倒し、わたしは男の胸を膝で押さえつけて権利を読んだ。

「タイ・グリーナル、エラ・エルフィックとリック・ルイス殺害容疑、およびサイモン・ニュートンとジョージア・ニュートン殺害未遂容疑で逮捕する」

第XIII部　ハービンダー&クレア

47章

ハービンダー

ポストカードのことを思い出したのは、ナターシャの証言からだった。ジョージアには、かわいいウサギとハートのポストカードを送ってくれるボーイフレンドがいる。その筆跡を見てわかった。すぐにタイが働いているパブに行くと、二、三日休みを取っていると言われた。

「住所はわかりますか？」わたしは訊いた。「実は、聞いてないんです」パブのマネジャーはすまなそうに言った。「でも、とてもたよりになるやつですよ。遅刻したこともないし」それは、タイが通りのすぐ先にある、古いセメント工場に無断で住んでいたからだ。ガーヴの警察署での取り調べで、タイはそれを認めた。

「工場に寝泊まりしてた」彼は言った。「クレアを眺めるために。夜は蠟燭を灯して見ていた。彼女を愛しているんだ」

「それはいつから？」わたしは訊いた。サセックスに連れて帰るまで綿密な取り調べはしたくなかった――ニールとドナにも立ち会う資格がある――が、先に確認しておきたいことがいくつかあった。

「ハイズでバーテンダーをしていたホテルに」タイは言った。「クレアが研修で来た。一目で恋に落ちた。スペアキーを使って彼女の部屋にはいり、日記を読んだ。その場で心を決めた。彼女を守らなければならないと。彼女を追ってサセックスに行き、パブで仕事を見つけた。街でジョージアと知り合った。彼女は酔っていた——おれの好みからするとじゃじゃ馬すぎた。クレアにとっては心配の種にちがいない——そこでおれは彼女のボーイフレンドになって、面倒をみることにした。そのおかげでクレアに近づけた」すべては完全に理にかなった、立派なことだとでもいうように、彼は微笑(ほほえ)んだ。体格がよく、ジム・ハリスに手荒に扱われて顔じゅうにあざがあるにもかかわらず、ハンサムだった。が、その目を見て、すぐにわかった。弁護側は心神喪失を申し立てるだろうと。

「どうしてエラを殺したの？」わたしは訊いた。

「クレアを苦しめてたからだよ」即答だった。「既婚者と寝たり、学校で彼女に仕事を押しつけて。エラは娼婦と変わらなかった。リックも似たようなものだ。彼が嫌いだとクレアは日記に書いていた。だから彼も殺した。電話してエラとのことを知っていると伝えたんだ。めちゃくちゃビビってたよ、火遊びのことを奥さんに話すつもりだと言ったら。呼び出して、椅子に座るように言ってからうしろにまわり、ワイヤーで首を絞めた。「見知らぬ人」のような殺し方にしようと思ったんだ。ジョージーの部屋であの本を見つけて、クレアの好きな本だと知ったから。もちろん、『白衣(びゃくえ)の女』も」

　またあの微笑み。

「サイモン・ニュートンは？　ジョージアのことはどうなの？　クレアがふたりの死を望むわけないでしょ。ジョージーは最愛の娘なのよ」

「サイモンに会うまえのほうが、ジョージアが生まれるまえのほうが幸せだったとクレアは書いていた」タイは言った。「サイモンはいつも彼女を苦しめ、母親失格だと責め、新しい妻と子どもたちのことをやたらと話した。とにかく、ふたりとも消す必要があったんだ。クレアがおれと新たなスタートを切れるように」

わたしは心配になってきた。この調子では、彼にふさわしい重警備の刑務所ではなく、精神科の施設で刑期を務めることになるだろう。が、タイが祖父母と暮らしていたケントの警察と話したところ、彼の英語教師だった女性に対するストーカー行為で、すでに警告を受けていたことがたまたまわかった。法廷では使えないにしても、タイ・グリーナルがじっくりと獲物を観察し、機会を待って飛びかかるタイプの殺人者だという事実の補強にはなる。

ハイランド警察の手厚い保護にタイを託し、予約しておいたホテルに戻った。祖母の家に泊まってくれとクレアは言ってくれたが、わたしというお荷物がいなくても、キャシディ家の女性陣には対処すべきことがたくさんあるだろうと思ったのだ。それに、すごく疲れていた。ホテルは望んだとおり、現代的で無個性だった。途中でポテトチップスを買い、スコットランドの炭酸飲料アイアンブルーを飲みながら食べた。ジムが請けあったとおり、ほんとうに鉄粉のような味がした。ホテル〈カレドニアン・シッスル〉でシャワーを浴び、洋服ダンスにかかっていたちくちくするバスローブを着た。それからベッドに横になってニールに電話した。

「犯人は身近な人間だとずっと思ってたよ」彼は言った。

「よく言うわ。最後の最後までパトリック・オリアリーだと思ってたくせに」

「パトリックとヴェネシアのことは聞いた？」彼は言った。

「ううん」

「結婚するために家出したんだ。グレトナグリーン（かけおち婚で有名）に行こうとしていた。スコットランドの警察がエジンバラの〈トラベロッジ〉で保護したよ」

「グレトナグリーンってダンフリースシャーじゃなかった？」

「そうだ。そこに行く方法については調べがたりなかったようだ。それに、フェイスブックをチェックしたときに現在地がわかるから、ふたりを見つけるのはかなり楽だった」

「ばかね」

「まあ」ニールが言った。「若き日の恋ってやつさ」

今にも眠り込みそうだったが、最後の力を振り絞って母さんに電話し、どこにいるかを伝えた。ネス湖の恐竜は見たかと訊かれた。休暇中だったと言っておいた。

クレア

ハービンダーと入江の白砂の上を歩く。美しい朝で、海は絵葉書のようにきらめき、背後の山脈は黒々としている。

「罪悪感でいっぱいよ。ハイズではタイに気づきもしなかったけど、言い合いをしたとき、エラが言っていたことをいま思い出した。バーテンダーがわたしに色目を使ってたって」

「自分を責めないでください」ハービンダーが言う。「知らなかったんですから」

「ジョージーがタイとつきあうのは気に入らなかったけど、理由は年上すぎるということだけだった。むしろ彼といればあの子は安全だと思っていた。ぞっとするわ」

「もっと大事な問題があります。ハーバートはよくなるんですか？」

「獣医はそう言ってる。幸い、重要な臓器は無傷だった。あの子には九つの命があるのよ、猫みたいに」

「あんなふうにタイに向かっていくなんて、ほんとうに勇敢でしたね」

「そうね。あの子はジョージーが大好きなのよ。命がけで守ったんだわ。わたしたちふたりを」涙を拭くために立ち止まらなければならない。

「拘束したとき、タイは腕をかなり深く咬まれていました」

「よくやったわ」

「ジョージーはタイに対してどういう思いでいるんでしょう？」

「すごくショックを受けてる。でも、今朝は彼を許さなくちゃならないと話してた。わたしはまだその準備ができていないわ」昨夜ジョージーは病院に連れていかれたが、外傷はなく、数時間後に解放された。今朝は許しと贖罪についてしきりに口にしていた。「そうしないと、彼に負けることになると思わない？」わたしといっしょに居間に閉じ込められ、階上で娘が殺されると思ったわたしが悲鳴をあげるのを聞いていたおばあちゃんも、同じくらい落ち着いていて、たっぷりとした朝食を作ってくれた。「力が必要になるからね」おかしなことに、おばあちゃんとジョージーは似ている。以前は気づかなかったけれど。

「もちろん、ハーバートが前足をけがしたとき、世話をしたのはタイだったのよね？」

「ええ。でも忘れないでください、タイは心の奥で、自分がやっているのはあなたが望んだことだと信じていたんです。彼はあなたがハーバートをとても愛していることを知っていた。日記のなかで彼を非難したことはなかったはずです」

「ええ、書かなかった。どんなにあの子を愛しているか、わたしにとってどんなに大切な存在かということしか。ああ、最低な気分。殺してほしい人のリストを書いていたなんて」

「そんなふうに考えたらだめです。自分のために人殺しをしてくれとタイにたのんだわけじゃないんですから。それに、日記をだれかに読ませるつもりもなかった」

「「見知らぬ人」のことは？　タイはあれを読んでいたはずよ。引用はあの本からのものだし……エラとリックを殺したやり方も」リックがどうやって死んだかについては、昨夜ハービンダーから聞いていた。

「あの本はジョージーのものでした。彼女はあの物語に取り憑かれていて、タイは彼女の部屋で本を見つけたんでしょう。工場にはたくさんの本がありました。『白衣の女』や、ジョージーの持っていた『テンペスト』や、さまざまな版の「見知らぬ人」もふくめて。本を読みすぎるというのは危険なことかもしれないですね」

ジョークなのかどうかわからない。

「蝋燭とポプリのアイディアはジョージーと友人たちから得たようです。ジョージーの黒曜石も盗んでいます。理由はわかりません。あの石はブライオニー・ヒューズが創作クラスのグループ全員に与えています。お守りとして。事情聴取をしたとき、彼女のオフィスにひとつあるのを見ました」

ジョージーは昨夜ようやくブライオニー・ヒューズのことを打ち明け、彼女は白魔女だとか、霊を送り出す方法を教わったなどとしゃべりつづけた。もっとくわしく調べて、創作クラスのためにシックス・フォーム・カレッジに行くのはやめさせようと心に刻む。が、娘がずっと物語を書いていたのに、自分はまったく知らなかったことを思うと情けなくもある。

「石にはジョージーの指紋がついていました」ハービンダーがさりげなく言う。「それでしばらく彼女に注目していたこともありました」

「うそ。あの子を疑ってたの?」

「ほんとうに疑っていたわけじゃありません。でも、彼女の部屋に血のついたエラの写真があったんです。今朝鑑識の結果が出て、動物の血だとわかりました。前足を切ってしまったハーバートを見つけたとき、ジョージアのポケットにはいっていたんでしょう」

そういえば動物病院に行ったとき、ジョージーはハーバートを抱いて座っていた。わたしたちの小さなヒーロー犬。

「あなたのこともしばらく疑っていました」ハービンダーが言う。「むしろあなたのほうがそういうタイプに見えた」

「それはどうも」

「そのうちパトリック・オリアリーに容疑が集中しました。彼はエラに夢中だったし、リックを恨む理由があった。エラが死んだ夜に彼女の家に行ったこともわかっていました。さらに彼は姿を消した。普通これは明らかに罪悪感の表れです。ナターシャに〝地獄はからだ〟というメッセージも送っていた。彼なりのジョークだったようですが」

「ジョージアにも同じメッセージが来てたわ」わたしは言う。「パトリックとヴェネシアは見つかったの?」

ハービンダーはぐるりと目玉をまわす。「ええ。エジンバラの〈トラベロッジ〉で、ダンフリース・アンド・ギャロウェイ(グレトナグリーンがある州)に行く方法を調べようとしていました。親たちが今日迎えにいくことになっています。グレトナグリーンに行けば結婚できるなんて、突飛なことを考えるものですね。今時の子どもたちはどうなっているんでしょう?」

「ジョージーの話では、ヴェネシアはジョージェット・ヘイヤーの大ファンらしいの」わたしは言う。「あの作家の登場人物はいつもかけおちをするのよ」

「でも、ジョージェット・ヘイヤーは結婚に関してすごく現実的ですよね」ハービンダーはそう言って、これが初めてではないが、わたしを驚かせる。「お金が必要だということも忘れないし。インド人の母親を思わせるところがあります」

「あなたがロマンスファンとは知らなかったわ」

「どちらかというとホラーのほうが好きですけど」ハービンダーは浅瀬に向かって石を蹴る。「ロマンスが好きだった時期もあります」

「タイはすべて自白したの？」わたしはそれを望んでいる。そうしてくれたら、わたしもジョージーも法廷に出なくてすむ。

「屋根に向かって歌う勢いですよ」ハービンダーが言う。「むしろ、スコットランドの警察に全部話さないようにさせるのがたいへんです。わたしとニールのためにとっておいてほしいんですけどね。今夜彼を連れて飛行機で帰ります。殺人犯と手錠でつながれて、愉しいフライトになるでしょうね。でも、もっとひどいことになっていたかもしれないんですから。ヘン・パーティ（独身最後の女性だけのパーティ）みたいなことに」

「サセックスに戻ってもまたあなたに会うことになるのかしら？」アラプールを離れたくないが、まだ学期は三週間残っている。月曜日にはサセックスに戻らなければならない。

「わたしからは逃げられませんよ。こういう事件は後始末がたいへんなんです」

「今は人生が普通につづいていくなんて不可能に思えるわ。でも、きっとそうなんでしょうね」

「普通という概念は過大評価されていると思います。でも、そうですね、人生はつづきます。つねにそうです」

ビーチの終わりまで来て、入江を振り返る。潮が満ちてきている。硬い砂の上にわずかに残されたわたしたちの足跡は、すぐに波に消されるだろう。

この世には永遠に隠しておけるものなどひとつもない。

エピローグ

三度目

わたしたちは無言で螺旋階段をのぼる。クリスマス休暇中で学校は休校だが、ずっと下で時計が時を刻み、膨張した床板が吐息をつくのが聞こえる。

「死体がないとちがって見えますね」ハービンダーが言う。いつだって雰囲気をぶち壊すことにかけては人後に落ちない。

トニーは北東部の教育界のトップにのぼりつめた。新しい校長はリズ・フランシスで、彼女はわたしに教頭のポストについてほしいと言ってきた。リズはこの部屋を取り壊して、IT用の特別室にしたがっている。それもいいかもしれないが、R・M・ホランドの幽霊がいなかったら、学校はこれまでと同じではなくなってしまう。

ジョージーは部屋にはいってデスクに近づく。一瞬立ち止まって額に入った写真を見たあと、わたしなら決してやらないだろうということをする。R・M・ホランドの椅子に座る。

「ジョージー」わたしは言う。「そこに座っちゃだめ」この部屋の前回と前々回の訪問は忘れられない。最後にあの椅子に座ったのは、マネキン人形（ありがとう、パトリック・オリアリー）と、リック・ルイスの死体だった。

「どうして？」ジョージーが言う。「あたしは好きよ。いいエネルギーがある。ここに座ってると、何か力強いものが書けると感じるの」

ここ数週間でもっとも大きな衝撃のひとつだ。わたしの娘が小説を書いているなんて。彼女はいくつかの作品を見せてくれた。主題がいくぶん不穏だとは思うが、才能があるのはまちがいない。この才能を育ててくれたブライオニー・ヒューズに感謝するべきなのだろうが、まだジョージーを彼女の放課後のクラスに行かせたくない。

「それならわたしがそこに座るべきかも」わたしは言う。「ホランドについての本はいつまでたっても完成しないんじゃないかと、ときどき思うことがあるから」

「ヘンリー・ハミルトンはママが書きあげると思ってるよ」ジョージーがずるそうな笑みを見せる。

先週ヘンリーに会ったところ、彼はまだあの本に興味津々だった。驚いたことに、わたしにもまだ興味津々だった。

赤くなっていないことを願いながら、わたしは言う。「ヘンリーはセント・ジュードにはまだ手紙があるかもしれないと思っているの。ホランドの妻と娘の謎が解ければ、そこに物語を見つけられるはず」

「謎を解くのはそれほど簡単ではありませんよ」ハービンダーが言う。「警察官に訊いてみてください」

「でもあなたは事件の謎を解いた」ジョージーが言う。彼女はまだデスクのまえに座り、両手のひらを吸取り紙の上に置いている。背後から冬の低い太陽に照らされて、ダークヘアが栄冠のように輝いている。ラファエル前派の絵画のように美しく見え、急にとても大人びて見える。数年もすればこの子は家を出ていくのだ、と思う。

「そうね、タイがあなたを殺そうとしたおかげで事件は解決したわけだけど」赤い壁の写真をじっくり見ながら歩いているハービンダーが言う。

タイの事件は春に裁判が開かれることになっている。彼は罪を認め、自白もたっぷりしているので、ジョージーもわたしも証言する必要はないだろうとハービンダーは考えている。ジョージーは相変わらず彼を許すと言っているが、わたしはまだそこまでいっていない。エラとご両親のことを、デイジー・ルイスのことを、襲われたことがまだフラッシュバックするらしいサイモンのことをどうしても考えてしまう。ハーバートだけが――ありがたいことに――トラウマもなく逃げおおせたようだ。彼は昔の彼に戻っている。ジョージーはクリスマスにトナカイの服を買ってあげた。

「ところで、妻と娘の謎というのはどんなものなんですか?」ハービンダーが言う。「わたしなら解き明かせるかもしれませんよ」彼女の口調には、警部補試験の受験を申請した者の自信がある。

「ホランドの妻のアリスはたぶん自殺したんだと思う」わたしは言う。「娘については何もわかっていない。手紙にマリアナのことを書いてるし、「Mよ、安らかに眠れ」という詩もあるけど、女児が生まれた記録も死んだ記録もないし、彼女の墓を見つけた人もまだいない。ヘンリーが見つけた手紙の一通で、ホランドはマリアナが〝母親の欠点を受け継いでいる〟と書いている。うつ病や心の病のことかもしれない。それはまだわかっていないの」

「一度アリスの霊を見たことがあります。この話しましたっけ？」

ジョージーとわたしはハービンダーをまじまじと見る。「いいえ」わたしは言う。「聞いてないわ」

「十五歳のクリスマスの学期でした」ハービンダーが話す。「古い教室のひとつで、ボーイフレンドのゲイリー・カーターといちゃついていたんです。彼、今は地理の先生です」ジョージーのためにつけ加える。

「ゲーッ」ジョージーは目を覆う。「キモい」

「とにかく、そこでいちゃついてたら、急に部屋が寒くなったんです。廊下に出ると、白い影がすーっと通りすぎるのが見えました。白い影は階段の手すりから身を投げて、身の毛もよだつ悲鳴が聞こえました。以上」

「幽霊を見たあと、だれか死んだ？」学校の伝説を思い出したわたしは、ちょっと皮肉をこめて言う。

「ええ」ハービンダーは言う。「ちゃんとひとり死にました」

「きっと彼女よ」顔を輝かせてジョージーが言う。「アリス・ホランド。彼女と接触しなくちゃ。ここでは幸せじゃなくて、移動したがっているのよ」

「だめよ！」わたしは意図したより大きな声で言う。エラの霊を呼び出したいわゆる交霊会の話はすべて聞いている。ピザを食べながら『フレンズ』を見ていると見せかけて、亡者とたわむれる四人のティーンエイジャー。これもブライオニー・ヒューズのせいだ。

「はいはい。落ち着いてよ、ママ。だいたい、彼女のことを書こうとしてるのはママでしょ。それってそっとしておくことにはならないんじゃない？」

「それとこれとはちがうわよ。でも、マリアナの謎が解けたら、一種の悪魔払いにはなるかもね」

「ああ、それなら」ジョージーが言う。「あたしが解いたよ」

彼女は立ち上がり、写真の飾られた壁に歩いていく。そして、目の高さにある小さな白黒写真を指差す。ハービンダーがわたしを見て、わたしたちは写真に近づく。

「マリアナと」ジョージーがキャプションを読む。

「でも、この写真には彼しか写っていない」ハービンダーが言う。

「よく見て、敏腕刑事さん」

わたしたちは写真に身を寄せ、ハービンダーが先に気づく。

「犬だわ」

写真のまんなかへんの地面に、灰色の芝生にとけこみそうな、白いぼんやりしたものがある。たしかに犬だ。犬種ははっきりしないが、片耳が立ってもう片方の耳がたれ、しっぽが背中に向かってくるんと巻いている。

「母親の欠点って」ジョージーが言う。「きっと巻き尾のことよ」

「ゲイテール（尻からピンと立ち上がったしっぽのこと）の犬は断尾しないと巻き尾になることもあるのよね」わたしは言う。

「いいですよね、ゲイテール」とハービンダー。「見た目で人気があったのもわかります」

「マリアナ」わたしは言う。「彼女は〝つねに慰め〟であり、〝天使そのもので、気立てがよく、やさしい〟とホランドは書いてる」

「ハーバートみたい」彼のためにとってあるような声でジョージーが言う。

「彼の小説、『貪欲（どんよく）な獣』を楽しんだとも描かれている」

「それは理解できるな」ジョージーが言った。「あたしもよく書いたものをハービーに読んできかせるから。あの子はあたしのこと天才だと思ってる」

「この写真はだれが撮ったんですか?」ハービンダーが訊く。

それはこれからもわからないだろう。わたしたちはもう一度写真を見る。男性と彼の犬が芝生に座っている一瞬をとらえた、だれのものかわからない、幽霊じみた手によるスナップ写真を。

見知らぬ人

R・M・ホランド著

もしよかったら、と見知らぬ人は言った。ひとつ話を披露させてください。なんといっても長旅ですし、この空模様ではしばらくこの客車から出られないでしょう。話でも聞いて暇をつぶしてはいかがです？　十月の終わりの夜にぴったりですよ。

その席は快適ですか？　ハーバートのことは気にしないでください。害はありません。この天気のせいで神経質になっているだけです。さて、どこまで話しましたかね？　寒さよけにブランデーでもどうですか？　ヒップフラスクからでもかまいませんよね？

そう、この話は実話です。それがいちばんだと思いませんか？　さらにいいのは、私が若いころに起こったことなのですよ。そう、あなたくらいのころに。

私はケンブリッジの学生でした。もちろん、専攻は神学です。私にとってそれ以外の学問はありませんでした。英文学ならあったかもしれませんが。われわれ人間は夢と同じもので織り上げられている。入学してほぼ一学期がすぎたころでした。私は田舎から出てきた内気な少年で、孤独だったと思います。あの洒落(しゃれ)者たち、神からの特許状を持っているかのように中庭をぶらつく、白い蝶ネクタイをした若者たちのひとりではありませんでした。いつもひとりぼっちで、講義に出席しては論文を書くだけの日々でしたが、いつしか同じ学年の別の奨学生とのあいだに友情が生まれました。こともあろうに、ガジョンという名の臆病な男でした。私は郷里の母に毎週手紙を書きました。礼拝堂にも行きました。そう、当時は神を信じていたのです。敬虔(パイアス)といってもいいほどでした——私たちは〝パイ〟と言ったものです。ですから、ヘルクラブに勧誘されたときは驚きました。驚くと同時にうれしかった。もちろん、聞いてはいました。真夜中の乱痴気騒(らんちき)ぎや、部屋を掃除に来た寝室係がそこで発見したもののせいで失神した話や、古代エジプトの『死者の書』から引用した秘密の詠唱や、埋められた骨やぽっかり開いた墓穴の話は。でも、逸話はほかにもありました。ヘルクラブは多くの成功者を輩出していたのです：政治家——閣僚もひとりふたりいます——作家、法律家、科学者、産業界の大物。見分けはすぐにつきました。左のラペルにつけた、控えめな髑髏(どくろ)の記章のせいで。そう、ここにあるこれのような。

そんなわけで、入会儀式に招待された私はよろこびました。儀式がおこなわれたのは十月三十一日のことでした。そう、ハロウィンです。万聖節(ばんせいせつ)の前夜。ええ、そうですね。今日はハロウィンです。偶然を信じる人なら、少しばかり不吉だと思うかもしれませんね。

話に戻りましょう。儀式は簡単なもので、真夜中におこなわれました、当然ながら。三人の入会希望者が、大学の敷地の外にある廃屋(はいおく)に行くことを求められました。ひとりずつ、目隠しをされ、蝋燭(ろうそく)を持たされて。歩いて廃屋に行き、階段をのぼり、二階の窓のところで目隠しをはずし、持ってきた蝋燭を灯(とも)さなければなりませんでした。そして、できるだけ大きな声で「地獄はからだ！」と叫ぶのです。三人ともがその作業を終えたら、仲間と合流することができます。そのあとは祝宴とどんちゃん騒ぎが待っています。ガジョン……あのかわいそうなガジョンもその三人のうちのひとりだということはもう話したでしょうか？　ガジョンは不安がっていました。眼鏡がないとほとんど何も見えないからです。でも、どのみちみんな目隠しをするんだぜ、と私は彼に言いました。この世の成り行きを見るのに目などいらない。

寒いですか？　風が強くなってきましたね？　一斉射撃よろしく窓に吹きつける雪を見てごらんなさい。ああ、列車がまた止まったようです。今夜はこれより先へは行けないでしょうね。ブランデーはいかがですか？　私の旅行用毛布におはいりなさい。こういう旅では最悪の事態に備えるようにしているんです。人生に役立つ格言ですよ、お若い方。つねに最悪に備えよ、というのはね。

さて、どこまで話しましたかね？　ああ、そうでした。そこでガジョンと私は、三人目の仲間――ウィルバーフォースと呼ぶことにしましょう――とともに、廃屋の近くまで行きました。ヘルクラブの正式メンバー三人が、私たちに目隠しをしました。もちろん彼らは仮面をつけていましたが、何人かは声でわかりました。バスティアン卿とその子分のコリンズです。三人目は外国訛り（なま）がありました。おそらくアラビア語でしょう。

最初に目隠しをされたのはウィルバーフォースでした。彼は蠟燭とひと箱のマッチを持って、目の見えない人のようによろよろと廃墟に向かいました。私たちは待って、待ちました。冬の風が私たちのまわりで吹き荒れていました。そう、ちょうど今のように。一生ぶんに思えるほど待ったあと、朝顔形の窓で蠟燭が揺らめくのを見ました。そして、夜の空気にのって、ごくかすかに声が聞こえました。「地獄はからだ!」

私たちは歓声をあげ、石に跳ね返ったその声は静寂のなかに響きわたりました。バスティアンはガジョンに蠟燭とマッチの箱をわたしました。ガジョンはゆっくりと眼鏡をはずし、目隠しで目を覆いました。

「幸運を祈るよ」私は言いました。

彼は微笑(ほほえ)みました。いま思えばおかしなものです。彼は微笑んで、商品を宣伝する商店主のように両手を広げるという妙な動作をしました。彼が目のまえに立っているかのように、今もはっきりとその姿が見えます。バスティアン卿に押され、ガジョンはよろめいて霜(しも)の降りた草の上に倒れそうになりました。

私たちは待って、待って、待ちました。夜鳥が鳴きました。だれかが咳をして、別のだれかが笑いを押し殺すのが聞こえました。私はほとんど理由がわからないながら、荒い息をしていました。

待っていると、ようやく窓に蠟燭が灯りました。「地獄はからだ!」それに応えて、私たちは歓声を響かせました。

さて、いよいよ私の番です。蠟燭とマッチをわたされました。そして目隠しで目を覆いました。たちまち夜がさらに暗くなったばかりか、さらに寒く、敵意に満ちたものになりました。旅をはじめるのに、バスティアンに背中を押してもらう必要はありませんでした。早く終わらせてしまいたかったのです。しかし、目が見えないのでどれくらい歩けばいいのかわかりません。方角をまちがえて、廃屋を見失ったにちがいないと思ったとき、背後からバスティアンの声が聞こえました。「まっすぐまえだ、この馬鹿！」私は両手をまえに伸ばし、よろよろと進みました。

手が石に触れました。廃屋に着いたのです。建物の正面に触れながら進み、ようやくぽっかりと空いた箇所を見つけました。戸口です。私は敷居につまずいて、石の床にどさりと倒れましたが、少なくとも屋内にはいれました。屋内は風こそありませんでしたが、どういうわけか寒さは増していました。そしてあの静寂！ 静寂が反響を繰り返し、私にのしかかって、地面に押しつけようとしているかのようでした。私は荷物を背負った物乞いのように、ほとんど体をふたつに折っていました。荒く、ぜいぜいという自分の呼吸が聞こえました。それだけを相棒に、じりじりと階段に向かいました。

階段は何段だ？ 二十段だと教えられていましたが、十五まで数えたあとわからなくなりました。あると思った段を空踏(からぶ)みして、ようやく二階に着いたのがわかりました。ガジョンかウィルバーフォースが小声で挨拶してくれるものと思っていたのに、ふたりは無言でした。待っているのでしょう。私はそろそろとまえに進みました。窓を見つけてこのパントマイムを終わらせなければなりません。まえにあるしっくいの壁を両手でたどっていくと……ありました！ 木の窓枠が。私は目隠しを引き下ろし、凍える指でマッチを擦(す)って蠟燭に火をつけました。そして、窓枠に少量の蠟をたらし、蠟燭を立てました。

「地獄はからだ！」自分の声が弱々しく耳に響きました。ようやく私は振り返りました。足元の死体が目にはいったのはそのときでした。

廃屋の廊下に悲鳴が響きわたり、自分の声だと気づきました。わが友ガジョンは死んで足元に横たわっていました。ウィルバーフォースは数ヤード離れた場所にいました。脈を捜してふたりの首に触れましたが、まったくないのがわかりました。だれか、または何かが、地獄の獣のようにふたりに襲いかかって虐殺(ぎゃくさつ)したのです。ガジョンの胸は何度も刺されており、血で真っ赤でした。両腕は大きく広げられ、手のひらに――ああ、なんという罰当たりな！――われらが聖なる主(しゅ)の聖痕に似た傷が見えました。最初はウィルバーフォースも刺殺されたのだと思いましたが、揺らめく蠟燭の光のなかでよく見ると、絞殺されているのがわかりました。白い布がきつく首に巻かれ、この上なく恐ろしい形相でした。しかし、殺人者の刃(やいば)から逃れたわけではありませんでした。彼の胸には短剣が柄(つか)まで埋まっていたのです。

私はしばらく震えながら、蠟燭が壁にでたらめな形を映すにまかせていましたが、やがて恐怖で凍りつきました。仲間たちを殺した悪魔は、すぐ近くにいるにちがいありません。やつは今、血に染まった刃と両手で私に襲いかかろうとしているのでしょうか？

しかし、廃屋はしんとしていました。階上の床を走るネズミの足音以外、何も聞こえません。そのとき、おもてから叫び声が聞こえました。「何があった？」やがて、コリンズとバスティアンと第三の男が階段を駆け上がってきました。私はまだ蠟燭を掲げていたので、彼らが最初に見たのは、恐怖の光景を目にして血の気を失った、幽霊のような私の顔だったはずです。

つぎに起こったことは、ヴェールで――いや、分厚いカーテンで――覆ってしまうつもりです。私は学寮当局に知らせたかったのですが、バスティアン卿が、われわれは困ったことになる、もしかしたら退学させられるかもしれないと指摘しました。それに、と彼は言いました、このことが広まったら、ヘルクラブの面々はよろこばないだろう、と。この意見はほかのふたりにとってかなりの影響力があったようです。彼らがみんな上級生だったことも忘れてはなりません。早い話、私は説得されたのです。何もなかったかのように恐怖の家をあとにして、カレッジに帰るのがいちばんいいのだと。もちろん遺体は発見され、尋問されるでしょうが、何も知らないと言えばいい。この夜のことはもう二度と口にしてはならない。

「誓いを立てよう」バスティアンはそう言うとひざまずき、ぞっとしたことに、復活したのはわれらの主かどうか確認するために疑い深い使徒トマスがしたように、ガジョンの手の傷のなかに指を入れました。

「誓え」彼は言いました。「彼の血に誓え」

この光景を想像できますか？　蠟燭の光、窓の外でしだいに強くなっていく風、両手にガジョンの血をつけて立っているバスティアン。私たちはみんな半分おかしくなっていました。そうとしか説明できません。灰の水曜日に信者の額に灰の十字を記す牧師のように、バスティアンは私たちの額に血のついた親指を押しつけました。塵にすぎないお前は塵に返る。

「誓います」私たちは相次いで言いました。「誓います」

それからどうなったかって？　ああ、親愛なる若いお方、そんなに恐れることはありません。時がすぎるのはつねのならい。遺体は発見されました。警察の尋問がありましたが、殺人者は見つかりませんでした。その夜の行動について私に尋ねた人はいませんでした。学生監督官補佐は友だちを亡くした私を慰めることに努め、私は正直に、打ちのめされていると話しました。彼は同情しつつも、ホメロスのぞっとすることばを引用しました。強くあれ、と私の心は言う。私は戦士だ。これよりもっとひどいものも見てきた。そして、それで終わりでした。すべてが終った。

少なくとも、私はそう思いました。

風のうなりをお聴きなさい。列車を揺さぶっているようですね？　でも、ここは極めて安全ですよ。車両間に扉はありませんから。だれもはいってこられないし、出ていけもしない。ブランデーのお代わりは？

そのあとどうなったかって？　まあ、退屈な事実はこうです。話すほどのことは何も起こりませんでした。ガジョンの両親は息子の遺体を引き取り、彼は故郷のグロスターシャーに葬られました。私は葬儀に参列しませんでした。ウィルバーフォースがどうなったのかは知りません。それに、先ほど言ったように、警察は犯人を特定できませんでした。一年後、廃屋は取り壊されました。私は勉学をつづけました。ひどく孤独で偏屈になったと思います。中庭を横切ったり、食堂に座っていると、ほかの学生たちが奇妙な目を向けてきました。「ほら、あいつだよ」とだれかがささやくのを聞いたこともあります。「残りのひとりだ」ピーターハウスのたいていの者たちにとって、私は〝残りのひとり〟になったのです。ことによると私自身にとっても。

バスティアンにもコリンズにもあまり会いませんでした。私は正式にヘルクラブの一員になったわけですが、会合にも、毎年おこなわれる悪名高い血の舞踏会にも出席しませんでした。ほとんどの時間を自室か図書館ですごしました。唯一つきあいがあったのは、射撃部の部員たちでした。少なくとも彼らといると単純な仲間との時間をすごせました。

ありがたいことに、私は首席で卒業しました。バスティアンは停学になり、コリンズは学位を取得できなかったと聞いていました。ですが、彼らはちがうカレッジだったので、私たちの道はもうとうに分かれていました。私は博士号取得のための本を読みはじめ、学部生時代に確立した孤独な学士という存在でありつづけました。

やがて、修士学生になって最初の学期に、とても奇妙な知らせを受けました。十一月のひどく寒い日で、郵便物を受け取るために守衛小屋に向かいながら、足の下で霜が音を立てていたのを覚えています。私はそれほど手紙を受け取るほうではありませんでした。母からはときどき手紙が届きましたし、学術的な神学雑誌を二冊購読していました。が、せいぜいそれくらいです。ですが、この日はほかにもありました。奇妙に傾斜した文字で書かれた、外国の消印つきの手紙が。好奇心を覚えて手紙を広げました。なかにはペルシャの新聞の切り抜きがありました。もちろん、ペルシャのアラビア文字を読むことはできませんでしたが、翻訳した内容が封筒と同じイタリックペンの筆跡で書かれていました。アミール・エブラヒミという男が、熱気球がらみの奇妙な事故で死んだという内容でした。上昇は問題なくうまくいったのですが、飛行中のある時点で、エブラヒミは気球の下のかごから落ちて、墜落死したのです。差出人はどうして私がこの恐ろしい事故に興味を持つかもしれないと思ったのだろう、と手紙を裏返しました。すると、便箋の裏に書かれたことばが目にはいりました。地獄はからだ。そして、エブラヒミがバスティアンとコリンズの仲間、あの三人目の男の名前だったことを思い出したのです。

残りのひとりです。

もちろん、エブラヒミの死はとてつもない衝撃でした。新聞の切り抜きを手にしてその場に立ち尽くしたあと、部屋に戻り、震えながらベッドに横になったのを覚えています。だれがこの不吉な記事を送ってきたのでしょう？　だれがあの傾斜した細いペン字で翻訳を記したのでしょう？　そして、だれが裏に〝地獄はからだ〟と書いたのでしょう？　バスティアンでしょうか？　それともコリンズ？　とてもそうは思えませんでしたが、ほかにだれがヘルクラブとあの恐ろしい夜のことを知っているというのでしょう？

それから数日、それらの疑問についてじっくり考えました。実際、それ以外のことはほとんど考えませんでした。が、結局は恐怖を追いやって人生をつづけました。そもそも、ほかに何ができるというのでしょう？　それに私は若く、健康で体力もありました。わかるでしょう、親愛なる若き友よ。そう、あなたならおわかりだと思います。若さは傲慢です、それが本来あるべき姿なのです。エブラヒミが死んだことは気の毒に思いました――そして、友人のガジョンのことは心から悼みました――が、彼らを生き返らせるために私にできることは何もありませんでした。そこで私は学問をつづけ、若いレディとの交際すらはじめました。彼女は私の指導教官の娘でした。その春、人生は甘美でした。死の棺から逃れたことを思えばいっそう甘美に感じられたのでしょう。なぜなら、そのとき、私は逃げ切ったと信じていたからです。

なんという風のうなりでしょう。

「それからどうなったのか？」ああ、つねに繰り返される、残された疑問。これこそ物語の真髄ではありませんか？　子どもは寝るとき「つぎのページも読んで」とねだります。闇の恐怖を追い払うものがほしいのです。あなた自身、子ども時代はまだそう昔ではありませんね、親愛なる若き友よ。つぎの章で何が起こったのか知りたいと思うのはごく自然なことです。

さらに一年がたちました。私は指導教官の娘のエイダと婚約しました。アルビジョア十字軍についての論文作成にとりかかりました。学部生を教えてもいましたが、実を言えば私はまじめなだけの退屈な講師でした。ときどき学生たちが私のことをささやき合うのが聞こえ、〝ヘルクラブ〟や〝殺人〟ということばが耳にはいりました。が、私はその年、光のなかで暮らすことを選びました。そして、相棒を得ました。そう、この客車のあなたの目の前にいるこの動物です。試練のあいだじゅう、ハーバートは私にとってなんと信頼のおける友でいてくれたことか。どんな人間の侍者よりもうそがなく、忠実でした。

秋がすぎ、ハロウィンもすぎていきました。その恐ろしい日が何ごともなく終わったとき、安堵の息をついたことを告白します。しかし、その数週間後、廊下で話している寝室係が〝コリンズ〟という名前と〝殺された〟ということばを発するのを耳にしました。

私は部屋から飛び出し、彼女たちが驚くほど熱心に尋ねました。「なんの話をしているんだ?」

「ミスター・コリンズです、キングズ・カレッジにいる。いえ、いた」という答えが返ってきました。「彼の死に方のことを話していたんです。かなり不自然だったので」

「何があったんだ?」私は言いました。体じゅうに冷気が広がるのを感じながら。バスティアン卿の相棒のコリンズは、キングズ・カレッジの生徒でした。

「殺されたんですよ。自分の馬車で湿地を横切っているときに。彼はイーリーを出発して、何ごともなくケンブリッジに向かっていました。何があったのかだれにもわからないのですが、引き具で馬車につながれたまま走り回っている馬が翌日発見されました。捜索隊が送り出され、ミスター・コリンズは水路で発見されました。喉を掻き切られていたそうです」

「いつのことだ?」

ふたりのうち年長の寝室係が答えました。「ハロウィンの夜でした。捜索隊に加わっていたバートが、地獄の番犬に追われているように馬が勝手に走り回っているのを見つけたときは、まさに血が凍ったよ、と言ったから覚えているんです」

さらに一週間して、新聞の切り抜きが届きました。〝ケンブリッジの男性が湿地で殺害されているのが見つかる〟。記事の見出しの上には、手書きで〝地獄はからだ〟と書かれていました。

私はエイダとの婚約を解消しました。まともな人の連れ合いとして、私はふさわしくありませんでした。部屋にこもって、表向きは論文を書いていることになっていましたが、実際はこの話を書いていました。今あなたを愉(たの)しませているこの話のことですよ、親愛なる若き友よ。ヘルクラブと廃屋でのハロウィンについて。死体と、同志たちの血でかわした誓いについて。エブラヒミとコリンズについて。私を追いかけているらしい報復者(ネメシス)について。繰り返し、私は書きました……

地獄はからだ。

また十月三十一日がやってきたとき、私は抜け殻同然でした。周囲に心配されているのは知っていました。指導教官は私と話そうとし（エイダへの仕打ちのせいで、今では私を大いに嫌っていたにもかかわらず）、学生監督官補佐は面談の要求までして、ちゃんと寝ることと定期的に運動することの大切さを力説しました。健全なる精神は健全なる身体に宿る(メンス・サーナ・イン・コルポレ・サーノー)。彼が私のほんとうの心の状態をわかってさえいたら。

その日私は一日じゅう待ちました。ドアに施錠されていようといまいと報復者が来るのはわかっていたので、部屋を出ませんでした。ニュースを聞いたのは翌日、諸聖人の日のことでした。夜遅く、街に散歩に出かけました。考えごとをしながら静かな通りをうろつくのが好きで、よくそうしていました。セント・ジョンズ・カレッジの外で、エグルモントという友人が建物の影のなかに立って、パイプをふかしているのが目にはいりました。ヘルクラブのメンバーだと気づき、会話をしたくなかったので、急いで通りすぎました。

「やあきみ」彼は私の背中に呼びかけました。「きみはバスティアンの友だちだったよな？」

「昔は」私は用心深く言いました。が、心臓は早鐘を打っていました。

「彼に何があったか聞いたかい？　ひどいニュースだ」

「いいや」私は言いました。「何があったんだ？」

「ちょうど今、寝室係のひとりに聞いたところなんだ。バスティアンは列車に乗っていた。客車が連結した新しいやつだ。客車から客車に歩いているとき、列車が不意に切り離された。彼は車輪の下敷きになった。かわいそうなやつだ。なんという死にざまだ」

私はエグルモントを見ました。彼の青い顔とラペルにつけた髑髏の記章を。

「いつの話だい？」私は訊きました。

「つい昨日のことさ」彼は答えました。「きっと明日の《タイムズ》に載るよ」

一週間後、新聞の切り抜きが届きました。そこには今やおなじみとなったあのことばが書き込まれていました。

地獄はからだ。

実は、今日は例の記念日で、私が最後のひとりなんですよ。なんて奇妙な考えでしょう、ねえ、親愛なるお若い方。頭脳明晰（めいせき）なあなたなら、これまでの展開と不吉な日付にずっとまえからお気づきのことと思います。なぜこの男は私にこの話をしているのだろう、と疑問に思われていたのではありませんか？　語り手の死の証人に選ばれたのだろうか、と。

ですが、恐れることはありません。どのみち私は、熱気球で空に昇るつもりも、馬車に乗って湿地を走るつもりもないのですから。宙に身を投げることも、追い剝（は）ぎに馬車（キャリッジ）から引きずりおろされることもありません。

たしかに列車には乗っていますが、客車(キャリッジ)を離れるつもりはありません。

おや、親愛なる若いお方。やけに静かですね。もちろん、あのブランデーのせいでしょう。ベラドンナ、またの名を、死を招く夜陰(デッドリー・ナイトシェイド)。それは人に奇妙な幻を見せます。あなたの視力も異常をきたすでしょう。すでに私はあなたの目のまえで変化しているはずです。水のように形を失い、ぼんやりとかすんでいるはずです。やがてすっかり消えてしまうことでしょう。でも、何が現実で何がそうでないかなど、だれに言えるでしょう？　さっきも引用したとおり、〝この世の成り行きを見るのに目などいらない〟のです。なんという目をして私を見るのですか？すっかり黒目になっていますよ。ええ、もちろんあなたは動けません。すまないと思っていますよ。こんなやり方はしたくなかったのですがね。私の血を求めるのがどんな悪魔的な存在でも――すでにガジョン、ウィルバーフォース、エブラヒミ、コリンズ、バスティアンの命を、ああ、なんと多くの命を、多くの血を奪ったのと同じ存在――この生き物は残された魂を手に入れるまで満足しないでしょう。そう、それは私の魂を求めています。今日のこの日、このハロウィンの夜は、私の命日を意味しました。最後の審判の日。地獄はからだ、悪魔どもが総出で押し寄せてきた。悪鬼が待ち受けています。それは飢えています。風のうなりと嵐の猛(たけ)りを聞けばわかります。あなたという汚れない魂に、それはよろこぶでしょう。

恐れることはありません。苦もなく逝(い)けますから。あの世で何が待っているのか、だれにわかるというのです？　あなたの完全なる至福への旅を早めるだけのことです。そう願っていますよ。ほんとうに。

お別れです、親愛なる旅の友よ。

謝辞

R・M・ホランドとホランド・ハウスは完全に想像上のものです。でも建物は、わたしが創作クラスを教えているチチェスターのウェスト・ディーン・カレッジを少し参考にさせてもらいました。言うまでもありませんが、生きていようと死んでいようと、ここに出てくる人物と実際の住人は無関係です。ステイングに向かう通り沿いには、放棄されたセメント工場がありますが、その周囲には物語に合わせて変更を加えました。

とくにハービンダーと彼女の生い立ちについて、意見を聞かせてくれたラディカ・ホルムストロームにとても感謝しています。レスリー・トムソンはつねにわたしを支え、彼女の今は亡き最愛のプードルの名前、ハーバートを使わせてくれました。ハーバートはこの本のなかに、そして彼の後継者であるアルフレッドのなかに生きています。

この本はわたしにとって新たな冒険的事業であり、クエルクス社のみなさまの支援と熱意には感謝の気持ちでいっぱいです。すばらしい編集者のジェイン・ウッドにはほんとうにお世話になりました。空が黄色くなって最初に『見知らぬ人』のアイディアが浮かんだ、あのブライトンでのランチは忘れません。テレサ・キーティング、ハンナ・ロビンソン、オリヴィア・ミード、ローラ・マッカレル、ケイティ・サドラー、デイヴィッド・マーフィー、そしてチームの全員に心からの感謝を。ずっと支えてくれているすばらしいエージェントのレベッカ・カーターと、ジャンクロー&ネスビットの全員に、ありがとう。

最初からこの本にはアメリカの出版社がついていました。ナオミ・ギブズと、ホートン・ミフリン・ハーコートのみなさん、アメリカのエージェントのカービー・キムに深く感謝します。

夫のアンドリューと子どもたち、アレックスとジュリエットにつねに変わらぬ愛と感謝を。

本書をアレックスとジュリエット、そしてわたしの忠実な友にしてかなりわがままなミューズである猫のガスに捧げます。

二〇一八年　　　　　　　　　　　　　　EG

解説

大矢博子

イギリスの人気ミステリ作家、エリー・グリフィスの日本初上陸である。日本の読者にはまだ馴染みがないと思われるので、まずは著者を紹介しておこう。

グリフィスはキングスカレッジロンドンでヴィクトリア朝文学を学び、卒業後、図書館や雑誌の仕事などを経て、ハーパーコリンズに入社。広報アシスタントを経験した後、児童文学部門の編集長を務めた。

十代の頃から趣味としてミステリ小説やテレビドラマのファンフィクションを書いていたという。だが仕事の忙しさに追われ、改めて彼女が小説執筆に向き合ったのは一九九八年、産休に入ったときだった。その時書いたのが、本名のドメニカ・デ・ローザ名義で出版された *The Italian Quarter* だ。イギリスとイタリア、ふたつのルーツを持つグリフィスは、イタリア、家族、アイデンティティなどをテーマにデビュー作を含めて四冊の小説を刊行した。

そんなグリフィスが次に手掛けたのが、ミステリ作家としての出世作となる *The Crossing Places* である。法医考古学者ルース・ギャロウェイを探偵役に据えたこの作品は二〇〇九年に刊行されて好評を博し、二〇二一年現在、十三巻を重ねる人気シリーズとなっている。二〇一四年にスタートさせたエドガー・スティーヴンス警部と戦友マックス・メフィストのシリーズとともに、グリフィス作品の二本柱だ。

The Crossing Places を読んだエージェントが「これは犯罪小説なので、それ用の名前を考えましょう」と提案し、エリー・グリフィスというペンネームが誕生したという。だがここで注目すべきは、グリフィス自身は *The Crossing Places* とそれまでのイタリアものに大きな違いはないと考えていた、という本人の言葉である（公式サイトより）。詳しくは後述するが、これは本書を理解する上でもとても大事なことなので、覚えておいていただきたい。

その後、初めてのノンシリーズ作品として二〇一八年に上梓したのが、本書『見知らぬ人』である。本書はアメリカ探偵作家クラブ（MWA）のエドガー賞最優秀長編賞を受賞、シアトルタイムズの書評記事ではアンソニー・ホロヴィッツの『カササギ殺人事件』（創元推理文庫）を引き合いに出しながら、作中作を含む構成の妙と伝統的なフーダニットの面白さが論じられた。その後、ヨーロッパ各国で翻訳やオーディオブックが刊行され、ようやく日本の読者にも届けられることになった次第だ。

物語は三人の語り手によって進んでいく。

まずはクレア・キャシディ。中等学校（セカンダリー・スクール）タルガース校の英語教師だ。夫のサイモンとは離婚し、十五歳になる娘のジョージアと愛犬ハーバートと暮らしている。彼女が勤務するタルガース校の校舎はヴィクトリア朝時代の作家・ホランドの邸宅だった建物で、当時の書斎なども残されている。教師仕事の傍(かたわ)ら、ホランドについての研究・執筆を進めているクレアにとってはうってつけの環境だ。

　ところがある日、クレアの同僚である英語教師のエラが、自宅で殺されているのが発見される。いくつもの刺し傷を受けた死体の側(そば)には「地獄はからだ」と書かれたメモが残されていた。これはシェイクスピアの「テンペスト」の一節だが、クレアが研究し、成人向け講座の創作クラスの教材にも使っているホランドの怪談「見知らぬ人」の中で引用されている言葉でもある。

　さらに不気味な出来事が続く。クレアの日記帳に、「ハロー、クレア。あなたはわたしを知らない」という他人の書き込みがあったのだ。いったい誰が、いつ、どんな目的でこんな一文を書いたのか。これはエラの殺人事件と何か関係があるのか――？

　次の語り手は事件を捜査する刑事のハービンダー・カー、その次はクレアの娘のジョージアと、視点を変えながら物語が綴(つづ)られていく。さらにクレアの日記やホランドが書いた短編「見知らぬ人」も挿入されるという重層的な構造が本書の特徴だ。

　視点人物を変えてその人しか知らない情報を提示することで読者だけが全体を俯瞰(ふかん)できるようにする、というのは決して珍しくない手法だが、興味深いのは三人の話には個人的なエピソードが多く事件の進行が極めて遅いことだ。特に前半は、うっかり殺人事件のことを忘れそうになるくらい、彼女たちのプライベートが綴られる。仕事の悩み、子育ての悩み、マイノリティの立場、親との関係、親には内緒の趣味、恋愛、友達の秘密などなど。教師、刑事、学生というそれぞれの属性に加え、互いが互いをどう思っているか（ハービンダーが初対面でいきなりクレアを嫌っているのが興味深い）も綴られるため、ミステリというよりも三人の人間模様を読んでいるかのようだ。そしてこの彼女たちの駆け引き——親子間の駆け引きから、秘密を知る事件関係者と刑事の駆け引きに至るまで——が実に面白く、引き込まれるのである。ところがそれを楽しんでいると突然事件に進展がある。クレアの日記に再び謎の書き込みが見つかり、第二の被害者が意外な場所で発見される。ここでミステリに引き戻されると同時に、前半でたっぷり語られた彼女たちのプライベートが効いてくる。

ホランドの短編、クレアの日記、三人の視点で綴られる事件の様相という、ともすれば煩雑になりかねないこれだけの要素がまったく煩くないのは、ばらばらに見えたそれらが実は互いを補い合うように構成されているからだ。特に、複数の殺人事件がホランドの「見知らぬ人」の見立てになっていることに気づくと、物語は一気にスリルを増す。そうして浮かびあがった景色を見た時、読者は本編がいかに緻密に構成されていたかに気づいて驚くだろう。

そういう構造上の特徴の他に、もうひとつ「重層的」と表現すべき点が本書にはある。古典的なゴシックスリラーと、現代的な殺人ミステリと、身近でリアルな人間ドラマという、異なるジャンルが本書の中で融合しているのだ。言い換えれば、日常と非日常の同居である。

日常の極みのような学校という舞台。だが生徒たちが駆け回るその校舎のひとつ上の階には、ヴィクトリア朝時代の遺物があり、幽霊が出るという噂がある。教師たちはカリキュラムに追われながらも、不倫のゴシップを囁く。生徒たちはエラの葬儀のあとで、幽霊を呼び出す白魔術を実行する。犬と散歩しピザを食べ、親に隠れて恋人と会ったり好きなテレビ番組を見たりという日常に突然入ってくる殺人事件。母親が長年書き続けている手書きの日記帳と、娘が使っているネット上の日記サイト。殺人事件の捜査という即物的なリアルと、ヴィクトリア朝時代の作家の謎。作中に登場する多くの小説は、ヴィクトリア朝時代のウィルキー・コリンズ『白衣（びゃくえ）の女』から現代のベストセラー、J・K・ローリング「ハリー・ポッター」シリーズに至るまで時代もジャンルも超えて縦横無尽だ。そして何より、ヴィクトリア朝時代の怪談に沿って行われる現代の殺人。

　グリフィスが本書で試みたのは、異質なものをつなぐ、という挑戦だ。

　グリフィスが好み、学んできたヴィクトリア朝小説やゴシック小説を、それと大きくかけ離れた現代の学校という場所に置き、現代の刑事に捜査させる。現代と過去の、日常と非日常の、背中合わせ。

　過去は、異質なものは、決してどこか遠く離れたところにあるのではなく、常に隣にある、もしくはつながっている、ということを本書は語っている。

　人が異質なものを強く意識するのは、それが別世界にある時ではなく、ふと隣を見たらそこにあった——という時なのだ。不倫しかり、幽霊しかり、殺人しかり。作中のホランド（言い忘れたが架空の人物である）の短編「見知らぬ人」はもちろんそれ単体でゾクリとさせられる怪談だが、それが現代の日常的な物語の中に置かれることでその怖さは増す。最たるものは、日記という日常の中に突然現れる他人の書き込みという異物だ。これは怖い。

そこまで大げさに構えずとも、人と人の「分かり合えない」関係が描かれる場面は枚挙に遑がない。ハービンダーが民族・ジェンダーの二重のマイノリティに設定されているのも、階級による教育の違いの描写も、自分と異なる属性の人が当たり前にそこにいるという象徴だろう。幽霊も殺人犯も刑事も階級の違う人も、自分の日常には存在しない、関係ないと思っていたそれらすべてが自分にとってはStranger——見知らぬ人、なのである。ジャンルから人物描写に至るまで、本書はStrangerをつないだ話なのだ。

本書の軸は古典的なフーダニットで、その真相は実にロジカルだ。ホランドの娘にまつわる謎も、ラストで鮮やかに解明される。だが同時に、解明されない謎もいくつか残っている。ハービンダーが学生時代に見た幽霊は何だったのか？ 亡くなったエラを呼び出そうとジョージアが友人たちと試した白魔術の最中に、ドアを開け閉めし、蠟燭の火を消したものは何なのか？

グリフィスは敢えてそれらに答えを出さない。日常と非日常を分断せず、つないだままにしている。だからこそ、謎が解かれたカタルシスは充分感じながらも、いつまでもこの世界に自分の半身が残っているような気がするのである。そしてそれが、妙に心地いいのだ。

グリフィスの出世作となったミステリ *The Crossing Places* は、エージェントがペンネームを変えようと提案するほど、それまでとは違った作品だった。だがグリフィス本人は、イタリアという自分のもうひとつのルーツをテーマにしたそれまでの作品と違いはないと考えていた

——という話を本稿の始めに書いた。

グリフィスが*The Crossing Places*で登場させた法医考古学者のルース・ギャロウェイを思いついたのは、ノーフォーク州で海と陸の間にあるティッチウェル湿地を歩いていたときだという。海と陸、生と死。その架け橋になるものとして法医考古学者が浮かんだ、と。イギリスとイタリアをつなぐものとしての自分。海と陸、生と死をつなぐものとしての「ルース・ギャロウェイ」シリーズ。そして本書は、ヴィクトリア朝小説と現代小説を、あるいはゴシック小説と現代ミステリをつなぐものだ。

なるほど、これがエリー・グリフィスなのだ。

当初は独立した長編として刊行された本書は、その高評価から続編が執筆された。*The Postscript Murders*というタイトルのそれは、本書で活躍したハービンダー・カー刑事が再び登場する。続編では何と何をつなげてくれるのだろう。ぜひとも邦訳をお願いしたい。

本文中のシェイクスピア『テンペスト』『リア王』『マクベス』『ハムレット』の引用部分は、小田島雄志氏と松岡和子氏の翻訳文を参考に訳出しました（編集部）。

検印
廃止

訳者紹介 英米文学翻訳者。おもな訳書にフルーク〈お菓子探偵ハンナ〉シリーズ、サンズ〈新ハイランド〉シリーズ、マキナニー〈ママ探偵の事件簿〉シリーズ、グリフィス「窓辺の愛書家」など。

見知らぬ人

2021年7月21日 初版
2022年12月9日 6版

著者 エリー・グリフィス

訳者 上條(かみじょう)ひろみ

発行所 (株)東京創元社
代表者 渋谷健太郎

162-0814/東京都新宿区新小川町1-5
電話 03・3268・8231-営業部
03・3268・8204-編集部
URL http://www.tsogen.co.jp
DTP キャップス
暁印刷・本間製本

ISBN978-4-488-17003-5 C0197